太陽妃と四つの試練

ウラノスの魔道具１

ニーシャ・J・トゥーリ

月岡小穂 訳

早川書房

太陽妃と四つの試練

TRIAL OF THE SUN QUEEN
by
Nisha J. Tuli

Translated by
Saho Tsukioka
First published 2025 in Japan by
Hayakawa Publishing, Inc.
This book is published in Japan by
arrangement with
Folio Literary Management, LLC and
Tuttle-Mori Agency, Inc. Tokyo.

装幀／早川書房デザイン室
Cover art by Miblart

愛と怒りの両方に突き動かされている
すべての人々へ。

N
W
E
S
オーロラ王国
虚無《ヴォイド》
シンタ荒野
バイオレットの森
ハート女王国
ウッドランズ王国
ス大陸

セレストリア王国
ベルサ山脈
別邸
トール王国
ノストラザ
シヴァの森
アルヴィオン王国
シネン川
アフェリオン王国
ゼレン湾
サルガの森
ウラノ

登場人物

オーロラ王国

ロア……………ノストラザの囚人。赤い宝石を持つ。黒い目、黒髪に褐色の肌の持ち主
トリスタン……ロアの兄。ノストラザの囚人
ウィロー………ロアの姉。ノストラザの囚人
ケラヴァ………ノストラザの看守長
リオン…………オーロラ国王
ナディール……オーロラ王国の王子。リオンの息子。黒髪と黒い目の持ち主
マエル…………ナディールの専任警護隊の隊長。ナディールの友人
アミヤ…………ナディールの妹

アフェリオン王国

アトラス………アフェリオン国王。別名、太陽王。銅色の髪、アクアマリンの目
ガブリエル……アフェリオン王国の近衛隊隊長。ロアの監視官。濃いブロンドの髪と青い目、褐色の肌の持ち主

マダム・オデル……太陽妃選考会の監督者
マグ……………太陽妃選考会でのロアの世話係
カリアス…………美容師。紫色の目
ボルティウス師……太陽妃選考会の主任指導者

献姫《けんき》たち

ハロ……………黒い目、黒い巻き毛とこげ茶色の肌の持ち主
マリシ…………白い肌、明るいブロンドの髪と水色の目の持ち主。ハロの友人
アプリシア………白い肌、長い黒髪、コバルトブルーの目の持ち主
グリアネ…………金色の肌、ハチミツ色の長い髪の持ち主。アプリシアの友人
ヘスペリア………白い肌、カールした真っ赤な髪、エメラルドグリーンの目の持ち主。アプリシアの友人
テスニ……………暗褐色の肌、黒い目、長い銀髪の持ち主
エラノール………黒髪と黒い目、薄茶色の肌の持ち主
ソラナ……………オリーブがかった褐色の肌の持ち主
オスタラ…………灰色の目とオリーブ色の肌の持ち主

著者まえがき

『太陽妃と四つの試練』を手に取ってくださり、心からお礼を申しあげます。本書を第一巻とする〈ウラノスの魔道具〉シリーズは、現在のところ四部作となる予定です。これはあくまで予定で、決定ではありません！　わたし自身、この本には本当にわくわくさせられています。この物語のあちこちに置かれたたくさんの小さな宝物を、イースターエッグのようにぜひ探してみてください。本書で明らかになる謎もあれば、次の巻を読まないとわからない謎もありますが……この先にはさらに心が躍る展開が待っています！　みなさんにも、わたしと同じくらいこの物語を好きになってほしいと願っています。

本シリーズは少しずつ燃えあがってゆくタイプの物語のため、すばらしくセクシーな場面は二巻以降でのお楽しみとなります（お約束します）。次ページに内容に関する注意事項が書かれていますが、読みたくないかたは飛ばして第一章へ進んでください。

愛をこめて。

ニーシャ

本書の内容に関して——本書は大人向けの小説であり、死や血、人々が殺し合う場面が含まれます。過去の性的暴行に言及していますが、詳細な描写はありません。また、よく使われる過激な言葉や多少の性的な表現が出てきます。

1　ロア

あの女があたしの石鹸《せっけん》を盗んだ。あたしは小さな木製の戸棚のなかを乱暴に捜しまわった。数少ない自分の持ちものがしまってある。擦《す》り切れたチュニック。靴下が一足。繰り返し読んで、原形をとどめないほどボロボロになった数冊の本。でも、石鹸はない。

「ぶっ殺してやる」戸棚の中身を取り出し、狭い寝台の上に置きながら、ぶつぶつ言った。「あの女の顔に傷をつけ、はらわたをえぐりだしてやる。それから――」

「たかが石鹸一個だろう、ロア」

手を止め、兄のトリスタンを振り返った。トリスタンは足首を交差させ、壁にもたれていた。ふさふさした黒髪が両目におおいかぶさり、唇にかすかな笑みが浮かんでいる。

たった一個の石鹸という贅沢《ぜいたく》のために自分がしたことを思い出すと、全身に虫酸《むしず》が走る。歯の裏を舌でなぞると、看守長の腐ったような酸《す》っぱい汗の味が今も……いや、そのことは考えるな。

「ただの石鹸じゃない」あたしは怒気を含んだ低い声で言った。「あの石鹸を手に入れるためにあたしが何をしたか知って――」トリスタンが笑みを消したので、あたしは言葉を切った。兄は目を細め、両腕をおろすと、あたしに一歩近づいた。あたしより三十センチほど背が高く、その身体は筋肉質で無駄な脂肪が少しもない。目の下には隈《くま》があるが、それでも信じられないほどハンサムだ。その事実を本人も自覚している。

「何をしたんだ？　相手はケラヴァか？」トリスタンがたずねた。

あたしはウィローの視線に気づき、目を合わせた。ウィローはあたしの寝台の横にある自分の寝台にすわっていて、一瞬、あたしたちは深い理解を共有した。姉のウィローの大きな黒い目に苦悩の色が浮かんでいる。自分も同じ表情をしていることはわかっていた。

「何もしてない」あたしは言った。今のあたしにとってもっとも望ましくないのは、トリスタンがあたしの名誉を守るために看守長と対峙しようとすることだ。

ケラヴァに強要された行為は今に始まったことではない。これまでも、この場所で生き抜くためにあたしは努力を惜しまなかったし、ノストラザでさらに一日生き延びるのに必要な何かが手に入るなら、なんどでも同じことをする覚悟だ。トリスタンはよかれと思って行動しているのだが、ときとして、この抑圧された石壁のなかでの生存に必要な行動の本質を見失うことがある。

「ロア」トリスタンは警告するように言った。

「ほっといて。詳しいことは知らないほうがいいよ」

トリスタンの顎《あご》の筋肉がぴくぴく動き、黒い目が光をはなった。あたしを守ろうとしているだけだが、よけいなお世話でしかないこともある。

ウィローは寝台から立ちあがり、灰色の薄っぺらなチュニックの埃《ほこり》を払い落とした。実際にはきれいになるわけがないのに。さらにたくさんの寝台がすべての壁面に沿って並び、空間を圧迫している。天井がとても低いので、トリスタンは頭をぶつけないように首を曲げなければならない。かつては白かったかもしれないシーツと、薄すぎて存在意義があるとは思えないほど貧弱な灰色の枕が、寝台をおおっている。運がよければ、肌ざわりの悪いウールの毛布という贅沢品を手に入れられるが、あたしの石鹸と同じように、そんな恩恵を受けることはめったにない。穴だらけではない毛布を確保できたら、それはゼラの女神のおぼしめしかもしれない。

「朝食をとりにいこう。新しい石鹸を手に入れてあげる」ウィローはやさしい声で言うと、あたしの肘に自分の肘をひっかけ、腕を組んだ。ウィローの黒髪は耳が隠れる程度の長さしかなく、ぼさぼさで艶《つや》がない。この前、シラミが大量発生したときに丸坊主にされてから、やっとこれだけ伸びたのだ。何週間ものあいだ、一様に丸坊主で灰色の服を着たあたしたちは、大量のジャガイモのように無個性な集団に見えた。あたしは自分の髪をなでると、顔をしかめた。兄や姉と同じく真っ黒な髪は、ウィローの髪よりもわずかに長く、もうすぐ顎に届きそうだ。

いままででいちばん長く髪を伸ばせたときには、背中のまんなかあたりまであった。でも、それは何年も前のことで、そのときでさえ非常に乾燥していてもろく、朝起きると、干からびた虫のようにからまりあった切れ毛が枕をおおっていた。今は状態が少しよくなった気がするが、ノストラザの囚人はますます増え、病気が蔓延《まんえん》するばかりで、いつまた感染症が流行しても不思議ではない。まだ、そうなっていないのは奇跡だ。

あたしはうなずきながら、ウィローと組んでいた腕をほどき、私物を戸棚にふたたび押しこむと、戸棚を支える腕木が振動するほど強く扉を閉めた。鍵がない――それが問題だ。ここでは実際には個人の所有権は認められていない。肉体や間違いなく魂も含めて、何もかもが一時的な借りものなのだ。精神だけはまだ自分のものだが、年月とともに支配からのがれられなくなってきた気がする。

　あたしはトリスタンとウィローのあとを追い、薄暗く狭い廊下を進んだ。壁に取り付けられた燭台《しょくだい》のろうそくが、またたきながら周囲を照らしている。石壁は湿気でぬらぬらと光っていた。ノストラザの内部はつねに湿っているが、それが水分だけのせいだとはとうてい思えなかった。ずっと前にあたしは心に誓った。煉瓦《れんが》のあいだから染み出ている液体のことは深く考えないようにしよう、と。このように自己欺瞞《ぎまん》を繰り返さないかぎり、新たな一日を迎えることはできない。

　あたしのせいで朝食に遅れ、きっと食べるものは何も残っていないだろう。トリスタンもウィローも愚痴をこぼしたり、あたしを責めたりはしないと思うが、二人に対してはどうにかしてこの埋め合わせをするつもりだ。

　別の囚人部屋の前を通りかかり、あたしはなかをのぞきこんだ。ここがあたしの宿敵であるジュードの居室だと知っているからだ。ジュードのものを何か盗んで仕返ししてやろうか。あたしの石鹸はジュードの戸棚にあるかもしれない。ジュードはバカだから、すぐに見つかる場所に隠しているだろう。すばやくなかへ入ろうとしたとき、トリスタンに手をつかまれた。

「やめろ。そんなことをしても無駄だ」トリスタンと目が合った。あたしの胸のまんなかにある圧縮された石のように強固な怒りが、激しい感情によって増幅されている。でも、この石にはダイヤモンドのように輝かしい未来はない。

　トリスタンにはわからない。この劣悪な場所で優遇されている囚人の一人なのだから。トリスタンは囚人のわりに、魅力的であることは言うまでもなく、強靭《きょうじん》で健康な身体を持ち、大半の看守を思うままにあやつっている。看守たちは嘲笑の意味をこめて〝ノストラザの王子〟と呼んでいるが、トリスタンはそれを冗談として受け止めて逆手にとり、有利な立場を保っていた。

「また何個か手に入れてやるよ」トリスタンの表情がやわらいだ。「約束する」

たとえ看守たちがトリスタンを優遇しても、その恩恵があたしやウィローに及んだことはいちどもなかった。あたしたちが家族だということは、安全上の理由から誰にも明かしていない。トリスタンのせいではないとわかってはいても、トリスタンが比較的、楽な状況にいることを腹立たしく思う日もある。でも、そのような感情を持つべきではない。なぜなら、トリスタンは最初から、全力であたしたちを守りつづけてくれているから。

「わかった」思いがけず目に浮かんだ涙がこぼれ落ちないことを祈りながら、あたしは言った。涙をこらえ抑えこむすべを苦労して身につけた。涙が役に立つのは、それが武器になるときだけだ。

だが、いつも容易に感情を抑えられるとはかぎらない。

胃袋はいつも空《から》っぽで、喉《のど》は水源のない洞窟のように渇いていた。背中には二週間前に鞭《むち》で打たれてできた傷がある。治りかけてはいるが、急に動くたびにいまでも痛む。熱いスープの入ったボウルをとくに意地悪な看守の膝に〝うっかり〟ひっくり返し、罰を受けたのだ。あいつはそんな目にあってもしかたのないことをしたのだから、あたしは少しも後悔していない。あいつのキンタマがしぼんで落っこちてしまえばいいのに。

今日のあたしは、この牢獄の壁のなかで過ごした十二年間の一瞬一瞬における息の詰まるような重苦しさを感じていた。十二年ものあいだ、ここに閉じこめられている。この世に生まれたというそれだけの罪で。みずから望んだこともなく、まったく理解もしていない、価値を失った遺産の汚名を背負うために。

一秒ごと、一分ごとに、自由の身になれる日のことだけを考えている。その瞬間を夢のなかで体験し、目覚めているときもつねに頭から離れない。骨の髄から震えが感じられるほどに、自由への思いは強かった。いつか、ここから出て、オーロラ国王に復讐してやる。あの男が奪ったすべてのもの、そして、あの男のすべての行動に対する報いだ。

でも、ただ逃げだすわけにはいかない。たとえあたしが逃げだせても、トリスタンとウィローを置き去りにすることはできない。あの二人がいなければ、自由などなんの意味もない。

いつの日か、あたしたち全員でここから出るための方法を見つけるつもりだ。

あたしたちは廊下を進みつづけた。ウィローがあたしの手を取り、心配そうにあたしのほうをちらちら見ている。ウィローは疲弊したあたしたち三人のなかで、いちばんやさしい。ノストラザの過酷な環境にもかかわらず、変わらぬやさしさと繊細さを持つ蝶のような存在なので、あたしが守ってやらなければならない。ここでの生活がどんなにつらくても、ウィローの身を確実に守るためなら、なんだってする――何もないに等しい生活のなかで、できるかぎりのことを。

だが、あたしたち三人は助け合い、依存し合っている。あたしがウィローの助けを必要とすることもあるのだ。

その直後、誰かに尻をつかまれるのを感じ、一発なぐってやろうと、こぶしを振りあげながら振り向いた。相手がエアロだとわかったが、それでも、あたしは怒りの声を上げ、その手を振りおろした。エアロはほんのわずかの差でうまくかわし、笑みを浮かべた。

「おいおい、それがお気に入りの囚人仲間に対する仕打ちかい？」

「何がお気に入りよ」あたしは鼻で笑い、背を向けたが、腰に腕をまわされた。エアロはあたしの背中を胸に引き寄せ、あたしの首の湾曲した部分に顎をぴたりとつけた。トリスタンとウィローに笑顔を向けているのがわかる。

「彼女を少し借りるよ」

ウィローが確認を求める視線を向けてきたので、あたしはうなずいた。

「あとから行く。石をいくつか残しておいて」あたしが食堂の朝食用ロールパンのことを冗談めかして言うと、ウィローはくすっと笑ったが、トリスタンは警告するようにエアロをにらみつけた。

「もう行って」あたしはトリスタンに言った。「あたしなら大丈夫」

「ロアを傷つけたら、おまえの命はないと思え」トリスタンが言う。あたしはあきれて目をぐるりとまわし、エアロの腕をほどいた。

エアロはさらに笑みを広げながら両手を上げ、降参の意を示した。

「了解、ボス」

「行って」あたしが言うと、トリスタンはウィローとともに背を向けて廊下を進み、角を曲がって見えなくなった。でも、その前にもういちどエアロに脅迫的な視線を向けた。

二人がいなくなると、エアロは両手をあたしの腰にまわして、あたしを壁に押しつけ、乱暴にキスをした。エアロはあたしより少し背が高く、無駄な脂肪のない、すらりとした身体つきをしている。ノストラザのなかではつねに飢えの瀬戸際《せとぎわ》にあるため、贅肉《ぜいにく》をたくわえる余裕のある者など一人もいない。

エアロの両手があたしの尻をなで、太ももの裏をすべりおりる。あたしは身体を持ちあげられ、脚をエアロの腰にからみつけた。両腕をくねらせながらエアロの首に巻きつけ、キスした。たがいの舌と歯が湿った音を立て、激しくぶつかり合う。やさしさも甘さもないキスだが、こんな壁に囲まれて過ごす生活にやさしさや甘さなんか、あるはずがない。この場所で長く暮らしてきたせいで、甘美な記憶が空の星々のように遠く手の届かない存在に感じられる。

荒々しい息遣いが狭い廊下に反響した。ありがたいことに、みな朝食をとるために食堂へ行ったあとだ。エアロの腰があたしの腰に押し当てられた。硬くなったものをあたしの下腹部に突き立てようとしている。エアロが身体を密着させてくると、あたしはエアロの赤茶色の髪をまさぐり、うめき声を上げた。二年前にここへ来たときのエアロは、魅力的な若い盗賊そのものだったが、ほかのすべての囚人と同じく、彼もまたノストラザの厳しい環境により、生き生きとした輝きをすっかり失っていた。かつてはいたずらっぽく機知に富んでいた明るいブルーの目は、いまやどんよりと曇っている。あたしたち全員がそうであるように、いずれここで死を迎える運命にあると悟ったせいだ。

それでも、エアロは、この生き地獄であたしにとって希望の光となりうる数少ないもののひとつだった。

「今夜、鍛冶場《かじば》の裏で会おう」エアロはあたしと唇を合わせたまま言った。エアロの両手があたしのチュニックの下からすべりこみ、その両側をなめらかに這いあがってきた。傷痕をやさしくなでている。「愛してる」

返事をしようとしたとき、激しいキスで唇をふさがれた。あたしはうなずき、エアロの舌が自分の舌をなぞるのを感じながら満足げにうめいた。この悲惨な状況において、少しの快楽は暗闇に差すかすかな光のように貴重なものだ。

「尻軽女」辛辣《しんらつ》な声が聞こえてきて、あたしたちはキスを中断した。ジュードが廊下に立っていた。顎まで垂らした金髪は弱々しく波打ち、清潔感がない。細い腕を胸の前で組み、その口もとには軽蔑に満ちた笑みが浮かんでいる。「ノストラザ一《いち》のあばずれだね、ロア。こんなところで公然とやるなんて、獣《けだもの》みたい」

ジュードは刺すような視線をエアロに向け、不満げにますます顔をしかめた。

「失《う》せろ、ジュード」あたしは言い、あたしの石鹸がどこかにないか形跡を探した。ジュードが石鹸に鎖をつけて首からぶらさげているはずもないのに。ジュードはあたしの心を読んだかのように、唇をゆがめてにやりと笑うと、シャワーを浴びるときのようにさりげなく、喉に沿って指を下へとすべらせ、さらに、両方の腕を上に向かって順番になぞっていった。でも、あたしも同じように、いやみな笑みで応えた。ジュードはあたしの石鹸を持っているのかもしれないが、エアロに目をつけていたことも、あたしは知っている。エアロが不法侵入の罪により、オーロラ王国でもっとも裕福な鮮緑色《エメラルド》地区でつかまり、ここに連れてこられた瞬間からずっと。

エアロがあたしに興味を示してくれたとき、優越感に浸《ひた》っていなかったと言えば嘘になる。悦に入《い》っているジュードを挑発しようと、あたしは片腕をエアロの肩にからめ、もう片方の手でエアロの胸をなでおろすと、彼の頭を引き下げ、長く濃厚な口づけをした。

エアロに対するあたしの感情は複雑だ。

ノストラザの壁のなかでは、そう簡単に誰かを愛することはできない。自分の愛する人々はいずれ奪われてしまうことになるからだ。あたしがこれまでに心を開いた相手はトリスタンとウィローだけだが、それが間違いだということはわかっている。二人が死の危険に瀕《ひん》したり、どちらか一人がなぐられたり独房に閉じこめられたりするたびに、あたしは二人から感情的な距離を置こうとした。トリスタンとウィローが死んだときに、心の痛みが軽減されることを祈りながら。

あたしが望むことができるのは、いつか、いつの日にか、三人でここから出ることだけ。かなわない夢だが、とらえどころのない霧のようなその希望にしがみつくしかない。

ジュードはうなり声を上げ、すれ違いざま肩をぶつけてくると、怒ったように食堂のほうへ足早に向かっていった。

「おれたちも行かなきゃ」エアロは言った。「でないと、朝食にありつけないぞ。おまえの作業が終わったら会おうか？」エアロがあたしの手を取り、あたしたちも廊下を進みはじめた。

あたしはうなずいた。今日は洗濯当番だ。蒸し暑いなか、背中と両腕を酷使しながら、シーツが何枚も入った大きな釜を何時間もかき混ぜつづける。かつての色をわずかにとどめたシーツは、石鹸水で濡れて重くなっている。あとで元気づけてもらう必要があるだろう。一時的にではあっても、たいていエアロがあたしにとっての慰めになってくれる。

角を曲がって食堂に入ると、すでに何百人もの囚人でにぎわっていた。大勢の者たちの声がいっせいに響いて無秩序に混じり合い、いつものように耳をふさぎたくなるほど騒がしい。一日のうちの限られた貴重な自由時間——朝食のための三十分と夕食のための三十分——を最大限に活用しようとして、騒いでいるのだ。あとの時間は労働についやされる。ある者は宝石鉱山で、ある者は厨房《ちゅうぼう》で、ある者は鍛冶場で作業を行なう。掃除や縫製をする者もいる。残りの者は、囚人でなければ絶対に承諾しそうにない非常に過酷な仕事を数えきれないほどこなす。

作業が終わったあと、一時間の休憩を確保できるかもしれないが、それは寝台に倒れこむほど疲れすぎていない場合だけだ。今夜は逆境に立ち向かうためのエネルギーを見つけよう。不幸しかない場所では、小石の下に隠れているどんなに見つけにくい希望でも、可能なかぎり見つけなければならない。

ジュードは仲間とともに、食事を受け取るための列の最後尾に近いテーブルについていた。そのグループのなかで、陰鬱《いんうつ》で不機嫌な表情が連鎖反応のように拡大しつつある。

「わたしの新しい石鹸、いいにおいだと思わない？　バラみたいな香りがするのよ」ジュードはそう言ってチュニックの袖をまくりあげ、取り巻きたちの顔に前腕を突きつけた。

あたしは立ちどまり、ジュードの頭蓋骨に穴が開くかと思うほど強い視線でにらみつけた。すると、ジュードが顔を上げた。その痩《や》せ細った顔にゆっくりと笑みが広がってゆく。このくそ女め。

あたしは冷静に考える間《ま》もなく、動いていた。うなり声を上げながら飛びかかり、ジュードの首を両手でつかんだ。ジュードにぶつかった瞬間、椅子がひっくり返り、二人とも硬い石の床に叩きつけられた。ジュードの上にまたがって首を絞めると、ジュードは悲鳴を上げ、あたしの前腕をひっかいた。

ジュードがこぶしを振りあげ、あたしの側頭部をなぐりつけた。その衝撃で視界がぼやけた。一瞬、頭が混乱し、ジュードの首をつかんでいた手がゆるむと、ジュードに押し倒され、組み伏せられた。もう一発、顎をなぐられ、血の味がした。この女をぶっ殺してやる。

こんどはジュードの手首をつかみ、渾身《こんしん》の力をこめてひねった。骨が折れるボキッという不快な、しかし小気味のいい音がした。ジュードが悲鳴を上げる。あたしはジュードを蹴り飛ばし、ふたたび馬乗りになり、抑制を失った悪魔のように怒りにまかせて、ジュードの腹、あばら、頭をつづけざまになぐった。

「ロア！」あたしの名前を呼ぶ声が聞こえ、両腕と腰に誰かの手が触れるのを感じた。あたしを引き離そうとしている。

「放せ！」あたしはなおもジュードをなぐりつけながら、叫んだ。

「ロア！」トリスタンの声だ。あたしはジュードから引き離された。胸が激しく上下し、頭がずきずきする。看守たちがあたしとジュードのまわりに輪をつくり、野獣を檻《おり》に閉じこめるかのように、あたしを取り囲んでいる。ジュードが床に横たわったまま、うめいた。その下で血だまりが広がってゆく。生温かいものがあたしの顎を伝い、チュニックの前を真っ赤に染めた。それを拭《ぬぐ》おうとしたが、トリスタンに両腕を後ろ手に押さえつけられ、身動きできない。

「放して」あたしはトリスタンにつかまれた手首を振りほどこうとしながら、うなるように言った。

「落ち着け。それまでは放さない」

次の瞬間、重々しい足音が響いてくると、野次やおしゃべりで騒がしかった食堂が静まり返った。囚人たちはみな、この状況を楽しみつつも、今日、正気を失ったのが自分じゃなくてよかったと安堵《あんど》している。ほかに選択肢がない以上、ノストラザのなかでは誰かが看守長に叱られることが唯一の娯楽なのだ。

「いったい、なにごとだ？」ケラヴァがたずねた。

「なんでもありません、看守長」トリスタンは最高にこびへつらう口調で言った。あたしは心のどこかでトリスタンをひっぱたきたいと思った。でも、これはトリスタンが生き延びるためのすべなので、そのことでトリスタンを責めるわけにはいかない。誰もが生き抜くために必要な行動をとっているのだから。

看守たちの輪が解かれ隙間が空《あ》くと、ケラヴァはそこを大股で進み、あたしの前で立ちどまった。あたしはまだトリスタンからのがれようと、もがいていた。口からしたたりつづけている血がしぶきとなり、床やブーツの爪先に飛び散った。あたしのこめかみと唇がずきずきと脈打つなか、ケラヴァは冷たい視線を向けてきた。

「これ以上問題を起こしたら厳重に対処すると、警告したはずだよな？」

あたしは何も言わず、ふたたびトリスタンの束縛からのがれようとしながら、にらみつけただけだった。

「ああ、ロア。おまえはどうして、そうなんだ？」

ケラヴァの青く澄んだ目には、あたしの穢《けが》れた魂に対する父親のような気遣いが見てとれた。ケラヴァは本気で自分が善人だと思っている。この男に唾を吐きたい。なぐりたい。キンタマを蹴りつけたい。ケラヴァが年老いて衰弱し、尊厳のかけらにしがみつくようになっても、その痛みを忘れられないほど強く。

床に倒れているジュードが、明らかに不自然な角度でぶらさがっている手首をつかんだまま、またしても、うめき声を上げた。演技派のくそ女め。看守長のケラヴァはジュードを見おろし、つづいて、あたしに視線を移すと、顔をしかめた。

「おまえが先に手を出したのか？」

あたしは自分の立場を主張しようとして、口を開きかけた。誰もあたしを裏切ることはないだろう。犯罪者や道を踏みはずした者のあいだにも、信頼と協力のルールはある。

まあ、ジュードをのぞいては。ジュードは、あたしに関してはそのような容赦はいっさいしない。

「そうです。ロアが先に手を出したんです」ようやく声を出せるようになると、ジュードは吐き捨てるように言った。だが、唇が血まみれで腫れているせいで、発音が不明瞭だ。「いきなり襲いかかってきたんです！」

「この女があたしの石鹼を盗んだのよ！」

「そんなことしてない！　どこに証拠があるって言うんだ！」

ケラヴァが片手を上げ、あたしたち二人を黙らせた。ジュードの顔は腫れあがり、シャツの前が真っ赤に染まっている。ひどい姿だ。あたしが不利な立場にあるのは間違いない。

「看守長」あたしはおずおずと笑みを浮かべながら言った。自分を守るためなら、どんな手でも使うつもりだ。「あなたの執務室へ行けば、問題を解決できるはずです」その言葉が何を意味しているのかを思うと、非常に強い嫌悪感を覚えた。

こんなことはしたくないが、あたしが提供できる唯一の手段なのだ。

それは言ってはならないことだった。その証拠に、ケラヴァの穏やかで忍耐強い態度が崩れ去り、真っ暗な穴のように瞳孔が広がった。看守たちは下劣な欲望を満たすためにあたしたちを利用するかもしれないが、ノストラザという閉ざされた場所では、強姦魔のあいだにも一種の名誉が存在し、表面上は何も問題がないように見せかけているのだろう。看守長は二人の看守を指さした。あたしをなんども、なぐりつけたことがある残虐なやつらだ。

「この女をホロウへ連れてゆけ」ケラヴァが言うと、看守たちはあたしをトリスタンから引き離そうとした。誇らしいことに、兄はそう簡単にはあたしのことをあきらめなかった。

「いやよ」あたしは言った。強い不安が、喉を締めつけるような身体的苦痛へと変わった。いやだ。それだけはやめてほしい。この前は死にそうになった。ホロウで一週間を過ごしたせいで、心身ともにぼろぼろになり、もう少しで廃人になるところだった。「いやです。ごめんなさい。もう二度としないから」

看守たちの拘束からのがれようと抵抗をつづけていると、看守長が顔を近づけてきた。朝に腹いっぱい食べたもののにおいのする湿った息が、あたしの唇にかかった。

「二週間もあれば懲りるはずだ。ほかのことは何も効果がないようだからな」

「いや！」あたしは叫び、なんとか自由になろうともがき、のたうちまわった。「いや！　お願い！」あたしはすすり泣いていた。熱い涙がとめどなく流れ、あたしの叫び声が部屋じゅうに反響した。泣くことについての自分の原則を破ってしまった。このような涙は武器にはならない。こんなものはあたしにとって不利にしかならないだろう。

トリスタンがケラヴァに懇願しているが、ケラヴァの厳しい視線は揺るがなかった。ケラヴァは血の気のない唇に薄笑いを浮かべ、あたしの苦悩を楽しんでいる。

看守に腹部を強くなぐりつけられ、あたしの叫び声がとぎれた。あたしは身体をくの字に曲げ、空っぽに近い胃の内容物を戻しそうになった。釣りあげられた魚のように空気を求めて口をぱくぱくさせていると、両腕を乱暴に引っ張られ、立たされた。片方の肩の関節が音を立ててはずれ、あたしの悲鳴が部屋の隅々《すみずみ》にまで響いた。

「この女を連れてゆけ」ケラヴァはふたたび言った。「二週間後に会おう、囚人よ。おまえの何か一部でも残っていればの話だが」

それを聞いた瞬間、ザーッという雑音しか聞こえなくなり、あたしは引きずられていった。

2

看守たちはあたしを外へ引きずり出すと、埃《ほこり》っぽい中庭を横切り、牢獄の北側に開かれた鉄製の巨大な門を抜け、ノストラザを囲む森へと入った。この森はただの虚無《ヴォイド》という名で知られており、外部からの侵入および内部からの脱出を不可能にしている。いちど入ったら、二度と出られない。ごくまれに脱獄に成功した場合でも、ヴォイドがあるかぎり、自由は長くつづかない。

あたしはもがきつづけた。痛みで肩が悲鳴を上げている。事実上、二人の看守に両脇を抱えられて運ばれているため、両脚が空《から》まわりし、制御不能なあやつり人形のようだ。抵抗しても無駄だ。看守は二人とも身体の大きさがあたしの二倍あり、そのうえ、あたしは十二年に及ぶ牢獄生活で衰弱し、栄養不足におちいっている。

それがいちばんの問題点だ。

門を抜けるとき、看守たちは胸につけた乳白色の楕円形のバッジに手を触れた。いくつかの言葉をつぶやくと、バッジが光り、あたしたちはきらきらした半透明の泡で包まれた。その泡を通して外の世界を見ることはできるものの、曇りガラスの向こうのように視界がぼやけている。看守たちは人間なので、魔法は使えない。王族あるいは高位の妖精《フェイ》――この場合はオーロラ国王――によって作られたこのような物体に依存して、安全を保っている。これらの物体は、ヴォイドに対抗できることで知られている唯一の防御手段だ。

ホロウは地面に掘られた深い穴にすぎず、牢獄の壁のすぐ外に位置していた。ヴォイドの名の由来が人々をのみこむ力だとしたら、ホロウの名の由来は、人々を空っぽにし心身ともに消耗させることだ。

牢獄に近い場所にあるため、看守たちはそこまで森の奥深くへ入る必要はないが、囚人がここで一人きりにされると、見捨てられ森の怪物たちの手に運命をゆだねられたような気がするほどには遠い。

あたしはかなりの時間をホロウのなかで過ごしてきた。

あたしのように短気な娘は、ときどき……あるいは、たびたび、やっかいごとに巻きこまれる。標準的な刑期はひと晩か二晩だ。それだけで充分な抑止効果があり、たいていの囚人は二度とここを訪れることはない。ノストラザでの寿命が極端に短いせいなのか、いちど刑罰を受けたら永遠に反抗心を失うせいなのかは、わからない。

おそらく両方の要因が少しずつ影響しているのだろう。

ホロウでひと晩以上を過ごし、正気を失わずに生き延びた囚人は数えるほどしかいない。あたしもその一人だ。頭は少しおかしくなっているのかもしれないが。何が正常なのか、もはや判断がつかない状態だ。

前回、小さな暴動に対する報復として、看守たちに食料の配給を減らされたあと、あたしは食料庫に押し入った。あたしたち囚人はいつも以上に空腹だったので、たがいに敵対する状況になる前に食料を確保する必要があった。生き延びるための行動ではあったものの、その結果、あたしはホロウのなかで苦痛に満ちた七日間を過ごすことになった。軽微な違反には不釣り合いな罰だが、それがこの場所のやりかたなのだ。囚人たちは崖っぷちに追いこまれ、バランスを崩した瞬間に、鋭い岩が突き立ったどん底へと突き落とされる。

看守があたしを連れ戻しにきたとき、あたしは泣きじゃくり、ひどいありさまだった。血まみれの肌。もつれた髪。ぎざぎざの爪。ウィローがあたしの口からたったひとことを引き出すのに数週間かかった。歯ががちがち鳴らなくなり、連日の悪夢から解放され、安心して眠れるようになるまで、さらに長い時間を要した。いまでは、そのような暗い夢はときどきしか見なくなった。これ以上の回復は望めない。

看守たちに森の奥深くへ引きずられてゆくあいだ、あたしは思い出していた。あのころの自分がどれほど傷ついていたか。そして、ひび割れた指先から引き裂かれた魂の奥底にいたるまで、可能なかぎりのすべての形でどれほどの痛みを感じていたか。

二週間も。

あたしは精神的に崩壊し、強い恐怖により手足に力が入らなくなった。

これまでと比較して、今日の違反も軽微だが、あたしはいつも看守長の〝お気に入り〟だった。この状況を生き延びることはできないだろう。たった一個のくそったれの石鹸《せっけん》のせいで死ぬことになる。

看守たちもヴォイドのなかでは、あたしと同じくらい緊張していた。でこぼこした地面の上を引きずられながら、看守たちのあいだの緊張を感じ取ることができた。あたしたちは森の地面に掘られた直方体状の深い穴の前で止まった。ここから、オーロラ城の高い尖塔や塔が見える。まるで知性を持ったカエルのようにじっと動かず、森を見おろす形でそびえている。黒い石の外壁が星を閉じこめたかのように輝き、窓は波のようにうねる光のなかで緑から紫、そして赤へと色を変えていた。

いつか、あの目ざわりな城に乗りこみ、あたしをこんな苦境におとしいれたオーロラ国王の首を引きちぎってやる。ほんの子どもだったあたしを、ここにほうりこんだのだから。

いつか、この場所から解放され、すべての代償を王に払わせてやるつもりだ。

あたしの注意がホロウへと引き戻された。復讐しても満足は得られないとわかっているので、血塗られた幻想は絶望によって打ち砕かれた。この罰を生き延びたとしても、あたしには何も残らないだろう。魂と夢をなくした抜け殻になるだけだ。

周囲の静寂に耳を傾けながら、強い緊張を抑えこもうとした。すでにあたしの頭は錯覚を起こしていた。鋭い鉤爪《かぎづめ》と尖《とが》った鱗《うろこ》を持つ怪物どもが、あたしの首を絞める輪縄のように、周囲からじりじりと迫ってくる音が聞こえる気がした。

看守があたしの背中のまんなかに手を置き、あたしを前へ押し出した。

「なかへどうぞ、お嬢ちゃん」

足がもつれ、よろめいた。穴の縁《ふち》に達した瞬間に足もとの地面が崩れ、あたしは大量の土砂とともに落下し、穴の底に倒れこんだ。深さは約三メートル。よじ登って脱出するには深すぎるが、外部の危険から身を守るには浅すぎる。

壁が柔らかく崩れやすい土でできていることは、すでに知っている。側面をよじ登ろうとしたら、小さな土砂崩れを引き起こし、埋もれて窒息するだけだろう。いや、あたしにできるのは、隅《すみ》っこにすわっていることと、各方向に三歩ずつ歩くことを交互に繰り返し、刑期が終わるのを待つことだけだ。

「心配するな」看守が上から叫んだ。「穴から出てきたら、たっぷりかわいがってやる。ここはとても寂しい場所だからな。誰か仲間が必要だろうよ」看守の一人が股間をつかみ、腰を突き出すと、二人は大笑いした。

「看守長には内緒だぞ」その看守はそう言ってウインクした。あたしは唾を吐いた。唾に翼が生えて飛んでゆき、看守の目に命中することを祈りながら。もちろん、そんなことにはならず、看守たちはさらに大笑いした。

「大きなお世話」あたしは叫び返した。「あんたのムスコはベビーキャロットぐらいの大きさだってね。あたしを満足させたいなら、もっとずっと大きいのじゃないと無理だよ」笑っていた看守が怒りで顔を真っ赤にした。あたしはこんなことを言ったツケを払わされることになるだろう。

もう一人の看守がしゃがみこみ、にやりと笑った。

「このところミグ＝ドランどもは、とくに落ち着きがない。それに、若くてかわいい女の子が好物なんだとさ」看守はウインクした。照れているのか、誘惑しているのか、あたしにはわからなかった。そのどちらも的外《まとはず》れなのかもしれない。

「よかった。あたしにはかわいいところなんて少しもないから、バーカ」あたしがぴしゃりと言うと、看守たちはふたたび笑い声を上げた。

「ああ、おまえがこれを生き延びてくれるといいな、かわい子ちゃん。おれがまだ、おまえと楽しんだことがないなんて、信じられないぜ。看守長のペットめ」看守はそれがあたしのせいであるかのように、にらみつけた。こうなることをあたしが選んだわけでもないのに。

もういちど唾を吐こうかと思ったが、考えなおした。あたしが口をつぐめば、こいつらは飽きて、あたしにかまわなくなるかもしれない。でも、看守たちが行ってしまうことを想像すると、不安で身体がこわばった。一人きり。何もないこの場所で二週間も。こんなバカどもでも、誰もいないよりはましだと思うなんて、あたしの絶望の表われだ。

だが、看守たちは明らかにもう充分に楽しんだらしく、背を向けて立ち去ろうとした。あたしは呼び止めようとしたが、ぐっと言葉をのみこんだ。たとえ、こいつらがあたしを苦しめるためにあと数分とどまったとしても、結局は去ってゆくのだから。ひとりぼっちに慣れたほうがいい。

看守たちは浮かれた様子で、憎まれ口を叩き合いながら遠ざかり、やがて声は聞こえなくなった。あたしは静寂のなかにぽつんと残された。自分の呼吸の音と、抑えがたいほど騒々しい頭のなかの声以外には、何も聞こえない。

胸に手を押し当て、息を整えようとした。ホロウでは食料や水が提供されることはない。飲食物の提供はあまりにも情け深いことだからだ。したがって、すぐに雨が降ってくれることを祈るしかなかった。食料はといえば――あたしは何もない地面を見まわした――まあ、まったくツイてない。

さいわい、あたしにとって飢えは昔からの友だちだ。

あたしは壁に背中をつけて地面にすわりこみ、痛む肩をマッサージした。ジュードになぐられた顔はまだずきずきするが、出血は止まったようだ。こぶができたこめかみに触れると、思わず顔をしかめた。過去のあやまちの記録として、すでに肌に刻まれている傷痕に、またいくつか加わっただけだ。

森は静寂を保っていた。あたしの存在がどれほどの脅威になりうるのか判断しようとしているかのようだ。あたしは空を見あげた――オーロラ王国に青空はない。見えるのは、暗い空とそれよりもほんの少し明るい空だけだ。まるでモノクロの虹のように、冷たい灰色から漆黒《しっこく》にいたるまでの色で構成され、それがかき混ぜられたように連続して変化してゆく。この王国の名の由来であるオーロラの存在によってのみ、夜と昼を見分けることができる。

夜になると、オーロラが色とりどりのリボンで空をおおい、海に広がる波のようにうねる。濃青色《コバルト》、鮮緑色《エメラルド》、すみれ色《バイオレット》、深紅色《クリムゾン》。誰かが大釜のなかで宝石を溶かし、空に流しこんだかのように、色鮮やかだ。夜はたいてい囚人部屋に閉じこめられているので、オーロラを見ることはできないが、たまに目にすると、その美しさがあたしのほころびかけた魂のかけらをもとどおりに修復してくれる。

これがホロウによってもたらされる唯一の利点だ。ここでは、地面に掘られた小さな四角い穴を通してではあるものの、とぎれることなく見事なショーを見ることができる。空が暗くなり、時間がたつにつれて、ヴォイドの住人と呼ばれる生き物の声や物音に聞き耳を立てながら、オーロラが現われる瞬間を待った。

ノストラザへ連れてこられたとき、あたしは子どもだった。長期間にわたる飢餓と時間の経過により記憶が徐々に失われてゆき、それ以前のことはよく覚えていない。あたしが自分たちの過去についていくつかの事実を知っているのは、トリスタンとウィローのおかげにほかならない。

幼いころに住んでいたのは普通の森だったが、それがどんな感じなのか、ほとんど覚えていない。あたしは耳を傾けた。鳥や昆虫の声がするのではないか。葉を揺らす風のざわめきや、もしかすると小川のせせらぎも聞こえるかもしれない。でも、そんなものは何も聞こえなかった。

夜がふけるにつれ、上空がだんだん薄暗くなってきた。必死に耳を澄ませば、遠くの牢獄から何百人もさまざまな音が聞こえる気がした。夕食の時間を知らせる鐘の音。一日の労働を終えた何百人もの囚人たちの絶え間《ま》ない話し声。あたしはエアロのこと、そして、今夜予定していた逢瀬《おうせ》のことを考えた。

「ごめんね、エアロ」深まる闇に向かって小声で言った。

でも、いちばん心配なのはウィローとトリスタンのことだ。いまごろ気が気ではないだろう。三人のうちでいちばんよく問題を起こすのはあたしだし、看守長があたしに新たな罰を与えるたびに、ウィローとトリスタンがつらい思いをしているのはわかっていた。二人のために従順でいようと努力はしているが、あたしは権力に屈することが得意ではない。

空が暗くなるにしたがって寒さが増し、自分の身体を抱きしめた。この薄手のレギンスと牢獄から支給された標準仕様のチュニック以外に、何か身につけていればよかったのだが。おなかが鳴り、口はからから。舌が乾いて張りつく感じがし、唇はひび割れている。今日は朝食も食べていない。雲が頭上をおおい、今夜はオーロラを見ることはできないが、これは少なくとも雨が降る兆《きざ》しなのかもしれない。

森は相変わらず不気味に静まり返っているが、そのおかげで夜の牢獄における日常の音を聞くことができた。夕食の時間。シャワーの時間。おそらくジュードはあたしの石鹸を使い、あたしが罰を受けていることをいい気味だと思っているだろう。身体をこすり洗いしながら勝ち誇ったように鼻歌を口ずさむジュードの姿が、目に浮かぶようだ。あたしは歯ぎしりした。

あいつの手首が折れていて、痛みが何週間もつづけばいいのに。

目を閉じると、今も石鹸の花の香りがする。バラの香りだと、看守長は言っていた。実際にバラのにおいを嗅いだことがあるかどうか覚えていないが、きっと美しい花にちがいない。

シャワー用の石鹸が囚人たちに与えられてはいるものの、酸性で刺激が強く、目と鼻にツンとくるにおいがある。あたしのあの石鹸は天国のような香りがするだけでなく、ゆっくりと時間をかけて自然に磨かれた石のように、なめらかで肌ざわりがよかった。あの石鹸で洗ったら、あたしの肌は絹のようにすべすべになっただろう。人々がそのような石鹸を日常的に使う世界など、想像もつかない。

囚人たちが夜の休息に備えはじめると、ようやく牢獄は静寂に包まれた。ウィローはあたしのいない空っぽの寝台を見て、あたしのために泣きながら眠りにつこうとしているだろう。トリスタンは寝台に横になって天井を見あげ、無理だとわかっていながら、あたしをここから助け出す方法を何千通りも考えているかもしれない。

あたしはエアロのことを考えた。エアロは一人でいるのだろうか？　それとも、欲求を満たすために別の相手を探しにいったのだろうか？　そんなことを考えると胸が苦しくなるが、そのような感情を持つことは適切ではない。あたしたちはたがいに何ひとつ約束したことはないのだから。約束する意味があるだろうか？

おなかがぐうぐう鳴り、その音が静まり返った森全体に反響した。あたしは夕食の時間を知らせる鐘のようなものだ。明白な信号を発して、ヴォイドのなかのすべての捕食者をこの目立つ隠れ場所へ招き寄せようとしている。でも、それは問題ではない。やつらはあたしのにおいを嗅ぎつけているはず。たとえあたしが幽霊のように音もなく存在していたとしても、とっくに怪物どもはあたしがここにいると気づいているだろう。

噂によると、オーロラ国王はウラノス大陸やその向こうの世界全域で狩りを行ない、捕らえた怪物どもを奇怪なハイブリッドに作り変えているという。オーロラ国王の魔法によって怪物はより野性的な獣《けだもの》へと変貌し、森へ入る人間を襲ってはその肉をむさぼり食っている。と同時に、オーロラ王国に住むフェイの市民たちや、城に住む王族たちを守ってもいる。

この怪物どもは狩りの名手だ。この森を突破できる者は誰もいない。

小枝の折れる音がして、心臓がどきっとした。ふたたびポキッという音。何かがこの穴のなかへ這いおりようとしているのかもしれない。恐怖のあまり、さらに穴の隅へと身体を押しつけた。いままで、あたしはありえないほど運がよかったのだ。危ない目にあったことはなんどもあるが、ここで実際に襲われたことはいちどもない。ほかの囚人たちはそれほど幸運ではなかった。

ほんの数日前、看守たちが話しているのを耳にした。たったひと晩この穴に入れられた囚人がオジラーの強力な顎《あご》で嚙《か》み砕かれ、命を落としたのだ、と。

「血だまりと骨しか残ってなかった」看守が身震いしながら言っていた。看守たちでさえ、この残忍な結末に動揺を隠せない様子だった。あたしは今、オジラーが穴の縁をこっそり越えてくるところを想像している。唇があるなら、オジラーはそれをなめているだろう。見たことはないが、剃刀《かみそり》のように鋭い鱗、よだれがしたたり落ちる牙、そして思い描けるかぎりのもっとも恐ろしい姿が浮かんでくる。

またもや枝の折れる音がすると同時に、空気がどんよりと重くなり、黒い影が渦を巻いた。それらがあたしの鼻と口から侵入してきて、重苦しく不気味な感覚で肺を圧迫した。呼吸が速くなり、落ち着こうとしたが、その甲斐《かい》もなく、なんどか短いあえぎ声が漏れただけだった。

闇がいっそう圧迫感を増し、こんどはそれに断続的で荒々しい息遣いが加わった。錆《さ》びた鉄格子に鎖がこすれるような不快な音だ。すでにあたしをのみこんでいるものよりもっと黒い影が、穴の縁から現われた。そこには曲がったり折れたりした曖昧《あいまい》な形の身体があった。異様に長い四肢が不自然な角度でついている。あたしはすすり泣きを漏らし、この場から消えてしまいたいと思いつつ、ますます縮こまった。

〝あたしは何者でもない。何も持ってない。お願いだから、あっちへ行って〟頭のなかで繰り返しそう叫んだ。

心臓が早鐘を打ち、あたしはぎゅっと目をつぶった。もう見ていられない。少なくとも今ここで死ねば、この先二週間つづくはずの苦痛からは解放される。痛みもなく、一瞬で終わってほしい。

あたしは攻撃を待った。緊張が酸のように、あたしの薄っぺらで表面的な勇気を溶かしてゆく。不安に耐えきれず、目をこじ開けた瞬間、真夜中の影のように形のはっきりしない何かが、異常な速さで飛びかかってきた。

そのとき、あたしは血も凍るような悲鳴を上げた。

3

一瞬後、まばゆい閃光が空を横切り、地面を揺るがすほどの雷鳴がとどろいた。穴の壁面から瓦礫《がれき》や岩が剝《は》がれて転がり落ちてきた。ふたたび閃光が走り、さらに大きな雷鳴が天空に響きわたると、やがて雨が降りはじめた。

怪物は嵐におびえて、どこかへ行ってしまったようだ。あたしはほっとため息をつきながら、胸の鼓動が依然として激しく、ときおり不規則に速くなるのを感じた。目の前でこんなことが起こるなんて、生きた心地がしない。この二週間をどうやって生き延びればいいのだろう？

でも、今夜、ゼラの女神はひとつの願いをかなえてくれた。あたしは顔を空へ向け、口を開けると、渇ききった舌と喉《のど》にひんやりとした雨水を流しこんだ。少なくとも喉が渇いて死ぬことはなさそうだ。とにかく、今はまだ。

気温が急激に下がり、あたしはガタガタ震えた。雨が一定のリズムで髪や肌や衣服に叩きつけている。

無情にも土砂降りが何時間もつづいたあと、本当はもっとちょうどよく雨が降ることを願うべきだったと気づいた。あたしがいる穴に雨水がたまりはじめている。水が地面にしみこむ間《ま》もないほど、大量に降りつづけているせいだ。まだ十数センチしかたまっていないが、あたしはゼラに祈りを捧げた。あたしが対処できない、あるいは生き延びられないほど問題が大きくなる前に、雨が止《や》みますように。

だが、祈りは届かず、雨は止まなかった。クジラを溺《おぼ》れさせようとする海さながらに、断固たる決意を持って降りつづいている。

空が黒から灰色へ、そしてふたたび黒へと変わったとき、一日が経過したことになる。それは、いままで聞いたなかでもっとも退屈な物語のように、長く単調な時間だった。分厚い雲が空をおおい、オーロラが現われる兆《きざ》しはまったくなかった。雨が止まないので穴のなかには水がたまりつづけ、もはや地面にすわってはいられない。水位が数十センチになると、立ちあがらざるをえなくなった。あたしは、いまや泥だらけになった壁に寄りかかった。涙が雨とともに落ちてゆく。ここでは泣いている姿を誰にも見られることはないから、めったにないこの機会を贅沢《ぜいたく》に利用した。

雨は終わりなき洪水のごとく降りつづけた。水はゆっくりと彫像をおおいつくしてゆく蔦《つた》のように太ももを這いあがり、やがて腰まで達した。あたしは極度に疲れ、衰弱していた。ただ横になりたかった。そのためなら、どんな代償も払う覚悟だ。それが無理なら、せめて、すわりたい。下肢《かし》が痛み、寒さが身にしみる。指は――完全に感覚を失っていた。自分の手がまだそこにあるのか、なんども確認した。ブーツのなかで爪先を動かそうとしたが、冷えきっていて思うように動かない。

あたしは壁にもたれて眠ろうとした。でも、突進するヌーの大群のなかでうたた寝を試みるようなものだった。雨は降り止まず、衣服をびしょ濡れにし、髪や肌にまで浸透した。雨粒が目を刺す。歯がカチカチ鳴って顎《あご》が痛くなるほど、あたしは激しく震えた。自分の身体を抱きしめ、ぬくもりという慰めを少しでも見つけようとしたが、そんなものはなかった。

手足を広げて仰向けになり、水に浮かぼうとした。下半身にかかる圧力をやわらげるためだ。少しは楽になったが、こんどは二者択一を迫られることになった。痛みや圧力に耐えながら、立っているべきか？ それとも、冷たい水や空気にさらされながら、浮かんでいるべきか？ ありがたいことに、少なくとも今は夏で、気温が比較的、高い。オーロラ王国の冬はひいき目に見ても過酷で、最悪の場合は死に至る危険性がある。

やっと。やっと雨が止んだ。

どれほどの時間がたったのかわからないが、痛みは四肢の先端や身体の全細胞に及んでいた。麻痺が毛穴の隅々《すみずみ》まで広がり、冷えて固まりつつある溶岩のように体内に根ざし拡散してゆく。空が晴れ、雲が消えると、あたしは安堵《あんど》の涙を流しながら、すすり泣いた。少なくとも、水分不足にだけはなっていなかった。肌をおおう氷が硬い層となり、手足が震えるたびにカチカチと音を立てる。長時間立ちっぱなしだったのに死ななかったのが不思議だ。

水が地面にしみこむには、あと一生ぶんと思えるほどの時間がかかった。眠れたとしても、ほんの数秒ずつで、なんの安らぎも得られなかった。とても疲れているし、とても、おなかがすいている。あたしは衰弱し、抜け殻のようになっていた。水位が下がるにつれて、壁の側面に背中をつけたまま、ゆっくりと、本当にゆっくりと、あたしの身体はすべり落ちていった。両脚が震え、背中が痙攣《けいれん》した。頭はずきずきし、心臓は不規則にバクバクしている。

永遠とも思える長い時間が過ぎたあと、ようやくすわることができた。下肢にかかっていた負荷を取りのぞくことによる贅沢な安堵感とともに、身体が煙のように解放された。非常に軽く、雲の上に浮かんでいるかのようだ。だが、肌は水分を含んで重たい感じがした。錘《おもり》をつけられたかのように、湖の底に沈んでしまうかもしれない。

　両膝を引き寄せて抱えこみ、頭を下げた。数時間後、水位がわずか数センチまで下がると、地面に倒れこんだ。もう溺死する危険性はない。その瞬間、ただ横になれることを、かつてないほどありがたく思った。力を奮い起こすことができるなら、声を上げて泣いていただろう。

　まぶたをゆっくりと閉じ、あたしは眠りに落ちた。

この穴の底に横たわってから、どれほどの時間がたったのか、わからない。

　空が灰色から黒へ、そしてまた灰色へと変わることを繰り返すなか、日々は区切りなくつづくひとつのぼんやりしたものに変わっていた。オーロラの光が現われると、それをよく見ようとしたが、頭を起こすのがやっとで、残念ながら、赤、青、緑、紫の思わせぶりなきらめきを視界の隅でとらえることしかできなかった。だが、息を止めれば、光を聞くことはできた。決して解放されることのないエネルギーを秘めた稲妻《いなずま》のように、パチパチと音を立てている。

　過ぎてゆく日々を数えようとしたが、すぐに追跡できなくなった。とにかく頭が混乱している。これが現実だとはとても思えなかった。時間の経過が認識できない。あたしは壊れた時計のように、むなしく延々と時を刻みつづけているのだ。

　ふたたび雨が降ることはなかった。それはありがたいが、気休めにすぎない。すぐにまた水分が必要になるだろう。空腹が強烈にあたしをむしばみ、骨の髄まで少しずつ削り取られている気がした。あたしは飢えというものを知っている。そのリズムや鼓動、手ざわりの特徴は理解しているが、これほどの空腹を経験したのははじめてかもしれない。

ときどき悪魔の存在を感じるけれど、このところ以前ほど近づいてはこなくなっていた。あたしは悪魔に呼びかけた。あたしをむさぼり食ってほしいと懇願した。身体をばらばらにして、この状況を終わらせてほしい。痛めつけられてもかまわない。こんなことを終わりにしてほしいだけだ。

だが悪魔は、あたしの苦悩に満ちた懇願を聞き入れてはくれなかった。何かが悪魔を押しとどめている。混濁した思考の迷宮のなかで、あたしは悪魔が接近をためらっているのを感じることができた。

まばたきほどの短い間隔で意識がとぎれ、さまざまな色と暗闇が混じり合った霞《かすみ》のような状態のなかで、夢と悪夢が交互に現われ、無限のループを織りなしている。黒い翼とがさがさした皮膚の暗いイメージ。真っ赤な稲妻と星の河が縞模様《しま》を描く空。パチッという鋭い音とともにあたしを突き刺す血まみれの微笑。忘れかけたどこかの場所で反響する悲鳴。知っているのに訪ねたことのない場所。

トリスタンとウィローがあたしなしでも前向きに生きてゆこうとしている夢を見た。二人のうなだれた頭と涙で濡れた頬。ウィローは前後に身体を揺らしながら祈りの言葉をとなえ、トリスタンはウィローの肩を抱きしめている。

あたしはオーロラの光がちりばめられた空の下でエアロの夢を見た。狂おしいキスと、満たされない欲求にもどかしげな手。火照《ほて》った肌が汗ですべり、熱っぽいあえぎ声が漏れる。エアロの指と唇と舌があたしを味わい、嚙《か》み、しゃぶるのを夢に見た。心地よいはずのことを苦痛の連続のなかで体験すると、その瞬間の快楽が逆に苦しみのように感じられる。

看守長の夢も見た。欲深そうな目に、くさい息。あいつの残酷な言葉とサディスティックな意図。チャックをすばやくおろす音がして、あたしは両膝を床に打ちつける痛みを感じながら、泣き声を上げないよう自分に言い聞かせる。藁《わら》のように頼りない尊厳の最後のかけらにしがみつき、それを手放してはならないと心に誓う。

もう何カ月も、何年もここにいる気がする。そんなはずはないというのに。全身が痛み、湿気が骨にしみついている。ふたたび暖かさを感じられるようになるとは、とても思えない。

雨が降らないので、また喉が渇いてきた。唇はひび割れ、血がにじんでいる。あたしは寒くて震えた。衣服は一向に乾かず、空気は湿って重い。足の指のあいだや脇の下にカビが生えているかもしれない。

すぐにあたしの身体は森の地面と一体化し、徐々に分解され、大地に還るはず。運がよければ、生まれ変わり、もっといい場所で新たな人生を送れるだろう。

森がいつものように不気味な静寂を取り戻すと、夜と昼の区別がつかなくなったが、それでも、なんらかの変化を無意識のうちに感知していた。音のリズムの変化。遠くで反響する何かの音が圧倒的な静けさをきわだたせている。

金属がぶつかり合う音。肉が石に叩きつけられる音。悲鳴。牢獄から聞こえてくる。

もういちど頭を上げようとしたが、数センチしか上がらなかった。どうやら暴動のようだ。しかも、大規模な。ノストラザで三回の暴動を経験したが、いつも生存者より死者が多くなるという結果に終わった。トリスタンとウィローがあのなかにいる。どこかに隠れていてほしいが、トリスタンは暴動のまっただなかにいるだろう。少なくとも、混乱のなかへ飛びこむという愚かな行動をとる前に、ウィローを避難させようとしていればいいのだが。

暗闇に向かって二人の名を小声で呼んだ。ウィロー。トリスタン。あたしたちがここへ連れてこられたとき、あたしはまだ十二歳だった。ウィローはあたしより三つ年上で、トリスタンはさらにふたつ上だ。両親のことは断片的に覚えているが、その多くは兄と姉から聞いた話の寄せ集めだ。あたしたちはずっと固い絆《きずな》で結ばれていた。つねにたがいのために存在していた。最初の数年間がいちばんつらく、どうしてこれまで生き延びることができたのか、わからない。だが、毎日三人そろって無事に目覚め、カレンダーの新たな一ページを見るたびに、あたしはゼラに感謝している。

トリスタンは王の三人の家臣を殺害した罪で告発され、ウィローは王国の貴重な魔道具《アーティファクト》を盗んだ罪で判決を受けた。あたしの場合は、正式な判決をくだす手間さえ惜しまれ、この穴にほうりこまれて脱出の手段を奪われた。

あたしは後悔にさいなまれ、乾いた嗚咽《おえつ》を漏らした。三人でこの牢獄から出たかっただけなのに。

牢獄からの音が大きくなってきた。森の静寂のなかで響くドスンドスンという音と悲鳴。武器がぶつかり合う音と負傷者の叫び声。怪物たちも耳を澄ましているようだ――すべての生き物が強い好奇心に駆られながらも、その場にとどまっている。囚人と看守の数は二十対一の割合で囚人が圧倒的に多いが、囚人たちは疲れ果て空腹であるうえに、武器も持っていなければ、訓練も受けていない。また、看守たちは魔法を味方につけていた。王が魔法を使って張った結界のおかげで、境界を突破しようとする者は例外なくリボン状に引き裂かれる。

まぶたが重くなった。とても疲れて、おなかがすいているが、眠るわけにはいかない。何が起こっているのか、耳を傾ける必要がある。トリスタンとウィロー。二人の無事を願い、二人の顔を思い出して心の支えにしつつ、ときおりとぎれる意識のなかをただよいつづけた。それがどのくらいつづいたかはわからないが、数時間が経過したにちがいない。もはや時間の流れは重要な意味を持たなくなっていた。すでに死んでいるのかもしれない。

そのとき、頭のすぐそばでドスンと音がして、あたしは縮みあがった。いったい、どんな気味の悪い獣《けだもの》があたしの墓へやってきたのだろう？　うつらうつらしながらも、まばたきするあいだに、上で何かの影が動いているのがぼんやりとわかった。カサカサという柔らかい音がして、生温かい息を肌に感じる。

誰かがあたしに触れている。仰向けに転がされ、うめいた。全身が痛い。皮膚が焼けるようだ。骨がうずく。頭髪の一本一本が火のついたマッチのように燃えあがり、炎が頭皮全体に広がってゆく。

朦朧《もうろう》とした意識のなか、横たわっている場所で誰かの手があたしの身体を移動させようとしていることに気づいた。その手つきはやさしいが、力強く迷いがない。やがて、持ちあげられはじめた。夢を見ているのだろうか？　死んでしまったのか？　天国へ連れてゆかれようとしているの？　過去に犯した罪はあまりにも多く、いかなる形の赦《ゆる》しも与えられるはずがない。十二年前から牢獄にいる。生き延びるために、ゼラが顔をしかめそうなことを数限りなくやってきた。あたしを待っている永遠の安らぎなどない。

けんかをした。盗みを働いた。身体を売った。神を冒瀆《ぼうとく》したことも、なんどもあった。あたしの魂は真冬のオーロラ王国の空のように真っ黒だ。堕落した者たちの地で永遠を過ごすよう送られてゆくのだろう。それがあたしの居場所なのだから。

しかし、それが自分の運命だとしても、かまわない。すでに何年も、あんな荒涼とした場所で生きてきたのだ。地獄の現実がこれ以上にひどいとは思えない。あたしをつかんでいる両腕に身体を持ちあげられると、顎を上げて天を仰ぎ、冥界《めいかい》の支配者の足もとへと落下する覚悟を決めた。そこでみじめな永遠を過ごすことになるだろう。

ついにオジラーがつかまえに来たのなら、きっと八つ裂きにされてしまう。死にたいと思ったが、自衛本能の一部が、すでに大きく崩壊した精神のなかでなんとか持ちこたえている。あたしはもがいた。残されたわずかな力を振りしぼり、爪を立て、ひっかいたが、生まれたての子羊同然に無力だった。うなり声を漏らしながら、相手に嚙みついた。うめき声が聞こえ、あたしの肩全体に鋭い痛みが走った。

それからのことは暗闇しか覚えていない。

4　ナディール

ナディールは指の関節を鳴らし、首をまわすと、あくびをかみ殺しながら、集中しようと努めた。父の会議室の中央に置かれた円卓の南側にすわっており、ほかにも八人の上級妖精《ハイ・フェイ》が同じ円卓を囲んでいる。ここにいるハイ・フェイたちの地位はさまざまだが、おのおの自分の意見こそがもっとも重要視されるべきだと考えていた。ナディールの左隣にすわっているオーロラ国王はときおり不満げな視線を走らせ、ナディールに対する失望をあらわにした。すでに数時間にわたり、税について、また、サヴァヘル山麓の鉱山で高まる不満への対処について、議論がつづいている。

ナディールは議論されていることの重要性を理解していたが、この種のあらゆる問題には単純かつ明確な解決策がある。問題の核心は、この佞臣《ねいしん》どもが自分だけに利益をもたらす結果を画策していることだ。彼らの目的は勝つことだけではない。ライバルたちが少しでも不利益をこうむるようにしなければならない。

こうして堂々めぐりの議論がつづいた。

このハイ・フェイたちはそれぞれ、オーロラ王国の八つの地区を統治している。各地区はオーロラを構成する主要な色にちなんだ名で呼ばれていた。鮮緑色《エメラルド》、深紅色《クリムゾン》、銀《シルバー》、すみれ色《バイオレット》、藍色《インディゴ》、青緑色《ティール》、琥珀色《アンバー》、赤紫色《フューシャ》。かぎられたわずかな権力と富をめぐって延々と争いがつづき、どのハイ・フェイも、自分の地区がもっとも貢献度が高く、したがって、もっとも多くの報酬を受ける価値があると自負して、譲らなかった。実に哀れだ。

ナディールの父なら、この口論を終わらせることができる。国王としてほぼ絶対的な支配力を有しているからだ。だが、王リオンは評議会に寛大な態度をとって恩を売り、その返礼を宝石のように貴重なものとして集めていた。結局、これ以上の物質的な富を必要としない王にとって、恩を売ることとほど価値のあるものはないのだ。

ナディールは、自分が王位についたらこの茶番に終止符を打つつもりだった。唯一の解決策は、市民のあいだで起こりうる動揺を最小限にとどめ、なにより、自分自身が一刻も早くこのような会議から解放されることだ。

実際、生まれてはじめて〝ノー〟と言われたときの評議会メンバーの顔が見ものだという以外に理由はないとしても、連中の計画を妨害してやりたいと思っている。そんなことをしたら不評を買うだろうが、このおしゃべりどもにどう思われようとかまわない。

ナディールは王を注視した。王はすべての情報に耳を傾け、最高級のワインを味わうかのように評議会の言葉を楽しみ、飲みこむと、最終的には価値のないものとして排泄した。ナディールが変化をもたらすには、まず父を排除しなければならないが、それは長年にわたって直面してきた難題であり、いまだ解決にはほど遠い状況だ。

扉を叩く切迫した音が聞こえ、十人の出席者たちはいっせいに顔を上げた。とくに重大な理由がないかぎり評議会を妨げてはならないことは、誰もが知っていた。

「入れ」リオンが言うと、四人の看守が一列になって部屋へ入ってきた。全員が背筋を伸ばし、堅苦しい姿勢をとっている。ナディールと同様に、リオンも百八十センチをゆうに超える長身で、カラスの羽のような黒髪と、オーロラ王国の夜空のように鋭いまなざしの持ち主だ――黒い虹彩《こうさい》がときおり色鮮やかな光をはなつように見える。ナディールと違ってリオンの髪は、繊細な美しさを持つ尖《とが》った耳を縁取《ふちど》る形できれいに整えられている。一方、ナディールの髪は波打ちながら肩の下まで垂れており、そのことが長きにわたり父から軽蔑される原因となっていた。

「陛下」先頭の看守がすばやく一礼して言った。「お邪魔して申しわけございませんが、牢獄で暴動が起こりました」

ナディールは父を慎重に観察し、なんらかの反応の兆《きざ》しを探したが、オーロラ国王は岩と大理石でできているかのように揺るぎない。なにものも、感情を隠すその堅固な外壁を崩すことはできなかった。

「なるほど。こんどは何が原因だ？」

リオンは椅子の背にもたれ、腹の上で両手を組んだ。ナディールの父は八百歳近いが、ハイ・フェイであるため、戦士のように鍛えられた肉体を持ち、人間の年齢にして三十歳程度にしか見えない。

「よくわかりません」看守はうわずった声で言った。自分の答えがどのように受け取られるか、懸念していることは明らかだ。「このところ、かなり平穏な状態がつづいておりましたので、完全に不意を突かれました」

「看守長はどこにいる？」

「まだ事後処理を行なっていますが、わたしたちが囚人の大半を制圧しました」

「死者の数は？」リオンは超然とした冷静な態度でたずねた。まるでこの夏に採掘されたエメラルドの数をたずねるかのようだ。

「正確な数字はまだ把握していませんが、最後に聞いたおりには約百人でした」看守はますます背筋をぴんと伸ばした。リオンの悪名高き怒りに対して、心の準備をしているのだろう。だが、いかに虚勢を張ろうとも、王による罰は避けようがない。

「のちほどケラヴァがまいります。陛下に直接ご報告したいと申しており、その旨を事前にお伝えするよう指示を受けました」

リオンは決然とうなずくと、ナディールとほかの評議員たちに向きなおった。

「後日、ふたたび会議を招集せねばなるまい」

「ですが、陛下」バイオレット家の貴族であるジェサミンが言った。「このように未処理の報告書がございます」彼女はやり残した仕事がどれだけあるかを示すように、目の前にある書類をぱらぱらとめくった。

「"さがれ"と言ったのだ」リオンはどなった。「いますぐに」

円卓を囲む者たちが同時にため息をつき、怒りで表情を曇らせた。退室する口実を求めていたナディールは、円卓に両手をつき、立ちあがろうとした。

「ナディール」と、リオン。「おまえはここに残れ」

ナディールはうなずき、もういちど椅子にすわりこんだ。

残る八人の評議員が立ちあがった。王のふるまいに気分を害しているのは明らかだが、なすすべはない。ナディールは笑みを隠そうともせず、この状況を楽しんだ。この者たちは無用な下僕の集団のように解散を命じられているにもかかわらず、その事実から目をそむけようとしている。

評議員たちが退出しはじめたとき、戸口に看守長のケラヴァが現われた。額《ひたい》から流れる汗が頰を伝い、喉《のど》に沿って落ちてゆく。灰色の制服の前面に血が飛び散り、しわくちゃの白い襟《えり》に真っ赤なしみが点々とついている。看守長は退出する貴族たちに一礼しながら、頰に残る一筋の血を無意識に拭《ぬぐ》った。

「入れ」王が言うと、看守長は急いでなかへ入った。「扉を閉めろ」看守長がそのとおりにすると、広い部屋にはリオンとナディールと看守長だけが残された。

壁ぎわに書棚が並び、革装本《かわそうぼん》がぎっしりと詰めこまれている。多数の窓が北向きの壁に沿ってひとつづきに設置されており、その広い開口部から、空をいろどる光が今を盛《さか》りとさざ波のように揺れているのが見えた。ナディールがこの世に生を享《う》けてから三百年近くたつが、このような光のリボンの光景はいつも安心感をもたらしてくれる。

ナディールはすわったまま円卓から椅子を離して後ろに移動させると、身を乗り出し、膝に両肘をついた。両手を数センチ離し、魔法を使って手と手のあいだに色とりどりの光の帯を作り出す。絵具に浸《ひた》した飴《あめ》が糸を引いて伸ばされてゆくかのようだ。

「何があった、ケラヴァ?」王がたずねた。ナディールは二人のやりとりをじっくり見ようと、顔を上げた。

「不意打ちでした」ケラヴァは顎《あご》をかきながら言った。「最近は状況が落ち着いており、対立の兆候《ちょうこう》は見られませんでしたので」

「そのような問題を未然に防ぐのがおまえの仕事だ」王が言うと、看守長は授業中にカエルを放すところを見つかった男子生徒のように、しゅんとした様子でうなずいた。

「申しわけございません、陛下。すでに鎮圧され、犠牲者も最小限に抑えられました。死亡したのは看守二名と囚人百二十七名です」ナディールは看守長が何か隠していることを察した。ケラヴァは躊躇《ちゅうちょ》した。

「ほかに何かあるのか？」ナディールの父がたずねた。ナディールと同じことを感じ取っているのは明白だ。

看守長はまるで足もとまで血の気が引いたかのように、顔面蒼白になった。

「わたしの口からお伝えしたかったことがございます、陛下。囚人３４５２号が……姿を消しました」

リオンはまずいことを聞かれたと言わんばかりに、ナディールをすばやく一瞥《いちべつ》した。そのときナディールはリオンの顔をさまざまな感情がよぎるのを見つめたが、重荷をおろしたかのようにリオンの肩の緊張が解けたのは間違いなかった。なぜ囚人が失踪したことに安堵《あんど》しているのだろう？　ナディールは上体を起こした。いったい囚人３４５２号とは誰なのだ？

「暴動で死んだのか？　遺体を確認したか？」

看守長はこぶしを握りしめ、口を開きかけたがすぐに閉じた。

「答えろ！」リオンがこぶしを強く円卓に叩きつけたので、ナディールもケラヴァも驚いて飛びあがった。

「そうだと思います」ケラヴァは見るからに覚悟を決めた様子で、ごくりと唾を飲んだ。

「そうだと思うとは、どういう意味だ？」王は身を乗り出した。大きく威圧的な体格は脅威以外のなにものでもなかった。

「その囚人はホロウでの服役を言いわたされ、暴動が起こったときにはまだそこにいました」

「それから？」

「あとで連れ戻しにいったところ、オジラーの一頭によって命を奪われたように見えました」

「見えたとはどういうことだ？」

「残っていたのは血だまりだけです。囚人が虚無《ヴォイド》から脱出したと推測する根拠は何ひとつありません。たとえオジラーがいなかったとしても、結界によって阻止されたでしょう」

ナディールは眉をひそめた。明らかに看守長は言葉を慎重に選び、自分の話に説得力を持たせようとしている。

「囚人がホロウに入れられた理由はなんだ？」王がたずねた。矢継ぎ早に交わされる会話の様子を見守るナディールの頭に、いくつもの疑問が浮かんだ。父にとって一人の卑《いや》しい囚人の運命がどのような意味を持つというのだろう？「囚人３４５２号から絶対に目を離すなと、おまえは厳命を受けていたはずだ」

ケラヴァは慙愧《ざんき》の念に満ちた表情を浮かべ、うなだれた。

「はい、陛下。その囚人はけんかを始めたため、罰として二週間をホロウで過ごすことになったのです」

「二週間だと」そう言うと王は立ちあがり、圧倒的な長身を見せつけた。人間の看守よりも頭ひとつぶん背が高い。「二週間ものあいだ、囚人から目を離したというのか？」

「いいえ」看守長は王の激しい怒りの表情に青ざめながら言った。「いいえ、そうではありません。囚人が逃げださないよう、つねに見張りがついておりました。本当です。しかし暴動が起こると、見張り番の看守たちは囚人どもを制圧するために持ち場を離れたのでございます。事態が落ち着いてから戻ってみると、ホロウはもぬけの殻《から》でした」

「血だまり以外にはな」

「はい、陛下」看守長の声がしだいに小さくなり、ささやき声に近くなった。「たとえホロウから這いあがることができたとしても、生きてヴォイドから脱出できる者はいないでしょう」

そう言えば責任を回避できるのではないかという、かすかな希望がこめられていた。ナディールはこの男に同情しそうになった。両手を動かし、指のあいだで生じる光の輝線をもてあそびながら、父の表情がさまざまに変化してゆくのを観察した。不安、恐怖、困惑、そして安堵？

「囚人3452号とは誰のことですか？」ナディールは自分だけが事情を知らないことに耐えきれず、とうとうたずねた。

王はそれを無視し、なおも看守長を意識的に見つめつづけた。

「おまえは唯一の任務に失敗した」リオンが言った。「これ以上、おまえにどんな存在価値があるというのだ？」

その言葉にケラヴァは喉を大きく動かし、さらに青ざめた。

「陛下。同じあやまちは二度と犯しません」

リオンは一歩前へ出ると、震えているケラヴァを見おろした。

「監視するべき囚人はもういないのに、どうして同じことが起こりうるのだ？」

すぐに看守長は息をするのが難しくなっていった。胸を押さえる彼のこめかみから流れ落ちた汗が襟もとにたまってゆく。肉づきのいい顎を王につかまれると、看守長は目を見開いた。ナディールは何も言わず、指のあいだできらめく魔法の光をあやつりながら、この不可思議な一連の出来事を理解しようとした。

リオンが首を絞めると、ケラヴァは苦しげにあえいだ。王は顔をゆがめて冷酷な表情を浮かべ、じわじわとケラヴァの気道をふさぎつづけた。看守長は身体を持ちあげられ、両足が床から離れて宙に浮いた状態になった。咳きこみ唾を飛ばしつづけ、王の手をひっかいたが、フェイの力にかなうはずもなかった。

次の瞬間、王はケラヴァの気管をぎゅっと締めつけ、乾燥したバラの蕾《つぼみ》のように首全体を押しつぶした。看守長の鼻と口から血が流れ、王の腕を伝って床にしたたり落ちた。王が看守長を足もとに投げ落とすと、看守長の傷ついた身体から生命の兆候が最後のひと息として漏れ出ると同時に、武器が床を転がる無機質な音が響いた。

ナディールは漆黒《しっこく》の眉をひそめ、父を見あげた。

「おやおや、劇的な幕切れでしたね」ナディールは言った。「あれはいったい、なんの話だったんですか？」リオンは冷たくなってゆく看守長の遺体を見つめ、唇をゆがめた。

「森を捜索し、周辺をうろついている者がいないか確認してほしい」

「誰を捜せばいいのです？　囚人３４５２号とは何者ですか？」

リオンは暗いまなざしを息子に向けた。

「そんなことはどうでもよい。実際にその者が死んでいるとしたら、なおさらにな」

「では、誰を捜すかをどうやって知ればいいのですか？　相手は男ですか？　女ですか？」

リオンは両方の手のひらを評議会の円卓に置き、身を乗り出した。

「おまえが捜そうとしているのは、牢獄から姿を消し、森をさまよっている囚人だ、ナディール。それぐらい、簡単なことではないか？　おまえにだって、できるだろう？」

ナディールは父のバカにしたような口調に歯ぎしりするほど悔しい思いをしたが、反論しても無駄なことはわかっていた。オーロラ国王はつねに自分のほしいものを手に入れるのだから。ナディールは立ちあがり、仕立てのいい黒い上着の裾《すそ》を引っ張った。

「はい、そう思います」

「よし。誰か見つけたら、ただちにわたしのもとへ連れてこい」リオンはもういちど、痛めつけられた看守長の遺体を軽蔑の目で見た。「それから、部屋を出るときに誰かを呼んで、これをかたづけさせろ」

5　ロア

閉じたまぶたごしに太陽の光が差しこみ、世界をオレンジと赤の炎のように変えた。全身の痛みを感じ、突然の明るさに涙目になりつつも、どうにか目を開け、まばたきした。最初に見えたのは、窓と青く澄んだ広い空だった。その光景にとまどいながら、あたしは横になったままじっと動かなかった。まだ眠っていて夢を見ているのだろうか？

青空はぼんやりとした遠い過去の記憶のなかにしか存在しない。野の花のイメージや母の楽しげな笑い声も、それと同じだ。このような記憶の断片は、慰めのためだけにどこからともなく呼び起こされたのだと、思うことがある。社会から見捨てられ、囚人として苦しい生活を強《し》いられる前の人生には、幸せな瞬間もあったのだと感じられるように。牢獄に入れられたとき、幸せな記憶はつらい記憶に塗り替えられ、脳裏から離れなくなった。どんなに長い年月が流れても、忘れることはできないだろう。

身体を動かそうとすると、筋肉や関節が抗議の声を上げた。あたしは雲のようなものの上に寝ている。これまで経験したことのない柔らかさだ。

いや、違う。これはベッドだ。柔らかいシーツを敷いた柔らかいベッドに横になり、柔らかい枕に頭をのせている。あたしは死んだのだろうか？　ここは天国にちがいない。こんなにも贅沢《ぜいたく》で心地よい感覚に包まれているのだから。ふたたび動くと手足に痛みが走り、あたしは苦悶のうめき声を上げた。

でも、本当に死んだのなら、これほどひどく、あちこちが痛むはずがない。

「目が覚めたのね！」聞き覚えのない声がして、自分が想定外の場所にいることに気づいた。最後に覚えているのは、ホロウのなかに横たわり、ほとんど意識がない状態で、牢獄から遠く聞こえてくる暴動の音に耳を傾けていたことだった。誰かがあたしをさらってきたのだ。絹のようになめらかなシーツの上で素足をすべらせると、あたしは満足げにため息をついた。

さらわれて、豪華なベッドに横たわるという罰をくだされたのか？

そうは……思えない。

「気分はどう？」ふたたび声がして、こんどはその声の主《ぬし》に注目した。白い肌をした人間の年配女性で、淡い黄色のドレスをまとい、ひとつに束ねた銀髪を頭のてっぺんで結いあげている。ベッドの上であわてて身体を後ろに引いた拍子に、あたしはヘッドボードに頭をぶつけた。ヘッドボードは非常に高く、その向こうを見るには頭を上げなければならなかった。すると、周囲の状況が驚くほど鮮明に認識できるようになった。

「あんたは誰？」自分がどこにいるのかを確認しながら、あたしはたずねた。寝室だ。ノストラザの食堂や洗濯場をのぞけば、いままで見たなかでいちばん大きな部屋かもしれない。あたしは巨大なベッドに寝ていた。ベッドは白い木製の柱で構成され、その柱は金色の布で飾りつけられている。クリーム色と金色を基調とした多様な色彩の毛布や枕が、刺繍《ししゅう》をほどこした雲のようにあたしを心地よく包みこんでいる。

床は金色の筋模様が入ったクリーム色の大理石でできており、金色の分厚いラグでおおわれていた。部屋の奥には巨大な暖炉があり、壁一面の窓から、まぶしい太陽が輝くあの同じ青空が見えた。

「ここはどこ？」そうたずねたとき、薄手の白いナイトガウンしか着ていないことに気づき、毛布を顎《あご》まで引きあげた。ナイトガウンの生地はとても柔らかく、絹にちがいなかった。あたしはさらわれてこの部屋に閉じこめられ、見たこともないほど美しい服を着せられ、バターのように柔らかい枕とシーツでおおわれたベッドに横たわっているのか？ 絶対にありえないことだ。

「つらい目にあったそうね」あの女性が料理をいっぱいにのせた銀色のワゴンを押してきた。

「何か食べれば、気分がよくなるわよ」

「あんた、は、誰」あたしは繰り返した。すべての感覚が警告を発している。

「わたしはマグダレン」女性は言った。「でも、みんなにはマグと呼ばれているわ」

「ここはどこ？」あたしはふたたびたずね、マグに意識を集中させようとしたが、トーストとバターの香りに気をとられた。それに、ゼラの女神よ……あれはコーヒーなの？ あたしのおなかがぐうぐう鳴り、マグが灰色の眉をひそめた。

「おなかがすいているのね、かわいそうに。まずは何か食べて。そのあとで〈献上の儀式〉の準備をしましょう」

なんの儀式だって？

マグが完璧なほどカリカリに焼いたベーコンをひときれ持ちあげると、あたしは獣《けだもの》のようにそれに飛びつき、口に押しこんだ。いつも食べていた弾力のない灰色がかった細切り肉とは全然違う味がした。カリカリで塩が効き、脂《あぶら》がのっている。嚙《か》むたびに濃厚な味が舌に広がり、あたしはうめき声を漏らした。

マグがワゴンをさらに近づけてきた。銀色のカバーをとると、ふわふわのパンケーキとスクランブルエッグが現われた。どれもこれもバターをしたたらせている。これは全部まやかしで、目が覚めると自分はホロウの底で震えているのではないかと疑いながら、マグを観察した。だが、マグはほほえみつづけ、あたしの次の行動を辛抱強く待っている。これが夢であるかは別として、少なくとも、あたしはこの瞬間を最高に幸せなものにしてから現実に戻ればいい。

あたしは片手でナイフとフォーク、もう片方の手でシロップの入ったガラスのピッチャーをとり、中身を全部、皿の上にぶちまけた。マグはわずかに目を見開いたが、あたしが料理を切り分けはじめると、何も言わなかった。

「紅茶？　それともコーヒー？」マグが銀のポットをふたつ持ちあげてたずねた。

「両方」あたしは言った。依然として、これが現実であるわけがないという確信があったのだ。

マグは小さな笑い声を上げた。

「わかったわ。何を入れる？」

「何を入れるって？」

マグは眉間《みけん》にしわを寄せた。

「そうよ。ミルク？　クリーム？　砂糖？」

「それでいい」あたしは答えてからスクランブルエッグとパンケーキの大きな塊《かたまり》をひとつ、またひとつと口に押しこんだ。

マグはあたしが頼んだとおりに、ふたつのカップ——ひとつにはコーヒー、もうひとつには紅茶を注ぎ、クリームとミルクをたっぷり入れると、ティースプーン山盛りの砂糖を加えた。あたしはその様子をうっとりとながめた。いちどだけ牢獄でコーヒーや紅茶を飲む機会があったが、真っ黒でとても苦く、外敵から身を守ろうとするカタツムリのように舌が縮みあがった。

あたしは誰かにさらわれて美しいベッドに寝かせられ、絹のナイトガウンを着せられた。そして、いまパンケーキを食べさせられている？

「おやおや、ゆっくりお食べなさい」マグが言った。「急いで食べたら、おなかを壊すわよ」

マグの言うとおりだということはわかっていた。最後に食べたのは、少なくとも一週間、おそらくそれ以上に前のことだ。でも、ここが本当に天国で、あたしが死んでいるとしたら、きっとそんなことはどうでもいい。これが夢なら、目を覚ます前にこの料理をできるだけたくさんたいらげるのがあたしの神聖な義務だと思う。

次の瞬間、自分が本当は生きているにちがいないことを思い知らされた。なぜなら、胃が痙攣《けいれん》し、食器を落としてしまったからだ。だが、ゼラに守られしマグはこのような場合の対処に慣れていた。すでにあたしの顎の下に金色のバケツがあてがわれており、あたしはマグに対する礼儀として、胃の内容物をそのなかに吐き出した。

あたしが嘔吐すると、マグはやさしく背中をさすり、愛情深い乳母のように温かい言葉をかけてくれた。いったい、この女性は何者なのだろう？　ゼラに祝福された者の一人なのだろうか？何がなんだか、わからない。食べたものを全部吐くと、あたしは手の甲で口もとを拭《ぬぐ》い、両腕に清潔な白い包帯がきちんと巻かれていることに気づいた。ノストラザで長い年月を過ごしたおかげで、つねに身体のあちこちに切り傷や打撲傷があり、完全に治らないうちに新たな傷が加わることがつづいていた。

マグはあたしの視線が向けられている個所に気づき、同情の色を浮かべた。

「どうして、あたしは死んでないの？」あたしがたずねると、マグはハッと息をのみ、唇を引き結んだ。あたしは昏睡状態におちいっていても不思議ではなかった。立てないほど衰弱し、抜け殻のようになっていたはず。あれほど長いあいだホロウにいたのだから、回復不能なほど打ちのめされていてもおかしくないのだ。

マグは手ぎわよく、あたしの腰を毛布でくるんだ。

「ほとんどのケガは治療してもらえたわ。残った傷も数日で治るでしょう。すべての傷痕を除去できなかったのが残念よ。とても古くて……なかなか消えない傷痕もあったの」

マグは一瞬、困惑の表情を浮かべると、やがてあたしと目を合わせ、腹の前で両手を組んだ。

もちろん、どの傷痕のことかはわかっている。背中の傷痕。顔の傷痕。肩の前面にある烙印《らくいん》——円を背景に三本の曲線が描かれている。オーロラ国王の紋章だ。あたしがまだ幼かったころに焼きつけられ、あたしは永久にノストラザの正当な所有物となった。

食べたらかえって気分が悪くなったので、ふたたびぐったりとベッドに横になり、あらためてその柔らかさに驚いた。ずっとここに寝ていたい。

「もう少しあっさりしたものを持ってこさせるわ」マグは言い、水の入ったグラスを差し出した。

「これをゆっくり飲んで」

あたしは上体を起こしてグラスを受け取り、顔をしかめて水を一口飲んだ。

「どうかしたの？」マグが両手をもみしぼりながら、たずねた。

「いいえ」あたしは首を横に振った。「違う。おいしいの」おいしいどころではなかった。冷たくさわやかで、ほんのり甘い。水って、こんな味だったっけ？　オーロラ王国で与えられた水は微妙に塩からく、濁っていた。何が混じっているのか考えたくもなかった。噂によると、トイレの汚水をいいかげんに濾過《ろか》しただけのものだという。新鮮な水に触れることができた唯一の瞬間は、ホロウで過ごした幾晩《いくばん》かのあいだに雨水を飲んだときだった。

あたしは一口で多量の水を飲みこみ、その液体がひりひりした喉《のど》を流れ落ちるのを堪能《たんのう》した。太陽の光と希望の味がするような気がして、なぜか胸を締めつけられ、目頭が熱くなった。どうしてこの女性はこんなに親切にしてくれるのだろう？

さらになんどか水を飲むと、胃の不快感がやわらぎ、落ち着いた。あたしはグラスをナイトスタンドに置き、忙しげに室内を動きまわるマグを見つめた。

「お願いだから教えて」あたしは言った。「ここはどこ？　あんたは誰？」

「おやおや、もちろんここは宮殿よ、お嬢さん。慣れるまで少し時間がかかると思うけど、わたしができる範囲でお手伝いするわ」

あたしは目をしばたたき、その言葉の意味を少しでも理解しようとした。

「どこの宮殿？」

まだオーロラ王国にいるとは思えない。空は青く、何もかもが金色に輝いているのだから。オーロラ王国には、さまざまな色調の黒と灰色と苦悩しかない。あたしが過去に美しいと感じた経験は、空に浮かぶ宝石のような光をつかのま目にしたときだけだった。

「頭でも打ったの？」マグが心配そうに額《ひたい》にしわを寄せ、たずねた。「〈太陽の宮殿〉に決まってるでしょ。あなたのような……お育ちの娘がここにいるなんて理解できないでしょうけど、本当のことなの！　あなたは最終献姫《けんき》なのよ！」

あたしは目を細めてマグを見た。頭を打ったのはマグのほうじゃないの？　いったい、なんの話をしてるの？

「最終献姫って、なんのための？」

マグは口を真一文字に結び、あたしに厳しい視線を向けた。いらだっているようだが、あたしにはその理由がわからない。

「そんなくだらないことを言うのはやめて。名前はなんていうの、お嬢さん？　まだ聞いてなかったわ」

「ロア」あたしは言った。「あたしの名前はロア」

「ふーん。それは何かの略？　ちょっと単純すぎない？」

あたしはかぶりを振った。

「ううん、ただのロア」

マグはクローゼットに頭をつっこんでいた。しばらくすると、うっとりするような金色のドレスを持って出てきた。

「まあ、これでいくしかないわね。どうせ目立ってしまうんですもの。でも、できるだけ見栄《みば》えをよくしましょう」

あたしは自分の身体を見おろし、マグの一連の言葉に少し屈辱を感じはじめた。そのとき、ノストラザで着ていたはずのぼろぼろのチュニックがなくなっていることに気づいた。

「あたしの服」あたしはマグに言った。「あたしの服はどこ？」

「あなたが着ていた汚いぼろ布のこと？」マグは鼻にしわを寄せた。「もうないわ」

「返して。お願い」

マグはまたしても困惑の色を浮かべてあたしを見つめたが、あたしの表情からこれが冗談などではないことを感じ取ったにちがいない。

マグは顎を軽く上げた。

「誰かに捜させるわ」なぜそんなにあの服が必要なのか理解できないという口調だが、あたしはその理由を教えないことにした。

「その髪はどうしたの？」マグはあたしの奇妙なふるまいを無視し、近づいてくると、ベッドの足もとにドレスを置き、ぎざぎざの毛先に触れながら声を落としてささやきかけてきた。「自分で切ったの？　アンブラにはまともな美容室がないでしょうから、しかたがないわよね」

あたしは自分の見た目が気になり、肩まである髪をかきあげた。

「シラミのせいだよ」そう言ったとたんに、マグが浮かべた恐怖の表情に気づき、後悔した。

「大丈夫。あたしは感染してなかったから。予防措置として髪を刈られただけ」

マグが肩の力を抜いた。

「ああ、それなら納得できるわ」

「アンブラって何？」あたしがたずねると、マグが毛布を引きおろし、あたしは薄手のナイトガウン姿をさらけだす形になった。マグは手首をつかんで、あたしを立ちあがらせた。あたしは手首を振りほどき、胸に押し当てた。

「本当に大丈夫？　もういちど治療師を呼ぶ必要があるかもしれないわね」マグは料理でいっぱいのワゴンにふたたび向きなおり、トーストを手に取るとあたしに差し出した。

「何かおなかに入れたほうがいいわ。こんどはゆっくり食べなさい。テーブルマナーもレッスンリストに追加する必要がありそうね」マグはあたしが食べ残したパンケーキとスクランブルエッグの皿を見て、顔をしかめた。大惨事のあとのようにシロップまみれだ。

「なんのレッスン？　いったい、どうなってるの？」

マグがまたしても無視し、あたしを戸口のほうへ押しやると、あたしたちは豪華なバスルームへ入った。その中央に巨大な浴槽があり、うず高く盛りあがった泡が縁《ふち》からこぼれ落ちている。あたしは浴槽に浸《つ》かったことがない。少なくとも、記憶にあるかぎりではいちども。ノストラザでは入浴する機会がほとんどなく、たまに氷水のようなシャワーを浴びるだけだった。水圧がとても強いため、背中を無数の小さな針で撃たれているような感じがした。

男女に分けられてもいなかったので、ウィローとあたしが安心してシャワーを浴びることができたのはトリスタンが扉を見張ってくれているときだけだった。

そのとき、あたしは思い出した。

「ウィロー。トリスタン」あたしは言った。「二人はどこ？　どうなった？」

またもマグは返事の代わりに困惑の表情を浮かべた。

「わからないわ、お嬢さん。トーストを食べて、それからお風呂に入ってその髪をなんとかしましょう」

マグがあたしの背中のボタンをはずしはじめると、あたしは抗議の声を上げて飛びのいた。羞恥心のせいではない。何百人もの囚人がひしめき合うノストラザで生活するなかで、そんなものはすべて、とっくに失われていた。それよりも、この女性が何者なのかまだわからないし、見知らぬ人にやさしく触れられることに慣れていないせいだ。

自分は死んだはずだとまだ確信しているが、これがあの世だとしたら、奇妙すぎる。

マグはチッチッと舌を鳴らした。

「心配しないで。わたしが見たことのないものはないわ」マグはもういちどあたしをまわれ右させ、下着を脱がせると、両腕で身体を隠そうとするあたしに浴槽を指し示した。「入りなさい」

風呂に入りたい気持ちはあるが、まだ何か裏があるのではないかと、あたしは躊躇《ちゅうちょ》した。いま立っている場所からでも、湯の熱さと、いい香り――おお、ゼラよ、このうえない喜びです――を感じることができた。ジュードとのケンカの原因となったあの粗末な石鹸《せっけん》のにおいが、踏みにじられた花びらのにおいのように思えてきた。

あたしは内心でにやりと笑った。今のあたしを見なよ、ジュード。そのくそみたいな石鹸で楽しむがいい。

いったいどうなっているのかを理解しようとしながら、どうせなら身体をきれいにしようと思った。浴槽に向かって足を踏み出し、爪先を浸すと、快感が波紋のように広がり、ぞくっとした。やけどしそうなほど熱い湯だが、息を吸いこみ、湯船に飛びこんだ。わずか数秒でひりひりする痛みに身体が慣れると、ほっとため息をついた。

こんなものを経験したあとでは、ノストラザの残酷なほど氷のように冷たいシャワーには二度と戻れそうにない。今なら、自分が死んでいるとしても、それでいいと思えた。この体験にはそれだけの価値があるからだ。

マグはあたしのまわりを忙しく動き、最後に髪を洗ってくれた。やがて満足すると、身体に巻くための厚手の白いタオルを差し出した。タオルを巻く前に、自分の裸がちらっと見えた。打撲傷と傷痕だらけだ。浮き出たあばら骨が、肌に濃い影を落としている。鎖骨と肩は、殺傷能力を持つ武器のように鋭く尖《とが》っていた。

マグはあたしを化粧台へと導くと、すわるように言い、やっと肩まで伸びた髪を手櫛《てぐし》でとかしはじめた。いまや絹のようにつややかで、庭の草花のようにいい香りがする。あたしは濡れた髪の束を鼻に近づけ、感謝の思いをこめて息を吸いこんだ。マグはあたしの指を叩いてとがめるようにチッチッと舌を鳴らすと、髪をブラッシングして乾かし、ピンを使って頭の上でとめた。どうにかして、実際の毛量の三倍もあるように見せかけてくれた。

「ましになったわね」マグは言い、自分の作業に確信が持てないのか、あらゆる角度から慎重に作品を吟味した。「また自分でハサミを入れるのはやめてね、いい？　切りそろえる必要があるなら、宮殿の美容師が喜んでやってくれるはずよ。とりあえず、ぎざぎざの毛先を整えるために、あとでそのなかの誰かに来てもらうわ」

あたしは顔をしかめ、鏡ごしにマグを見た。親切のつもりなのだろうか？

次にマグは化粧台に並べられた多数のガラス製の小瓶や壺のなかからいくつかを選び、中身を手に取った。さまざまなものを顔に塗りつけられるあいだ、マグの手間《てま》を無駄にしないようにと、なるべく動かないようにした。化粧をされている。あたしは化粧をしたことがない。自分が目《ま》の当たりにしているもののあまりの豪華さに、驚きを禁じえなかった。あの風呂はいくらするのだろう？　この部屋は？　このドレスは？

あたしはここで何をしてるの？

作業を終えると、マグはあたしをふたたび鏡のほうへ向けなおした。

「ほら」マグが言った。「これならりっぱな貴婦人に見えるかもしれないわね」

あたしは自分の顔をじっと見つめていた。目をそらすことができない。ノストラザには鏡がなかったので、自分の姿を見るのは何年ぶりだろう？　頬と下唇に触れ、これが自分の一部であることに驚愕《きょうがく》した。ひどい顔だ。

マグと比べると、頬がこけていて、暗い色の目は落ちくぼんでいた。マグは化粧でできるかぎりのことをしてくれたが、彼女が何者であろうと、魔法使いではない。あたしの黒い眉は吊りあがり、こげ茶色の目は過去の記憶にとりつかれて、どんよりしている。無慈悲な苦痛の炎によって焼きつけられた記憶ばかりだ。顔のわりには目も鼻も口も大きすぎるが、洗ってもらったおかげで肌の色が少し健康的に見える。薄い褐色で、いつもの灰色がかった肌とは大違いだ。ちょっと日に当たれば、これほど貧血ぎみには見えなくなるかもしれない。

あたしは左目を横切る傷痕を指でなぞった。眉の上から頬のまんなかまでつづいている。これまで鏡で確認する機会はなかったが、そこに傷痕があることは知っていた。マグが化粧で何をしたのか、その大半がおおい隠されている。複雑な気分だ。

自分の姿をながめている時間はあまりなかった。マグがバスルームへ戻ってきたからだ。いつのまに出ていったのだろう？　マグは顔に触れていたあたしの手を払いのけた。

「やめなさい。せっかくの化粧が台なしになるわ」マグは金色のドレスを手に持ち、立ちあがるようあたしをうながした。

「さあ、これを着て。もうすぐ国王陛下にお目にかかるのよ」

あたしはその言葉を聞き、ドスンと現実世界に突き落とされた気がした。

「国王？　どの国王？　なんであたしが国王に会うの？」

マグはあきれたように、ぐるりと目をまわした。

「あなたが選ばれたのは頭がいいからではないみたいね。見た目で選ばれたわけではないことも、たしかだわ。努力して、もう少し肉をつければ、魅力的になるかもしれないけど」

侮辱されたのかどうかわからないが、あたしはふたたび顔をしかめた。マグはドレスを持ちあげ、それに足を通すよう、いらだたしげに身ぶりで示している。

「急いで。あまり時間がないんだから」

あたしはマグの言うとおりにした。まだしぶしぶながらではあるが、ほかに選択肢がない以上、いまはしたがうことにした。マグはあたしの腕をドレスの袖に通し、後ろにまわって背中の紐《ひも》を締めあげた。鏡に映る自分を見て、あたしは息をのんだ。まぶしいほどの金色の布地が幾重《いくえ》にも重なり、床に垂れさがっている。片方の袖は透け感があるが、もう片方の袖は同じ金色の布でできていた。ドレスの上半身の両脇に入った切りこみには透ける素材が使われ、金色のビーズがあたしのあばら骨から腹にかけて、太陽光線のように放射状に配置されている。痩《や》せ細った身体には少しゆるいが、これほど美しいドレスは見たことがない。今のあたしはそんなことばかり考えているようだ。

あたしは誘拐されて、王妃にふさわしいドレスを着せられているの？

「次はこれよ」マグは言い、床に置かれた金色のサンダルを指さした。

「わからない」あたしはサンダルを見て、次にマグを見た。「お願いだから教えて。どういうこと？」

「準備はできたか？」寝室から男性の低い声がした。

マグが動揺した様子であたしに向きなおった。

「それを履いて。行く時間よ」

あたしは抗議の余地もなく、強引にサンダルを履かされ、ふたたび寝室へと引きずられていった。

部屋のなかには、制服姿のとんでもなく魅力的な男性が立っていた。若くて、あたしと同年代に見え、色の濃いブロンドの髪をうなじのあたりで結んでいる。見あげるほど背が高く、筋肉質の身体はいかにも生まれながらの戦士という感じだ。あたしは彼の背中から両側に広がっている雪のように白い翼に目を奪われた。この翼だけでは上級妖精《ハイ・フェイ》だと確信できないとしても、繊細な美しさを持つ尖った耳と光り輝く肌はハイ・フェイであるという証拠になるだろう。腰には大きな剣がぶらさがり、使いかたを心得ていることがうかがえる。

マグにもういちど手を引っ張られる前に、あたしは不安の塊をのみこみ、勇気を奮い起こした。

あたしが近づいてゆくと、男性はお辞儀をした。あたしはどう反応すればいいかわからず、立ちどまった。あたしもお辞儀をするべきだろうか？　あたしが読んだ小説には、女性が片足を引いてお辞儀する場面があった。

バカみたいにぽかんと口を開けて彼を見つめたまま、ここに突っ立っているべきではない。それだけはたしかだ。

「おれはガブリエルだ」男性がお辞儀の状態から背筋を伸ばし、そう言ったので、あたしは次にどうすればいいのか悩まずにすんだ。ガブリエルの首の側面に金色のタトゥーが刻まれており、太陽光を模した放射状の曲線が日焼けした肌に広がり、開いた指のように見える。「太陽妃選考会のあいだ、おまえの監視官として任命された」

「あたしのなんだって？　なんの選考会？」

ガブリエルがマグを見た。

「さがっていいぞ」

マグが実際に片足を引いてお辞儀をしたので、あたしは次の機会のためにそれを記憶にとどめた。

「またあとでね、貴婦人さま」

「そんな、待ってよ」だが、マグはすでに立ち去りはじめていた。ちょっと失礼な気がしたが、マグに悪意はないようだ。いまや、あたしはこの威圧感のあるフェイと二人きりで取り残された。ガブリエルはブーツで踏みつぶす寸前の虫けらを見るような目で、あたしを観察している。

マグが部屋を出てゆき、扉が閉まると、ガブリエルはあたしに向きなおった。青い目をぎらぎらさせ、刺すような視線を向けている。

「ロア。〈太陽の宮殿〉へようこそ。何かたずねたいことがあるんじゃないのか」

あたしは一歩あとずさった。ガブリエルの圧倒的な存在感に恐怖を感じたのだ。ここにいるのはあたし一人。自分がどうしてこの部屋にいるのか、〈太陽の宮殿〉で何をしているのか、見当もつかない。〈太陽の宮殿〉の正確な位置は知らないが、あたしがいた場所からとてつもなく遠いことはわかっていた。あたしを殺すつもりで入浴させ、着飾らせたのだとは思えないが、本当にそう確信してもいいのだろうか？　もしかすると、あたしは手のこんだいたずらのターゲットにされているのかもしれない。だが、あたしだけのためにそこまでする者などいるだろうか？

「うん、あるよ。いったい、どうなってるの？　どうして、あたしはここにいるの？　あんたは何者？」

ガブリエルは唇を引き結び、腰の剣に手を伸ばした。

「いろいろたずねたいことはあるだろう」ガブリエルは繰り返した。「だが、その質問の答えはあとまわしだ。ついてこい」

ガブリエルは踵《きびす》を返し、扉へと向かいはじめた。あたしが突っ立ったままであることに気づくと振り返り、あたしをにらみつけた。

「あたしがここにいる理由を教えてくれるまで、どこへも行かない。これは夢？　あたしは死んでるの？」

「夢ではないし、おまえが生きていることは明らかだ」ガブリエルは扉の取っ手を握りながら答えた。「自分からついてくるか、それとも、おれに力ずくで連れていかれたいか。選ぶのはおまえだ」

ガブリエルの表情にはユーモアのかけらもなかった。口にしたとおりの行動をとることは間違いない。

「おれについてくれれば、いくつかの質問の答えがわかるだろう」

あたしはためらった。でも、あたしに選択の余地はあるのだろうか？　ガブリエルは多くの武器を携帯しているし、このような宮殿にはいつでも彼の命令を実行できる兵士が大勢いるとしか思えない。それに、ガブリエルは質問に答えることを約束した。だが、あたしはガブリエルが〝いくつかの〟という言葉を使ったことに気づいていた。

「わかった」あたしはまるで最初からそのつもりだったかのように言った。

「賢明な選択だ、貴婦人さま」一瞬、ガブリエルの無表情な顔に笑みが浮かぶのを、あたしはたしかに見た。

「なぜ、みんな、あたしをそう呼ぶの？」あたしはガブリエルの横で足を止め、たずねた。「あたしは貴婦人じゃないのに」

ガブリエルはあたしをじっと見つめた。その目にちらりと何かがひらめいた。

「これまではそうじゃなかったかもしれないが、今日から変わる」

「どういう意味？」

「さっきも言ったように、おれについてくれれば、いくつかの質問の答えがわかるだろう」ガブリエルは扉を開け、廊下を指し示した。「お先にどうぞ、貴婦人さま」

あたしは疑いのまなざしでガブリエルを見た。あたしをからかってるの？　だが、ガブリエルの表情は真剣そのものだった。

あたしはうなずき、スカートの裾《すそ》をつかむと、決然と扉を出た。運命を受け入れる覚悟はできていた。

6

宮殿のとても広い廊下を進むあいだ、あたしの頭は周囲の状況を完全には理解できなかった。あたり一面が金色だ。作りたての新鮮なバターのような淡い黄色から、燃えるように鮮やかなオレンジ色まで、さまざまな濃淡の金色が重なっている。

鏡や金箔《きんぱく》が張られた装飾品、きらきら光る糸で織られた分厚い絨毯《じゅうたん》。あたしたちは高いアーチ形の天井がある部屋の前を通り過ぎた。陽気な音楽の軽やかな音色が廊下まで漏れてくる。笑い声やおしゃべりの声がして、重苦しさとは無縁の雰囲気がただよっていた。まるで闇がここに入りこむ余地はないかのようだ。

楽器の旋律が聞こえてきた。ピアノ？　それに、もうひとつ。厳《おごそ》かだが美しい音。おそらくバイオリンだろうか？　それらはあたしが思い描き、複雑にからみあった記憶のなかに埋もれていた音色だった。

「来い」ガブリエルが低い声で言った。あたしは上級妖精《ハイ・フェイ》が大勢いる部屋の前で立ちどまっていた。金色のドレスを着て、カールしたブロンドの髪を高くまとめあげた肌の白い女性が、巨大な金色の竪琴《たてごと》を演奏している。ハイ・フェイたちはその様子に見入っているのだ。泡立つ液体で満たされたクリスタル製の小さなゴブレットを指で軽くはさみ、揺らしている。ささやき合い、頭をのけぞらせながら、なんども笑い声を漏らす。とても幸せで心地よさそうに見えた。非常にリラックスして、この状況に溶けこんでいる。それはいったい、どんな感じなのだろう？「あとで音楽を聴けるよ」

その光景に見とれていたあたしはハッとして、ガブリエルのほうを向いた。ガブリエルがそこにいることをすっかり忘れていた。しぶしぶうなずき、決然とした足取りのガブリエルのあとを追う。角をいくつか曲がり、広い廊下を進んでゆく。大きなアーチ形の窓から、明るい空だけでなく、緑色に近い青く透明な海も見えた。あたしはふたたび足を止め、無意識に片手を喉《のど》もとへやりながら、このながめに浸《ひた》ろうとした。その深みへとまっすぐに飛びこむかのように。

「こんなものを見ることになるなんて思ってもいなかった」あたしは胸を締めつけられる思いがして、ささやいた。「すばらしい」

海の波が重なり合い、その頂点に現われる白い泡がいたずらっぽい雲のようにゆっくりと転がる。実際には聞こえないが、どんな音を立てているのか想像した。きっとライオンの咆哮《ほうこう》か、とどろく雷鳴のような音にちがいない。

「貴婦人さま」ガブリエルが言った。こんどはいままでより声がやさしく、表情も少しやわらいでいる。「遅れるぞ。お願いだ。いっしょに来てくれたら、あとであそこへ連れていってやるから。約束する」

「わかった」あたしはうなずき、ようやく視線を引きはがした。百年間ここにじっとしていても、この景色に飽きることはないだろう。

ついに高い両開きの扉にたどりついた。扉は白く塗られた木でできており、葉や花をかたどった金色の透かし細工でおおわれている。片側の扉が半開きになっていて、ガブリエルはそれをさらに数センチ押し開けると、堂々とした足取りでなかへ入り、扉を押さえてあたしに入室をうながす身ぶりをした。

あたしが部屋へ入ったとたん、おしゃべりが止《や》み、室内にいる全員がフクロウのように顔をほぼ百八十度後ろに向け、いっせいにこちらを見た。あたしはごくりと唾を飲み、ドレスの生地を両手で握りしめた。手のひらが汗ばんでいるため、ドレスを台なしにしてしまったかもしれない。

この部屋もほかのすべての部屋と同様にきらびやかで、高い天井と巨大な窓があり、随所に富の証拠である高級感があふれている。あたしはここで何をしているの？　ここにいるべき人間じゃないのに。これはきっと何かの間違いだ。

ハイ・フェイの女性が九人いた。みな、あたしと同年代に見え、ひとかたまりになっている。自分こそがいちばんだと競い合っているかのように、どの女性も美しい。ピンク色の唇、長いまつ毛、生き生きとした大きな目。つややかな髪にすべすべした肌、そして細い手足。彼女たちが着ている金色のドレスと比べると、あたしのドレスがクローゼットの奥から引っ張り出してきたぼろ布のように見える。たった数分前までこのドレスを過去に見たことがないほど美しいものだと思っていた自分が、みじめでならない。

室内にはさらに監視官のフェイも九人いて、整然と並んでいた。ガブリエルと同じ鎧《よろい》を身にまとい、それぞれの背中には白い翼があり、これまたガブリエルと同じく、首にあの金色の太陽のタトゥーが入っている。九人の女性とその監視官のほかにも何人かのフェイがいた。そのなかに厳しい表情の女性が一人おり、まさに今、眼鏡ごしにあたしをじっと見ている。

「あら、やっと来たのね。〝最終献姫《けんき》〟のご到着よ」どうして、みんな、あたしのことをそう呼ぶの？　それに、そのときに不気味なくらい声を低くするのはなぜだろう？

そのフェイは優雅に前へ進み出ると、あらゆる角度から批判的な目であたしをじろじろ見た。ブロンドのストレートヘアは顎《あご》のあたりで切りそろえられており、目は印象的な緑色だった。金色のスカートを身につけ、溶けたバターのようになめらかな生地でできた膝下丈のオーバースカートを重ねてはいていた。身長はあたしと同じくらいだが、堂々とした姿勢とつんと上げた顎のせいで、少なくとも三十センチは背が高く見える。

「少し痩《や》せているけど、まあいいわ」女性は眉をひそめ、片手を胸に押し当てた。「顔にあるそれは何？」

彼女が眼鏡を押しあげ、息のにおいがするほど近づいてきたので、あたしは鼻にしわを寄せた。フェイが眼鏡のような補助具を必要とすることはないはずだ。人間よりもずっと視力がいいのだから、これは伊達《だて》眼鏡にちがいない。眼鏡をかけると賢く見えると思っているのだろう。そう思っているなら間違いだ。

「傷痕《いたい》？」女性は言った。まるであたしがドレスをまくりあげて床に排尿したかのような口調だ。

あたしは急に自分の見た目が気になり、頬にさわった。傷痕を恥ずかしいと思ったことはいちどもない。傷痕はあたしが経験した肉体的苦痛を記録し、あたしの歴史の一部となっている。名誉の勲章であり、あたしが生き延びたすべての瞬間をつねに思い出させ、多くの者たちが耐えられなかった試練を乗り越えたことの証《あかし》なのだ。困難に立ち向かい、それを克服すれば生きつづけられることを象徴するものでもある。

傷痕であたしを評価できるとでも思っているの？

「マダム・オデル、治療師たちは全力を尽くしましたが、彼らでさえ手に負えないものもありました。時間をかけて引きつづき治療を行なうと約束してくれています」あたしの横に現われたガブリエルが言った。

マダム・オデルは鼻を鳴らし、ふんぞり返ると、あたしの頭から爪先までながめまわし、明らかに不充分だと判断したようだ。

「まあ、もうここへ来てしまったことだし、しかたがないわね。名前は、お嬢さん？」

あたしは答えようとして口を開けたが、緊張のあまり、情けないほどうわずった声しか出なかった。咳払《せきばら》いし、もういちど試みる。

「ロア」あたしは小声で言った。九人のほかの女性たちが嬉々《きき》として目を輝かせながら、口を手でおおっている。こらえきれずに、くすっと笑い声を漏らす者も何人かいた。かすかに鼻を鳴らす音につづいて、意地悪そうな忍び笑いが波紋のように静かに広がっていった。

「ロア？　それから？」マダム・オデルがたずねた。「苗字はないの？」

あたしは首を横に振った。

「ただの……ロア」

あたしには苗字がない。家族にまつわるものは何も残っていない。あたしは子どものころに牢獄にぶちこまれ、すべてを奪われた。

「うーん」マダム・オデルは言った。「まあ、選考会を生き延びれば、苗字を手に入れることができるかもしれないわね。アンブラのネズミが名無しなのは驚くほどのことではないわ。本当にあんな者たちは排除するべきね」

「なんだって？」あたしは怒りと屈辱で首が熱くなるのを感じた。「今なんて言った？　アンブラのネズミって何？」

マダム・オデルはあたしを無視し、ほかの九人の女性に向きなおると、注意を引くために手を叩いた。あたしは怒気をこめた目でガブリエルをにらみつけた。

「あたしに約束したよね。いくつかの答えがわかるって」不満を抑えつつ、低い声で言った。「あたしは侮辱されるためにここへ来たんじゃない。この豪華な宮殿ではマナーも教えないの？　いったい、どうなってるの？」

「我慢しろ」ガブリエルはそう言うと、唇を引き結んだ。「それから、口をつつしめ。おまえはもう貴婦人なんだから」だが、ガブリエルの表情を見るかぎり、本心ではなさそうだ。

「我慢なんてするもんか」あたしは歯を食いしばった。「あんたはあたしを誘拐したんだよ。あの――」

ガブリエルがあたしの腕をつかみ、あたしを自分の大きな胸に引き寄せた。

「いま考えていることを最後まで言ってはならない、貴婦人さま」ガブリエルは脅すように耳もとでささやいた。「さもなければ、過去の人生が甘い記憶に思えるほどの厳しい結果に直面することになるだろう」

彼の青い目が危険なくらい強烈な輝きをはなっている。あたしはこの奇妙な現実世界で目覚めて以来はじめて、心の底から怖いと思った。気づいたときには、誘拐されて王妃にふさわしいドレスを着せられ、豪華なシーツにくるまれ、バタートーストを食べさせられていた。だが、そのいずれも親切心によるものではないことは明らかだ。あたしはゆっくりとうなずいた。今は黙っているのが最善だと、なんとなく理解できた。でも、黙っているのは得意ではない。

「ガブリエル！」マダム・オデルが呼んだ。「その娘を連れてきて。玉座の間《ま》へ行くわよ、いま、すぐに」あたしの心を射抜く矢のように、最後の言葉を強調した。

ガブリエルはうなずき、九人のフェイが待っている場所へあたしを引きずっていった。大きな手で、あざができそうなほど強くあたしの二の腕を握りしめている。

この野郎、殺してやる。

あたしがその集団の前に無造作に投げ出されると、近づきすぎることを恐れるかのように、九人全員がわずかにあとずさり、上品な鼻にしわを寄せると同時に、完璧に美しくいろどられた唇をゆがめた。あたしがここで〝わっ〟と叫んだら、いっせいに気絶し、金色に飾られた細いマッチ棒の山と化すだろう。

マダム・オデルが手を叩き、注意喚起した。

「一列に並んで。全員よ」

フェイたちは金色のドレスをなびかせ、カールしたつややかな髪を肩ごしに揺らしながら、整然とした列を作った。濃厚な香水をまとっており、バラ園のようなにおいがする。その甘ったるい香りがあたしの鼻のなかを通って肺にまで達し、充満してゆく。あたしは列の後ろに押しやられた。胃のなかで不安が渦巻き、締めつけられる思いがして、深呼吸した。何が起ころうとしているのだろう？

あたしの前にいる女性の肌はとても白く、雪のように輝いていた。カールした真っ赤な髪と印象的なエメラルドグリーンの目が相互に引き立て合っている。その女性がむき出しの細い肩ごしに、あたしをちらちら見ている。まるであたしが急に飛びかかって、そのすべすべした肌にかじりつくのではないかと警戒するように。実を言うと、あたしは本当にかじりつきたい衝動に駆られていた。

彼女があまりにも繊細なので、羽根よりも硬いものでさわられたことはあるのだろうかと思いをめぐらせていると、部屋の反対側にある扉が勢いよく開き、あたしの前の列が動きはじめた。なぜかあたしはガブリエルの姿を捜し、あたしもついていっていいのか確認しようとした。ガブリエルはとくに親切というわけではなかったが、いま見覚えがあるのは彼の顔だけだ。彼は眉をひそめて、あたしをじっと見ている。その表情からは何も読み取れない。

背中のまんなかに手を押し当てられる感じがして、マダム・オデルに後ろから押された。「進みなさい」マダム・オデルは低い声で言った。「あなたをアンブラから連れ出せば、やっかいなことになるのはわかっていたわ。なぜ国王がこのようなバカげた伝統を楽しむのか、わたしにはまったく理解できないけどね」

あたしはつんのめりながらマダム・オデルの言葉の意味を理解しようとした。行列にしたがって進むと、そこは見たこともないほど威圧感のある部屋だった。室内は非常に明るく、金色の内装に反射する日光がまぶしすぎて目を細めずにはいられない。あたり一面が金色だ。床も壁も天井も。唯一の例外は頭上にあるガラス製の円蓋で、そこから見える空はいっそう青かった。太陽の熱が強く降りそそいでいる。直接肌に浴びたら、どんな感じがするのだろう？

どの壁にも巨大な窓がはめこまれており、あのクリスタルのように澄んだ海の砂浜と打ち寄せる波が見える。床から天井まである光り輝くカーテンには、テント村をひとつ造れるほど多くの布が使われていた。

あたしたちは列をなし、部屋の中央を進んだ。空中をなめらかに移動しているかのように、あたしの目の前にいる女性の真っ赤な頭が浮かんで見える。あたしたちは、さらに多くの兵士がいくつかの列に分かれて整然と並んでいるなかを通り過ぎた。翼もタトゥーもない人間の衛兵たちで、まるであたしたちが存在していないかのようにまっすぐ前を見すえたまま、背筋を伸ばして立っている。衛兵たちの向こうには、身なりのいい何百人ものハイ・フェイと人間が立っており、あたしとほかの九人の女性を露骨に評価する目で見ながら、小声でささやき合っていた。

視線の先に、はじめて台座が垣間見《かいまみ》えた。台座の上には、太陽光を模した金色の曲線による装飾を背景にして、ふたつの玉座が置かれていた。その装飾は手のひらを広げたときのように放射状に配置され、見る者に救いのような感覚を提供している。

台座の両側にハイ・フェイたちが並んでいた。宝石や絹やレースで飾られ、特権により身の安全を保証されている。富。その贅沢《ぜいたく》ぶりは見ているだけでつらくなるほどだ。あたしは灰色の粗末な囚人服や狭い寝台、日々与えられていたわずかな食料のことを思い出した。それとは対照的に、こんなに豪華な生活をしている者たちもいるのだ。

心の痛みを感じながら、トリスタンとウィローのことを考えた。どこで何をしているのだろう？　あたしは数えきれないほどゼラに祈りを捧げた。二人が暴動を生き延びていて、すぐに再会できますように。

あたしの前を行く女性たちはすでに部屋の最前部に到着していた。彼女たちが台座に向かって左右に広がったため、あたしは自然と列の中央に位置することになった。そのとき、自分の運命全体の方向性が大きく変わる感覚に直面した。

玉座にはハイ・フェイの男性がすわっており、金色の絹でできた豪華な衣服をまとっていた。きらきらしたボタンが並ぶ錦織《ブロケード》の上着は身体にぴったりとし、ぱっと見は茶色だが動くと金糸が輝く膝丈のズボンをはいている。茶色の柔らかなブーツは膝まであり、髪は磨きあげた銅のように輝き、陽光のなか、茶色、オレンジ、金色と、水の流れのごとく色調が変化してゆく。窓から見える海と同じ、アクアマリンの鋭い目が、あたしとほかの九人の女性を見わたし、慎重に評価している。高い頬骨、たるみのないすっきりした顎、ふっくらした完璧な唇。彼の前では、今日この瞬間まで目にしてきたすべての美しいものが塵《ちり》と化した。このような男性が存在すること自体に、あたしは息をのんだ。

これ《ヽ》は間違いなく太陽王だ。

男性はあたしに目をとめ、一瞬、好奇心を示すかすかな笑みを口もとに浮かべた。でも、きっとあたしの気のせいだろう。非の打ちどころのない九人の美女たちと並んでいるあたしに、注意を払うはずがない。

「ようこそ」王は完璧な白い歯を見せ、にっこり笑った。その目は温かな輝きに満ちている。

「アフェリオン王国が新たな王妃を迎えるのは、五世紀以上ぶりのことだ。実にめでたい」考えこむ表情で横の空《から》っぽの玉座に視線をさまよわせ、ふたたびあたしたちを見た。

「知ってのとおり、選考会に参加する十人の献姫の一人として選ばれることは、このうえない名誉だ。そなたたちは何百人もの参加希望者を打ち負かしてここにたどりついた。全員が最善を尽くしてくれることを期待している。もっとも勇敢で誠実かつ賢明な女性だけが王妃となり、わたしとともに統治する権利を得られるのだ」

あたしはすばやく目をしばたたき、頭を振った。聞き間違いに決まっている。あたしはアフェリオン王国にいるの？　ウラノス大陸について詳しくは知らないが、この南の王国がオーロラ王国から非常に遠いことだけは知っている。

その奇妙な事実はさておき、あたしが太陽妃の称号を争うためにここにいるというのは本当なのだろうか？

またしても確信した。あたしはすでに死んでいて、これは全部、巧妙にしくまれた夢なのだ。ホロウにいたときに、あたしの心は本当に崩壊したにちがいない。こんなにも印象的な物語を紡ぎ出せるほどの想像力が自分にあるとは、とても思えなかった。

金色のローブをまとったフェイの男性が進み出た。白に近いほど明るい髪色をしている。男性は後ろで両手を組んで立ち、咳払いした。

「太陽妃選考会は、アフェリオン王国の長い歴史を通じて受け継がれてきた伝統です」毅然《きぜん》とした態度をとるその男性の声が、広い部屋に響きわたった。「数千年にわたり、選考会は王国を統治する次世代の王妃を選出するという役割を果たしてきました。アフェリオン王国の名家からもっとも美しく、高い技術を持つ十人の女性が選ばれ、礼儀作法、優雅さ、体力、論理的思考力、理解力、魅力の点で競い合います」

その言葉にあたしは眉をひそめた。目眩《めまい》がして、足もとの金色の絨毯を引き抜かれるような感覚に襲われた。たずねたいことが山ほどある。すべての質問や疑問が口をついて出たら、水のように部屋を満たし、水没させるかもしれない。ガブリエルと目が合った。ガブリエルはあたしの考えを察したかのように厳しい視線を向け、あたしを押しとどめると、部屋の向こう側から唇の動きだけで〝やめろ〟と警告した。あたしは憤然と鼻の穴をふくらませ、にらみ返した。

「例外が一人います」フェイの男性は言葉をつづけた。あたしに向けられたその視線は、海底へと沈む錨《いかり》のように重々しく感じられた。「アンブラから一人の人間が献姫として選ばれ、その者にも、誰もがうらやむ最高の栄誉を勝ち取る機会が与えられることになります。洞察力と強い願望があれば、誰でも自分の望むとおりに運命を変えることができるのだと、すべての人間に知らしめるためです。運命は自分で切り開くものだと、知らしめるためでもあります」

あたしがその男性の言葉を真剣に考えていると、部屋じゅうにささやき声が広がり、あたしの口から皮肉な笑い声がほとばしり出そうになった。社会の底辺でも努力しだいで運命を変えられるという証拠として、あたしはここでの競争に引きずりこまれたのだろうか？

またもや、あたしがアンブラ出身だと主張する者が現われた。マグ、マダム・オデル、さらには今のこのフェイ。みなの反応から察するに、アンブラとはアフェリオン王国の貧民街、あるいは、あたしがいたのとはまた別の牢獄にちがいない。でも、あたしはアンブラ出身ではないし、アフェリオン王国の生まれでもない。うなじがぞくっとし、胃がよじれるように痛む。

いやな予感がする。

フェイの男性がふたたび話しはじめた。

「十人の献姫は八週間にわたり、四つの試練にいどむことになります。各試練は、さまざまな技能や内面的資質を試すために作成されています。われわれが設定した基準や条件を満たす形で試練を完了できなければ、失格となります。気弱な者にとっては困難な試練であり、何世紀にもわたって多くの献姫が突破できず、命を落としてきました。試練の合間には、生き残るために必要な訓練やレッスンを受ける機会が提供されます」

その発表を受けて、群衆が興奮ぎみにしゃべりはじめ、その声はしだいに大きくなっていった。

命を落とす？　すでに吐き気をもよおしているあたしの胃が、いっそう強く締めつけられた。

「四つの試練すべてに合格した献姫は〈太陽の鏡〉の前に立つことになります。〈太陽の鏡〉は、支配者階級《インペリアル》フェイへと昇格し太陽妃として統治するにふさわしい者を判断する決定者であり、審判者です。その鏡だけが真実を見ることができ、誰が王妃になる運命なのかを予見する能力を持っています」男性は言葉を切り、わざとらしく大げさに間《ま》を置くと、まるでこのなかの何人かとはもう顔を合わせることはないだろうというように、あたしたちを見わたした。「あなたがた全員の健闘を祈ります。ゼラがみなさんを祝福し、お守りくださいますように」

礼儀正しい拍手の音がいっせいに部屋全体に広がり、誰もが笑みを浮かべている。まあ、全員ではないけれど。ほかの九人の献姫の完璧なほど美しい肌はいまや青ざめ、あたしと同じくらい気分が悪そうに見えた。献姫であることは名誉かもしれないが、多大な代償がともなうことは明らかだ。直面するはずの現実を認識したせいで、さっきまで得意げだった表情が曇っている。

なぜあたしはこんなことをしているの？　ここで何をしようとしているの？

おしゃべりがつづくなか、ふと顔を上げると、王があたしを見つめていた。息をのむほどの美しさだ。あたしは王の露骨な視線を受け止め、見つめ返した。なんとなく、こうすることを期待されているのだと理解したからだ。王の茶色の髪が日差しを浴びて輝き、そのアクアマリンの目はあたしの心の奥底にある場所を見つけ出し、あたし自身が忘れていた感情や記憶を呼び覚ますように見えた。衣服ごしでも、筋肉質の身体のラインがはっきりわかる。広く大きな肩、細い腰、たくましい太もも。王が肘かけに肘をついたとき、あたしは彼の大きな手の美しさと力強さに気づいた。

まるで魔法にかかったように、動くことも口をきくこともできない。だが、そのとき誰かに腕をつかまれ、われに返った。ガブリエルが、ぬくもりとはほど遠い氷山のように冷たい目で見おろしていた。ガブリエルは王を見やり、あたしには意味のわからない視線を交わした。

「あたしは彼と結婚するために競い合うの？」息を吐くようにその言葉が自然に漏れて宙をただよい、あたしがまだ子どものころに知らず知らず心に誓ったこととつながった。

ガブリエルは唇をゆがめた。

「まあ、やってみることになるだろうな」

「まずは選考会に勝たないとね」あたしは言った。

ガブリエルが鼻で笑ったので、あたしは思わず視線を向けた。

「そういう意味じゃない」

「なんのこと？」

「つまり、おまえは最終献姫だという意味だ」ガブリエルは大きく息を吸い、ふたたび王を見た。王は別のフェイと話をしている。「そして、八千年近くに及ぶ太陽妃選考会で、最終献姫が生き残ったことはいちどもない」

7

「なんだって？」あたしはたずねた。たったいま王によってかけられていた魔法が、細い亀裂とともに少しずつ解けてゆく。

「さあ、行こう」ガブリエルはそう言うと、あたしの肘を引っ張った。

あたしは両足を踏ん張り、腕を引っ張り返した。

「最終献姫《けんき》が生き残ったことはないって、どういうこと？」

ガブリエルはため息をつき、もういちど王と目を合わせた。王がまた、あたしたちをじっと見ている。ガブリエルと王が意味深長な視線を交わしたので、あたしはいらだった。

「何してるの？　どうして、そんなふうに見つめ合ってるの？　あんたについてきたら、いくつかの答えがわかるって、言ったよね。でも、あたしは混乱する一方だよ！　何がどうなってるのか教えて！」

「大きな声を出すな」ガブリエルは歯を食いしばり、低くささやいた。

「いやよ！　声を落とすつもりはない。自分がここで何をしようとしてるか、知りたいんだよ！」

あたしが大騒ぎしていると、何人かが不思議そうにこちらを向いた。ガブリエルはまたしても王とすばやく視線を交わしてから、あたしに向きなおり、かがんであたしを肩にかつぎあげた。あたしは金切り声とともにガブリエルの背中を叩き、彼の股間めがけて足を振りあげた。爪先が岩のように硬いふくらみに当たり、あたしは叫んだ。くそっ、防具をつけてやがる。

悪意のある笑い声がすると同時に、あたしは白い羽で顔をおおわれ、むせて、それを払いのけようとした。ガブリエルは振り返り、群衆のほうを向いた。

「醜態をお見せして申しわけありません、紳士淑女のみなさん。このようなアンブラのネズミがときとして予測不能な行動に出ることは、ご存じのとおりです」ガブリエルが部屋のほうへまっすぐ向けられたあたしの尻を叩くと、あたしをだしにして小さな笑い声が上がった。自分が笑いものにされていることがよくわかった。状況を理解した瞬間、ほかの誰よりも先にガブリエルを鈍器で殺したいと思った。

ガブリエルがふたたび群衆に背を向けると、あたしは胃がもたれるのを感じながら目を閉じた。さっき食べたものの影響でまだ気分が悪く、ホロウで過ごした日々のせいで身体も疲れきっている。ガブリエルは扉を開け、あたしをかついだまま部屋に入ると、ぴしゃりと扉を閉めた。

やがて、あたしはガブリエルの肩から乱暴におろされ、ふかふかしたソファに投げ出された。あたしたちは窓のない控えの間《ま》のような場所にいた。壁は模様入りの金色の絹でおおわれている。

「何すんだよ！」あたしは両のこぶしを握りしめ、飛び起きた。「この状況をいますぐ説明して！」

「大声を出すな」ガブリエルは言った。その青い目が強い光をはなった。

あたしは背筋を伸ばして立ち、深呼吸すると、激怒のあまり、耳をつんざくような悲鳴を上げようとした。

「大声で叫んだら、ノストラザへ送り返してやる。おまえの頭がくらくらするほどの速さでな」

あたしは吸いかけた息を止め、肩を落とした。あたしの口から漏れたのはため息だけだった。

「やっとおれの言うことを聞いたな、ロア」

あたしは目を細めた。

「教えて。いったい、何が、どうなってんの」

ガブリエルは顔をなで、部屋の反対側へとゆっくり歩いていった。

「アトラスがおまえをノストラザから解放するよう手配した。選考会に参加させるために」

あたしは頭を振った。

「誰？」

「アトラス。王だよ」

それを聞いてあたしは驚いた。

「どうして？」

ガブリエルはあたしの頭のてっぺんから爪先までじろじろとながめたが、とくに不適切な意図は感じられなかった。まるで、複雑な謎を解こうとしたものの決定的な手がかりは得られなかった学者のようだ。

「わからない」ガブリエルはようやく言った。「おれはオーロラ王国からおまえを取り戻し、ここへ連れ帰るよう命じられた。太陽妃選考会でおまえに最終献姫としての役割を果たさせるためだ」

あたしは両手を広げた。

「それじゃ説明になってない。なんで、あたしなの？　あんたたちがアンブラと呼ぶ場所から、なぜ、ほかの誰かを連れてこないの？」

ガブリエルは顎《あご》をさすり、首を横に振った。

「それもわからない」

「じゃあ、あたしが王に訊いてみる」あたしはバカげたドレスの前を持ちあげ、断固とした足取りで扉へ向かったが、ガブリエルに行く手をさえぎられた。

「そんな真似はさせない、貴婦人さま」

「いますぐ、そこをどいて！」

ガブリエルは一歩前へ出ると、あたしの肩に両手をまわした。

「おまえは選考会に参加するために連れてこられた。アンブラ出身であるふりをし、本当はどこから来たかを誰にも明かしてはならない。命を落とすかもしれないが、すべての夢をかなえる可能性もある。太陽王との結婚を夢に見ない人間などいるだろうか。おまえは支配者階級妖精《インペリアル・フェイ》に昇格し、夢見たあらゆる権力と富を手に入れることになる。魔法も使えるようになるのだ、ロア」

「どんな魔法？」あたしはたずねた。たしかに、とても魅力的に思えたからだ。

「わからない。それは〈太陽の鏡〉が決めることだ」

あたしは疑わしげに片眉を上げた。

「ロア、この件に関しておまえに選択の余地はない。全力で選考会にいどみ、勝たなければ、おそらく死ぬだろう。奇跡的に生き延びたとしても、ノストラザへ送り返され、残りの人生をみじめに過ごすことになる。わかったか？　アトラスがおまえをここへ連れてきたかった理由は知らないが、これは彼の望みであり、おまえがそれにしたがうのを見届けることがおれのつとめだ」

あたしはガブリエルの言葉にとても驚き、しばし絶句した。

「トリスタンとウィローも連れ出せる？　二人がいなきゃ、あたしはここにいられない。あたしを連れ出せるなら、あの二人も連れ出せるはずよ」最後にはうわずった声になった。もしかすると、ようやくトリスタンとウィローの自由を確保できるかもしれない。「あんたがあたしを連れ去ったとき、暴動が起こってた。二人が無事なのかわからない。でも、あたしにはあの二人が必要なんだよ」

「暴動などなかった」ガブリエルは言った。

「あったよ。それらしい音が聞こえてきた」あたしは主張した。

「おまえは幻覚を起こしていたにちがいない」

あたしは首をかしげ、ガブリエルをじっと見た。彼は本当のことを言っているのだろうか？　でも、こんなことで嘘をつくとは思えない。

「トリスタンとウィローを連れ出してくれる？　お願いよ」

「無理だ」ガブリエルは翼をわずかに震わせながら、決然とした表情で言った。

「どうして？　あたしを連れ出したんだから、できるよね？」

「そういうわけにはいかない」

あたしは両手のこぶしを握りしめた。

「こんどこそ叫ぶよ。本気だからね」

ガブリエルはさらに一歩近づいてくると、大きな手であたしの喉《のど》をつかんだ。のがれようとしてもがくと、ますます強くつかまれ、あたしは息も絶えだえになった。次の瞬間、ガブリエルはあたしを壁に押しつけ、死神のように威圧的に見おろした。

「ことを面倒にするんじゃない、ロア。言うことを聞かないと、おまえの友人たちも危険な目にあうんだぞ」あたしは怒りのうなり声を上げ、もういちどもがいた。ガブリエルにもっと強く喉を締めつけられ、本当に恐怖を感じはじめた。

「トリスタンとウィローを危険にさらすというの？」あたしは言葉を絞り出した。ガブリエルの力強い腕を引っ張ったが、無駄だった。ガブリエルが鋼《はがね》なら、あたしはちっぽけなノミにすぎない。

「そのとおり。そうやって駄々っ子のようなふるまいをつづけるなら、おまえの友人の命が奪われるだけでなく、おまえの残りの人生を穴のなかで過ごさせてやる。おれがおまえを見つけたあの穴でな。もういちど訊く。わかったか？」

ガブリエルに凶暴な目でにらみつけられ、あたしの心のなかの防壁が崩れはじめた。涙がこみあげ、目の奥が焼けるように痛い。

「どうして、こんなことになってるの？　わからない」

ガブリエルはあたしの首から手を離し、一歩下がった。金色の革でできた鎧《よろい》のしわを取ろうとするかのように、自分の胸をなでつけている。

「そんなことはどうでもいい。重要なのは、おまえがこの選考会で生き残るために全力を尽くすことだ」

「最終献姫が生き残ったことはないって、さっき言ってたよね。どうやって生き残ればいいわけ？」

ガブリエルはゆっくりと笑みを浮かべながら答えた。

「おれがあの穴のなかでおまえを見つけたとき、おまえは死にかけていた。それでもまだ、どうにかおれと戦うことができた。おれに噛《か》みついたことを覚えているか、ロア？　あの根性を少しでも発揮しろ」

あたしは驚きと混乱で何も答えることができなかった。これは全部、何かの間違いに決まっている。

王があたしの何を知っているというの？

ガブリエルはそれ以上何も言わず、扉を開けると、ついてくるよう身ぶりでうながした。玉座の間《ま》にはもう誰もいなかった。あたしたちの足音が大理石の床に響く。あたしは一対の大きな金色の椅子に近づいていった。その壮麗さに目を見張り、それらが象徴するすべてのものの重みを感じた。

「その玉座につきたくないとは言わせないぞ」ガブリエルはあたしの耳もとでそっと言った。無知な娘たちを誘いこむために綿密に計算されている。この甘い愛撫に身をまかせたら、もう取り返しがつかない。「おまえのような娘にはな」

あたしはガブリエルをにらみつけた。

「あたしのように何も持ってない娘ってこと？」

「そう、そのとおりだ」

あたしは鼻で笑い、腕組みすると、王の隣にいる自分を想像した。その考えが魅力的ではないと言ったら嘘になる。あたしは確信していた。ずっとノストラザで過ごすことになるのだろう……いずれ、病気か暴力によって命を落とすのだろう、と。あの場所から抜け出せたこと自体が奇跡だ。

「あたしは王のことをまったく知らないんだよ」王がすわっていた場所を指し示しながら言った。「王が邪悪な怪物だったらどうする？　モルタルが乾いてゆく過程を見せられてるみたいに、退屈きわまりない男だったら？　それに、息がくさいかもしれない」

ガブリエルはぐるりと目をまわした。

「そのうち、わかるようになる。すべての献姫たちは王とともに過ごす機会を与えられるから」

あたしはそれを聞き、ごくりと唾を飲んだ。強烈な美しさを持つインペリアル・フェイと部屋で二人きりになるなんて。王にどんな言葉をかけたらいいの？　きっと完全にとほうに暮れてしまうだろう。王が邪悪でも退屈でもなく、くさくもないことは、絶対に確実なのだから。あたしが競い合うはずのほかの九人の献姫が蝶なら、あたしはただのネズミ。王に笑いものにされ、いたたまれなくなって部屋を飛び出すことになるはず。

「おまえが勝てば、友人を連れ出せる」ガブリエルは言葉をつづけた。それだけで、あたしにとっては充分な動機となった。太陽妃になれば、ついに、わずかながらでも権力を手に入れることができる。インペリアル・フェイに昇格すれば、魔法を使う力と権力を行使するための手段を得られるだろう。お金。王冠。くそったれの軍隊まで。

そう、ウィローとトリスタンを連れ出し、オーロラ国王に復讐してやる。何もかも、あいつのせいだ。鞭《むち》で打たれるたびに、背中が引き裂かれるほどの痛みを味わわされたこと。城塞で過ごしたあいだの果てしない苦しみのなかで、声が嗄《か》れるまで泣き叫んだこと。看守長の異常な欲望のはけ口として利用されたこと。毎晩、空腹と寒さと痛みに耐えながら眠りにつかなければならなかったこと。子どもたちの集団がウラノス大陸で最悪の環境にある牢獄にぶちこまれ、そこで死に至るのを放置されたこと。

　オーロラ国王が奪ったすべてのものに対して、借りを返してやる。

　ガブリエルが注意深くあたしを観察しているが、復讐を考えていることを悟られないようにした。

　太陽王の玉座を見つめたまま、あたしはゆっくりとうなずいた。

　今の状況は理解しがたいが、このチャンスをのがすほど愚かではない。これは一生にいちどの貴重な機会だ。どっちみち、ノストラザにいたころは、つねにあたしの命は脅威にさらされていた。選考会に参加しても失うものは何もないし、これまで夢見ることしかできなかった未来をつかめるかもしれないのだ。

8　ナディール

ナディールはノストラザの頑丈な木製の扉を勢いよく開けてなかへ踏みこむと、壁に跳《は》ね返るほど強くそれを閉めた。黒い革の鎧《よろい》姿で、背中に剣を装着し、ウェーブした真夜中のように黒い髪の上半分を結いあげてある。

石造りの出入口に飛びこんだナディールに、数十人が警戒の目を向けた。ナディールが広い廊下を矢のように突き進んでゆくと、看守たちは困惑の色を浮かべて顔を見あわせ、姿勢を正した。牢獄の住人たちの悲痛な叫び声が壁を通して響きわたる。この交響曲からのがれられる場所はノストラザにはない。

ナディールは立ちどまり、あたりを見まわした。

「殿下」一人の看守が駆け寄り、鼻が膝に触れそうなほど深々とお辞儀した。「どうして、ここへおいでになったのですか?」男は身を起こすと、両手をもみしぼりながら、どこから攻撃されるかわからないというように、部屋じゅうに視線を走らせた。

「おまえが新任の看守長か?」ナディールはその男の制服についている紋章に目をとめた。

「さようでございます、殿下。ダヴォールと申します」男はふたたびお辞儀した。「どのようなご用でしょうか?」

「囚人の記録を見せてくれ」ナディールは言った。「どこに保管されている？」

看守長の下唇が震え、顔色が真っ青になった。いったい誰が、ウラノス大陸でもっとも悪名高き牢獄の警備をこの愚か者の人間にまかせたのだろう？　ちょっとしたストレスを感じただけで卵のように割れてしまいそうなほど、精神的にもろく見える。

「何かお捜しですか、殿下？　必要なことがございましたら、誰かを手配してお手伝いさせます」

「いや」ナディールは答えた。「自分でやる」

看守長はその返答に明らかな不満を示し、薄い唇を引き結んだ。

「承知しました。ご案内いたします」ダヴォールは背を向け、廊下を進みはじめた。ナディールは石でできた廊下を懲《こ》らしめるかのように、力強い足取りで靴音を響かせながら、そのあとを追った。王は何かを隠している。必ずそれをつきとめてみせる。

ダヴォールはナディールの先に立ち、じめじめした廊下をいくつか通り過ぎると、ようやく幅の狭い木製の扉の前にたどりつき、ポケットから鍵束を取り出した。

「ここに囚人の記録が保管されております」鍵のひとつを鍵穴に差しこみ、まわした。

「全部か？」扉が勢いよく開き、棚やキャビネットが並ぶ広い部屋が現われると同時に、ナディールはたずねた。天井に一列に並んだガラス球が淡い黄色の光をはなっている。室内を照らすために、ナディールの父あるいは先祖の一人が創造したものだ。

「ノストラザでひと晩でも過ごしたすべての囚人が、ここにあるファイルのどこかに記載されています。まず到着した年ごとに分類され、さらに到着した順に番号がつけられています」

ナディールは室内に入り、ラベルを注意深く確認した。古すぎて文字が判読できないものもある。囚人３４５２号がいつノストラザに到着したのかはわからないが、父が興味を示していたことから、数年以上は牢獄にいたと推測された。ケラヴァが二十年と少しのあいだ看守長をつとめていたことはわかっている。少なくともそれがその囚人の滞在期間を知る手がかりとなるはずだ。「一人にしてくれ」ナディールは片手を伸ばしながら言った。「鍵を渡せ。誰にも邪魔されたくない」

看守長はごくりと唾を飲んだが、言われたとおりに王子の大きな手のひらのまんなかに鍵束を置いた。ナディールはくるりと背を向けた。その黒い目が紫色の閃光をはなっている。

「わたしがここへ来たことは誰にも言うな」

「はい、殿下」ダヴォールはほとんど聞き取れないほど震える声で言った。

看守長が扉を閉めると同時に、ナディールは行動を開始した。フォルダーには年ごとにラベルが貼られていたが、ありがたいことに昇順になっていた。３０００番台の囚人を見つけるのに、そう時間はかからなかった。十二年前。十年以上も前にノストラザに到着し、生き延びてきた人物。どうやってそんなにも長いあいだ耐えてきたのだろう？　それほど長い年月をここで過ごせば、どんな人間でも正気ではいられない。

ファイルをめくり、囚人３４４９号、３４５０号、３４５１号、３４５３号を見つけた。手を止め、ページを戻す。ファイルがない。やはりそうか。

３０００番台の残りのファイルをめくり、調査をつづけたが、何も見つからなかった。別の場所にまぎれこんでいるのだろうか？　ナディールは部屋を一周した。いや、意図的に抜き取られたにちがいない。王は愚か者ではない。これを秘密にする理由があるのだろう。念のために、さらにいくつかの引き出しのなかをすばやく調べたが、新たな情報は見つからなかった。いらいらして髪をかきむしると、結んでいた髪の一部がほどけた。

ナディールは扉を荒々しく開け、大声で看守長を呼んだ。

「はい、殿下」数秒後にやってきた男は息を切らしながら言った。「お呼びでしょうか？」

「なかに入って扉を閉めろ」

ダヴォールは命令にしたがった。部屋の中央に立ち、相変わらず両手をもみしぼっている。肉づきのいい頰を玉の汗が転がり落ちた。ナディールはにやりと笑った。ちょろいものだ。この男は液体になって床に広がってゆきそうなほど、精神的に弱っている。

「囚人３４５２号が何者なのか知っているか？」

看守長は目をしばたたいた。

「殿下、申しわけございませんが、ここには何百人もの囚人がおりますので、すべての囚人番号を知っているわけではありません。その囚人の名前はおわかりですか？」

「名前はわからないし、その者はもうここにはいない。暴動で……命を落とした」ナディールはためらった。どこまで話してもいいのかわからない。自分が調査していることを父に知られたくなかった。これはナディールに与えられた本来の任務の一部ではないからだ。

「大変申しわけございません、殿下。では、わたくしにはわかりかねます。その囚人のファイルに何か手がかりがあるかもしれません。囚人番号は何番とおっしゃいましたか？　３４５２号でしたか？」

くそっ。看守長にあまりにも多くのことを知られてしまった。「暴動が起こったとき、その囚人はホロウにいた。心当たりはないか？」もうすべてを話したほうがいい。だが、看守長を始末する以外に選択肢はないだろう。

ダヴォールはあさっていた引き出しから顔を上げ、眉をひそめた。

「ケラヴァが囚人の一人をホロウへ送ったことは覚えています。若い娘だと思いますが、それが誰だったかは記憶にありません。囚人たちは見た目には区別がつきませんからね。汚らしいやつらです」

娘だと。

なぜ王が一人の娘をそれほどまでに気にかけるのだろう？

まあ、少なくともそれが何かの手がかりにはなる。

「その囚人が誰だったのか本当にわからないのか？　その者のファイルはないようだ。この件に関しておまえは何も知らないのか？」

「申しわけございません、殿下。ファイルがないのですか？」

この男は心から申しわけなく思っているにちがいない。不安の色をありありと浮かべ、ナディールのご機嫌をとろうとしていることは明らかだ。もし可能であれば、ダヴォールは自分の知っていることを明かしてくれたはずだ。

「実に奇妙です」看守長は言った。「この件について調査を始める必要があるでしょう。そのファイルが行方不明だとは思えません。ノストラザではすべての情報が正確に記録され、管理されていますので」

ナディールは前へ進み出ると、ダヴォールを見おろした。その怒りの表情にダヴォールは縮みあがった。

「お許しください、殿下。わたくしはこの仕事についたばかりですが、この問題を解決し、二度と同じことが起こらないようにいたします」ダヴォールは身震いした。ナディールが激怒している理由を完全に誤解している。ナディールにとって、ノストラザの記録管理などどうでもいいことだ。

「ホロウはどこにある？」ナディールはたずねた。

「ホロウ？」

「その囚人が閉じこめられていた場所だ。どこにある？」

「森のなかです。北門を出てすぐのところです。ご案内いたします」看守長は急に早口になった。自分にとって非常に不利な事態になることを感じているのかもしれない。

「悪く思うなよ」ナディールはそう言ったが、心からの言葉ではなかった。

次の瞬間、看守長が目を見開いた。色とりどりの光の帯がナディールの身体から離れ、看守長を取り巻いた。指ほどの太さの真紅の光が看守長の唇から体内へ入り、喉《のど》もとをおりてゆく。ナディールがダヴォールの食道を通して光を引きおろし、心臓に巻きつけて締めあげると同時に、ダヴォールはすすり泣いた。看守長は大きく口を開けたが、ゴボゴボという音が漏れただけだった。

「殿下」ダヴォールは息を詰まらせながら言った。「お許しを」

ナディールがさらに強く締めつけると、看守長の顔が青ざめ、心臓がぐちゃっと破裂した。ダヴォールは床にくずおれ、ナディールの魔法の糸が空中で消えたとき、血の気の引いたその顔はすでに灰色に変わりはじめていた。ナディールはブーツの爪先で男の足を蹴った。残念なことだ。二日間で二人の看守長が命を落とすとは。この牢獄は本当に問題を抱えている。

ナディールは肩をまわしながら扉を開け、来た道を引き返した。廊下の端で待っていた二人組の看守のそばを通り過ぎるとき、声をかけた。

「看守長が心臓発作を起こした。様子を見にいったほうがいい」歩みを止めようともせず、肩ごしにその方向を指さした。看守たちが走り去る足音が聞こえるなか、大股で牢獄のなかを進みつづけた。ナディールは王太子であり、オーロラ王国の王位継承者第一位だ。ナディールに疑問を呈する者は誰もいないだろう。わたしがここにいる理由については──まあ、父に森を捜索するよう命じられたのだから、その前にちょっと寄り道したことにすればいい。

「北門はどこだ？」ナディールは別の看守にたずねた。その声は厳しく、表情はさらに厳しいうえに強い意志を示していた。男は震えながら、詳しい道順を早口で説明した。ナディールは探索をつづけ、湿った石造りの廊下を早足で進んだ。分厚い壁を通しても、囚人たちのうめき声や叫び声が絶え間《ま》なく聞こえてくる。ナディールは口をゆがめた。ここはいまわしい場所だ。誰かがこの牢獄を跡形もなく破壊しなければならない。おそらく、自分が王になれば、それを実行するだろう。だが、そのとき、この堕落した人間たちはどこへ行くことになるのか？

娘。

十二年間もここにいた娘。到着したときによちよち歩きの幼児だったわけではないかぎり、ダヴォールが娘と呼んだのなら、少なくとも若い女にちがいない。どうやってノストラザでそれほど長く生き延びてきたのだろう？　通常なら、せいぜい数年しか生きられない。もっと重要なのは、なぜ父が、ケラヴァに監視を命じるほどその娘に興味を持っていたのかということだ。

　ナディールは北に面した扉を勢いよく開け、ざくざくと砂利を踏みしめながら中庭を横切った。城壁に設けられた監視所から、看守たちが警戒の色を浮かべて注視している。無理もない。ナディールや王が城壁の外へ出ることはめったにないからだ。

　北門を見つけると、ふたたびホロウへの道をたずねた。数分後、ホロウの上に立ち、その狭くて暗い空間を見おろしていた。ナディールは軽やかに飛び降りた。柔らかく崩れやすそうな壁はとくに危険で、人間ならここに閉じこめられてしまうだろう。だが、上級妖精《ハイ・フェイ》にとって、これくらいの跳躍は簡単だ。

　ナディールは膝をついてしゃがみ、手がかりを探した。ここにあったはずの血はすでに地面にしみこんでいた。大きく息を吸い、そこにいたと思われる娘のにおいを感じ取った。その甘く新鮮なにおいはナディール自身のなんらかの記憶と結びついている気がしたが、それを特定することはできなかった。ナディールは目を閉じ、もういちど深呼吸すると、顔をしかめた。

　間違いなくその娘の明確なにおいがするが、それだけではない。ナディールがほぼ認識できる別のにおいもある。誰かが意図的に隠そうとした香りだろうか？　ナディールにとってなじみのある何かと、それをおおい隠すための香りが入り混じっている。だが、完全には隠しきれていなかった。

　ケラヴァはオジラーの関与を確信していたが、その痕跡を示すにおいは感じ取れなかった。いや、娘を連れ去ったのはオジラーではない。ナディールは立ちあがり、壁の表面をなでた。まるで指先でヒントを読み取ろうとするかのように。

ほかの誰かがここにいた。ほかの王国から来た誰かが。

ナディール以外のハイ・フェイが。

9　ロア

翌朝、鳥がさえずるような陽気な声であたしは目を覚ました。マグは料理をいっぱいにのせたトレイを両手で持ち、運んできた。昨夜、ガブリエルにこの部屋まで連れて帰ってもらったあと、あたしは絹のナイトガウンに着替え、たちまち深い眠りに落ちたのだ。文字どおり、ありとあらゆることに疲れきっていた。

「食べてみて。この前より少しは消化にいいと思うから」奥の壁の長窓のそばにテーブルがあり、マグはその上にトレイを置いた。見覚えのある灰色の服が腕にかかっている。マグはさわりたくない毒物を扱うかのように、それを二本の指でつまみあげた。「洗濯しておいてあげたわよ。どうしてこんなものを取り戻したがるのか、想像もつかないけど」

あたしはベッドから飛び起きて服をつかみ、二度と奪われないように枕の下に押しこんだ。マグはベッドとあたしを交互に見た。明らかに、あたしの存在自体に困惑している。

マグが手招きし、粥《かゆ》の入ったボウルと厚切りのパン数枚を置いた。あたしは胃に負担がかからないよう、ゆっくり食べた。

「あなた、痩《や》せすぎよ」マグはチッチッと舌を鳴らした。「もう少し肉づきがよくならないとね。ちゃんと休息と栄養をとれば、数週間でずっと健康的に見えるようになるわよ」

たしかにそのとおりだが、第一の試練で死ぬことになるから、そんな努力はあまり意味がないかもしれない。あたしは異議をとなえず、甘くてクリーミーな粥を一口食べ、今後訪れる人生の終わりを待つあいだ、快適さを楽しむことにした。

「隊長が言ってたわ。あなたを迎えにくるから、その前にしっかり朝食をとるようにって」マグが言った。

「体力をつけないとね」

「誰だって？」あたしはたずねた。

「隊長よ。選考会のためのあなたの監視官」

あたしは顔をしかめた。軍の階級のことはよく知らないが、隊長は重要な役職のようだ。

「ガブリエルは隊長なの？」

「ええ、国王の近衛隊の隊長よ」

あたしは粥をもう一口食べ、スプーンをテーブルに置いた。

「近衛隊隊長には、あたしのお守《も》りなんかより大切な仕事があるんじゃない？」

マグは片眉を上げ、あたしが昨夜着ていたドレスをハンガーにかけると、室内を動きまわり、部屋をかたづけた。

「それがガブリエルのつとめよ。すべての監視官は近衛隊の中心的な役割をになっているの。監視官十人に献姫《けんき》十人。ずっとそうしてきた。でも、隊長は通常、もっとも有力な献姫に割り当てられるの。正直、ガブリエルがあなたを担当すると知って、少し驚いたわ」

マグはなにげなく、ひらひらと手を振った。明らかに、考えを口に出さないようにしている。あたしが有力な献姫であるはずがないと思っているのだろう。

「でも、国王陛下には陛下なりの理由があるにちがいないわ」マグは言葉をつづけた。「あの二人は複雑な背景があるにもかかわらず、昔からの友人なの」

あたしはその謎めいた言葉の意味を考えながら、パンにバターを塗り、小さなひと切れをすばやく口に入れると、満足してうめいた。まだ温かくて柔らかく、イーストの香りがただよい、溶けたバターが濃厚な味わいを添えていた。

マグが哀れみの表情を浮かべたので、あたしは思わず姿勢を正した。恥ずかしくて頬が赤くなった。

「かわいそうに」マグは小声で言い、顔をそむけて頭を振ったが、あたしはその目に涙が光るのを見のがさなかった。この女性に同情なんかされたくない。自分の人生がいかに悲惨だったかを思い出すだけだから。ウィローとトリスタンがいまだにノストラザにいて苦しい思いをしているのに、この部屋で料理を楽しみ、豪華なベッドで眠ることに罪悪感がある。二人が生きていればいいのだけど。暴動のさなかに二人の身に何かあったのではないかと、いまも心配でたまらない。

ガブリエルがなんと言おうと、あたしは自分が何を耳にしたかよくわかっている。

「隊長はなんのために迎えにくるの？」

マグは毛布をたたみ、ベッド横の肘かけ椅子にかけた。

「あなたがほかの献姫たちといっしょに最初のレッスンを受けるから、その付き添いのためよ」

あたしは鼻にしわを寄せた。ほかの献姫たち。彼女たちの忍び笑いを耳にしながら、どれほどの時間をともに過ごさなければならないのだろう？　彼女たちはすべすべした肌と美貌を持ち、あばらが浮き出るほど痩せている者は一人もいなかった。顔に醜い傷痕がある者もいない。めりはりのある完璧なプロポーションに、しみひとつない均一な肌質となめらかな肌。彼女たちが海辺にある金色の宮殿の庭で美しく手入れされたバラだとしたら、あたしはそのあいだに生えている雑草で、一筋の日光を求めてもがいているようなものだ。

さまざまな理由により、あたしはここにふさわしくない。

マグはふたたび哀れみの目であたしを見ると、手を伸ばし、母親のような慈愛をこめてあたしの手をポンポンと叩いた。あたしはマグの手を振り払いたい衝動に抗《あらが》いながら、ナイトガウンを握りしめた。マグはあたしを傷つける意図があってここにいるわけではないのだと、自分に言い聞かせた。

「彼女たちに動じる必要はないわ。ほかの献姫は全員がアフェリオン王国の名家の出身で、この選考会の準備のために人生をついやしてきたの。あなたが追いつける相手じゃないのよ、お嬢さん」

あたしは眉根を寄せた。本当に励ましのつもりなのだろうか？

「あなたは最善を尽くすでしょう」マグは言葉をつづけ、あたしの肩をぎゅっと握った。このときばかりは、あたしは身をよじり、マグの手からのがれようとした。「最初に脱落することになっても、誰もあなたを責めないわ」

小声で悪態をつくと、あたしは立ちあがり、窓の外を見た。あたしの部屋からは海ではなく市街地が見わたせる。アフェリオン王国の全景が目の前に広がっている。日がのぼり、朝の光のなかで金色の丸屋根や尖塔、壁など何もかもが柔らかな輝きをはなっていた。オーロラ王国の永遠につづく夕暮れのあとで、昼夜が交代する通常の自然現象を目の当《ま》たりにすると、とまどわずにはいられない。毎日このような日差しと明るさを享受できるのに、なぜあんな場所に住むことを選ぶ人々がいるのだろうか？　オーロラの光は美しかったが、それは大きく開いた傷口に塗る少量の軟膏《なんこう》のようなものにすぎず、眼下に広がるこのきらきらした風景とは比べものにならない。

あたしは通りや建物を観察した。何もかもが整然と配置されている。遠くの端に影でおおわれた一角がある。あれが悪名高きアンブラだろう。あたしはあの場所で連れ去られたことになっている。いったいどんな場所なのだろう？　ここは明らかに豊かな国なのに、なぜアンブラが存在する必要があるのか？　王が贅沢《ぜいたく》を我慢して金ピカの鏡をひとつ減らせば、すべての国民がもっと快適に暮らせるのではないだろうか？

マグのさっきの言葉を反芻《はんすう》すると、胸が締めつけられた。マグはあたしを信じるふりさえしない。でも、信じないのも無理はない。マグの言うとおりだ。このために一生を捧げてきたフェイたちに、あたしがかなうはずがない。

とはいえ、彼女たちは甘やかされたお姫さまばかりで、あたしはウラノス大陸でもっとも過酷な牢獄でこの十二年間を過ごしてきた。きっと、それがあたしにとって何か有利に働くにちがいない。

「いらっしゃい」マグが部屋の奥から呼んだ。「隊長が到着する前に準備をしておかなくては」

マグはあたしに柔らかい革の鎧《よろい》一式を着せてくれた。濃淡の差はあるがどれも栗色で統一され、動きやすいように革ズボンはフィット感がある。あたしは薄手の白シャツに、前を紐《ひも》で締めあげる革の胴着を重ねて着ていた。マグがあたしの前腕に黒い籠手《こて》を装着し、あたしは膝上まである茶色い革のブーツを履いた。昨日の金色のドレスとは大違いだ。

「どうしてこんなことするの？」

「あなたのはじめての武器訓練のためよ」マグが胴着の紐を結びながら言い、あたしを一回転させて確認した。マグはあたしの髪の切断面に触れ、つづいて頬の傷痕に触れた。まるであたしのことを真珠になりそこねた砂粒だと思っているかのように。あたしはマグの手を払いのけた。

「やめて」

まもなくノックの音がして、マグが扉を開けると、ガブリエルが立っていた。あたしのものと同じ色の革の鎧を身につけている。〈献上の儀式〉のときほどフォーマルではなく、もともとハンサムだが、いっそう魅力的に見えた。ガブリエルは軽蔑のまなざしで、あたしを上から下までながめまわした。あたしと行動をともにするのを義務だと思っていることを隠そうともしない。

「貴婦人さま」

「ガブリエル、ロアと呼んで。お願い」

ガブリエルは口を引き結んだ。

「それがお望みなら」

「そうだよ」

ガブリエルはもういちど一礼した。

「では、まいりましょう。ロア」

あたしはうなずくと、ガブリエルの横をすり抜け、自分の部屋の控えの間《ま》を通って廊下へ出た。

ガブリエルのあとを追い、〈太陽の宮殿〉の曲がりくねったきらびやかな廊下をふたたび進んでゆく。

「ここはどのくらい大きい？」部屋の前をつぎつぎに通り過ぎながら、あたしはたずねた。

「とにかく大きい」ガブリエルが言う。

「へえ、教えてくれてありがとう」

ガブリエルは足取りを乱すこともなく、あたしを上からにらみつけた。彼は脚がとても長いので、走らなければついていけない。

向こうから二人組の人間の召使が来た。あたしと同年代の娘たちで、マグと同じ金色の制服を着ている。あたしたちを見ると立ちどまり、足を引いてうやうやしくお辞儀をし、身体を起こした。二人が心からの愛情をこめてガブリエルにほほえみかけると、ガブリエルはにっこり笑ってウインクした。

「お嬢さんがた」ガブリエルはそう言って、近くにいるほうの女性の手を取った。輝くような金髪、ほっそりしたウエスト、制服の襟《えり》もとからこぼれそうなほど豊かな胸。美しい女性だ。

ガブリエルは彼女の手の甲にキスした。

「今日はとても魅力的だね、アナベル」アナベルと呼ばれた女性は息をのみ、震える手を喉《のど》もとに当てた拍子に、持っていたタオルの山を落とした。あたしは聞こえよがしにフンと鼻で笑ったが、全員に無視された。つづいてガブリエルはもう一人の女性に向かって大げさなお辞儀をして、言った。「きみもね、セラフィナ」それから、あたしに注意を戻した。すでに笑みは消えていた。

「行こう」あたしを待たずにガブリエルは踵《きびす》を返し、歩きはじめた。あたしは女性たちをちらっと見た。二人ともこぶしを腰に置き、疑いの目であたしを見つめている。

「心配しないで」あたしはやれやれと言うように両手を上げ、顔をしかめた。「彼は完全にあんたたちのものだよ」

「ロア!」ガブリエルが廊下の少し先から叫んだので、あたしは急いであとを追い、追いついたところでガブリエルを横目でじろじろ見た。

「なんだ?」ガブリエルがどなった。

「なんでもない」あたしは唇を引き結び、笑みを浮かべそうになるのを我慢した。ガブリエルは浮気性なのか? あたしは絶対にその対象じゃないけど。

ようやく大きな部屋へと足を踏み入れた。天井が高く、四方の壁に武器を置く台が並んでいる。床は金色とクリーム色の大理石でおおわれ、壁はキンポウゲのように鮮やかな黄色でいろどられている。大きな窓に囲まれた空間で、ほかの献姫の大半を含む数十人が待っていた。一人の献姫が監視官とともに脇に立ち、フェイのグループに話しかけ、そのグループのメンバーが彼女の話を聞きながらノートにメモをとっている。

「あそこで何してるの?」輝く剣でいっぱいの台のほうへ導かれながら、あたしはガブリエルにたずねた。

「王室の記録官だ」ガブリエルは答えた。「後世に残すために選考会の一部始終を記録している。人々が進行状況を知ることができるように、毎日、公開もしている」

「どうして?」

「みんな興味津々なんだよ、ロア。選考会に勝った者が彼らの王妃になる。だから、この選考会を非常に重要視しているのだ」

あたしは耳を傾けた。記録官の一人が献姫に質問している。その献姫は美しかった。ハチミツ色の髪を太い三つ編みにして腰まで垂らしている。金色の肌は絹のように柔らかそうで、鎧は手袋のようにフィットし、彼女の曲線美と豊かな胸をきわだたせていた。

「よちよち歩きのころから剣の訓練をつづけてきたの」献姫はピンク色の完璧な唇に笑みを浮かべ、肩にかかった三つ編みをさっと払いのけた。まばたきするたびに風が起こりそうなほど、まつ毛が長い。

「あたしもあんなことしなきゃならないの？」あたしはガブリエルにたずねると、胃の不快感を覚えつつ、ガブリエルの前腕をつかんだ。ガブリエルはとがめるようにあたしを見た。

「そうだ。だが、おまえはできるだけ口数を少なくしろ。ちょっと頭が悪いと思わせるのだ。それぐらい簡単だろう」

　あたしはゆっくりとうなずいた。自分の言葉がどのように評価され、永久に記録として残るのかと思うと不安で、ガブリエルの侮辱に反論するどころではなかった。できるだけ口数を少なくすることは可能だ。それはとてもいい案に思えた。

「剣を選べ」ガブリエルは次に言った。あたしは振り返り、武器の台を見た。剣には圧倒的な存在感があった。磨きあげられた柄《つか》と光り輝く刃はどれも、八本の湾曲した光線を発する太陽――太陽王の紋章――が刻印されている。あたしはガブリエルの首にある金色のタトゥーをちらっと見て、その紋章が王の個人的な近衛隊を含むあらゆるものに刻まれていることに気づいた。監視官たちが誰のものかは一目瞭然だろう。

「あたしたちに剣をくれるの？」ノストラザでは、武器となりうるものには決して近づかせてもらえなかった。食事は全部、指かスプーンで食べ、そのスプーンでさえ、薄っぺらな錫《すず》でできていた。護身に使えそうなものを手に入れていないか、定期的に持ちもの検査が行なわれた。

「そうだ。選考会の試練のなかには決闘もあるかもしれない。それに、おまえは技能や経験の点でほかの献姫より大きく後《おく》れをとっているだろう」

「でも、なぜ？」

「王妃になるための訓練をしているからだ。練習用に刃をなまらせてある。心配するな」

あたしはその言葉に眉をひそめた。

「なんで王妃になるために戦いかたを知る必要があるの？」

「王妃は軍勢をひきいて力を見せつける必要があるからだよ」ガブリエルはいらだちはじめ、剣が並ぶ台に片手をすべらせた。「ひとつ選べ」

「王妃っていうのはフリルのついたドレスを着てお茶を飲んだり、偉そうな態度をとったりしてればいいのかと思ってた」あたしは武器の台に沿ってゆっくり歩きながら、冗談を言った。背後からガブリエルの静かな含み笑いが聞こえてきて振り返ると、ガブリエルが微笑していたのでうれしくなった。ひょっとすると、ガブリエルはあたしに心を開いてくれるかもしれない。この場所では友人が必要だ。

「まあ、そういうことも少しはあるだろうな」あたしが立ちどまると、ガブリエルは言った。

「あれにする」あたしは磨きあげられた銀色の柄がついた剣を指さした。ことのほか光り輝いている。

ガブリエルは手を伸ばし、台からそれを取った。

「すばらしい選択だ」柄をあたしのほうに向けて剣を渡してくれた。

笛が鳴り、あたしはガブリエルに部屋の中央へと案内され、ほかの献姫たちとともに一列に並んだ。記録官と話していた美しい娘が隣に立っている。

「ハイ、ロアだよ」あたしは言った。正直、自己紹介ぐらいしても損にはならないから。彼女はあたしを上から下までじろじろ見た。たがいのあいだに気まずい沈黙が流れた。

「グリアネよ」彼女はようやく言うと、左隣の娘に向きなおってなにやら耳打ちし、二人でくすくす笑った。あたしは歯ぎしりした。この先八週間もこんなことがつづくのだろうか？ あたしは彼女たちの敵ってこと？

グリアネが話している献姫は、つややかな黒髪と薄茶色の肌の持ち主だった。吊りあがった黒い目が、完璧に整った高い頰骨をきわだたせている。

「エラノールよ」その献姫は傲慢《ごうまん》な表情であたしを見ながら言った。こんな目で見られることにはもう慣れっこだ。やがてエラノールがあたしの後ろを見て目を見開き、部屋じゅうが騒然となった。

王のお出ましだ。

王はライオンのように優雅な動きで部屋に入ってきた。ところどころに銅色の筋が入った輝く茶色の髪が顔を縁取《ふちど》り、自然に波打ちながら肩にかかっている。アクアマリンの目が一対の宝石のように輝いた。あたしたちと同じように革ズボンをはいており、フィットした白いシャツが、鍛えあげられた身体のラインや、筋肉の発達した曲線的な部分や、動きに応じて隆起する筋肉を強調している。王が近づいてくるあいだ、室内にいる誰ひとりとして王から目を離せなかった。王は笛を持ったフェイの男性の横で立ちどまり、筋肉質の腕を胸の前で組んだ。

「つづけてくれ、ボルティウス師」王は言った。その豊かな声がチェロの弦をはじいたように響きわたった。「わたしはここで見守るだけだ」

監視官たちがあたしたちの前に整列すると、ボルティウス師は一連の訓練を行なうよう指示を出した。ほかの献姫と比べて、あたしの能力と経験がいかに不足しているか、すぐに明らかになった。

「突き！」

「払い！」

「かわし！」

あたしはこのような言葉の意味さえ知らなかった。正式な訓練は受けたことがなく、剣術の知識といえば、その大部分は読書によって得た断片的な情報と、牢獄でときどき起こる乱闘で身についたものだった。看守たちは武器の一部として刃物を所持していたが、刀剣戦よりもこぶしを使った格闘を好んでいたようだ。

ガブリエルの振るった剣があたしの頬をかすめた。

「気をつけなよ」あたしは低い声で言った。「もう少しで当たるところだった」

ガブリエルは動きを止め、自分の顔をさすった。

「こいつはおれが恐れていた以上にひどい」

「どういう意味？」

「想像以上におまえが後れをとっているということだ」

あたしは口を真一文字に結んだ。

「あら、本当に悪かったね。ご期待に応えられなくて。でも、考えてもみて。そもそも、あんたがあたしをこんな状況に引きずりこんだんだから――」

ガブリエルがふたたび切りかかってきた。こんどはあたしの顎先《あごさき》をかすめ、鋭い痛みが広がった。手を触れると、指が血で染まった。あたしはガブリエルをにらみつけた。

「何、これ？　刃はなまらせてあるって言ってたよね！」

「おまえの剣の刃はなまらせてあると言ったのだ。おれのは充分に殺傷能力がある」ガブリエルの青い目が光った。「それに、黙っていろと言ったはずだ」ガブリエルは部屋にいるほかの誰にも聞こえないよう、声を落としている。その視線がすばやく王に向けられた。王はあたしたちをじっと見ている。「ゼロから始めなければならない。おまえには追加の訓練が必要だ。選考会の第一の試練まで二週間もない」

あたしは何か言おうと口を開けた。反論？　それとも抗議？　何をしたいのか自分でもよくわからない。でも、ガブリエルがこんな不愉快な態度をとるなら、せめてガブリエルを困難な状況におとしいれるために、なんらかの方法で抵抗する必要があると感じた。

だが、そのときトリスタンとウィロー、そしてオーロラ国王のことが頭に浮かんだ。

肩ごしに見ると、透きとおったアクアマリンの目と視線が合い、あたしは自分が直面しているすべての潜在的な問題について考えた。王は首をかしげ、二人にしかわからない冗談を共有しているかのように、完璧な口もとをわずかにゆがめて微笑した。あたしは胸のときめきを感じ、視線をそらすと、ガブリエルに注意を戻した。

「アトラスに慣れてきたのか？」ガブリエルは皮肉たっぷりな口調で言った。「早かったな」

「黙れ」あたしは答え、剣をかまえた。「教えて」

ガブリエルは返事の代わりに、けだるそうな笑みをゆっくり浮かべた。これを見たら、この城にいるメイド全員がスカートをまくりあげ、脚を広げる準備をするにちがいない。

「やっとわかってくれて、うれしいよ、貴婦人さま」

次の数時間、あたしはほかの献姫たちといっしょに訓練した。ガブリエルに基本を教わり、間違えるとどなられた。最初は自分の足につまずくアヒルのように無様《ぶざま》だったが、練習を繰り返すうちに少しましになってきた。訓練が終わるころには、汗だくになり、筋肉がはじけ飛んでどこかに行ってしまうのではないかと心配になるほど不規則に痙攣《けいれん》していた。

記録官と話していた美女グリアネは、汗ひとつかいていないように見え、完璧さを保っていた。それに引き換え、あたしは日なたに長時間放置された犬のようにハアハアいっている。

ボルティウス師が手を叩き、注意を引いた。

「もう充分だ」ボルティウス師は明言した。「献姫たちよ、次は対戦だ」

くそっ。あたしは動揺して、ガブリエルのほうを見た。ガブリエルはあたしを痛めつけて喜んでいるかもしれないが、少なくとも殺そうとはしていない。たぶん。

あたしはほかの献姫たちの視線を感じた。あたしに対してだけではなく、たがいの能力や弱点を見きわめ、評価している。競争相手を排除したいなら、偶然をよそおって対戦者の腹を剣で突き刺すのがいちばんだ。いや、あたしたちの剣は刃をなまらせてある。それでも、刃物であることに変わりはないから、その気になれば、回復不能な損傷を負わせることはできる。

「大丈夫だ」ガブリエルは大きな手であたしの二の腕を包みこむように握った。

「フェイは人間よりもずっと強いんだよね？　魔法も使えるんじゃないの？」

「そうだ。たしかに魔法を使える者もいる」ガブリエルはあたしをじっと見た。「だが、二十五歳ぐらいまでは、力を最大限に発揮することはできない。献姫たちは全員がもっと若いし、選考会のあいだは魔法の使用を制限される。だから、大丈夫だ」ガブリエルは繰り返したが、その口調には懸念の色があった。

「本当に？」

ガブリエルは一瞬言葉に詰まった。

「ああ、もちろんだ。それに、たとえだめでも、おまえは一日もちこたえた。そんなに長くもつとは誰も予想していなかった。とくに、このおれはな」

「心強いお褒めの言葉をありがとう」それを聞くと、ガブリエルは笑みを浮かべそうになるのをこらえるかのように唇を引き結んだ。

「そんなにおもしろがってくれるなんて、ほんとにうれしいよ」あたしがつっけんどんに言うと同時に、フェイの女性の前に立つよう呼ばれた。相手はあたしよりも数センチ背が高く、ほっそりとして品があった。肌は白く、長い黒髪が真夜中の滝のように背中を流れ落ちている。コバルトブルーの目はオーロラの光のように明るく輝いていた。

あたしが近づいてゆくと、その女性はあたしを上から下までながめまわし、鼻にしわを寄せてせせら笑い、剣を振りかざした。

「下水道よりひどい場所から引きずり出されてきたの？」女性がたずねた。「あなたがわが家と呼んでいたボロ屋の悪臭がしみついているわよ」

へえ、うれしいことを言ってくれるじゃない。

「名門のマナー学校に通ってたくせに、礼儀や良識を習わなかったの?」あたしは軽蔑をこめてたずねた。相手の女性は一瞬、自己満足に満ちた笑みを崩したが、すぐに髪を後ろに払いのけ、胸を張った。

「あたくしは少なくともただの生贄《いけにえ》としてここにいるわけじゃないわ」女性が言う。

「ちょっと待て」王の豊かなバリトンが部屋じゅうに響きわたり、あたしたちはみな盤上に置かれたチェスの駒のように直立不動の姿勢になった。「見守るだけだと言ったが、今日の訓練後にそなたたちのうちの誰か一人を選び、明日の夕食に招待することにした」

興奮した献姫たちが忍び笑いをつぎつぎに漏らした。あたしの対戦者はまたしても髪を払いのけ、王に向かって目をぱちぱちさせた。まつ毛がポロリと落ちるのではないかと思うほど激しいまばたきだ。王はあの完璧な白い歯を見せ、感嘆の笑みを彼女に返した。あたしは嫉妬ではらわたが煮えくり返る思いがした。

王が見物人としての立場に戻ると、あたしは対戦者と向き合った。

「ロアっていうの?」対戦者は馬の糞《ふん》でも踏んだかのように不快感をあらわにして、あたしの名を口にした。「あたくしはアプリシア」

「お目にかかれて、とてもうれしいよ」あたしは痛烈な皮肉をこめて言った。

「あなたを叩きのめしてやるわ、アンブラのネズミめ」

「やれるもんなら、やってみな」

アプリシアがいきなり襲いかかってきた。あたしは間一髪でなんとか剣を振りあげ、ぎこちないながらもその一撃をかわした。あたしが体勢を立てなおす間《ま》もなく、アプリシアはまたしても攻撃してきた。あたしは飛びのくのがやっとだった。剣術の腕前は明らかにアプリシアのほうがはるかに上だ。アプリシアはうれしそうに歯を剝き出し、自分の優位を誇示した。

「アンブラのクズが」アプリシアは非難するように言った。「あなたはここにふさわしくない。何がなんでも、あなたが太陽妃になることを阻止してみせる」

アプリシアがふたたび飛びかかってきた。あたしは頭めがけて振りおろされる剣に意識を集中していたため、アプリシアが身体を回転させて背後から脚を払ったのに気づかなかった。片足を蹴りあげられてバランスを崩し、うめき声を上げながら大理石の床に叩きつけられた。その瞬間、胸から息が抜けていった。ホロウで過ごしたせいで、いまだに疲労が残り、体力も低下したままだ。フェイの治療師たちはすばらしい手当てをしてくれたが、回復にはまだ時間がかかる。

アプリシアはまたもやバカみたいに髪を払いのけながら、あたしを見おろし、にやりと笑った。

「みんなのために海に身を投げてくれない？」

アプリシアは大げさに剣を振りまわした。それは見事な技と言えるかもしれない。この女の髪を全部ひっこ抜いてやりたいと思うほどの怒りを、あたしが抱いていなければ、の話だが。あたしは息を整えながら、ほかの献姫たちの称賛を浴びて得意げにふるまうアプリシアを見つめた。考える間《ま》もなく、勢いよく立ちあがり、アプリシアの背中に飛び乗った。剣の使いかたはわからないかもしれないが、これまで何百回も戦ってきたから、自分の倍もある男を泣かせる方法は知っている。こんな小枝みたいな女があたしにかなうはずがない。たとえフェイであろうとも。そうであってほしい。

アプリシアは藁《わら》の山が崩れるように倒れ、あたしの下敷きになった。アプリシアのかんだかい悲鳴が愛撫のように心地よく、あたしの満足感は際限なく高まった。アプリシアがあたしの下で激しくあばれたので、あたしは彼女の首に腕を巻きつけた。アプリシアを殺すつもりはない。たぶん。心底、そうしたいとは思っている。でも、そんなことはできない。アプリシアにただひとつ、はっきりと理解してもらう必要がある。このネズミは彼女のいやがらせには決して屈しないということを。

アプリシアがあまりにも大きな悲鳴を上げたので耳鳴りがしたが、それさえも美しい音楽のように感じられた。彼女は身をよじり、あたしの拘束からのがれると、腕に嚙《か》みついてきた。その力はまるでトラのようで、革の籠手を通しても痛みを感じるほどだった。アプリシアがあたしをひっくり返し、なぐりあいになると、こんどはあたしが悲鳴を上げた。アプリシアの側頭部と頬骨にパンチをみまったあと、あたしは手の甲で顔を強打された。

うなり声、剝き出した歯、振り乱した髪、怒りに満ちた激しい取っ組み合い。

しばらくすると、アプリシアがあたしから引き離され、誰かがあたしの身体を引っ張って立たせた。あたしはふたたびアプリシアに飛びかかろうとしたが、背後から腰に腕をまわされているため動けなかった。

「もうよい！」王の声が部屋じゅうに響きわたり、それだけであたしたち二人は争いをやめ、静かになった。アプリシアの手入れされた美しい髪はもつれ、頰にはべったりと血が付着している。あたしは心のどこかで、王の前で獣《けだもの》のようなふるまいをしたことを恥ずかしく思ったが、その一方で、アプリシアの引きつった顔からもはや薄ら笑いが消えていることに満足していた。

「今日はここまでにしよう」王が言い、あたしには意味のわからない表情であたしとアプリシアを見た。ほかの献姫たちもあたしたちをじっと見て、笑みをこらえている。あたしたちが王との夕食に招待される可能性がないことを知っているからだ。アプリシアの表情は、この宮殿のすべての黄金を溶かしかねないほどの猛烈な怒りに満ちていた。よし。少なくとも、アプリシアを道連れにすることはできた。

王が数歩進み、部屋の中央で立ちどまると、あたしはあきれたように目をぐるりとまわした。ほかの献姫たちがいっせいに髪をなでつけ、服のしわを伸ばしはじめたのだ。さらに、一人のフェイは自分の頬をつねり、唇をなめながら肩ごしになまめかしい視線を投げかけ、ウインクした。

ガブリエルは、まだあたしをしっかりつかんでいた。その手を離したら、あたしがふたたびアプリシアに襲いかかるのではないかと、心配しているのは明らかだ。実際、その可能性はある。アプリシアまでが過剰に自己主張するクジャクのように王の注目を集めようとしているのだから、なおさらだ。

「そなたたちとより深く知り合うことを楽しみにしている」王が言った。「すでに、今回の太陽妃選考会の献姫たちは過去最高だと感じている。とくに今日、すばらしい気概を見せた献姫とはぜひ親しくなりたいものだ」そのとき、王の視線があたしをとらえた。あたしの驚きが伝わったかのように、ガブリエルがわずかに手をゆるめた。「われらが最終献姫、ロア」

10

ガブリエルが咳払《せきばら》いし、あたしの耳もとでうなるように言った。

「おれがこの手を離しても、行儀よくできるのか？」

あたしは驚きのあまり、言葉が出なかった。王があたしを見つめている。太陽よりも輝かしい笑みを浮かべて。

王がこちらに向かって歩いてくる。近づくにつれて、どういうわけか、その圧倒的な存在感がさらに増してゆく。まるで王の自然な魅力が特別な薬のように濃縮され、その結果、すべての者を引きつけて服従させる力を持ったかのようだ。列をなしたほかの献姫《けんき》たちが髪をなでつけたり目をぱちぱちさせたりしているなか、王はそのあいだを通り抜けたが、王の関心はあたしだけに向けられているようだ。たぶん、あたしが愚かな真似をしたせいだろう。王はじっくり観察したいだけなのだ。汚い場所から引っ張り出され、着飾ったところでりっぱな人間になれるはずもないのに、きれいなドレスを着せられた頭のおかしい女を。

「ロア？」ふたたびガブリエルがたずねた。「貴婦人らしくふるまう準備はできたか？」

あたしは肩ごしにガブリエルをにらみつけた。誰もまったく現実を見ていない。あたしを貴婦人に変えられると思っているなんて。〝貴婦人〟がなんだかわからないけど。

いまや王はあたしの目の前に立っていた。きわだって強烈な輝きに包まれている。上級妖精《ハイ・フェイ》は例外なく美しいが、この王は支配者階級《インペリアル》フェイ――王族のことだ――なので、その美しさは周囲の何もかもがかすんで見えるほどだ。あたしはいちどだけ、ほかのインペリアル・フェイと対面したことがあるが、それはずっと昔のことだ。おまけに、そのときは彼が美しいかどうかなど考える余裕はなかった。

もし太陽妃に昇格したら、あたしの姿は人々の目にどのように映るのだろう？

「もう彼女を解放してもいいだろう、ガブリエル」王の声は日差しを浴びてぬくもった木のように心地よく、ハチミツを通り抜けた光のように濃密で甘美だった。そのリズムがあたしの骨にまで響いて這いまわり、共鳴している。あたしは炎に引き寄せられる蛾のように、すっかり心を奪われていた。

「本当によろしいのですか、アトラスさま？」ガブリエルがたずねると、王はうなずいた。

「もちろんだ」

ガブリエルはしぶしぶしたがったが、手の届く位置にいて、〝ちゃんと見張っているからな〟と言いたげな目つきで、あたしをにらみつけた。まあ、見張られているほうがいい。一瞬、アプリシアに視線を向けると、彼女は悪意に満ちた目であたしを見つめ返していた。その目は、悪魔の心臓から削り取った氷の破片のように冷たかった。

王に手を取られ、あたしは息をのんだ。ああ、どうすればいいの？　王の顔を見ようとして頭を後ろに傾けたとき、王が長身であることをあらためて認識した。こんなに近いと、海のように深いアクアマリンの目にちりばめられた黄色やすみれ色の斑点まで見える。アトラスのにおいもほのかに感じ取ることができた。うっとりするような心地よい香り。刺激的でさわやかで、まるで雷雨のあとの薄闇に吹く微風のようだ。

「お嬢さん、明晩、よろしければわたしの個室で夕食をともにしていただけませんか？」

まるであたしに選択肢があるかのような言いかただが、背後でガブリエルが警告するように動くのを感じたとき、あたしは答えがひとつしかないことを理解した。乗り気ではないふりをすることもできるが、あたしのすべてが王の誘いに応じたいと強く望んでいる。もちろん、王と夕食をともにしたい。早くも緊張のせいで膝がバターのようにとろけて、立っているのもやっとだが。

「はい……陛……」そう言いかけて、あたりを見まわした。耳の先が熱くなってゆく。あたしが身を乗り出すと同時に王が頭を傾けてきたので、たがいの頬が触れそうになった。あたしは喜びで震えだしそうになるのを抑えた。「なんと呼べばいいのですか？」

王にだけ聞こえる低い声で言おうとしたが、あたしたちはフェイに取り囲まれ、おまけにいまや注目の的《まと》だ。ほかの献姫たちや監視官がつぎつぎと笑い声を上げた。小バカにしたような意地の悪い笑い声だ。あたしは冗談を楽しむその輪には加わっていない。あたし自身が物笑いの種《たね》なのだ。

そのとき王がほほえんだが、それは心からの笑みに見えた。慈悲深く友好的なその笑顔に、あたしはかすかな希望の光を見いだした。たとえ王の側近たちが恐ろしい怪物だとしても、王自身の本質にはこの宮殿の美しさや温かみが反映されているのかもしれない。

「アトラスでかまわない」アトラスがさらりと言うと、部屋じゅうで息をのむ音がした。

あたしは鼻にしわを寄せ、アトラスの返答の意味を考えた。

「もっと格式高い敬称でなくてもいいのですか？　陛下とか、もっとも高貴で慈悲深いおかたとか」

　アトラスはふたたび含み笑いを漏らしたが、この笑い声にも軽蔑ではなくやさしさがにじみ出ていた。その張りのある太い声は安心感をもたらし、マントのようにあたしを包みこんだ。王が……アトラスが……あたしを魅力的だと思ってくれるなら、ほかの者たちにどう思われようとかまわない。あたしの感情が先走りすぎているのかもしれないけど。

「とんでもない。わたしがここにいるのは伴侶《はんりょ》を見つけるためだ。最愛の伴侶に肩書で呼んでもらおうとは思わない。わたしと絆《きずな》を結んだ女性はわたしを名前で呼ぶことになる」アトラスにウインクされ、あたしはすべての理性を失った。あたしがこのフェイの王と夕食をともにする？　赤っ恥をかくに決まっている。アトラスのような男性の前でどのようにふるまい、どんな行動をとればいいのか、まったくわからない。

「イエスと言ってほしい」またしてもアトラスは、あたししだいだと言うように返事をうながした。こんなまなざしを向けられると、この部屋で……この宮殿で……この王国全体で……ことによるとウラノス大陸全域で、自分だけが特別な女性なのではないかという気がしてくる。こんなふうに特別扱いされたり尊重されたりしたのは、生まれてはじめてだ。この状況を受け入れていいのかもしれない。

「はい……」あたしは小声で言った。アトラスは期待するように首をかしげ、あたしの次の言葉を待っている。「はい……アトラス」あたしが思いきって言うと、アトラスはぱっと晴れやかな笑顔を浮かべ、握ったままのあたしの手の甲に唇を押し当てた。あたしは息を止めた。アトラスの唇は温かく柔らかいが、しっかりとした弾力があった。唇を重ねたらどんな感じだろう？　あたしの心を読んだかのように、アトラスが目を輝かせながら顔を上げたので、心臓が飛び出そうなほど胸が高鳴った。

「すばらしい」と、アトラス。「楽しみにしているよ」

そう言うと、あたしの手を放し、すばやく一礼してから、ほかの九人の献姫たちに向きなおった。

「淑女のみなさん」アトラスは言った。「そなたたちのことも、もっと知りたいと楽しみにしている。わたしからの招待を今しばらく待っていてほしい」胸にこぶしを当てて、ふたたび一礼し、部屋を出ていった。扉が閉まると、全員がいっせいに会話を始めた。

あたしはガブリエルに腕をつかまれ、扉のほうへ引っ張られていった。

「行くぞ」ガブリエルが言った。あたしに腹を立てているのは明らかだ。肩ごしに振り返ると、アプリシアがあたしをじっと見つめていた。どうやってあたしを切り刻んで夕食にしてやろうかと、考えているような表情だ。おそらく苦いスパイスを利かせたシチューに入れようと思っているのだろう。

ガブリエルはあたしを廊下に引きずりこんだ。あまりにも強く腕をつかまれているので、あたしは顔をしかめた。

「ちょっと、痛いよ！」

ガブリエルはあたしを壁に押しつけ、前腕を喉《のど》に押し当てた。

「これはおまえにとってゲームなのか、ロア？」ガブリエルの目のなかで怒りの炎が揺らいだ。

「たとえここで失敗しても、即座にノストラザへ送り返されることはないと思っているのか？」

あたしはガブリエルの腕にしがみつき、気管への圧迫をやわらげようとした。口を開けたが、喉を締めつけられているので声が出せない。ガブリエルは自分のしていることに気づくと、力をゆるめた。ただし、あたしが廊下のまんなかで気絶しない程度に。

「どうかした？」あたしは不満げに低い声で言った。「あたしは王と夕食をともにする機会を勝ち取ったんじゃないの？」

ガブリエルはうなずいた。

「そのとおりだ。だが、理由がわからない。なぜアトラスはこれほどおまえに興味を持っているんだ、ロア？　おまえは何者だ？」

あたしが隠しごとをしていると確信しているかのように、ガブリエルは目を細め、不快感をあらわにした。

「何者でもないよ。アトラスがあたしを選んだ理由はわからない。正直、あたし自身がいちばん驚いてるんだから。きっとアトラスはあたしをかわいそうだと思ってるんだよ」感情的な言葉が思わず口をついて出たが、われながらその言葉を情けなく思った。これが現実なのだ。あたしがこのバカげた試練のどこかで最終的に命を落とす前に、アトラスは哀れな最終献姫を慰めようとしているのだろう。そうすれば、王妃になれると本気で信じていたアンブラのネズミと食事をした、とみなにおもしろおかしく語ることができるのだから。

「さあ、行くぞ」ガブリエルは言った。「次は感情的になるなよ。舞踏室よりも酒場での乱闘が似合う王妃なんて、誰も望んでないからな」

「あの女が挑発してきたんだよ！」あたしは憤慨してわめいた。

ガブリエルは足を止めて振り返り、あたしを見おろした。ああ、すごい威圧感だ。

「だからこそ、もっと大人になれ、ロア。それが王妃としてのふるまいだ」

ガブリエルはふたたびあたしに背を向け、大股で立ち去った。正直に言うと、ガブリエルの言葉が腑に落ち、あたしは大いに恥じ入った。

ガブリエルに部屋まで送ってもらったあと、あたしはマグが取り戻してくれた古い灰色のチュニックをしまってある場所へまっすぐ向かった。チュニックを引っ張り出し、裾《すそ》を指でなぞりながら硬いものを探り当てると、その部分を引き裂いた。

小さな赤い宝石がひとつ、手のなかに転がり落ち、あたしはその大切な家宝を見つめた。取り戻せてよかった。これを持っていると、ウィローとトリスタンに少しだけ近づけた気がする。光にかざすと、複雑にカットされた多くの面がきらきら輝くなか、スライスしたリンゴの断面のようになめらかな面がひとつだけあった。

あたしは化粧台の上に置かれた宝石箱の中身をひっかきまわし、その宝石がちょうどおさまるぐらいの金色のロケットがついたネックレスを見つけた。

ロケットに宝石を入れてパチンと閉め、チェーンを首にかけると、落ちないように留め具をしっかりとはめた。そして、鏡をのぞきこみ、片手でロケットを握りしめながら、リラックスするために大きく深呼吸した。

11

翌日の夕方、水平線に太陽が沈みはじめたとき、あたしの部屋の扉をノックする音がした。あたしはすでにマグの手を借りて、床まで届く金色のドレスを着ているところだった。まだ骨が浮き出て見える身体のラインを隠すように、ドレープがほどこされている。マグがこのドレスを着せてくれたおかげで、こんなあたしでも豊満に見える。

今回もマグは、ほとんど見えないほどに傷痕を化粧で隠してくれた。傷を隠すことに、あたしはまだ複雑な気持ちだった。よく眠れなかったせいで目の下に隈《くま》ができていたが、それもマグが隠してくれた。あの牢獄と比べて、ここの夜はとても静かだ。牢獄ではほかの囚人たちの音やにおいに囲まれていたので、その違いがきわだって感じられる。トリスタンとウィローが恋しい。心臓が締めつけられるほどに。二人がいないと、この十二年間の悪夢のような出来事が夢に現われ、落ち着いて眠れない。

妖精《フェイ》の男性が、瓶やハサミ、櫛《くし》、ピンでいっぱいのワゴンを押して入ってきた。男性の白に近いブロンドの髪は非常に巧みに整えられ、床を踏み鳴らして進むあいだもまったく乱れない。こちらへ近づいてくる。化粧台の前で、マグがあたしの頬に金色の粉を塗ってくれている。

「カリアス」マグはため息をつきながら言った。その男性の来訪に明らかに安堵《あんど》している。「やっと来てくれたのね。もう何日も前に呼んだのに」

男性はそれには答えず、鮮やかな紫色の目でマグをにらみつけた。

「ぼくはアフェリオン王国一の人気美容師なんだよ。指を鳴らせばすぐに来るとでも思ってるのか？　ぼくの顧客リストはとても長いんだ。ぼくのアレ並みさ」カリアスと呼ばれた男性は片手を口もとに当て、あたしを共犯者にするかのようにささやいた。「嘘じゃない。ぼくのはすごく長いんだよ、ハニー」

マグは怒りの声を上げ、カリアスの後頭部をひっぱたいた。あたしは鼻で笑いそうになるのを我慢した。

「こちらが献姫《けんき》よ」マグはあたしを指し示した。「あなたの力を切実に必要としているの。わたしが緊急事態だと言ったら、何を意味するか、わかっていたはずよ。お母さんに言いつけるわよ。あんたがオムツをしていたころから知ってるんだからね、坊や」

カリアスは鼻の穴をふくらませながら頭をさすり、むっとしてマグをにらみつけた。

「だから、こうして来たじゃないか」カリアスはいらだたしげに頭を振ったが、ジェルで完璧に整えられた髪は少しも乱れなかった。マグに叩かれても、髪一本すら動かなかったようだ。「で、具体的に何をすればいいの？」

カリアスはあたしに注意を向けると、表情を曇らせ、唇をゆがめた。あたしはもう、誰かが唇をゆがめたり鼻にしわを寄せたり、じろじろと侮辱的な視線を向けてきたりすることには慣れていた。目を閉じても、その様子が思い浮かぶほどだ。カリアスが口を開く前に、あたしは片手を上げて制した。

「わかってる。いやなやつ、気持ち悪い、アンブラのネズミ、絶望的。全部聞いたよ。侮辱はいいから、さっさと始めて」

この言葉に、カリアスは明るい紫色の目をしばたたき、ゆっくりと満面の笑みを浮かべた。

「なるほど、きみはここでの生活をおもしろくしてくれそうだな」カリアスはあたしの背後に移動し、鏡ごしにあたしと目を合わせた。「すでにぼくのお気に入りの献姫かもね」

カリアスに認められ、あたしは思わず笑みを浮かべた。とても長いアレを持つアフェリオン王国随一の人気美容師から称賛を引き出すのは、容易ではない気がした。

「でも、これは」カリアスは、あたしのぎざぎざした不揃《ふぞろ》いな毛先をつかみ、手櫛を通した。

「いますぐ、なんとかしないと」

「なおせる？」マグが小声で言った。まるであたしの脚を切断することを二人で話し合っているかのようだ。

「もちろん、なおせるよ」カリアスはいらだたしげに言った。「簡単じゃないけどね。ぼくのワゴンを」

意外にもマグがすばやく部屋を横切り、カリアスのワゴンを押してくると、あたしの横で止めた。カリアスはワゴンの中身をかきまわし、金色の櫛とピカピカのハサミを取り出した。それから、ひとことも言わずに作業に取りかかったが、そのあいだ、あたしが聞いたこともなく、おそらく会うこともない大勢の人々の噂話をしつづけた。その話しぶりからすると、全員が〈太陽の宮殿〉の住人か、貴族階級にちがいない。

「……で、ジェマは、自分が食料貯蔵庫で関係を持ったのは隊長だと主張してるが、実際にはジェマとアーヴィングがやってたという噂だ」カリアスは鼻で笑った。「ジェマときたら、あのど素人め。ぼくに話すなら、いちどに二人の女と一人の男を相手にしてからにしろよな」

「隊長ってガブリエルのこと？」カリアスがハサミで髪を切る音がするなか、あたしは疑わしげにたずねた。

カリアスは手を止めた。

「隊長とファーストネームで呼び合う仲なのか？」カリアスの片眉が吊りあがった。

「王ともね」あたしがそう言うと、カリアスの笑みが広がった。

「よくやった、アンブラのネズミ」カリアスがウインクし、あたしはまたしても微笑した。カリアスの言いかたは気にならなかった。

マグがいらだたしげな声を漏らし、ぐるりと目をまわした。

「二人とも、いつまでいちゃついてるの？　もうすぐ王の従者が来るかもしれないのよ」マグは扉を見ながら両手をもみしぼった。

「はいはい、終わったよ」カリアスはあたしの髪をなでつけた。いったいどんな魔法を使ったのだろう？　あたしはまったくの別人になっていた。毛先はきれいに整えられ、あたしの黒髪は星明かりを反射しているように輝いている。どういうわけか髪が伸びたように見え、毛先がなめらかになっている。あたしは髪に触れ、頭を左右に振った。

「あんたって、すごいんだね」あたしは驚いて声を上げた。

「まあね」カリアスが意に介さない様子で言った。「アフェリオン王国でもっとも人気がある美容師であるのには、それなりの理由があるんだよ」カリアスは小さなカプセルが詰まったガラスの小瓶を手に取り、差し出した。「これを一日にひとつ飲むといい。髪の成長が速くなるから。いきなり伸びたりはしないが、数週間以内に見苦しくない程度の長さにはなる」

「本当？」あたしはカプセルの入った小瓶を受け取り、蓋《ふた》を開けた。透明なカプセルのなかに金色の小さな粒子が分散して浮かんでいる。「信じられない」あたしはカプセルをひとつ飲みこんだ。

「ちょっとした美の魔法だ」カリアスは肩をすくめたが、あたしの反応に満足しているのがわかった。あたしが立ちあがると、カリアスは親指と人差し指であたしの顎《あご》をすばやくつかみ、光が当たるようにあたしの顔を傾けた。

「こっちもなんとかなるだろう。ここの治療師たちはこまやかな配慮に欠ける。絆創膏《ばんそうこう》を貼りつけただけで終わりだ。野蛮だよな」

あたしは首を振って顔をそむけると、片手で頰をおおいながら、もう一方の手で首に下げた金色のロケットをつかんだ。

「いい。これはそのままにしといて」

この傷痕は、あたしの人生でもっとも重要な二人のことを思い出させてくれる。これは、看守長の怒りからウィローを守ろうとしたときにできたものだ。看守長がウィローをなぐろうとした瞬間、あたしはウィローをかばおうと前に出て、ウィローの代わりになぐられた。看守長は激怒し、あたしをめった打ちにした。そこにトリスタンが割って入ると、看守長のケラヴァはその怒りをトリスタンに向けた。

看守が三人がかりでケラヴァをトリスタンから引き離し、あたしとトリスタンは数週間、医療室に入れられた。そこを出たとき、あたしの身体にはこの傷痕と折れた数本のあばら、そして無数のあざが残った。傍《はた》から見ればバカバカしいかもしれないが、この傷痕はあたしがここで何をするのか、太陽王の隣を手に入れられなかったら何を失うことになるのかを、思い出させてくれる。

あたしにとって重要なのはトリスタンとウィローだけだ。

カリアスはあたしの表情から何かを理解したにちがいない。なぜなら、厳しい表情でうなずくだけで、反論しようとはしなかったから。

「考えが変わったら知らせてくれ」

「ありがとう」と、あたし。

カリアスは皮肉っぽい笑みを返してきた。

「王とうまくいくよう、幸運を祈ってる。王はきみに手を焼くだろうな。そんな気がする」

マグがカリアスを急いで部屋から追い出した直後に、二人の近衛兵が到着した。頭から爪先まで金色の鎧《よろい》でおおわれている。つづいてガブリエルが大股で入ってきた。さらさらと音を立てて翼を小刻みに動かしながら、あたしを値踏みするようにじっくり観察している。

「少しはましになったようだな」ガブリエルのその言葉に、あたしは目を細め、不快感をあらわにした。「せいぜい王妃にふさわしい貴婦人のふりをするがいい」

「あんたって、くそ野郎だね」あたしはサンダルに足をすべりこませた。

「もっとひどい呼びかたをされたこともあるよ、献姫」ガブリエルは顎で扉を示した。「行こう。遅れるぞ」

「ほんと、偉そうなんだよね」あたしはかみつくように言うと、ガブリエルを追って部屋を出た。

あたしたちは曲がりくねった廊下を進んだ。日はほとんど暮れかけていたが、宮殿は日中より活気づいているようだった。音楽が廊下全体にゆったりと広がってゆくなか、みなが酒を飲みながら談笑している部屋をいくつも通り過ぎた。

別の部屋ではカップルたちがダンスをしていた。空気のように軽やかに、部屋じゅうをくるくるまわっている。また別の扉の前を通り過ぎると、ほかの献姫たちが視界に入り、あたしは足を止めて様子をうかがった。献姫たちは大広間の隅に集まり、三人組の曲芸師を見物している。ジャグラーと火吹き、もう一人は、自然ではありえないような身体の曲げかたをしているフェイの女性だ。

アプリシアがあたしの視線に気づいた。けわしい目つきになり、青白い肌に白っぽいブロンドの髪、淡い水色の目をした献姫に何かささやいた。その献姫はおずおずとこちらを見ると、ほほえんだ。控えめな笑みで、とくに友好的というわけではないが、少なくとも不機嫌そうではなかった。ひょっとすると、あたしはこの集団のなかで一人ぐらいは味方を見つけられるかもしれない。この様子に気づいたアプリシアに軽く腕を叩かれると、そのフェイの献姫は顔をそむけた。

「みんな何してるの?」あたしはガブリエルにたずねた。たとえ全員がひどい連中だったとしても、自分もそこに加わりたいとどこかで思っていた。この雰囲気は、あたしがいま向かっている場所に比べて、ずっと気楽そうだ。太陽王とその輝く笑みを思い浮かべると、緊張で喉《のど》が詰まった感じがした。あたしは王に何を言えばいいのだろう?

「それぞれの夜を楽しんでいるが、おまえと立場を交換できるなら、左目を差し出すくらいの犠牲は払ってもいいと思っているだろう」ガブリエルの言葉は核心をついていた。

あたしはガブリエルのほうを見た。

「そうか。当然だね。行こう」ガブリエルはうなずくと、あたしの先に立ってさらに宮殿のなかを進んでゆき、やがてこれまで見たこともないような巨大な扉の前まで来た。縦にも横にも大きく、複数の荷車が横並びで通り抜けられ、巨人も楽に出入《ではい》りできそうだ。光沢のある金色の扉が光を反射して輝き、扉いっぱいに太陽王の紋章があしらわれている。

二人の近衛兵がなかへ入るよう手で合図した。豪華絢爛《けんらん》な王の居室と比べると、あたしがりっぱだと思っていたこの宮殿が見劣りしそうだ。どこもかしこも、金と宝石と銀と真珠でおおわれている。その広い空間を進むと、分厚い金色の絨毯《じゅうたん》が足音を吸収した。ガブリエルのあとについて巨大な半円形の部屋に入った。壁一面をおおう窓から海を一望できる。

夕日が水面をピンクとオレンジのグラデーションで染めあげている。いままでなんどか、これ以上に美しいものはないと思う景色を見てきたが、新たな景色を目にするたびにその美しさに驚かされる。見るものすべてが新鮮に感じられるこの感覚に、いつか慣れる日が来るのだろうか？ほとんど何も経験せず、刺激のない孤立した状況で人生を送ってきたというのに。

「ロア」あたしが部屋に入ると同時に、なめらかな声がした。太陽王は茶色のズボンに襟《えり》もとを大きく開けた白シャツというカジュアルな服装だが、輝いていた。美しい。ノストラザのくすんだ灰色の囚人服を着ても、まぶしく見えるだろう。「よく来てくれたね」

王は近づいてくると、あたしの手の甲にキスをした。心臓の鼓動が激しくなり、あたしは死ぬかと思った。

「陛下」あたしがしゃがれ声で言うと、王はとがめるように片眉を上げた。「アトラス」あたしは言いなおした。「お招きいただき、ありがとうございます。とても光栄です」王は並外れた存在なので、これはまぎれもなく光栄なことだが、あたしがここにいる本当の理由についてはまだ多くの疑問がある。

「こちらこそ、うれしいよ。さあ、かけてくれ」王はテーブルに近づいて椅子を引き出してから、ガブリエルに言った。「ご苦労だったな。終わったらまた声をかける」

ガブリエルはためらった。どちらを叱るべきなのかを決めかねているかのように、あたしと王を交互に見ている。

「行儀を忘れないように」ガブリエルは誰にともなく言った。アトラスは低い含み笑いを漏らし、あたしが腰をおろすと椅子を押しこんでくれた。アトラスがあたしから離れたテーブルの端の席につくあいだに、ガブリエルの足音は部屋の外へ遠ざかっていった。

そのとき、戸口から数人の召使が現われ、大きなスープ皿をいくつかと、大皿に盛られた料理を運んできた。あたしたちの前に料理を並べおわるまでのあいだに、誰かがあたしのグラスにスパークリングワインを注いだ。料理がずらりと並ぶ光景に目眩《めまい》がした。知らない料理がほとんどだが、新鮮で色とりどりで信じられないほどいいにおいがすることだけはわかった。

召使が数種類の料理をあたしの皿にたっぷり盛りつけた。ローストチキン、ポテト、葉物野菜とナッツとドライフルーツをクリーミーなドレッシングであえたもの。目の前のバスケットには、室温に戻した柔らかいバターを添えたふわふわの白いパンと、名前のわからない数多くの食べものがいっぱいに入っている。

「どうぞ召しあがれ」と、アトラス。あたしはほんの一瞬ためらっただけで、すぐに食べはじめた。チキンが舌に触れた瞬間、低くうめいた。すばらしい味だった。まるで魔法だ。こんなにおいしいなんて、どうなっているの？　「気に入った？」

「気に入ったかですって？」と、あたし。「いままで食べていたものとは大違いです」

アトラスは部屋を見まわし、近くで控えていた召使たちに向かって言った。

「さがってよい」アトラスが命じると、一瞬後にはあたしたちは二人だけになった。

「ノストラザの生活はどうだった？」と、アトラス。あたしは不意を突かれた。今夜、その話題が出るとは予想していなかったのだ。「そのパンの食べっぷりからすると、満足な食事は与えられていなかったようだな」

アトラスの言葉にあたしは顔が熱くなるのを感じた。これではまるで飢えた獣《けだもの》のようだ。ほかの献姫たちは料理を少しずつかじり、ちょっと食べただけで満腹になったふりをするのだろう。

「ごめんなさい」あたしは口いっぱいに食べものをほおばったまま言った。充分な量の食事が継続的に与えられるようになり、身体は食料不足だった期間を埋め合わせようとしているが、それでも依然として強い飢餓感がある。

「謝らないでほしい」アトラスはやさしい笑みを浮かべて言った。「頼むから。わたしはうれしいのだ。きみにこのような食事を提供することができて。そして、きみがあの場所から出られたことも」

「でも、負けたら、あたしは送り返されるんですよね？」と、あたし。「ガブリエルがそう言ってました」

アトラスは眉をひそめ、真剣な表情になった。

「残念ながら、オーロラ王国と結んだ協定ではそういうことになっている」

「協定？」

アトラスはため息をついて椅子の背にもたれると、ものうげにワインを口に含んだ。

「いろいろと複雑でね」

「でもまあ、あたしには知る権利があると思います。これはあたし自身とあたしのここでの暮らしにかかわる問題ですから」あたしは食べるのをやめて両手を膝に置き、柔らかい絹のドレスを握りしめた。

アトラスは両肘をついて身を乗り出してきた。心地よいシナモンの香りがするほど近い。アトラスの喉もとに顔をうずめ、この料理と同じように彼の存在と香りを余すところなく味わいたい。

「ロア、たしかに、きみには知る権利があるが、これはここだけの秘密だ。アフェリオン王国で最終献姫についての根本的な真実を知っているのは、わたしを含む歴代の王だけ。まもなく、きみも真実を共有することになる」

アトラスが明かしたくない秘密をはぐらかそうとしているような気がしてならない。あたしはアトラスの存在に圧倒されないように最善を尽くしながら待ち、重要な問題に意識を集中した。とくに重要なのは、いったい自分はここで何をしているのかということだ。

「太陽妃選考会のことはどの程度知っている？」アトラスはあたしをじっと見ながらたずねた。

「何も。数日前にはじめて聞きました。あたしはあの牢獄のなかで人生の半分を過ごしてきたんですから。ウラノス大陸のことはほとんど何も知りません。知っているのは、ここがオーロラ王国の南側だということくらいです」

アトラスはあたしを上から下まで見ると、やがて口を開いた。

「遠い昔、アフェリオン王国とオーロラ王国はある協定を結んだ。詳しい経緯は割愛するが、要するに、オーロラ王国は太陽妃選考会に人間の献姫を一人参加させる権利を認められた。その逆も然《しか》りだ」

「なぜ？」

「勢力均衡のためだ」と、アトラス。「オーロラ王国とアフェリオン王国はウラノス大陸における二大勢力だ。相互監視のため、両国の同意により、王妃選考会が行なわれるたびにそれぞれの国から一人の女性が献姫として参加し、王妃の座を獲得するチャンスが与えられることになった」

あたしは顔をしかめ、アトラスが説明している内容のつながりを理解しようとした。

「とても複雑な事情があるみたいですね」と、あたし。「なぜ、そんなことがつづいているんでしょう？」

アトラスは肩をすくめた。

「何千年も前の王や王妃が何を考えていたのか、わたしにはわからない。だが、その協定には強制力があり、人々の記憶にあるかぎりの長いあいだ、最終献姫は故郷から相手国へと秘密裏に送られていた」

「なぜ秘密なんです？」

アトラスはあたしの矢継ぎ早の質問をおもしろがっているかのように、微笑した。

「まず、北の出身の女性が王妃に選ばれたら、アフェリオン王国の国民が喜ばないからだ。実際には、いちどもそうなったことはないが、国民にとっては不愉快な結果だろう」

「いちどもそうなったことがないって、最終献姫は毎回、命を落としているということですよね？」

アトラスは唇を引き結び、うなずいた。

「そのとおりだ」

「でも、それは全部〝偶然〟だったんですよね？　最終献姫は〝都合よく〟排除されるのですか？　あなたも、オーロラ王国出身の女性が王妃として統治することを望んでいないのではありませんか？」

アトラスはあたしを注意深く観察した。

「本音を言うと個人的には望んでいないが、わたしが選考会に介入することは禁じられている。オーロラ王国からの密使たちが選考会の経過を厳しく監視している。なぜ歴代の王がこんなことをつづけるのかと、きみはたずねた。確信はないが、自尊心と誇りに起因しているのではないかと思う。最終献姫が敵国の王妃の座につけば、その事実だけで国民は大いに満足するだろう。最終献姫をほかの王国に送りこむことは政治的スパイ活動というよりも、むしろ、ウラノス大陸のどこの国にも絶対的権力を持つ者はいないことを象徴する行為だったのだ」

「なぜオーロラ王国と敵対しているのですか？」

「アフェリオン王国とオーロラ王国は対立するふたつの側面なのだよ、ロア。昼の暖かい光と夜の冷たい光。双方の持つ力が相互に競合し、つねに支配権をめぐって争ってきた。これまでずっとそうだった」

　アトラスはフォークを手に取り、皿の上のローストチキンを少し引きちぎり、口に入れた。あたしはチキンを飲みこむアトラスの喉の動きにうっとりした。アトラスは澄んだアクアマリンの目をあたしに向けたままだ。そのまなざしは荒れ狂う嵐のように強い感情を宿していた。

「〈太陽の鏡〉が最終的に次の王妃を決定する」アトラスは真剣な口ぶりで話をつづけた。「鏡によって選ばれた女性はその瞬間に昇格し、支配者階級妖精《インペリアル・フェイ》となる。そして、わたし自身は魔法を無制限かつ自由に使う権利を手に入れる」アトラスは口にパンのかけらをほうりこんだ。

「どういう意味ですか？」

「つまり、それが選考会の目的だ。わたしの魔法の力は、異なるふたつの要素を結合させることで完全なものとなる。現在わたしは上級《ハイ》フェイとしてかなり高いレベルの魔法を使えるが、この結合によりわたしの力が最大限に引き出されて強化され、王と王妃が共有できるようになるのだ。どの王国も統治者への昇格を決定する魔道具《アーティファクト》をそれぞれ保有している」アトラスは言葉を切った。「オーロラ王国の魔道具は松明《たいまつ》だ」あたしが口先まで出かかっていた質問をする前に、アトラスはそう言った。

　岩が落ちてきたかのように、その情報の重みがあたしとアトラスのあいだの空気を一変させた。魔法。あたしが勝ったら、インペリアル・フェイの魔法を使えるようになると、ガブリエルが言っていた。ハイ・フェイの魔法もそれなりにすごいが、インペリアル・フェイの魔法はあたしの想像を絶する力を与えてくれるだろう。

「あなたはどんな魔法が使えるんですか？」

アトラスは微笑し、ワインを一口飲んだ。

「光をあやつることができる。幻を見せるのが得意だ」

「どういうこと?」あたしは興味津々でたずねた。

アトラスは椅子にもたれ、片手をひらひらさせた。次の瞬間、あたしたちは海の底にいた。青い水、ゆらゆらと水中をただよう海藻、色とりどりの魚の群れに囲まれている。あたしは息をのんだ。

「信じられない。本物みたい」

アトラスは肩をすくめた。

「意外に便利だよ」

あたしは立ちあがると同時に足もとに砂があることに気づいた。驚いたことに、歩くたびに砂が螺旋《らせん》状に舞いあがる。手を伸ばすと、その手が幻を通り抜け、触れた部分に小さな光の粒子が発生してきらきら輝いた。よく見ると、あたしたちのまわりでも複数の光の粒子がまたたいていた。それは、この光景が現実のものではないことを示唆する唯一の手がかりだった。

アトラスはあたしの驚く様子に笑い声を上げ、片手をひらひらと振った。すると、海が溶けるように消え、ふたたびアトラスのダイニングルームが現われた。あたしは胸に手を当て、アトラスを見た。

「オーロラ王国があなたの王冠に対する権利を主張するかもしれないのに、不安じゃないんですか?」話をもとに戻した。「ただの象徴にすぎないと、あなたは言うけど」

アトラスはもう一口ワインを飲み、自分の席へと戻るあたしに懐疑的な視線を向けた。

「〈太陽の鏡〉がきみを選ぶとしたら、それは、きみがわたし自身やわたしの王国に対して純粋な意図を持っているからだろう。きみが新たな故郷となるはずのこの場所のために戦ってくれると、わたしは信じている」

「あたしにはオーロラ王国への忠誠心はありません」あたしは憤慨して言った。なぜこんなことをアトラスに話しているのか、自分でもわからない。だが、オーロラ王国になんの恩義もないことは事実だ。あたしの故郷ではないし、あたしからすべてを奪った根源なのだから。チャンスがあれば、あの王国を完全に滅ぼしてやりたい。

アトラスは満足げな笑みを浮かべた。

「では、なおのこと、わたしが心配する理由はないな」

アトラスはグラスの縁《ふち》ごしにあたしをじっと見た。明るいアクアマリンの目があたしの心を見透かしているかのようだ。その露骨なまなざしに、あたしは素っ裸にされた気がした。

「われながら愚かしいと思いつつ、わたしは未来の王妃とたがいに恋に落ちたいという希望も抱きつづけている。フェイの生涯は非常に長く、愛していない者に縛られて過ごす時間はなおさら長く感じられるはずだから」

魔法という概念だけで息が詰まると思っていたが、この話はさらに衝撃的だった。あたしは息をのみ、何か集中できるものを求めて、フォークをポテトに突き刺した。ポテトを口に押しこみ、ゆっくりと咀嚼《そしゃく》しながら心臓の鼓動がおさまるのを待つ。

落ち着きを取り戻すと、あたしはたずねた。

「どうしてあたしなんですか？」

アトラスは頭を振り、テーブルに片方の肘をのせて頬杖をついた。

「最終献姫はこれまでずっとノストラザから選ばれていたし、きみがちょうど適齢だったからだろう。リオンはきみを選んだ理由を教えてはくれなかった」

「リオン？」

「オーロラ国王だ」アトラスは表情をやわらげ、手を伸ばしてあたしの一房の髪を耳にそっとかけた。アトラスの指が一瞬、頬をなで、あたしはぞくっとした。「きみにはすべてを秘密にしていたようだな」

そのやさしい言葉、その同情的な声で、あたしは目の奥が熱くなり、涙が出そうになった。たとえ死ぬためにここへ連れてこられたにしても、いままで誰かにこんなふうに話しかけられたことはなかった。そのせいで、あたしのなかの何かが自由になった。永遠に囚われの身なのだと思っていた人生の軛《くびき》から、あたしを解放した。ノストラザ以外の世界を知ることはないだろうと、思いこんでいたのに。

でも、なぜオーロラ国王は、ずっと閉じこめていたあたしを外へ出したのだろう？　今になってなぜ、わずかとはいえ自由になるチャンスをあたしに与えたのか？　どうしてウィローではなかったのだろう？　ウィローのほうが王にとってより安全な選択だった可能性がある。それでも、ウィローの命と尊厳が危うくなることを思えば、ここにいるのがウィローでなくてよかった。

「お願いです」あたしはささやいた。「あたしの友人を救い出してもらえませんか？　トリスタンとウィローを。あの二人はあたしのすべてなんです。そう簡単にはいかないとガブリエルは言いました。でも、あなたは王です」

アトラスは質問には答えず、椅子を後ろに押しやると立ちあがり、手を差し出した。あたしはその手をちらりと見てから、自分の手を重ねた。アトラスはあたしの手を引いて立たせると、いくつもの扉を通って、海を見わたせるバルコニーに案内した。日は沈み、空には星が明るく輝いている。この場所の何もかもがあまりにもすばらしくて非現実的だ。その一部となって、一瞬でも過ごすチャンスを得たなんて、信じられない。

海のにおいを吸いこむと、肺がすっきりした。

アトラスはあたしを手すりのほうへ引っ張ってゆくと、あたしの手を放し、両肘をついてもたれた。

「すまないが」と、アトラス。「それはできない。われわれの協定は最終献姫に関してのみなのだ。脱落すれば、きみはノストラザへ帰らなければならない。さもないと、わたしは戦争の危険をおかすことになる」

「そして、あなたは身分の卑しい囚人のために、そんなことはできない」あたしは抑揚のない口調で言った。

「ロア――」

あたしは片手を上げた。

「いいんです。もちろん、あたしのために戦争をしてほしいなんて思ってません。あたしはあなたにとって、なんの意味もないただの人間ですから。あたしのせいで血が流れるなんて、いやです」

アトラスは背筋を伸ばすと、人差し指であたしの顎を持ちあげ、目を見つめた。

「すまない。わたしの力でなんとかしてやれるといいんだが」

「もしあたしが勝ったら……あたしと協力して二人を救い出してもらえますか？」

アトラスは笑みを浮かべると、親指をあたしの顎にすべらせた。このしぐさにあたしは慰められた。つねにあたしの胸に居座っていた感情の重い氷の塊《かたまり》が溶けてゆく気がした。

「その場合、リオンとの交渉が確実に可能になるだろう」

そのわずかな望みに心を奪われそうになったが、自分が直面している困難の大きさを思い出し、どうにか踏みとどまった。あたしはアトラスから離れると、手すりをつかみながら海に顔を向けた。

「でも、最終献姫が勝ち残ったことはいちどもないのだから、これは全部、空論ですよね」

「ロア、なにごとにも最初はある。わたしはきみを守るためにできることは、なんでもする」

「なぜ？」あたしはたずねた。「オーロラ国王との確執をつづけるため？」

アトラスは穏やかな笑い声を漏らした。

「そうではない。たしかに先祖たちはそう感じていたと言ったが、わたしは違う。ウラノス大陸の大昔の政治や、長年にわたってつづいているがもはや原因も思い出せない小さな確執に興味はない。わたしはその王冠に値する者を見つけたいのだ。その女性とともに人生を築き、象徴となる和合の愛と情熱のすべてを経験したい。わたしは献姫全員を守る。きみがここにいるのはわたしのせいだ。もしきみが傷ついたら、その恥はわたしが背負う。そんなことはとても受け入れられない」

あたしは目の前の男性に驚嘆した。

「あなたみたいなかたが現実に存在するなんて」あたしが思わず口にしたその言葉に、アトラスは笑った。本心から出た自然なその笑い声には、溶けたチョコレートから立ちのぼる芳香のような甘美な温かさがあった。アトラスの笑顔はただでさえ魅力的だが、こんなふうに笑うとさらに輝きを増す。

アトラスと視線が合うと、そのアクアマリンの目が渦のようにあたしを深く引きこみ、あたしは心の奥まで熱くなるのを感じた。アトラスの頬骨や顎の線に月光が当たって輝いている。きらめく茶色の髪は銅細工のように美しい。アトラスがあたしの頬に触れ、人差し指で傷痕をそっとなぞった。あたしは身がまえた。きっと、化粧で傷痕を隠したことについて何か言われる。でも違った。アトラスは考えこむ表情になった。

「最終献姫が最後まで生き延びたことはない。だが、だからといって、そのようなルールがあるわけではない。おそらく、まだふさわしい者がやってきてはいないというだけだろう」

すぐそばに立っているので、アトラスの身体の感触がかすかに伝わってきた。あたしはアトラスに寄りかかりたいという圧倒的な欲望に負け、そのがっしりした胸板と筋肉質のたくましい太ももに身体を密着させた。アトラスが頭を下げた。息が止まりそうだ。そのとき、アトラスがあたしの口もとにキスをした。このうえなくやさしいキスだ。

腰に腕をまわされて抱きしめられると、あたしは釣り糸で引き寄せられる無力な小さい魚のように抗《あらが》えなかった。アトラスは全身が筋肉だ。温かな肌が硬質なラインで縁取《ふちど》られている。あまりにも輝かしい姿だった。大切に保管していた太陽の雫《しずく》で女神が創造した作品だとしか思えない。

ふたたびアトラスの指があたしの顎を持ちあげた。たがいの口が近づき、あたしは唇でアトラスの息遣いを感じた。ベリーやレモン、さっき飲んでいた燻《いぶ》したようなワインの香りがした。

「ロア――」

「陛下」近衛兵が割って入ってきてアトラスの言葉をさえぎった。その白い翼が、監視官の一人であることを示している。アトラスは邪魔された不満を示すように片眉を上げたが、あたしの腰にまわした腕はそのままだ。むしろ、より強くあたしを引き寄せている。

「どうした、ジャレス?」アトラスはぶっきらぼうな口調でたずねた。

「会議室へお越しください。お待ちかねの使者が到着しました」ジャレスはほんの一瞬あたしを見たが、すぐに王へ視線を戻した。アトラスがうなずくと、ジャレスは宮殿へ戻っていった。

アトラスはふたたびあたしに目を向け、あたしの顎に指をすべらせた。

「本当にすまない。晩餐が予定より短くなってしまった、ロア。きみのことをもっとよく知りたい。またこのような時間を持ちたいと思っている。わたしといると居心地がいいときみに思ってもらうことは、わたしにとって重要なのだ。今夜わたしが口にした言葉は、すべて本心からのものだ」

アトラスの圧倒的な存在感や、教えてくれた数々の驚くべき事実のせいで、あたしの胸のなかで複雑な感情が渦巻いている。

「わかってます」あたしは冷静な口調を心がけた。「ごちそうさま。忘れられない思い出になりそう」

アトラスは微笑し、やがて腕をおろしてあたしから離れた。アトラスが離れると、自分の身体の一部が切り取られたかのように感じられた。

「ガブリエルを呼んで部屋まで送らせよう」

あたしはアトラスの腕に片手を置いた。シャツの下に柔軟な筋肉が感じられた。

「よろしければ、一人で戻ろうと思います。宮殿のなかを見てまわってもいいでしょうか？　浜辺に出てみたいんです。いちども海を見たことがないから」

「では、海で泳いだこともないのか？」アトラスは理解を示すような笑みを浮かべた。あたしはうなずいた。

「あたしのことをとても愚かだと思ってるでしょうね。あたしはこの人生で実績も経験もほとんどありません。ほかの献姫と比べて、あまりにも無知で……教養がない。あたしに美しい服を着せることはできても、本質を隠すことはできません」あたしの言葉は消え入るように小さくなっていった。あたしの異質さに目を向けてほしくない。だが、どういうわけかアトラスといると、自分は受け入れられていて安全だと思える。アトラスは、あたしの言葉であたしを判断しないような気がした。

アトラスは頭を下げ、のぞきこむようにしてあたしと目を合わせた。

「いや。わたしには見える。目の奥に、きみが生きてきた人生が映っている。きみは愚かでもなければ無知でもない。ワルツもピアノも習わなかったかもしれないが、そんなものはすべて金持ちの暇つぶしだ。重要ではないし、意味もない。きみは人生を生きてきたんだ、ロア。あの牢獄で数多くの困難を乗り越えてきたにちがいない」

あたしは息をのみ、また目頭が熱くなった。涙を我慢するのがどんどん難しくなっている。これまでずっと抑えつけてきたのに。この場所で、顔に日差しを浴びて海のとどろきを耳にしていると、長いあいだ自分の魂を縛りつけていた手綱をゆるめてもいいような気がしてきた。

　いまやあたしの生活は、残酷な言葉や空腹、ひどい暴力だけではなくなった。そのせいで、あたしの涙はこれまでずっと禁じられていた解放をせがんでいる。あたしの人生の扉の鍵がすべて解錠され、何もかもが変わってしまいそうだ。あたしは別人になってしまうだろう。ノストラザに戻されたら、生き延びられる自信がない。ほんの数日で、アフェリオン王国は棺《ひつぎ》のようにあたしをおおい隠していた殻《から》を引きはがしてしまったのだ。

「本当にすまない」と、アトラス。「きみを追い払いたいわけではないが、この会話はもう終わりにしよう。明日、またわたしと夕食をともにしてくれないか？」

　あたしは目尻の涙を拭いて、目をしばたたいた。

「ほかの献姫たちはいいんですか？　あたしはすでに嫌われてるのに、二晩つづけてあなたといっしょに過ごしたら……」

　アトラスが眉をひそめた。

「そうだな。考えていなかった。では、きみのために別の機会を用意しよう。そうすれば、きみをひいきしているようには見えないだろう。少し考えてみるから、何日か待ってくれ」

「わかりました」あたしはささやいた。「ありがとうございます」

　なぜこんなに親切なのか、どうしてあたしともっといっしょに過ごしたいのかと、たずねたかったが、やめておいた。アトラスは、あたしをここへ連れてきたことへの罪悪感をいくらか持っているはずだ。同情しているのは間違いない。アトラスが何を言おうと、あたしを使って自分の敵に対して意思表示できることに変わりはない。そのことは覚えておいたほうがいい。でも、今夜のアトラスのあたしに対する話しかたや、まなざしからすると、あたしを利用しようとしているとは思えなかった。

「それから、もちろん、好きな場所を見てまわってくれてかまわない」アトラスが付け加えた。「この宮殿のなかはどこも安全だ」

ふたたびジャレスが戸口に現われた。

「陛下」と、ジャレス。あせっているような口調だ。「お急ぎください」

「いま行く」と、アトラス。「おやすみ、ロア」

「おやすみなさい」あたしがそう言うと太陽王はその場を離れた。

12 ナディール

ナディールの手には一通の招待状があった。光沢のある金色のインクで走り書きされたその金色の紙は、黒と灰色の陰気なナディールの書斎とはあまりにも対照的だ。

「なんだ、それは？」マエルが部屋の中央にある黒いベルベットのソファにどさりとすわり、目の前のローテーブルに両足を投げ出した。

ナディールはその公式の書状を読み返しながら、鼻で笑った。

「アトラスからだ。アフェリオン王国で、またしてもあのバカげた太陽妃選考会が開催される。最終試練の前に献姫《けんき》たちを称《たた》える舞踏会に、わたしも招待された。アトラスにさんざん苦しめられても生き残った哀れな女性たちを祝福するとは、野蛮な伝統だ」

マエルは片方の黒い眉を吊りあげながら首をかしげた。

「おまえが招待されたのか？」

ナディールは低い含み笑いを漏らした。

「事情をよく知らない従者の一人が招待状を送ってしまったのだろう。アトラスはわたしが本当に出席するとは思っていないさ」ナディールは机の上に招待状をほうり投げると、マエルの足を蹴った。

「その汚いブーツをわたしのテーブルにのせるな」

ナディールはずらりと並ぶ窓の下に設置されたドリンクワゴンへ近づき、自分でショットグラスに一杯分のブランデーを注ぐと、いっきに飲み干した。なめらかな液体が喉《のど》を焼きながらおりてゆき、胸を温めたが、いらいらはおさまらなかった。

ナディールは二頭の愛犬をちらりと見た。氷の猟犬《アイス・ハウンド》のモラナとキオネが暖炉の前でくつろいでいる。大きさは小型の狼ほどで、命令に応じて人の喉を食い破ることもできる。二頭は明るい炎にふさふさした白い毛の先端を輝かせながら、頭を前足の上にのせていた。

「で、誰がその女を連れ去ったのか、まったくわからないのか？」マエルは話をもとに戻した。

「連れ去ったのは妖精《フェイ》だ」ナディールは答えた。「わかっているのはそれだけだ。かすかなにおいしか残っていなかったからな」

「どの王国がその謎の囚人を連れ去ったかという手がかりもないのか？」

「そんなものがあるなら、わたしはとっくにそこにいるはずだろう？」

マエルはソファにもたれかかり、頭の後ろで両手を組んだ。磨きこまれて黒光りする革の鎧《よろい》を身につけ、黒い巻き毛は短く切りそろえられている。こげ茶色の目と肌が、空中で波打つ紫や深紅色のオーロラを反射して輝いていた。ナディールの書斎を照らしているのはオーロラの光だけだ。

「お父上にはなんて説明したんだ？」

「オジラーが連れ去った痕跡しか見つからなかったと話した。実際そのとおりだったしな」

「でも、そうではないと確信しているんだろう？」

ナディールはグラスに二杯目を注いだ。一杯目は飲んだ気がしなかった。

「その辺をうろついていたオジラーを追跡して、そいつのねぐらを見つけた。そこに人間がいた形跡はまったくなかった。あの女は連れ去られたんだ。ホロウの周辺にはにおいは残っていない。これは何を意味するのか？　飛び去ったってことだ」

「となると、可能性としては、トール王国かウッドランズ王国かアフェリオン王国だな」と、マエル。「アルヴィオン王国ではないだろう」マエルは言葉を切った。ナディールは生涯の友であるマエルに向きなおった。マエルはナディールの専任警護隊の隊長でもある。

「最後にハート女王国の内部を調査したのはいつだ？」ナディールはたずね、窓から外をのぞいた。漆黒《しっこく》の空に雲はなく、紫やピンク、緑がかった青色の燃え立つような色彩の筋が走るオーロラが出ている。

マエルは前かがみになると膝に両肘をつき、両手を組んだ。

「ハート女王国？　なぜだ？　ハート女王国がこの件に関係していると思うのか？」

ナディールは肩をすくめた。

「いくつか奇妙なことが起こっているからな」

「最後に調査したのは数カ月前だ」マエルが答えた。「偵察兵を送ればいい。何も……変化がないと確かめたいなら」

ナディールはうなずいた。

「ああ、そうしてくれ。通常の予定に組みこめ。全体的にどこか違和感がある」

ナディールはふたたびマエルを見た。

「いったいアミヤはどこにいるんだ？」

マエルはやれやれというように目をぐるりとまわした。

「じきに来るだろう。なんだよ、ずいぶんご機嫌斜めだな」

ナディールはグラスを見ながら、にやりと笑った。

「わたしの機嫌がわかるのか？」

「そんな気がするだけだ。おれにも一杯くれよ」

ナディールはドリンクワゴンへ戻ってゆくと、もうひとつのグラスに酒を注いだ。マエルに近づきグラスを渡したとき、窓からドンという音がし、二人は注意を引かれた。ナディールが振り返ると、窓の外にアミヤが浮かんでいた。背中から伸びた色とりどりの何本もの光の束が鞭《むち》のようにしなって、翼として機能し、アミヤを宙に浮かせている。

アミヤがコバルト色の細い光の触手を伸ばし、掛け金を軽くはじくと、窓が開いた。アミヤはすばやく窓を通り抜けて室内に入り、羽根のように軽やかに絨毯《じゅうたん》の上にしゃがみこんだ。ナディール同様、漆黒の虹彩に背後のオーロラの色が反射している。

アミヤは、黒い革のレギンスとぴったりしたコルセットを身につけていた。褐色の肩はむき出しで、背中に垂らした二本の三つ編みには、深紅、紫、エメラルドグリーンの筋が織り交ぜられている。アミヤがふたたび光の力を使うと、窓が勢いよく閉まり、壁に並ぶすべての窓ガラスがカタカタと振動した。

「気をつけろよ」ナディールはいらだたしげに言った。「またあの窓を全部取り換えなきゃならなくなったら……」

アミヤはにやりと笑ってナディールの手からグラスを取り、残っていたブランデーを飲み干してからグラスを返した。ナディールはあきれたように目をぐるりとまわした。アミヤはマエルに注意を移すと、腰に手を当て、頭を傾けてナディールを指し示しながらたずねた。

「どうしてあんなにいらいらしてるの？」

ナディールは低いうなり声を漏らした。

「きみの親愛なるお父上があいつに隠しごとをしているせいだ」マエルが聞こえよがしに芝居がかったささやき声で言うと、ナディールとアミヤは大笑いした。

「二人とも、いいかげんにしろ」ナディールは幅の広い胸の前で腕組みした。アミヤはマエルと共謀者のように意味深長な視線を交わすとすぐ、マエルの横にどさりとすわり、ブーツを履いた両足を前のローテーブルにのせ、ソファの背にもたれた。

そのとき、暖炉の前にいたモラナとキオネがともに立ちあがり、静かにゆっくりと歩いてくると、アミヤにかまってもらおうとして、膝の上に頭をのせた。

「何があったの、兄さん？」アミヤはモラナの耳の後ろをかいた。キオネが悲しげな声を上げている。

ナディールはアミヤの足に視線を向けたが、何も言わなかった。とにかくこの件を先に進めたいと思い、マエルにしたのと同じ話をし、囚人３４５２号についてわかっていることを伝えた。

「でも、兄さんはその女が何者なのか、わからないのね？　誰が連れ去ったのかということも」

アミヤは膝に両肘をつき、身を乗り出した。

「まるでこだまみたいに同じ質問をしてくるんだな」ナディールが言うと、アミヤはむっとして目を細めた。

「どうしてこれが重要なことだってわかるの？」と、アミヤ。「父上がその囚人について何かほかに話してたことがある？　いままでにいちどでも」

ナディールは首を横に振った。

「その囚人が生き延びた痕跡はないと伝えると、父上はほっとした様子を見せた。しかし同時に、彼女の存在を意図的に軽視するような態度も感じ取れた。たった一人の若い女の運命をこれほどまでに気にかける理由がわからない。なぜ彼女がそれほど重要なのか？　そして、なぜケラヴァに彼女を見張らせていたのか？」

「どっちもいい質問だけど、そんなのいろんな可能性があるじゃない」アミヤは言った。「どうして、この件を追求する価値があると強く確信してるの？　その女が何者かなんて、いろいろ考えられるわ。たとえば、父上がノストラザに捨てたわたしたちの腹違いの妹で、いなくなってくれてほっとしてるかもしれないわよ」

ナディールはあざ笑った。

「バカなことを言うな。それが嫡出子《ちゃくしゅつし》であろうとなかろうと、父上が自分の子に強い関心を持つとは思えない」ナディールは空《から》のグラスを握りしめながら歯ぎしりした。

「たしかにそうね」と、アミヤ。二人は目を合わせた。二人が共有する虚《むな》しさは、生まれてからずっとつづいている苦痛で満たされていた。

マエルが目をぐるりとまわした。

「ったく、おまえたちって相当、傷ついてるんだな」

ナディールとアミヤは不安をかきたてるような目でマエルをにらみつけた。

「黙れ」二人が同時に言うと、マエルはフンと鼻を鳴らして笑った。

「なあ、おまえたちはずっと復讐を考えているが、心の傷を癒すには精神療法のほうが有益だし、明らかに危険も少ない」

アミヤはマエルを無視し、ふたたびナディールを見た。

「わたしは何をすればいいの？」

「ほかの王国を探り、新たに現われた謎の若い女について、なんでもいいから情報を見つけてくれ。女は隠れているかもしれないし、すぐ目につくところにいるかもしれない」

アミヤがうなずいた。

「トール王国とアルヴィオン王国とウッドランズ王国には信頼できるスパイがいるわ。セレストリア王国の女スパイはつかまってしまったから、代わりを見つけないとね。ほんと残念。有能だったのに」アミヤは下唇を噛《か》んだ。「もちろん、アフェリオン王国にはまだ誰も潜りこませられてないわ」

ナディールはうなずいた。

「ほかの王国から調査を始めよう。運がよければ、アフェリオン王国はこの件とは関係ないかもしれない。アトラスは絆《きずな》を結ぶ相手を見つけるという名目で、熱心な若い女性たちとやりまくっているはずだからな。それだけで手いっぱいになるだろう」

アミヤが鼻にしわを寄せた。

「また選考会が始まるの？　前回あんなことがあったから、もう行なわれないと思ってたのに」

「その女のファイルを見つける必要がある」ナディールはアミヤの言葉を無視した。アフェリオン王国もアトラスも未来の太陽妃も、どうでもいい。「そのファイルは何かの理由で所在が不明になっている。破壊さえされていなければいいのだが」

「どこを捜すつもりだ？」マエルがたずねた。

「まずは父の書斎だ」

マエルとアミヤは警戒する視線を交わした。

「それはちょっと危険だわ」アミヤは言った。

ナディールは曖昧《あいまい》な声を出すと、窓に向きなおった。

「成果を得るには危険がつきものだ。そう思いたい」

「ナディール？」と、アミヤ。ナディールはアミヤがすわっている場所に目を向けた。「本当にこの件で父上を失脚させられると思ってるの？　それが目的なの？」

ナディールは肩をすくめ、ゆるく波打つ黒髪をかきあげると同時に、何世紀にもわたる悲しみに満ちた深いため息をついた。

「自分でもよくわからないんだ、アミヤ。だが、確かめる方法はひとつしかないし、考えうるすべての解決策を試す価値はある」

13 ロア

次の一週間、あたしは毎朝数時間、ガブリエルと訓練をして、体力、持久力、機敏さを鍛えてもらった。治療師たちがまたなんどか来て、ホロウにいたときに負った傷を治療してくれた。あたしは剣の達人にはなれそうにないが、少なくとも大ケガをせずにうまく対処する方法は学ぶことができた。ガブリエルはあたしに対する態度を軟化させ、あたしをにらみつける回数が目に見えて減ってきたので、あたしはそれを進歩として認識した。すぐにまた会いたいと言っていたアトラスからは、まだ何も連絡はない。

そのことは気にしないようにした。アトラスは王だ。王国全体を統治しているうえに、ともに時間を過ごす献姫《けんき》があと九人もいるのだ。どれほどアトラスに惹《ひ》かれているとしても、その魅力と美しさにまどわされてはいけない。あたしは最終献姫だ。ここにいるのは、ただの生贄《いけにえ》としてであり、アトラスが表面上はなんと言おうと、罪を犯したとされる者を王妃にするつもりはないだろう。あの夜、アトラスはあたしが特別な存在だと思わせてくれた。でも、あたしは忘れてはならない。自分が何者でもないことを、そして、それが今後も変わらないことを。

午後は毎日、マダム・オデルやほかの献姫たちとともにマナーや礼儀の高度な技術を学んだ。音楽とダンスと美術のレッスンがあったが、どれも身につかなかった。ほかの献姫たちはピアノやバイオリンの訓練を受けており、天使が奏《かな》でているかのように美しく清らかな音色を響かせていた。全員がすでに、アフェリオン王国の軽快なワルツでどうステップを踏めばいいか、すべて知っていた。絵筆の使いかたも完璧だった。描かれた金色のバラは、摘み取ってにおいを嗅げそうなくらいリアルだ。ほかの献姫たちがじろじろ見ているなか、あたしは手探りで進むしかなかった。あたしを慎重に見守る者もいれば、意図的に傷つけるような行動をとる者や、あたしが存在しないかのようにふるまう者もいた。

アフェリオン王国に来てから二週間近くがたったころ、ガブリエルが現われ、昼食のためにダイニングルームへとあたしをエスコートした。あたしはまた別の金色のドレスを着ており、ドレスの選択肢が尽きることはなかった。首から、あたしが自分のものにした金色のロケットを下げている。これほど贅沢《ぜいたく》品があふれているなかでは、こんな小さいアクセサリーをひとつくすねても、誰も問題視しないだろう。これからまた気まずい食事の時間が始まる。あたしはロケットを握りしめ、心の準備をしつつ気持ちを落ち着かせようとした。歩きながら、ガブリエルがあたしに視線を向けた。明らかに何か言いたげだ。

「何？」

「元気そうだな。以前より健康的に見える」

あたしは肩をすくめた。

「ありがとう。それが第一の試練でどのくらい役に立つかはわからないけど」

「おまえはここが嫌いなんだろう」質問ではなく断定する口調だ。「ノストラザのほうがいいのか？　充分な食事も与えられず、閉じこめられ、暴力を振るわれる生活のほうがましだって？」

あたしはロケットを握ったまま、ガブリエルを見た。

「説明するのは難しい」もちろん、ノストラザの湿気と冷たいむごたらしさが恋しいわけではないが、目眩《めまい》がしそうなほど猛烈にウィローとトリスタンを恋しく思っている。ノストラザはみじめな場所だったかもしれないが、そこにはあたしを愛してくれる二人がいた。あたしの生死を気にかけてくれる人たちが。

「みんな、あたしを嫌ってる」あたしはほかの献姫たちのことを指して言った。ガブリエルは首をかしげ、片眉を上げた。

「だから？」

「だから――」あたしはガブリエルに向かって眉をひそめた。「だから、嫌われたくない」

ガブリエルは頭を振った。

「王妃になるつもりなら、ロア、他人がどう思うかなど気にするな。統治者は、ときには不評を買うような厳しい選択を迫られるものだ」

あたしはフッと笑った。

「だから、あんたみたいに最低なふるまいをしろと？」

ガブリエルは立ちどまり、ドアノブに手をかけるとウインクした。

「そんなところかな」ガブリエルは扉を押し開け、あたしに入室をうながした。

快適なはずのダイニングルームにあたしが入ってゆくと、会話がぴたりと止《や》んだ。あたしはため息を抑え、ガブリエルの助言にしたがって行動しようとした。ノストラザにおいて、あたしは牢獄のやっかい者として注目される存在だった。ほかの囚人たち全員に好かれていたわけではないが、その多くがあたしに一目置《いちもく》いていた。ノストラザでは、あたしは誰が権力を持ち、どのような役割があるのかを理解していたし、その環境内で生き抜くすべを身につけていた。長い年月をノストラザで過ごすうちに長期収監囚人の一人として、ある程度の地位も確立し、その状態に満足していた。だが、このアフェリオン王国では、その豊かさや自分には難解な新しいルールに圧倒され、手探りで適応しようとしている未熟者にすぎない。

部屋の中央に置かれた長いテーブルをはさんで、すでにほかの九人の献姫たちが席についていた。マダム・オデルが冷たく威圧的な怪物の石像のように、上座にすわっている。いちばん奥の空《あ》いている椅子があたしの席だろう。全員が見つめるなか、あたしはその椅子に深く腰かけ、少しでも優雅に見えるよう努力した。隣にハロがすわっていた。黒い巻き毛とこげ茶色の肌が特徴的な女性だ。ハロはあたしに控えめな笑みを向けた。

「ハーイ」ハロが肩をあたしの肩に軽く押しつけてきた。あたしはその動きにたじろがないようにした。まだ他人からのさりげない接触に慣れていないため、不自然に見えないよう必死だった。いままでほかの献姫は、あたしが話しかけないかぎり、自分から話しかけてきたことはなかったのに。

「どうも」あたしはおずおずと笑みを返した。あたしの向かいにはマリシがすわっていた。氷のように白っぽいブロンドの髪の持ち主で、あたしがアトラスと夕食をともにした夜に大広間にいた女性だ。

マリシも微笑を浮かべていた。凍った湖のような薄い青色の目をしている。

「会えてうれしいわ」マリシはうつむき、恥ずかしそうに肩をまるめた。「王との夕食はどうだった？　訊きたくてうずうずしていたのよ」

ハロが両手で口をおおいながら、くすくす笑った。

「マリシ、詮索はよくないわ」ハロは完璧な白い歯を見せて、笑顔を浮かべた。いろいろと複雑な気持ちはあるが、あたしは思わず笑みを返していた。

「彼はとても……」あたしがまるで暑くなってきたかのように顔を手であおぐと、二人の妖精は称賛をこめた笑い声を上げた。テーブルの向こう端の席にいるアプリシアが、自分の前で楽しもうとするのは許さないというように、あたしたちをにらみつけている。

「コホン」マダム・オデルが咳払いした瞬間、室内で交わされていた他愛ないおしゃべりの声は聞こえなくなった。ふたたびハロに笑顔を向けられると、あたしの胸を締めつけていた緊張が少し解けた気がした。努力しつづければ、どんなに困難な状況も改善されるのかもしれない。

「みなさんが訓練やレッスンで忙しいのは承知していますが、おたがいをもっと知ることが賢明だと考えました。社会的地位のおかげで、ほとんどのかたはすでに顔見知りですが、全員が同じ……社交グループに所属しているわけではありません」

マダム・オデルが冷ややかな笑みをあたしに向けると、さらに九組の目があたしをじっと見た。あたしは皿の横にあるフォークを握りしめた。彼女たちのバカげたパーティーにいちども参加したことがないのは、あたしのせいではない。

「全員がきちんと自己紹介をしてはどうでしょう？」アプリシアが肩から長い黒髪を払いのけた。「あたくしから始めますね」

マダム・オデルはアプリシアをじっと見た。話の腰を折られて明らかに不満そうだが、アプリシアに向かってゆっくりとうなずいた。

「いいでしょう。どうぞ」

アプリシアは椅子にすわったまま身体をくねらせ、得意げな笑みを浮かべた。

「アプリシア・ホウルフリンです。第二十四区の区長であり、〈サン・スターズ〉のリーダー、そして第一次および第二次セルセン戦争の古参兵にして英雄でもあるコーネリアス・ホウルフリンの長女です。美術と創作ダンスには自信があり、アウレリウス祭で金の鐘《ゴールデン・ベル》賞を三年連続で受賞しました」

アプリシアが話しおえると、部屋の隅でネズミが目をまわす音が聞こえそうなほど、しんと静まり返った。アプリシアの長広舌の意図が理解できず、全員が警戒するようにアプリシアを注視している。マダム・オデルは咳払いし、困惑した表情でアプリシアを見た。

「とても……いいですね、アプリシア」マダム・オデルはアプリシアの隣の女性を指し示した。その肌の白い献姫は、王との最初の出会いのときにあたしの前にいた真っ赤な髪の女性だった。彼女はヘスペリアと名乗り、アプリシアほど大げさではないが、自信過剰な言葉に満ちた自己紹介をつづけた。彼女たちと同じ社会に生まれなくてよかった。そうでなければ、あたしは鼻持ちならない気取り屋になっていただろう。

テーブルに並んでいる順番に自己紹介が行なわれ、誰もがなんらかの功績や家族のつながりを列挙していった。それは重要なことにちがいないし、すばらしいことだと思うが、見栄を張っているようにも聞こえた。ガブリエルの言うとおり、あたしが彼女たちに認められる必要はないのかもしれない。

それでも、順番が近づくにつれて、首の後ろから冷や汗が出てきた。マダム・オデルは、あたしを最後に残しておくことにしたようだ。あたしは手のひらに金具の先が食いこむほど、ロケットを握りしめた。

あたしは内気なタイプではない。ノストラザの食堂では数百人を前に演説したこともある。たいていはほかの囚人たちを扇動してトラブルを起こすことが目的だった。だが、そこにいたのは人殺しや強姦魔や泥棒など、この世でもっとも卑《いや》しい人間で、多くはノストラザの屈辱的な扱いにさえ値しない連中だ。この美しい宮殿の美しい部屋で、見たこともないほど上品な十人の女性と向き合っていると、自分がとても小さく取るに足らない存在に思えた。まるで、絹でおおわれた繊細な靴の爪先を這いまわる虫けらのようだ。

マダム・オデルが刺すような目であたしを見た。

「次はあなたよ、お嬢さん？」あたしのことをお嬢さんなどとはまったく思っていないという口調だ。

声を出そうとしたが喉《のど》がからからで、あたしは咳払いしてやりなおした。

「ロアです。出身は……アンブラです」本当はノストラザ出身だと誰にも知られてはならないことを思い出した。

あたしはアトラスのことを思い、自分がゲーム盤上のサイコロのように、どんな方法であやつられ支配されているのか考えた。あたしの人生はここにいる人々にとってなんの価値もない。オーロラ国王のことも考えた。なぜ、この選考会のためにあたしを選んだのか、いまだにわからない。あたしがどうにかこの選考会に勝利することができたら、オーロラ国王は敵国の王妃としてのあたしと対峙することになる。これまであんなことをしてきたにもかかわらず、なぜさらなるリスクをおかすのか？　あの男にとってなんの得があるのだろう？

爪が手のひらに食いこんだ。あたしをここへ連れてくることになった協定など興味はない。この選考会で勝ち、ノストラザを襲撃して、ひとつ残らず素手でずたずたに引き裂いてやる。あたしはトリスタンとウィローを助け出す。リオンのことはそのあとだ。

オーロラ国王はいまだに、あたしが無害で心身ともに打ちのめされた弱い存在だと思っているかもしれないが、そうではないことを証明してやる。

「ロア？」ハロがあたしの腕にやさしく手を置いた。あたしはハッとわれに返った。部屋にいる全員があたしを見ている。まただ。「大丈夫？」

あたしは目をしばたたくと、井戸のように深い思索から抜け出し、名前も知らない豪華な料理が並ぶ金色の宮殿の金色の部屋へと意識を戻した。目の前には黄色い濃厚なスープの入ったボウルが置かれ、スープの表面に一塊《ひとかたまり》のクリームと緑の小枝が添えられている。

「大丈夫」あたしは顔にかかる髪を払いのけた。見栄《みば》えがよくなるようにとマグがピンでまとめてくれたが、なんどなおしてもピンから抜けて落ちてくる。カリアスの薬が効いて髪が肩下まで伸びたことも、その原因のひとつだ。

マダム・オデルが不機嫌そうにあたしを見た。これまでの人生で、誰かに心からの笑みを向けたことはあるのだろうか？

「先ほど言おうとしていたのですが」マダム・オデルはテーブルの上で両手を組み、またしてもあたしのほうをいらだたしげに見た。「今日ここに集まっていただいたのは第一の課題に備えてもらうためです。二日後に行なわれますので、みなさんはその準備をしなくてはなりません」献姫たちはみなひそひそと話を始め、不安げな視線を交わし合った。マダム・オデルが片手を上げ、ふたたび静粛を呼びかけた。「みなさん、お静かに。わたしには試練の詳細を明かす権限はありませんが、これだけは言えます。歴史の授業のおさらいはしておいたほうがいいかもしれませんよ」

そのときマダム・オデルがようやく、ゆっくりと楽しげな笑みを浮かべたが、あたしをとらえた視線は悪意に満ちていた。口角を上げて笑顔を作っているものの、温かくもなければ友好的でもない。

「みなさんはアフェリオン王国でもっとも優秀な家庭教師たちから教育を受けてきました。その教育が活かされることを願っています」

たとえあたしが本当にアンブラ出身だったとしても、教育を受ける機会に恵まれていなかったことに変わりはないだろう。アンブラの住民の半数は字を読むこともできないかもしれない。そのうえ、あたしは分厚い石壁に囲まれて人生を過ごしてきたので、ウラノス大陸の慣習については何も知らない。

ウラノス大陸がアフェリオンを含む六つの王国で構成されていることは知っている。アフェリオン王国は東側でウッドランズ王国と、西側でアルヴィオン王国と接しており、北方にあるオーロラ王国はトール王国およびセレストリア王国と接している。かつて大陸の中央には七番目の王国があったが、遠い昔に消滅した。これぐらいのことは、地図を持っていれば子どもでも理解できる。

あたしはワイングラスを手に取り、鼓動を静めようと、ごくりと一口飲んだ。唯一の慰めは、雑学を問う競技ならそれほどの危険はなさそうに思えることだ。あたしはその一縷《いちる》の望みにしがみついた。あたしの敗北は不可避だが、その結果として起こりうる最悪の事態はノストラザに送り返されることだろう。状況が以前より悪くなることはないし、少なくともウィローとトリスタンに会うことはできる。

しかし、そうなったら、あたしたち三人はそこに閉じこめられ、自由を得る唯一のチャンスが永遠に失われてしまう。もう二度とこんなチャンスは訪れないだろう。なんとしても勝たなければならない。二人のために。

次の料理が用意されるあいだ、ほかの献姫たちは会話を交わし、あたしは頭のなかでさまざまな選択肢をじっくり考えた。ガブリエルが助けてくれるかもしれないが、監視官が手を貸せるのは武器訓練だけだとガブリエルははっきり言っていた。

この部屋には、あたしの指南役を買って出る者は一人もいないだろう。あたしは競争相手なのだから――たいしたことはないとしても。どこかに図書室があるはずだ。少なくとも、ノストラザでは限られた資源や状況を最大限に活用する方法を学んだ。そのスキルを有効に利用する必要がある。

召使があたしの前に皿を置いた。光沢のある金色で縁取《ふちど》られたその白っぽい磁器には、小さなチキンのようなものがひとつのっていた。あたしはそれをフォークでつつき、あらゆる角度からながめてみた。

「ヤマドリよ」ハロが身を寄せてささやいた。「とってもおいしいの」

ハロはあたしをからかっているにちがいない。あたしは額《ひたい》にしわを寄せてハロを見あげたが、ハロの表情は親切そのものだった。

「それから、そっちはゼンマイ」ハロは、ヤマドリの横に添えられた先端がまるまった奇妙な野菜を指さした。「調理法を間違えると有毒だけど、塩を振ってバターでソテーするとおいしいわ」

「有毒？」あたしはフォークでその危険な緑の野菜をつつきながら、たずねた。ハロは口を手でおおい、笑いをこらえている。

「おなかが痛くなるだけよ。心配しないで。王のシェフは調理法を心得ているから」

「ああ」あたしは言った。「そうだよね。ありがとう」

ハロはうなずくと、あたしを安心させようとするかのようにフォークでゼンマイを刺して口にほうりこみ、仰々しく嚙《か》んだ。あたしはにっこり笑い、ハロの真似をした。適度な弾力があって歯ごたえがよく、新鮮で土くさい味がした。

味気ないものばかり食べていたので、本当の食べものがこんなにおいしいことをすっかり忘れていた。またしても、長いあいだ必死に抑えてきた涙がこぼれ落ちそうになった。あたしはいちども人生における自分の境遇を嘆いたことはなく、与えられた運命を受け入れてきた。それは自由への道を見つけるまで払わなければならない代償だった。だが今回はじめて、不正に配られた手札は自分ではどうしようもないのだと絶望した。

あたしが衰弱し、なぐられ、死ぬほど働かされ、もっとひどい目にあっていたあいだ、この苦労知らずの美しいフェイたちは絹に身を包み、ワインを飲み、羽根枕で眠っていたのだ。そのことを苦々しく思わずにはいられない。

マダム・オデルが片手を上げ、再度、静粛を呼びかけた。

「ここに集まっていただいたのは、少々デリケートな問題について話し合うためでもあります」マダム・オデルがナプキンで口もとを軽く押さえると同時に、召使たちが皿を下げるためにすばやく部屋に入ってきた。

試練の内容と有毒かもしれない食べものに対して不安を感じているにもかかわらず、あたしはヤマドリを半分と野菜のほとんどをどうにか食べることができた。贅沢な料理を継続的に摂取しているおかげで、肉づきがよくなってきたので、あたしのドレス姿はもうシーツをかぶった骸骨のようには見えなかった。見た目も体調もこれほど健康的になったのは生まれてはじめてだ。ガブリエルとの訓練のせいで筋肉痛になることもあるが、それぐらいたいしたことはない。

「太陽妃選考会のあいだは、つねに礼儀正しく品位あるふるまいが不可欠です」マダム・オデルは話をつづけた。「みなさんがここにいるのは王国を代表するためだけではなく、王との深い結びつきを求めるためでもあります。言うまでもありませんが、将来の王妃として、非常に倫理的な基準にしたがって行動し、純潔であると公《おおやけ》に認められなければ、それはあなたがた自身の不利益になるでしょう」

数人の女性が恥ずかしさのあまり、赤面して口をおおった。

「このような話をするのは、太陽妃選考会のたびに、少なくとも一人の献姫が誰かと不適切な関係になるからです。たとえば、自分の監視官や……」テーブル全体でいっせいに息をのむ音がして、あたしはあきれた表情をしそうになった。「……王の従者の一人、あるいは王自身ということさえあります」

　その言葉に全員が凍りついた。

「王とですって？」オスタラが言った。オスタラは髪を一本の三つ編みにして、それをくるくると巻き、頭のてっぺんで結いあげていた。暗い灰色の目がオリーブ色の肌を引き立てている。

「そんなことがありうるのですか？」大きなショックを受けたというよりも、期待に満ちた口調だ。あたしはアトラスのことを考えた。あたしの頬に触れた指、そのにおい、全身で感じた塑像のような身体を思い出すと、オスタラを責めることはできなかった。

「過去にも、そういうことがありました」マダム・オデルは唇を引き結んだ。「それが献姫にとってよい結果に終わったことはいちどもありません。ですから、長期にわたって王のベッドを温めたいのであれば、たとえどんなに王が魅力的でハンサムでも、今はそのような関係を避けるのが賢明です。王も結局は男性であり、衝動に駆られることもあります。適切な関係を保てるかどうかは、あなたがたしだいです」

　ふたたびマダム・オデルがあたしを一瞥《いちべつ》した。雪のように真っ白な毛布にぽつんとある黒いしみを見るような目。あたしに処女の王妃を望んでいるのなら、その願いはもうかなわないだろう。海底に沈んだ船が浮かんではこないように。

「まあ、あたくしに関しては心配ご無用です」アプリシアはまたしても肩の黒髪を払いのけた。そんなに髪が邪魔なら、ピンを持ってきてもらえばいいのに。「あたくしはまだ処女で、愛する人と結ばれるまでそれを守ります」

　自分の愛する人は太陽王だと確信する口調だった。あたしは思わずフンと鼻を鳴らしてしまい、グラスの縁に顔を近づけてそれを隠そうとした。しかし、ごまかしきれず、十人の目がいっせいにあたしに向けられた。

「あなたはどうなの？」アプリシアは片方の黒い眉を吊りあげた。「アンブラのドブネズミは雑《ぞう》巾《きん》以上に使いまわされているんじゃないの？　わずかなお金ほしさに脚を開くのかしら？」アプリシアがにやりと笑うと、その向かいにすわっているハチミツ色の髪の女性、グリアネも冷笑を返した。どうやらアプリシアは、女ボスの座を争うライバルでもある仲間を見つけたようだ。

「アプリシア」マリシがたしなめた。「失礼がすぎるわ。あなたは家庭教師たちから、もっとましなマナーを教わったはずよ」その言葉にあたしの胸が温かくなった。マリシがあたしをかばってくれるとは意外だった。マリシ自身もあたしの存在を快く思っていないはずなのに。

この言葉にアプリシアが恥じ入るかもしれないとあたしは思ったが、それは間違っていた。なぜなら、アプリシアは鼻で笑い、とがった顎《あご》をさらにつんと上げたからだ。

「全員が知っているわ。彼女が生贄として、また、〝メッセージ〟としてここにいるって。彼女を仲間とみなすべきではないわ」そう言うとアプリシアはあたしを見て鼻にしわを寄せ、またしても鼻で笑った。

「もう充分」ようやくマダム・オデルが口をはさんだが、屈辱を受けるあたしを見て楽しんでいるのは明らかだった。マダム・オデルにもういちど視線を向けられると、あたしは椅子にすわったまま縮こまり、床に溶けて消えてしまいたいと思った。ここが嫌いだ。この状況が耐えられない。どうして今、ノストラザの閉ざされた壁を恋しく思うのだろう？　ガブリエルには理解できないかもしれないが、奇妙なことに、それがあたしにとっての故郷だったのだ。

「答えを聞きたいわ」マダム・オデルの言葉に、あたしは目をしばたたいた。

「なんの答えですか？」

「あなたが使いまわされてきたかどうかということです」マダム・オデルは片手でぐるりと円を描いた。「雑巾のようにとは、ミス・ホウルフリンはうまく表現しましたね。王がその場にいないときに起こったことを報告し、献姫の好ましくない特性について知らせることも、わたしの仕事です」

　部屋が静まり返った。ハロがぽかんとした表情であたしを見つめ、目をしばたたいた。長いまつ毛が音を立てるのが、あたしの耳にはたしかに聞こえた。あたしはハロと目を合わせた。その表情には同情が浮かんでいる。ハロはあたしの顔から何かを読み取ると、ハッとわれに返った。

「マダム・オデル、ロアだけに答えを求めるのは不公平だと思います」

「あなたの考えに興味はありません」と、マダム・オデル。「試練に不合格にならなくても選考会から排除される場合があることはご存じですよね？　気をつけなさい」

　ハロはあわてて口を閉じた。あたしはハロに視線を向けた。あたしを擁護しようとしてくれたことへの感謝の気持ちが伝わりますようにと祈りながら。ほかの全員が期待をこめて見守っている。嘘をつけばいいだけだ。嘘をつくべきだ。これはあたしだけの問題であり、誰も何も証明できないのだから。

「さあ、答えなさい」マダム・オデルは身を乗り出してテーブルに両肘をつき、顎の下で両手を組んだ。あたしは口を開いたが、声が出てこなかった。

　あたしは純潔じゃない。ずっと使いまわされつづけ、身も心もぼろぼろになっていた。だが、ほとんどの場合、ほかに選択肢がなかった。そのことをどのように説明すればいいのだろう？　あたしを快楽のための道具としか見ていない下劣な看守たちに、好き放題されていただけだ。自分を守る手立てもなく、無力だった。そのような記憶を消し去り、自分の身に起こったことを忘れようとしながら日々を過ごしていた。意思に反して強要されたという屈辱をやわらげるために、エアロのような男たちに慰めを求めた。エアロとの関係はあたしの意思によるもので、タイミングも方法もあたしが決めていた。

ノストラザには心の支えとなるものはほとんどなかった。あのじめじめした石壁のなかには安らぎなどないに等しかった。

何人かの忍び笑いが室内に広がり、あたしは両手でナプキンをもみしぼった。頬が熱くなり、涙があふれそうになった。もう涙をこらえきれない。ハロが手を伸ばしてきて、慰めるようにあたしの手首を包んだ。こうなったのはハロのせいではないが、その心遣いがうれしかった。

手の甲に温かい涙がぽとりと落ちたとき、それが自分の弱さを露呈するかもしれないと怖くなった。ノストラザにいたときと同じように、ここで泣く姿を見られてはならない。ここにいるフェイたちは、あの看守たちと同じだ。みな、あたしの弱点を探している。あたしがまとっている薄っぺらな鎧《よろい》に穴を開ける方法を探しているのだ。

どうしたら、こんなひどい仕打ちができるのだろう？　あたしは面白半分に無理やりここへ連れてこられた。見せしめとして。ここにいるフェイたちは全員があたしに対して優越感を抱いている。あたしは深呼吸した。激しい怒りで息が震えた。涙を抑え、ふたたび奥へ奥へと押し戻し、本来あるべき場所に、いつもの場所に永遠に閉じこめた。

あたしは顔を上げ、射すくめるような目でマダム・オデルをにらみつけた。マダム・オデルは片方の眉を吊りあげ、口角を上げてにやりと笑った。あたしが答えの代わりに立ちあがり、勢いよく椅子を後ろに押しやると、誰もが顔をしかめるほどの耳ざわりな音が響きわたった。あたしは無言でナプキンをテーブルに叩きつけ、背を向けて部屋を飛び出した。

14

できるだけ速く歩き、マダム・オデルやほかの献姫《けんき》たちから遠ざかろうとした。今の自分がとても小さく、無力に思える。心が折れそうになった瞬間、一筋の涙が頬を伝い、あたしはそれを拭《ぬぐ》った。

でも、まだくじけるわけにはいかない。太陽妃選考会のすべての試練を乗り越えなければならないし、生き残るつもりなのだから。

泣くな。泣いちゃだめ。なんども自分に言い聞かせた。たとえ泣いているところを見られなくても、彼女たちはあたしの弱さを感じ取るだろう。アプリシアのような女たちは嗅ぎつけることができるのだ。ノストラザのジュードと同じで、どんなに小さな傷でも見つけるたびにえぐり、回復困難な深い傷へと悪化させてしまう。

あてどなく進むうちに、気づくと宮殿の見慣れない場所にいた。もっとも、ここはとても広いので、見慣れない場所ばかりだ。廊下に人けはなく、普段は仕事で忙しく動きまわっている召使たちの姿も見えなかった。

あたしにはやるべきことがある。図書室を見つけることだ。あたしはアフェリオン王国の歴史を知る必要があると、マダム・オデルが言っていた。しかも、普通なら何年もかけて学ぶような内容を四十八時間未満で頭に詰めこまなければならない。時間を無駄にしてはいられない。

手当たりしだいに扉を開けようとしたが、施錠されているか、扉が開いたとしても、その先には誰もいない寝室や居間、サロンがあるだけだった。廊下の向こうから音楽が聞こえてきた。あたしはその音に導かれ、図書室の場所を教えてくれる誰かがいることを祈りながら進んだ。

角を曲がると、人々でにぎわう宮殿の一角に出た。どちらを見ても、金色の大理石と金箔《きんぱく》が輝いている。廊下の突き当たりに両開きの扉があり、召使たちが妖精《フェイ》と人間でいっぱいの部屋を出入《では》りしていた。

あたしはその光景を見て眉をひそめた。どうやら〈太陽の宮殿〉では四六時中、延々とパーティーが開かれているようだ。社交的行事のことはよく知らないが、このような祝宴は夜に行なわれるものだとばかり思っていた。

あたしは宴《うたげ》の場に近づきながら、図書室の場所をたずねるために、一人の忙しそうな召使を呼び止めようとしたが、その召使はあたしの質問を無視し、急いで通り過ぎていった。だが、あたしが部屋に入るのを止めることもなかった。これは間違いなくパーティーで、ここにいる人々は間違いなく非常に楽しい時間を過ごしている。

片隅でピアノを弾いている者もいれば、ソファに寝そべってずっと冗談ばかり言って笑っている者たちもいた。中央には色とりどりの菓子でいっぱいのテーブルが置かれ、フェイと人間たちが一口分ずつつまんで食べさせ合っている。

あたしが部屋に入ると、フェイの男性が女性を壁に押しつけていた。女性は片脚を男性の腰にからませ、スカートが押しあげられて、すべすべしたむき出しの太ももがあらわになっている。

あたしは視線をそらすことができなかった。男性がむさぼるように激しくキスをし、手をドレスの下にすべりこませると、女性は背中をそらし、あえぎ声を漏らした。快楽に溺《おぼ》れているのは彼らだけではなかった。ほかにも、いくつかのカップルや三人組、四人組がさまざまな程度で服を脱ぎ、それぞれの形で情熱の渦中にいた。マダム・オデルとの一件を思い出すと、さらに怒りがこみあげてきた。このようにみだらな行為が宮殿内で横行しているのに、なぜマダム・オデルはあたしに純潔を求めるのだろう？

そのとき、自分の見つめているフェイが知り合いだと気づいた。

「ガブリエル？」あたしがたずねると、ガブリエルは振り返り、一瞬、困惑した表情を浮かべたが、すぐにそれは得意げな笑みに変わった。

「ロア、ここで何してるんだ？」

壁に押しつけられている女性が軽蔑の目であたしを見つめ、控えめに鼻で笑った。

「落ち着いて」あたしは言った。「彼はただのうるさいベビーシッターだから」

ガブリエルはいたずらっぽい笑い声を上げ、女性から離れると、女性の脚をほどき、スカートをもとの位置に戻した。

「申しわけない」ガブリエルは女性に言った。「用事ができたようだ。あとでまた会いにくるよ」

女性がふくれっつらをし、身を乗り出してガブリエルの耳もとでなにごとかささやくと、ガブリエルは期待に目を輝かせ、満面の笑みを浮かべた。女性はもういちど、あたしをにらみつけ、腰を大きく揺らしながらゆっくりと立ち去った。ガブリエルは女性の尻を凝視した。彼女の姿が群衆のなかに消えるまで微笑したままだった。

「あたしの相手で忙しいとき以外はこんなことをしてるの？」あたしは腕組みしてたずねた。

「おまえには関係のないことだ、最終献姫」

あたしは腕をおろし、子どもみたいに地団駄《じだんだ》を踏みそうになる衝動を抑えた。

「その呼びかたはやめて」

「おまえの望みはなんだ、ロア？　なぜ、ほかの献姫たちといっしょに貴婦人らしい行動をとらないのだ？」ガブリエルはいっそう注意深くあたしをじっと見ると、あたしの表情をうかがった。

「泣いていたのか？」

「違う」あたしはつっけんどんに答えたが、嘘をついていることは明らかだ。

「何があった？　誰に泣かされた？」ガブリエルは急に声を荒らげた。あたしがガブリエルのことをよく知らなければ、かばってくれているのだと勘違いしただろう。ガブリエルの言葉にあたしはまた涙を流しそうになったが、ぐっと我慢した。

「話したくない」そう言うと、ガブリエルの腕をつかんで部屋から引きずり出した。「力を貸してほしい。マダム・オデルに言われた。四十八時間後に最初のテストが行なわれることになって、合格するには、あたしにとって重要なアフェリオン王国の歴史を学ぶ必要があるって」

ガブリエルは鼻で笑った。

「だが、おまえはアフェリオン王国の歴史を何も知らない」

あたしはあきれて目をまわした。

「それがあんたの特技なの？　わかりきったことを大発見でもしたみたいに言うのね」

ガブリエルは少しも気分を害していないように、笑い声を上げた。相手にどう思われようが気にしないとは、得な性格だ。「じゃあ、どうするつもりだ、献姫？」

「図書室が必要なの。本のある図書室が」

「リスだらけの図書室じゃなくて？」

あたしは大きく息を吸い、限界まで我慢することを試みた。

「手伝ってくれればいいんだよ」

ガブリエルが一瞬、考えこみながら顎《あご》をかくと、無精ひげが耳ざわりな音を立てた。今日は顎下まである金髪をおろし、レースのシャツの大きく開いた胸もとからなめらかな褐色の肌をのぞかせている。アトラスほどではないが、ガブリエルには独特の魅力がある。フェイの女性がガブリエルを手放したがらなかったのも無理はない。

「おまえを助けるわけにはいかない」ガブリエルは目を細めた。「不正行為になるからだ」

「不正にはならない。宮殿を案内してもらうだけでいいの」ガブリエルがいぶかしげな表情を浮かべた。「そもそもこの選考会は不公平だよ。ほかの献姫たちはみんな、子どものころからずっと選考会のために勉強をつづけてきたんだから。図書室まで案内してもらったって、有利にはならないよ」あたしは言葉を切り、大きく息を吸った。「でも、やってみなきゃね」

ガブリエルは考えこむ表情であたしを見つめた。

「わかった、献姫。行こう」

ガブリエルが大股で通り過ぎ、振り返りもせずに進みはじめた。あたしは安堵《あんど》のため息をつき、あわててあとを追った。ガブリエルは先に立ち、いくつかのホールや廊下を通り抜けた。やがて、新たに、幅の広い両開きの扉の前に着いた。淡い黄色の木を彫って作られている。片方の扉がわずかに開いており、あたしたちはそっと部屋に入った。

目の前の光景に、あたしは心臓が止まるかと思った。扉と同じ淡い黄色の木材で組み立てられた無数の棚が、非常に高い天井に向かってアーチ状に連なっている。図書室。本物の図書室だ。

ノストラザの唯一の〝図書室〟は食堂の奥にあるおんぼろの棚だった。たまに新しい本が追加されることもあったが、それは看守が個人的に自宅から持ってきたときだけだ。囚人の大半は字が読めないので、本はいつもあたしのものになった。本が少ないため、同じ本をページがばらばらになるまで繰り返し読み、内容を一言一句たがえずに暗唱することができた。

トリスタンとウィローも字が読めたものの、ウィローは本にほとんど興味がなく、トリスタンはほかにすることがないときだけ読書を楽しんだ。あたしは本に夢中だったが、充分な量の本を手に入れることはできなかった。

この図書室は、あたしが思い描いていたすべての幻想的イメージをはるかに超えるものだった。あたしは目の前の棚に両手をすべらせた。あまりにも多くの本が並んでいるので、タイトルが視界に満ち、ぼやけて区別がつかなくなった。ロマンス小説や冒険小説、医学書に地図帳、宗教に関する本、子ども向けの絵本。一生かかっても読みきれないだろう。

ガブリエルが好奇心をあらわにして、あたしを見つめている。

「悪かったな」ガブリエルらしくない、そのやさしい口調に、あたしは眉をひそめた。「おまえがこんなに気に入るとわかっていたら、もっと早くここに連れてきてやったのに。どれでも自由に借りていいんだぞ」

壁一面をおおう棚を見わたすと、心臓がよじれるほどの悲しみを感じた。この本を全部読む機会は得られそうにない。目標に近づく前に、ノストラザへ送り返されるか、あの世へ行ってしまうだろう。

「歴史書が必要だよ」まずは雑学テストに合格しなければならない。読書を楽しむことを考えるのはそれからだ。「そこから始める」

ガブリエルは頭を軽く傾けた。

「司書に手伝ってもらおう」数分後、あたしたちは金色の革装本《かわそうぼん》が並ぶ小さなアルコーブへと案内された。アフェリオン王国の歴史までもが、この宮殿の壮麗さや王の威厳を反映していると言っていい。

あたしはガブリエルの力を借りて分厚い本の山を小さなテーブルへ運び、つづいて、その横にもうひとつの本の山を置いた。

椅子にどさりと腰かけ、目にかかる髪の束を吹き払った。巨大な本ばかりだ。一日じゅう読んだとしても、これだけの本をすべて読みおえるには数カ月かかるだろう。

あたしは明らかな絶望の表情を浮かべていたにちがいない。ガブリエルでさえ、「何か手伝えることはあるか?」とたずねたくらいだ。

あたしは首を横に振った。

「あんたはあたしを助けちゃいけないんだよね」ガブリエルを見あげる。「あたしは正々堂々と勝たなきゃならない。ほかの献姫たちはあたしを排除する理由を探そうとするはずだから」ガブリエルはけわしい表情でうなずいた。

「おまえは鋭いな、ロア。上級《ハイ》フェイのなかで育ったわけでもないのに、すでにハイ・フェイの流儀を理解している」

あたしはその賛辞に驚き、思わず口もとをほころばせた。

なぜガブリエルの考えが気になるのかはわからない。ただ、ガブリエルにはトリスタンを彷彿《ほうふつ》とさせる何かがある。不遜《ふそん》な態度。誰にどう思われようがかまわないという話しかたやふるまい。ノストラザでは、その態度がトリスタンの命に危険をもたらすのではないかと、あたしは気が気ではなかった。だが、それに反して、トリスタンはつねに自分の魅力を利用して、みんなを虜《とりこ》にしていた。

あたしは山積みの本から一冊を引き抜き、金色の螺旋《らせん》や蔓《つる》が浮き彫りにされた表紙を両手でなでた。

「『アフェリオン王国の歴史完全版』」タイトルを読みあげ、ガブリエルを見あげた。「まずはこれを読むのがよさそうだね」

ガブリエルは考えこむ表情を浮かべている。

「頑張れよ。あとで様子を見にくる」

「ガブリエル」あたしは立ち去ろうとするガブリエルに呼びかけた。「ありがとう」

ガブリエルは苦笑した。

「礼など言うな、献姫。おまえが勝てば、おれの評判も上がる。おれがはずれくじを引いたとわかったときの気持ちを想像してみろ。いまだにほかの監視官たちから、からかわれているんだ」

やがてガブリエルはウインクし、笑い声を上げながら歩き去った。あたしはその広い背中をにらみつけ、「くそ野郎」と小声でつぶやいた。

数時間後。目が痛い。まるで眼球をえぐりだされて砂にこすりつけられてから、ふたたび頭蓋骨に押しこまれたかのようだ。大量のページを流し読みするうちに時間の感覚を失っていた。

ありがたいことに重複する情報も多いが、アフェリオン王国の歴史は何千年にもわたっており、テストで問われる可能性のある内容は文字どおり無数にあった。あたしは、アフェリオン王国の王と王妃の長くて豊かな歴史をすべて暗唱することを期待されているのだろうか？　もしかすると、この地域の商業や貿易の主要な源泉について質問されるかもしれない。あるいは、あたしたちが参加しているこの選考会自体のことをたずねられるかもしれない。選考会そのものに穢《けが》れた長い歴史があるのだから。その章に到達したとき、アトラスが言っていたオーロラ王国との協定に関する手がかりがないか注意深く読んだが、何も見つからなかった。極秘だというアトラスの言葉は決して誇張ではなかったのだ。

ガブリエルは数時間おきに顔を出し、食事や水、お茶を持ってきてくれた。あたしはそれをありがたく受け取った。やがて、ハロとマリシが、本の山に囲まれて作業に没頭しているあたしを見つけた。

「お手伝いしましょうか？」ハロはたずね、あたしの向かい側に腰をおろすと、ページが開かれたままの本を引き寄せた。

あたしはハロに疑いの目を向けた。誰の意図も信じられない。ハロもマリシも以前は親切にしてくれたが、その後はいままで、あたしの存在を無視するようなふるまいをしていた。

「どうして？」

ハロはため息をつき、椅子にもたれた。

「今日はあんなことがあってごめんなさい。本当に不公平だったわ」

あたしは何も言わず、ハロが言葉をつづけるのを待った。

「あなたを無視していたことも悪かったわ。アプリシアが――」ハロはマリシのほうを見た。マリシはあたしの隣の椅子にすわったまま、膝の上で両手を握り合わせている。「わたしたちがあなたと話すことを、アプリシアに禁止されたの。アプリシアの一族は権力を握っているから、彼女が望めば、わたしたちを困難な状況に追いこむことができるのよ」

あたしはハロとマリシを交互に見た。

「それから？」

「それに、アプリシアは意地悪で、彼女の言いなりになったことを後悔しているわ」マリシが言った。「わたしたちを許して。そして、わたしたちの友情を受け入れてほしいの。誰もがこの選考会に一人で立ち向かうべきじゃないわ」

肩の力が抜けた。マリシの言葉には慎重ながらも希望が持てたが、アプリシアへの怒りは募《つの》る一方だ。ハロとマリシを許さないという選択肢もあるが、和解を提案されていることはわかった。いまは恨みを抱きつづけるよりも、味方が必要だ。

「わかった」あたしは言った。「そうする」

マリシは氷のように薄青い目を輝かせ、うれしそうに笑みを浮かべた。

「手伝わせて」ハロが目の前の本をめくりながら言った。「家庭教師たちから教わった技をいくつか伝授するわ。こういう退屈な事実を覚えるのに役立つから」

マリシが口をおおい、くすくす笑った。

「わたしも。実は王室のことについては専門的な知識があるの」

ようやく、なんらかの支援を得ることができた。ハロとマリシがあたしの立場を理解し、協力する気になるまで時間はかかったが。でも、二人の申し出を断わるわけにはいかない。利用できるものはなんでも利用する必要がある。

「ありがとう」あたしは言ったが、内心、油断は禁物だと自分に言い聞かせた。これは何もかも、あたしをあざむくための策略かもしれないのだ。

だが、ハロとマリシは誠実な視線を交わし、あたしに向きなおると、決意をこめて袖をまくりあげた。

「さて、どこまで読んだのか教えて」マリシは言った。その声には冗談を許さない厳しさがあった。あたしは読みかけのページを指さし、ひとまず疑念を脇へ押しやることにして作業に取りかかった。それから数時間、二人は秘訣を教えてくれた。おかげで、アフェリオン王国の二十四の地区の首長や、もっとも権力のあるフェイ一族の名前を覚えることができた。

事実や数字、日付で頭がいっぱいになるにつれ、樽《たる》のなかにほうりこまれて山を転がり落ちるかのように、それらの情報がごちゃ混ぜになってきた。それでも、あたしは読みつづけ、メモを取りつづけた。あたしが事実や数字を丸暗記して暗唱できるようになるまで、ハロとマリシはクイズを出しつづけた。二人の疲労が限界に達し、椅子にすわっているのもやっとの状態になると、あたしは二人を帰らせた。しかし、そのあとも図書室に残り、勉強をつづけた。やめるわけにはいかない。

結局、あと一ページがあたしの生死を分けるかもしれないのだから。


ハッと目を覚ましたのは真夜中だった。第一の試練まであと数時間しかない。顔を本に押しつけたまま眠っていたのだ。テーブルの上のランタンのかすかな光があたりをちらちらと照らしている。何時間かベッドで寝るべきだということはわかっていた。

そのとき、図書室にいるのがあたし一人ではないことに気づいた。王が向かい側にすわっている。あたしは思わず、背筋を伸ばしてすわりなおした。王は片手であたしの前腕を握っていた。あたしをそっと起こそうとしたのだろう。

「大丈夫か？」王がたずねた。澄んだアクアマリンの目に懸念の色を浮かべている。「もう夜中だ。少し眠ったほうがいい」

「眠るわけにはいきません」あたしは首を横に振り、散乱した本を指し示した。「勉強をつづけなくちゃ」

王があたしの腕を軽く握ると、あたしは心臓をつかまれたような気がした。

「ガブリエルに聞いたよ。きみは二日間ぶっとおしで本を読んでいるそうだな」あたしはうなずいた。何か規則を破って、叱られるのだろうか？「感心したよ、ロア。選考会のためにこれほどひたむきに努力する者なら、りっぱな王妃になれるだろう」

その励ましの言葉を聞いて、涙を流す自由がないにもかかわらず、抑えていた涙があふれそうになった。冷酷な人間たちやもっと冷酷なフェイたちでいっぱいのこの広大な宮殿で、親切である必要のない王がなぜ、このように親切にしようとするのだろう？　アトラスがすぐれた統治者で、アフェリオン王国のすべての市民にとって理想の王であることは間違いない。

「きみのために持ってきたものがある」アトラスはそう言って背後に手を伸ばした。狭いテーブルの下でアトラスの脚があたしの脚に押しつけられ、胸が高鳴った。アトラスはあたしの目をじっと見ると、その完璧で魅力的な唇をなめた。彼の下唇に歯を立てたらどんな感じだろう？　何日か前の夜にやさしくキスされたときの感触がまだ残っている。

無意識にあたしは口もとに手を触れた。アトラスはあたしの指先を目で追い、あたしの考えていることを正確に理解しているかのように、真剣な表情になった。一瞬の間《ま》のあと、テーブルに一冊の薄い本を置き、あたしのほうへと押しやった。

「これはなんですか？」あたしはその本を引き寄せながら、たずねた。濃緑色の革で綴じられており、金色の型押しの一部が点々と残っている。ひっくり返してみると、タイトルがないことに気づいた。

「少しでもきみの助けになればいいと思ってね」アトラスは言った。「第一の試練のヒントがあるかもしれない」

本をめくると、アトラスのことが書かれていた。

「これは陛下についての本ですか？」あたしは複数のページにすばやく目を通した。自分の意志の力だけで、これだけの知識を吸収できればいいのに。

アトラスは広い肩をすくめた。

「アフェリオン王国にはわたしの伝記が多く出まわっているが、真実が書かれたものはほとんどない」

あたしはアトラスを見あげた。

「どうして？」

アトラスの笑みが広がり、目尻にしわが寄った。あたしは思いがけず息をのんだ。図書室の薄暗い光のなかで、アトラスの存在は目立つとともに安心感をもたらした。霧のかかった海岸に立ち、船を港へと導く灯台のようだ。

「わたしのことを知られすぎるのはとても危険だから、目的に応じて真実をさまざまな言いかたで伝えているのだ。わたしにとって不利な情報を提供しても意味がない」アトラスの手はあたしの前腕に置かれたままだ。アトラスはその手を慎重に見つめながら、肘から肩へとあたしの素肌に指をすべらせはじめた。あたしは身震いし、じっと動かなかった。この魔法が永遠に解けなければいいのに。

アトラスの指がふたたび、ゆっくりとあたしの腕をすべりおりてゆく。

「この特別版を書いたのは、信頼できる昔からの知り合いだ」手首まで到達すると、それを握ってあたしの手を裏返し、手のひらのまんなかに円を描きはじめた。アトラスの言葉に集中しようとしたが、あたしの思考はシャボン玉のようにはじけ飛んだ。「だから、これには本当のわたしのことが記されている」

アトラスがぱっと視線を上げ、あたしと目を合わせた。そのアクアマリンの目はあたしにはよくわからない何かに満ちていた。アトラスの強烈なまなざしに、あたしの心は強風にあおられたリボンのようによじれ、プツンと音を立てた。でも、その感覚は決して不快ではなく、むしろ、期待に満ちあふれ、自由を約束してくれるもののように思われた。空を舞い飛ぶ鳥はこんな感覚を抱くのだろうと、あたしは想像した。

だが、この状況を止める必要がある。あたしはバカバカしいことをしているうえに、世間知らずだ。あたしたちはたがいのことをほとんど何も知らないし、あたしは特別な存在でもなんでもない。ウィローとトリスタンをノストラザから解放するために、生き延びなければならない。ほかのことはどうでもいい。

「まあ、たいした量ではなさそうだけど」あたしは緊張をやわらげようと、冗談を言った。「すぐに陛下の頭の奥まで理解できるはずです」

あたしは自分が口にした言葉の意味に気づき、たじろいだが、アトラスは低く響くような含み笑いを漏らし、頭を振った。ランタンの明かりを浴びて、アトラスのつややかな銅色の髪が輝いている。

「ロア、きみのような人物が太陽妃選考会に参加したのは、はじめてだ」アトラスは言葉を切り、身を寄せてくると、声を落とし、秘密めいた口調でささやいた。「何か……実用的な服を着てきたほうがいい」

あたしがその言葉に反応する間《ま》もなく、アトラスはウインクして立ちあがった。最後に爪先まで感じるような視線を名残惜しげに向けてくると、背を向けて立ち去った。

15

あたしたちは広々とした入り江の端に立っていた。海と空の区別がつかないほど水が青い。両者をへだてているのは、海面上に広がる緑のなだらかな丘の細い輪郭だけだ。ひんやりした朝風が海面を吹きわたり、あたしは鳥肌が立つのを感じた。

マグには反対されたが、昨夜のアトラスの助言にしたがい、今朝は薄い革の鎧《よろい》を選んだ。マグは第一の試練にはドレスのほうがいいと考えていた。ただ立っていくつかの質問に答えるだけなのに、なぜズボンが必要なのかが理解できないようだ。だが、保護力の高い服を着なければならないことをあたしが知っている理由は、マグには話せなかった。アトラスがあたしにヒントを与えるべきではないと確信していたからだ。それに、十年以上も毎日チュニックとレギンスを着用しつづけてきたので、あたしにとってはこのほうが快適だった。美しいドレスは好きだが、自分がそれにふさわしいとは思えない。あたしとは違うタイプの献姫《けんき》にこそふさわしいものだ。

今朝、海岸に着いたとき、アトラスの助言にしたがって正解だったとわかった。これはたんなる雑学テストとはほど遠いものになるだろう。

あたしたちの主任指導者、ボルティウス師があたしたちと向き合って立っていた。背中で両手を組み、暗褐色の髪を風になびかせている。ボルティウスも革の鎧を着ており、あたしは正しい選択をしたという確信を深めた。あたしの隣に立っているグリアネは、まぶしいほどに美しいドレスを身にまとい、震えていた。その青白い肌は寒さで赤くなっているにもかかわらず、金髪が朝日を反射し、まるで完璧なアフェリオン王妃のようだ。

あたしたちは市街地のすぐ外にいた。背後には馬車で到着した少数の見物客がいる。ガブリエルによると、そのほかの試練は限られた人々のみに公開されるが、少なくともひとつの試練がアフェリオン王国の中心部で行なわれ、市民が見物できるという。あたしは緊張を抑え、その問題を心配するのはあとまわしにした。いずれにしても、そこまでたどりつく可能性はほとんどないのだから。

十人の監視官全員がそろっていた。マダム・オデルと、あたしには見覚えのない者も何人かいる。彼らは、海面から数メートル上に位置する近くの丘の頂上で待っており、もちろん、その前には輝く灯台のようにアトラスが立っていた。

「第一の試練へようこそ」ボルティウス師が背中で手を組み、歩きまわりながら言った。足を踏み出すたびに砂が舞いあがる。「今日はアフェリオン王国とその歴史に関する知識が試される。みんな、しっかり勉強してきただろうな」

首の後ろがちくちくする。ふと気づくと、アプリシアがこちらを見てにやにや笑っていた。アプリシアも今日はドレスではなく、実用的なチュニックと厚手の革ズボンを着用している。アトラスは彼女にも、あたしと同じヒントを与えたのだろうか？　ほかの八人の献姫たちはみな、いかにも王室が好みそうな光沢のある金色の布を身にまとっている。だが、浜辺へと案内され、選択を誤ったことに気づくと、表情を曇らせた。

ボルティウスが片手を振ると、何もないはずの空中に巨大な装置が出現した。予想外の光景にあたしたち全員が息をのんだ。

アルファベットのAの形をした木製の支柱が、穏やかな海面上にわたされた梁《はり》を支えており、ざらざらした麻で編んだ太い十本のロープが梁から垂れさがっている。そのロープが海面上を斜めに横切り、巨大な結び目をほどこした先端があたしたちの足もとまで伸びていた。ロープ全体にわたって、いくつもの太い結び目が等間隔に並んでいる。浜辺の向こうにいるハロと目が合った。ハロの黒い目に不安の色がある。このすべてが困難の予兆であることは、誰かが空に巨大な文字で書いたかのように明白だ。

「おのおのロープをつかめ」ボルティウス師が言った。「わたしが合図をしたら、きみたちは海面上を運ばれてゆく。このロープが落水を防ぐ唯一の手段だ」ボルティウスの顔に邪悪な笑みが広がった。「それから、アフェリオン王国についての一連の質問を受けることになる。正解すれば何も起こらないが、不正解のたびにロープが下がる。五回間違えると、ロープはほどかれる」ボルティウスはうろうろと歩きまわるのをやめ、あたしたちを見わたした。「しかし、海中に何が潜んでいるかを知りたい者などいるはずがない。五回正解すれば合格となり、次の段階へ進むことができる」

質問したいことがたくさんあり、口に出したくてうずうずしたが、ボルティウスはその機会を与えてくれなかった。ボルティウスが指を鳴らすと、次の瞬間、あたしたちは海の上でそれぞれのロープにしがみついていた。不安定な状態で所定の位置に移動するさい、ざらざらしたロープがこすれて手が痛かったが、落水しないように、あたしは繊維が皮膚に食いこむほど強くロープを握りしめた。

革の鎧に感謝しつつ、ロープに脚を巻きつけ、結び目にブーツを突っぱって安定感を高めた。マグはいつも金色のサンダルを履かせようとするが、あんな役に立たないものを履いていなくて本当によかった。

ロープが揺れ、悲鳴とともに水しぶきの音が聞こえると、あたしはさらに強くロープにしがみついた。金色の鳥が一羽、すでに止まり木から落ちたあとだった。あたしは誰が落ちたのか確認しようと、列をなしてロープにつかまっている献姫たちを注意深く見た。そのとき、黒い頭が水中から現われた。必死に両腕を水面に激しく叩きつけている。

「助けて！」エラノールが叫んだ。「助けて！」まもなくエラノールは突然水中に沈み、叫び声は聞こえなくなった。

献姫たちと見物客が恐怖に満ちた小さな悲鳴をつぎつぎに上げ、その声が水面を伝って広がってゆく。下を見ると、ぼんやりとした形の群れが流れるように動いていた。黒っぽくしなやかな姿をしており、海に命を与えられたヘビのように自在に泳ぎまわっている。

エラノールが沈んだあたりの海面が泡立ち、あたしたちはみな、いっせいに息をのんだ。何も起こらないまま、これ以上は耐えられないほどに長い静寂が流れた。恐怖のあまり、あたしは全力でロープにしがみついた。手足が震えている。なぜエラノールを助けようとしないのだろう？

「助けろ」ようやくボルティウスが言い、水面に向かって無造作に手を振った。いつからそこにいたのかわからないが、二人の上級妖精《ハイ・フェイ》が浜辺をすばやく横切って海に飛びこみ、波の下に消えていった。

あたしは息を止めた。二人がふたたび姿を現わすことのないまま、数秒たち、やがて数分が経過した。あの下には何がいるの？　そいつがエラノールを襲ったの？　あたしは視界の隅で、もうひとつの黒い影が海中の深いところを一瞬で通り過ぎるのをとらえた。もっと強くしがみついたとき、すでにあたしの手はロープでこすれて焼けるように痛んでいた。だが、何が起ころうと、絶対に手を離すものか。

ついに水面が割れ、救助担当のフェイたちがぐったりしたエラノールを抱えて現われた。エラノールは目を閉じており、もともと青白かった肌は血の気を失って真っ青になっている。息をしているかどうかはわからない。額《ひたい》には大きな切り傷があり、顔の片側全体が血まみれだ。

フェイたちがエラノールを浜辺へ引きずってゆくと、そこでもう一人のフェイが待っていた。胸に金色の十字架がついた白いマントをまとっている。〈太陽の宮殿〉の治療師だ。彼はエラノールの上に身を乗り出し、やさしく手を触れた。

「アフェリオン王国の第三十七代国王の名前を答えよ」ボルティウスが大声で言ったので、あたしは倒れている献姫から注意をそらされた。

「ディエル王」歯切れのいい声が答えた。あたしは目をしばたたいた。エラノールが浜辺で死んでいるかもしれないのに、選考会をつづけていること自体が信じられない。

「正解！」ボルティウスは献姫のテスニに向かってうなずいた。テスニは暗褐色の肌と腰に届くほど長くきらきらした銀髪の持ち主だ。つづいてボルティウスは次に並んでいるオスタラを指さした。「その王妃は？」

オスタラは躊躇《ちゅうちょ》し、視線をさまよわせたあと、水面に目を落とした。彼女もそこで待ちかまえているあの黒い影をすでに見たにちがいない。

「時間制限があることは言ってなかったかね？」ボルティウスがくだけた口調でたずねた。「ベルが鳴ったら、きみの順番は終わり、ロープが下がる」

オスタラは恐怖で目を見開き、顔を上げた。

「アキノ妃」声を詰まらせながら答え、固唾《かたず》をのんでボルティウスの反応を見つめた。

「正解！」ボルティウスはそう言って、次の献姫を指さした。「ヒントを出そう。子どもは二人いた」

「子どもたちの名前は？」ボルティウスはたずねた。残念ながら、それはあたしだった。

あたしは手足の震えを抑えるために深呼吸しながら、この二日間で頭に詰めこんだ膨大な情報をすばやく精査した。可能性のある名前が立てつづけに浮かんでは、すべてがごちゃ混ぜになり、文字の沼と化したが、どれも正しいとは思えない。いちど頭に浮かんだものを脇に置き、さらに考えをめぐらせて新たな名前を思い出そうとした。コレナ。セヴァンナ。レリウス。リツァ。グレタ。違う。違う。違う。違う。

「残り五秒」ボルティウスが言う。あたしはロープを握りしめた。ざらざらした織り目がこすれて手が焼けるように痛い。空気がひんやりしているにもかかわらず、玉の汗が顔の片側を伝って流れ落ちた。

「ハトホルとオズバート」あたしは急いで答えた。次に頭に浮かんだそのふたつの名前に必死にすがりついたが、不正解であることはわかっていた。

「不正解！」ボルティウスが叫んだ。いきなりロープが数十センチ下がり、胃がひっくり返る思いがした。一瞬、身体がふわっとし、喉《のど》から悲鳴が漏れた。ロープが急停止した衝撃で、安定を保つために使っていた結び目から両足がはずれ、手がロープを数センチすべり落ち、皮膚が激しく擦《す》りむけて裂けた。指のあいだから血がにじみ出し、強烈な痛みが腕全体に広がり、あたしはふたたび悲鳴を上げた。

呼吸を整えながら身体をまるめ、乗っている結び目がいまや水面すれすれにあるのに気づいた。もっと高い位置にある結び目へと落ち着いた動きで慎重に足を伸ばし、身体を持ちあげる。両手が抗議の悲鳴を上げたが、ロープを握りしめつつも痛みを忘れようとした。

あたしが体勢を立てなおすと、入り江に立っている全員がいっせいに安堵《あんど》のため息をついた。少なくとも今のあたしは、次に同じことが起こった場合の対処法を知っている。

ボルティウスは無言でにやりと笑うと、次に並んでいる娘、ヘスペリアを指さした。間髪《かんはつ》をいれずヘスペリアに新たな質問をぶつけたが、あたしは胸の動悸を落ち着かせ、周囲に意識を集中しようとしていたので聞き取れなかった。ヘスペリアがなんと答えたにせよ、ボルティウスがその次の献姫に注意を移したのだから正解だったのだろう。水面上に大きく弧を描くように質問が矢継ぎ早に投げかけられるあいだ、あたしは耳をそばだてた。誰かの答えがあとで役に立つかもしれない。だが、寝不足のせいで頭がぼんやりしている。

次はソラナだ。オリーブがかった褐色の肌が汗で光っている。

「主要な商業ギルドの名をあげよ」ボルティウスがたずねた。自分のロープが大きく揺れるなか、あたしはソラナの顔につづけざまに答えが浮かぶのを注視した。

「大工、鍛冶屋、金細工師、仕立屋、金貸しです」ソラナは即答した。しかし、すぐに間違いに気づき、目を見開いた。

その瞬間、ボルティウスが大声で言った。

「不正解！　船大工が抜けている！」

ソラナのロープが急降下し、あたしは同情を感じて、思わず息を吸いこんだ。その経験がどれほど衝撃的か知っているからだ。あのすてきなサンダルを履いた両足が結び目からすべり落ち、ソラナは頭を後ろへそらすと同時に、ロープに全身をぶつけ、その反動で海に転落した。水しぶきの音と悲鳴の残響だけが聞こえ、あたしたちはみな重苦しい静寂に包まれた。

またしてもボルティウスは水面を見つめながら待った。待ちつづけた。長すぎるほどに。誰かを救助に行かせてと、あたしはボルティウスに叫びたかった。ボルティウスは手にした金色の懐中時計を確認し、ようやく救助担当のフェイたちのほうを見ると、顎《あご》をしゃくって水面を示した。

「彼女を引きあげられるかどうか確かめろ」救助担当のフェイたちはふたたび重い足取りで海に入っていったが、急いでいるようには見えなかった。

フェイたちが海に飛びこむと、あたしたちは待った。数秒が経過した。崖の上にいる誰もが身を乗り出し、風に揺れる麦のように不安定な姿勢で崖下をのぞきこんでいる。アトラスは顔をさすり、その手を首の後ろへすべらせた。心配そうだ。

アトラスは全員がそろっていることを確認するかのように、残る献姫たちを見わたした。救助担当のフェイたちが水中に消えてから、さらにわずか数秒後、一人目の頭が現われ、あたしはほっとため息をついた。だが、二人目が水面から現われたとき、二人とも手ぶらであることに気づいた。そこにソラナの姿はなかった。

二人のフェイがボルティウスに視線を向け、なにごともなかったかのように肩をすくめると同時に、あたしは大きく口を開け、声にならない悲鳴を上げた。胆汁《たんじゅう》が喉の奥までこみあげ、舌がひりひりする。ソラナは突然いなくなった。ふたたびハロと目が合い、死神の冷たい手でもてあそばれているかのように、あたしたちは二人ともロープにつかまったままゆっくりと回転した。

ボルティウスはペースを乱すことなく、選考会を再開し、列をなす献姫たちに次から次へと質問を浴びせた。ひとりひとりに対して質問が繰り返されるあいだ、あたしはどれほど長い時間ロープにしがみついていたかわからない。予想どおり、アプリシアは五問正解した最初の献姫となり、テストから解放されたが、その直前、あたしたちに見せつけるように得意げな笑みを浮かべ、あのいまいましい髪をまたも後ろに払いのけた。アプリシアの友人であるグリアネがまもなく五問正解し、二人は抱き合ったあと、計算高い視線をあたしたちに向けた。

次にハロが試練を終え、浜辺に戻ると、あたしはゼラの女神に感謝の祈りを捧げた。あたしは水面上で苦戦しつづけ、いくつかの質問には正解したが、ほとんどが不正解だった。勉強時間が足りなかった。何年もかかって学ぶことをどうやって二日間で頭に詰めこめばよかったのだろう？

落下するたびに手が裂け、徐々に弱まってゆく力を振りしぼり、血でぬるぬるするロープにしがみついた。腕が疲れて力が入らず、脚も弱ってゴムのようにぐにゃぐにゃしている。結び目にしっかりと突っぱったままの両足が痛み、疲労で視界がぼやけた。この苦痛と、雨水で溺《おぼ》れそうになったり、怪物に身体をばらばらに引き裂かれそうになったりしたホロウでの地獄のような日々。比べようがないほど、どちらもつらい経験だ。

痛みのせいで、とめどなく涙が流れ落ちる。せめてもの慰めは、これが敗北のしるしではなく、肉体的反応にすぎないことだ。

ロープが回転した拍子に身体の向きが変わり、ガブリエルと目が合った。ガブリエルは崖っぷちに立ち、一心にあたしを見つめている。頭を傾け、〝おまえならできる〟と言うように小さくうなずいた。あたしはガブリエルから支持を得たという希望のかけらをかき集め、胸の奥に刻んだ。あたしならできる。

とうとう、残ったのはあたしとマリシだけになった。マリシの金色のドレスはスカートがぼろぼろになっていた。太ももの内側に広がった赤いみみず腫れを見て、あたしは顔をしかめた。雪のように白い肌に、真っ赤なみみず腫れが異様にきわだって見える。激痛をともなっていることは間違いない。三つ編みにした氷のような白に近い金髪がほどけ、雪のような毛束が風に吹かれている。

またしても、あたしの番になると、ボルティウスは咳払《せきばら》いした。

「太陽王のお好きな色は？」

あたしは目をしばたたいた。答えは明らかであり、バカバカしいほど単純な質問に思えた。金色だ。太陽王が好きな色は金色に決まっている。そうよね？　でも、それをどの本で読んだっけ？　ふたたび、この二日間で頭に叩きこんだすべての情報をすばやく思い出し、確認しようとした。あたしはこの質問の答えを知っているはずだ。答えはすぐ近くにある。それが頭のどこに閉じこめられていようと、手を伸ばせばつかめそうな気がした。

そのとき、王から渡された秘密の薄い本のことを考えた。本当の自分のことが書かれていると、王が言っていた本。あたしは目を閉じ、記憶を呼び起こそうとした。たしか、王の好き嫌いについてのみ書かれた章があった。王はプラムよりイチゴ、竪琴《たてごと》よりもバイオリン、コーヒーよりも紅茶が好きだ。でも、いったい王の好きな色はなんなの？

丘を見あげると、ガブリエルもアトラスも真剣にあたしを見つめていた。少しでもあたしに近づこうとするかのように、ガブリエルが小さな一歩を踏み出し、膝をついた。〝おまえならできる、ロア〟こんどもガブリエルの表情がそう言っている。

手がすべって、四肢から毛穴まで全身に激痛が走り、あたしは叫んだ。ロープはあたしの血で真っ赤に染まり、表面がぬるぬるしている。真下の水中をふたつの黒い影が泳ぎまわり、怪物たちが獲物を待っている。ふたたびロープが下がったら生き延びられるだろうか？　持ちこたえられるのか？　くそっ、あたしにとってこれが最後の質問なの？　もはやどれほどの時間が経過したかもわからなくなり、背骨を鋭い鉤爪《かぎづめ》で引っかかれたかのように、パニックによる強い不安が痛みとなってあたしを襲った。

「赤」あたしは小声で言った。果てしなく深い穴の底から記憶を掘り起こして、その言葉を引き出したのだ。「アトラスの好きな色は赤」だが、喉がからからで、ほとんど声にならなかった。ボルティウスがあたしをじっと見ている。制限時間が迫っていることはわかっていた。あたしはもういちど試みた。周囲にはっきり聞こえるように、頭のなかで一文字ずつ言葉を組み立てながら必死で深呼吸し、声を絞り出そうとした。

次の瞬間、いくつかのことが同時に起こった。

ベルが鳴った。

「赤！」あたしが声を張りあげると、つづいて、浜辺に集まった全員が息をのむ音がたしかに聞こえた。

ボルティウスがあたしを見すえた。

「正解」ボルティウスはそう言ったものの、あたしが安堵のため息をつく間《ま》もなく、手を上げた。

「だが、時間切れだ」

ボルティウスは片腕を上げ、最終的な判断を示した。あたしは避けられない衝撃に備えて身がまえた。でも、その瞬間は訪れなかった。あたしが誤答を数えまちがえていたせいだ。あたしは視線を上げ、ロープの端がほどけて梁からはずれるのをじっと見た。

そして、急降下した。胃がひっくり返るような感じがして、耳をつんざく悲鳴とともに氷のように冷たい海に飛びこんだ。

16

水は思ったよりも冷たく、海面下に深く沈むと骨の髄まで衝撃が走った。手の深い裂傷と太ものの内側のみみず腫れが海水に触れると、酸に浸《ひた》されたかのように猛烈に痛んだ。あたしは悲鳴を上げたかった。その代わり、思いきり顔をしかめ、痛みにたじろぎながらも意識を失わないよう自分に言い聞かせた。

腕や脚にロープがからまっている。ロープから抜け出そうと、必死に足を蹴りあげた。あの渦巻く黒い影が襲ってくるのは時間の問題だろう。

海水がしみるのを感じつつ、目をこじ開けた。ふたつのぼんやりとした影がくねくねとしなやかな動きで、遠まわりしながらゆっくりと近づいてくる。しばらくして、ようやくその姿を確認することができた。半分が妖精《フェイ》で、半分が魚だ。人魚？　だが、おとぎ話に出てくる髪の長い美女ではない。

いいや、たしかに髪は長いが、もつれてからみ合い、黒と青と緑の塊《かたまり》となって巣のように頭の上に浮かんでいる。裸の胴体と腕はまだら模様の青い皮膚でおおわれ、そっときらめいていた。その目は白目の部分がまったくなく、鮮やかな青色の球体のように見え、歯はあたしを挽肉《ひきにく》にできそうなほど鋭い。

そのうちの一体が突進してきて、あたしに触れずに泳いで戻っていった。黒く薄い唇に残酷な笑みを浮かべている。あたしは声にならない悲鳴を上げた。こんどは二体いっしょに同じことを繰り返した。やつらが向かってきて、すれすれのところを通り過ぎてゆくと同時に、あたしは肌に電流が走るのを感じた。

あたしをからかっているのだ。自分たちの食事をもてあそんでから、肉汁たっぷりの一口を期待して歯を立てるつもりだろう。あたしは両手でロープを握りしめたまま、身を守ろうとしたが、いまにも酸素不足で窒息しそうだ。一体がふたたび突進してくると、あたしは積極的に向かってゆき、不意を襲った。その威嚇音が水中で振動として広がった。

怪物どもがまたしても襲いかかってきたが、あたしの左側にいた一体が何かに気をとられて、すばやくその場を離れ、海の底へ消えていった。何が起こったのか考える時間はない。しばらくは残りの一体と対峙すればいいことに、ただ感謝した。

空気。空気が必要だ。あたしは水を蹴って勢いよく水面から飛び出し、荒々しく息を吸いこんだ。かろうじてひと息つくと、水中へと引き戻され、怪物と対面した。怪物は笑みを浮かべるかのように、鋭い歯を剝き出している。あたしは体力を最大限まで引き出して腕を振りかぶり、怪物の鼻を思いきりなぐりつけた。その衝撃で怪物が頭をのけぞらせた。

怪物は顔を押さえて身もだえし、叫び声が振動として水中を伝わってきた。怪物の頭のまわりに微量の赤い霧がふわっと広がり、消えていった。あたしはその隙をついて飛びかかり、ロープを怪物の首に巻きつけて絞めた。怪物の背後に浮かぶよう、すばやく位置を変える。怪物はひょろ長い両腕を振りまわし、鉤爪《かぎづめ》であたしをひっかこうとする一方で、空気を遮断しているロープを切り裂こうとした。あたしはさらに強く絞めつけた。水中で呼吸が可能な生き物を窒息させることなどできるのだろうか？

怪物の胸がふくらんだりしぼんだりしているので、なんらかの形で呼吸していることはたしかだ。あたしは勇気を奮い立たせ、渾身《こんしん》の力をこめてロープを引っ張った。怪物の動きがしだいに鈍くなり、ついにぐったりとして沈みはじめた。あたしが安全な場所に泳ぎつくまでこの怪物が浮かんできませんようにと祈りながら、あたしはロープを放した。

水を蹴り、すがすがしい空気を胸いっぱいに吸いこもうとして水面から飛び出した。数秒間、息ができなかった。胸が締めつけられ、手足の震えが止まらない。身体はまさにぼろぼろで、疲労困憊《こんぱい》していた。海岸へ引き返そうとしたとき、マリシがもうロープにぶらさがっていないことに気づいた。急いで浜辺を見わたしたが、マリシの白に近い輝くような金髪は確認できなかった。

くそっ。もう一体の怪物が注意をそらされたのは、それが原因だったのか。

マリシは手をすべらせたのだろうか？　それとも、あたしが生き残っているかどうかを確認しようともせず、マリシに対して次の質問がなされたのか？　おそらく後者だろう。あたしは水中に潜り、必死にマリシを捜したが、何も見えなかった。小声で悪態をつき、窒息させたはずの怪物が戻ってこないことを祈りつつ、もういちど水中に飛びこんだ。さらに遠くへと泳ぎつづけたが、あたしは疲れ果てて衰弱していた。

あたしは何をしているんだろう？　とにかく自分が助かるべきだ。すでに試練には失敗したし、海から上がることができれば、少なくともトリスタンとウィローのもとへ戻れる。アフェリオン王国の誰かに大きな恩義があるわけではない。でも、マリシはこの地であたしに親切にしてくれた数少ない者たちの一人だ。マリシを海中に残してゆくことだけはできない。最初はマリシに不信感を抱いていたが、昨夜のマリシは本気であたしの力になってくれた。

ようやく遠くにぼんやりとした暗い影を見つけ、もういちど息を吸うと、足に火がついたかのように猛烈な勢いで泳ぎはじめた。今回は武器となるロープがない。どうしよう？　なんとか名案が浮かびますようにと祈りながら、水中をなめらかに移動した。

怪物がマリシの首に両手をまわし、恋人にキスするかのように顔を寄せている。マリシは弱々しく脚をばたつかせ、体力が低下していることが明らかになった。落水してから数分しかたっていないはずなのに、一時間も経過しているように感じた。マリシの動きはしだいに鈍くなり、手足の力が抜けた。胸のなかで不安が渦巻き、あたしは猛然と突き進んだ。

さいわい、怪物はあたしが近づいていることに気づいていない。あたしは残り少ない力を振りしぼって体当たりすると、怪物の首の後ろを肘で突き、こぶし大の毛束がちぎれるほど強く髪を引っ張った。

怪物はかんだかい叫び声を上げた。その音が波紋のように周囲に広がると同時に、怪物が頭に手を伸ばし、ありがたいことにマリシを解放した。すでに気を失っているマリシは急速に沈みはじめた。そこで、あたしは怪物の気管めがけて強烈なパンチを食らわせた。あたしが戦いかたを知っているのはノストラザで過ごした年月のおかげだと、心のなかでゼラの女神に感謝した。アフェリオン王国の第三十七代国王の名前は知らないかもしれないが、少なくとも、とんでもないパンチの浴びせかたは知っている。

怪物は力を失って身体をくの字に曲げ、両手で喉《のど》を押さえたまま苦しげに口を大きく開けたり閉じたりした。あたしはマリシの腰をすばやくつかみ、水面をめざして必死に水を蹴りはじめた。その激しい動きによって、筋肉が痛み、骨がきしんだ。手足の指先の感覚がまったくない。視界の隅で何かの動きをとらえた。最初の怪物が回復し、いまや水中を猛スピードで進んでいるのが見え、あたしはぞっとした。あたしたちは終わりだ。もうだめだ。あたしはいっそう激しく足を動かしながら、こんどばかりは怪物からのがれるチャンスはないとわかっていた。

心臓が早鐘を打つなか、衰えてゆく力を振りしぼってとにかく泳ぎつづけ、ゼラに奇跡を祈った。

まるで胴体に釣り針が突き刺さったかのように、突然、怪物がその場で停止した。制御を失い、布人形のように腕と頭を不自然に揺らしながら、後ろに引き戻されてゆく。何が起こったのか考える間《ま》もなく、あたしはさらに強く水を蹴って進んだ。

ふたたび、あたしたちは水面から顔を出した。あたしは大きく息を吸ってから、海岸をめざし、泳いで入り江を横断しはじめた。肺が焼けるように痛み、両脚は粘土でできているように重い。

マリシはぐったりしたままだ。まだ生きていますように。水を蹴れば蹴るほど目がちかちかし、目眩《めまい》がした。治療と休息と救助が必要だ。あたしは試練に失敗し脱落したが、湿った石壁で囲まれたノストラザへ送り返される前に、マリシを生還させなければならない。マリシを見殺しにすれば、あたしたちにこんな仕打ちをしたフェイたちと同レベルになりさがるだろう。

ようやく海の砂底の感触がして、あたしは砂に両脚を押しつけた。安堵《あんど》の叫びを上げようとしたが、息が詰まって声が出ない。力をこめてマリシを引きずりながら砂の上を進むと、身体の向きを変え、マリシの両脇の下に腕をまわして抱えあげた。見物客に背を向ける形で少しずつマリシを引っ張り、ついに安全な浜辺にたどりついた。

あたしは力尽き、濡れた砂の上に倒れこんだ。地面に顔が押しつけられるのと同時に海水を吐き出し、アドレナリンが血管を駆けめぐるのを感じた。マリシはすべての色彩を失ったかのように青白い。

「誰かマリシを助けて」あたしはささやいた。声がくぐもって、しゃがれている。「誰か。マリシを助けて」

治療師たちがマリシに駆け寄ったとき、あたしの周囲で大勢の人々が大声で指示を出し合っているのを感じた。あたしは浜辺に横たわり、目眩を感じつつもゼラに奇跡を祈った。全身に痛みが広がり、動けないほど体力が消耗し、疲れきっていた。まぶたが鉄のカーテンのように重い。うめき声を漏らし、さらに強く頬を砂に押しつけた。肌が砂にこすれるざらざらとした感触は、自分がまだ生きていることを思い出させてくれた。

やがて、ゆっくりと目を閉じると、意識が遠のいていった。

17　ナディール

ナディールは父の書斎の窓外《そうがい》で浮かんでいた。魔法による光が渦巻いて背中へ伸び、色彩豊かに発光する翼を形作っている。すでになんども窓の前を通り過ぎ、父がまだ城塞にいないことは確認済みだ。さらにもういちど通過したあと、書斎には誰もいないと判断した。父リオンはその朝、暫定的な同盟者である〈山の女王〉と会うために、空を飛んでトール王国へと向かった。だが、オーロラ国王に関してはつねに特別な警戒が必要だ。

ナディールは書斎の全長にわたって広がるバルコニーにそっと降り立った。手首を軽く振ると、自身を取り巻く光が太陽を迎え入れる花のようにぱっと開き、やがて縮んで体内におさまった。ナディールはコバルトブルーの光を蔓《つる》のように伸ばして扉の鍵を開け、なかへすべりこんだ。

ナディールは部屋をゆっくり横切った。暗い色の分厚い絨毯《じゅうたん》が足音を消してくれる。部屋の外には見せかけだけの近衛兵が配置されているが、王は、無断でこの部屋に入ろうとする者などいるはずがないと絶対的な自信を持っていた。王リオンの私物をこっそり調べているところを見つかったら、リオンの世に名高い逆鱗《げきりん》に触れ、厳罰に処されるだろう。普段ならリオンの考えどおり、侵入を試みる者はいないかもしれないが、ナディールは囚人３４５２号の謎を解くことに夢中になるあまり、自制心を失っていた。

念のため、部屋から音が漏れないよう結界を張った。どこから手をつけるべきか考えながら、多くの棚やきれいにかたづけられた机をながめた。王が自分の書斎に囚人３４５２号のファイルを保管しているとは思えないが、どこかから始めなければならない。王がそのファイルを持っていることはたしかだ。重要なのは父の秘密を明らかにすることだと、ナディールは直感していた。

リオンがこの娘に特別な関心を持っていることは別にしても、誰かがノストラザからファイルを持ち出そうとすれば、必ず警報が鳴る。王だけが自由に入ったり、ほしいものを持ち出したり、隠したりすることができた。したがって、リオンの書斎と机を真っ先に調べることはもっとも理にかなっていると思われた。

物音がしてすばやく窓に視線を向けると、ナディールは片眉を吊りあげた。アミヤがバルコニーに降り立ち、彼女を包む光が色とりどりに分裂しながら消えてゆく。アミヤは勢いよく扉を開け、寒そうに腕をさすりながら入ってきた。不規則な形のチュールの布片を何枚も重ね合わせた黒の短いスカートをはき、薄い半透明の絹でできたダイヤモンド模様のストッキングで脚をおおっている。前面で編みあげるタイプの黒いコルセットを身につけ、腕と肩はむき出しのままだ。アミヤは天候に応じた服装をしたがらない。そんな服を着たら自由に動けないと言うのだ。

「この部屋、大っ嫌い」アミヤは肩の下まで垂らした二本の三つ編みをなでながら言った。三つ編み全体に、オーロラのように色鮮やかな筋がいくつか入っている。「どうして、ここはいつもこんなにくそ寒いの？」

「温度はちょうどいい。セーターを着れば、もっと快適になるかもしれないぞ」ナディールは答え、父の机をふたたび調べはじめた。

アミヤは鼻にしわを寄せた。

「そういう意味じゃないってわかってるでしょ」重そうな黒いブーツで床を踏み鳴らしながら歩いてくると、机に腰をのせ、脚を組んだ。「で、ここで何してるの？」

ナディールはけわしい表情を浮かべた。机の一番上の引き出しに片手をかざして、ひらひらと振ると、カラフルな霧が噴き出し、魔法の兆候《ちょうこう》を探った。罠《わな》か、警報を発する引き金があるかもしれない。

ナディールは異変を察知し、口を引き結んだ。机の周辺の空気がどこかおかしい。ナディールはさまざまな色が編みこまれた自分の光を使い、慎重かつ正確に魔法の糸を構成する繊維を一本ずつ解きほぐしはじめた。

「ナディール、わたし――」アミヤが言いかけると、ナディールは妹に向かって人差し指を立てた。

「ちょっと黙ってろ」

この作業には最大限の集中力を注ぐ必要がある。少しでもミスを犯せば、自分がここにいることを間違いなく父に知られてしまうだろう。アミヤはため息をついたが、それ以上は何も言わず、腕組みをして静かに待った。

ナディールは机のまわりを移動しながら、張りめぐらされた防御魔法を迅速かつ効率的にすべて解除していった。魔法の糸がどのように織り合わされているかを頭のなかで整理し、記憶した。部屋を出る前に正確に再構築しなければならないとわかっているからだ。

数分後、作業を終えて一歩下がり、大きくため息をついた。結いあげた髪の一束がほどけている。ナディールはそれを耳にかけながらアミヤを見あげた。

「もう話してもいい？」アミヤがたずねた。

「いいぞ」ナディールが言うと、アミヤはあきれたようにぐるりと目をまわした。

「どうしてそんなにこの部屋に執着してるの？　兄さんがここにいるのを見つけたら、父上は怒り狂うわよ」

「おまえとわたしがここにいるのを見つけたら、だろ」ナディールは一番上の引き出しを開け、できるだけ中身を乱さないように注意しながら、すばやく書類を探りはじめた。これまで父の秘密を知らなかったナディールは、書類を調べるうちに、現時点では役立たないが別の状況では有益な情報が含まれていることに気づいた。

「ナディール」アミヤは警告する口調で言った。「話してよ」

ナディールは手を止め、アミヤを見あげた。

「説明はできないが、なぜかその娘が重要な気がするんだ」そう言って次の引き出しを調べはじめた。

「それはどういう意味？　どんなふうに重要なの？　本当に父上がこのことを兄さんに隠していたのなら、なぜ看守長との会話を聞かせたの？　兄さんに彼女を捜させる理由は何？　何かの罠にまんまとはまってるかもしれないのに、兄さんは不安じゃないの？」

ナディールはそれには答えず、手紙や書類を探っては不要であると判断し、次の引き出しに移った。

「もちろん不安だ」しばらくしてナディールは言った。「だが、父上が意図的に話を聞かせたとは思えない。しかも、今の父上はそれが重要ではないふりをしているように見える。だからこそ、よけいに怪しいのだ」言葉を切り、やがて静かに言った。「わからない」ナディールは歯を食いしばった。バカげたことを言っているのはわかっていた。「ただ、そんな気がするんだ」

アミヤは机から飛び降り、まわりこんでナディールの隣に立った。ナディールはアミヤの視線を感じ、顔を上げた。

「なんだ？」

「兄さんのことが心配なのよ」アミヤが言った。

ナディールはため息を漏らし、調べかけの引き出しに両手をついたままうなだれた。

「兄さんはすっかり変わってしまった。あのときから――」

ナディールは不機嫌そうにアミヤをちらっと見た。

「その話はしたくない、いい」

アミヤは降参と言うように両手を上げた。アミヤを取り巻く魔法の光が波打ち、動揺を表わしている。

「はいはい、わかったわ。もうなんども言われたものね」

「だったら、そろそろ察してくれよ」ナディールは立ちあがり、机の反対側へ行こうとした。すると、アミヤが腕組みし、両足を大きく開いて立ちはだかった。アミヤはナディールよりもずっと小柄で、身長がナディールの胸の高さほどしかない。しかし、身体の大きさで劣るぶんを決意で補っている。

「どけ」ナディールが言うと、アミヤは広げた両足に力をこめ、姿勢を安定させた。

「この話を避けてはいられないわ」

「どけと言ったんだ」ナディールは妹を上からにらみつけた。感情が渦巻くようなその視線が妹の視線をとらえた。今夜は雲にさえぎられてオーロラは見えないが、光が波打ちながら空全体に広がっているのを感じることができた。それは血管を流れる血や胸のなかで鼓動を刻む心臓と同様に、ナディールの重要な一部なのだから。

　アミヤの表情がやわらいだ。

「わたしはただ兄さんのそばにいたいの。いつも兄さんがわたしに寄り添ってくれたように。悪いのは兄さんじゃない。絶対に兄さんのせいじゃなかった」

　ナディールはゆっくりと目を閉じると、三つ数えてからふたたび目を開け、感情の渦を抑えようとした。この渦に巻きこまれるといつも罪悪感の海で溺《おぼ》れそうになる。

「わたしは大丈夫だ」ナディールは言った。「それに、おまえの世話をするのがわたしの仕事だ。その逆じゃない」

　その言葉にアミヤは憤然と鼻の穴をふくらませた。ナディールはアミヤを怒らせるとわかっていて、本当のことを言った。

「そういうわけじゃないってわかってるくせに」

「どいてくれるか？　おまえもわたしもこれ以上ここに長居するべきじゃない」その言葉が合図になったかのように扉の向こうから何人かの声が聞こえ、ナディールはそちらに視線を向けた。アミヤは名残惜しそうに最後にもういちど兄をじっと見つめてから、脇へよけた。

　ナディールはうなずき、捜索を再開した。アミヤが窓の前をうろうろと行ったり来たりするあいだ、物色をつづけたが、まだ何も見つけられないままだ。最後の引き出しを調べおわると、いらだたしげな声を漏らした。

ナディールは室内を見まわした。次に調べられそうな棚やキャビネットがあるが、すばやく確認したところ、いずれもとくに厳重に結界が張られているわけではなかった。父がそのような場所に貴重なものを保管しているとは思えない。ナディールはさまざまな選択肢を考えながら、机に張られていた結界をもとどおりに織りあげた。

アミヤが暖炉のそばに立ち、こちらをじっと見ているが、ナディールは目を合わせなかった。アミヤがまた非難しはじめるかもしれないとわかっていたからだ。

扉の外でふたたび何人かの声がして、ナディールは顔をしかめた。今日はもう時間切れのようだ。

アミヤはバルコニーへと向かった。

「行きましょう」

父の声が聞こえると、ナディールの肩に力が入った。認めたくはないが、この世にひとつだけナディールを震えあがらせるものがある。それは扉の外に立っている王だ。ナディールは顎《あご》の筋肉を引き締めた。大きな危険をおかしてここへ来たのに、なんの収穫も得られなかった。

「ナディール！」アミヤが怒りをこめた小声で言った。「さあ、早く」

ナディールは扉を見つめながら、ためらった。ここで父に見つかったらどうなるかわかっているにもかかわらず、心のどこかで父と対峙することを望んでいる。もしかすると王が隠している真実をあばくことができるかもしれないが、そのためには大きな代償を払わなければならない。

ナディールはすでに充分すぎるほどの問題を引き起こしていた。

次の瞬間、部屋の扉の取っ手がまわり、ナディールはおじけづいた。すべるようにそっとバルコニーの扉へ向かうと、そこでアミヤが扉を開けたまま待っていた。外に出て、扉がカチャッと閉まる音を確認してから、手すりに飛び乗った。

シューッという音とともに、ナディールを中心にして色とりどりの光のリボンが噴出し、まもなくナディールは手すりの縁《ふち》から飛び降り、落下した。

18

ロア

柔らかな手があたしの額《ひたい》に置かれている。目を閉じたままじっとしていると、その手が頬へとおりてきて、指先が下唇をかすめ、顎《あご》をなでてから離れていった。心地よい感触が消えたことに顔をしかめると、深みのある低い含み笑いが聞こえ、その手が肌の上を這うように動いて旅のつづきを始めた。

マットレスが沈むのを感じ、あたしは目をぱっちり開けた。

アトラスが隣にすわり、やさしい笑みを浮かべていた。

「やあ」温かくて甘い声が軟膏《なんこう》のようにあたしを癒してくれる。「おかえり、ロア」

あたしは目を閉じ、深く息を吸いこんでから、もういちど目を開けた。

「あたし、生きてる?」確信が持てない。鋭く刺すような痛みを感じるのではないかと、ベッドのなかで身体を動かしてみると、驚くほどスムーズに動いた。痛みはあるが、意識を失う前に浜辺に倒れていたときに感じたような激痛ではない。

「生きてるよ。それに、あの場所でのきみは実にすばらしかった」アトラスはあたしの頬を手の甲でなでながら、畏敬の念がこもった口調で言った。あたしは悔しさのあまり両手のこぶしを握りしめ、首を横に振った。

「いいえ、答えたけど時間切れでした。不合格になったんです」涙をこらえ、この状況から解放されることを強く願った。もちろん、可能なかぎり早くノストラザへ送り返されるはずだったのだろう。あたしは、まだそこにいないことにショックを受けていた。太陽妃になるというバカげた夢は終わった。あたしは何を考えていたのだろう？　当然ながら、太陽妃になることはあたしの未来ではなかった。あたしの未来はつねにもっと不確実性に満ちていた。少なくとも、ウィローとトリスタンに会うことはできる。そう思うと、またしても泣きそうになった。

「不合格ではない」アトラスが言った。あたしは眉間《みけん》にしわを寄せ、アトラスを見あげた。「合格したんだよ、ロア」

「どういう意味ですか？　あたしは海に落ちたんですよ」

「だが、自力で揚がってきた」アトラスは答えた。「選考会の目的は質問に答えることだけではなかった。本を読める者なら、誰でも答えることはできる。あの試練はきみたちが失敗した場合の決意を試すものでもあった。だから、献姫《けんき》たちが落水しても、すぐには救助に向かわなかった。自力で揚がってくるチャンスを与えようとしたのだ。生きて海岸に戻ることができたのなら、その時点できみはテストに合格したということだ」

さっきとはまったく違う理由で目頭が熱くなった。

「合格した」これは質問ではなく、断言だ。あたしは合格した。ノストラザに送り返されることはない。少なくとも今日のところは。

アトラスは微笑し、ウィンクした。

「合格だ。わたしのささやかな本が役に立ってうれしいよ」

「そうですね。ありがとうございます」恐ろしい二体の怪物を撃退したあとで、さらに海岸まで泳がなければならなかったことに、あの本がどれほど役に立ったかはわからないが、大事なのはアトラスの思いやりの気持ちだろう。

「エラノールはどうなったんですか？」あたしはたずねた。「落水して、救助が必要だったはずです」

ベッドの上であたしの横にすわっているアトラスが位置を変えると、アトラスの腰があたしの太ももに押しつけられた。

「残念ながら、選考会での彼女の役割は終わったが、脱落した献姫たちにはわたしの宮廷で名誉ある立場が与えられる。エラノールのことは心配するな」

「それから、ソラナは……」その名前が自然に口をついて出た。海に落ちて二度と浮上しなかった献姫だ。

「あれは不幸な出来事だった」アトラスはけわしい表情で言った。「選考会のあいだに献姫を失うのは、いつも悲劇以外のなにものでもない」

「でも、ソラナの家族は」あたしは小声で言った。

「彼らに対しては適切な支援が提供される」アトラスはあたしの片手を握りしめて持ちあげると、自分の膝の上に置いた。手には包帯が巻かれており、指を曲げると腕に鈍い痛みが走り、あたしは顔をしかめた。アトラスの言葉に胸を締めつけられる思いがした。黄金や財宝が娘あるいは姉妹を失うことの埋め合わせになどなるはずがない。ソラナのことは何も知らないが、きっと誰かがソラナの死を悲しむだろう。ノストラザから来たこんなネズミにも、愛してくれる人が二人いたのだから。

「治療師はきみの痛みに対処できる」アトラスは包帯をなでながら、やさしく言った。「だが、命を守る以外の治療をしてはならない」

そのとき、あたしは思い出し、上体を起こした。急に動いたので身体が抗議の悲鳴を上げている。

「マリシは？」あたしは動揺してたずねた。「マリシは無事なんですか？」

アトラスに肩を押し下げられ、柔らかい枕の上にふたたび寝かせられた。

「無事だ。浜辺で蘇生措置をほどこされ、完全に回復する見こみだ。きみの行動は本当に勇敢だった、ロア」

「マリシは脱落したの？」あたしはたずねた。マリシにとってこの選考会がどれほど意味深いか、知っている。家族がマリシの勝利に大きな期待を寄せていることを、マリシ本人から聞いたからだ。

「脱落したが、生きている。きみのおかげだ」アトラスが繊細な模様を描くようにあたしの腕の内側をやさしくなぞると、あたしは指先までぞくぞくするのを感じた。「なぜあんなことをしたのだ、ロア？　自分の命を危険にさらしてまで彼女を救うために戻るとは」

あたしは首を左右に振った。髪が枕にこすれる音がする。

「置き去りにはできなかっただけです」アトラスがあたしの行動を疑うのかと思うと、腹が立つ。「あの行動まで疑われるなんて、ここはどんな場所なんですか？」

アトラスは暗い目になり、何を考えているのかわからない表情を浮かべた。

「きみの言うとおりだ。わたしは、自己中心的で野心的な妖精《フェイ》たちに慣れすぎているせいで、自分を犠牲にするという行動が理解しがたい」アトラスは真剣な目であたしを見つめた。「ノストラザでも同じだったんじゃないのか？」

「もちろん、そうでした。だからといって、あたしがそれにしたがう必要はありませんでした」あたしは唇の端を噛《か》んだ。「でも、生き延びるために、恥ずべき行動をなんどもとったことは知っておいてください」

アトラスは理解したかのようにうなずいた。本当に理解してくれたのかもしれない。そういえばガブリエルが、王と王妃は難しい選択を迫られるものだと言っていた。

「やはり、きみはわたしが予想していた以上にすばらしい」王はあたしの手の甲をなでながら言った。

アトラスはからかっているにちがいない。あたしは鼻で笑い、目をそむけた。アトラスは親指と人差し指であたしの顎をつかみ、自分のほうへ顔を向けさせた。

「わたしは本気だ、ロア。最初の日、きみがあの玉座の間《ま》に入ってきたとき、見たこともないほど美しい女性だと思った」

「あたしは死にかけていました」アトラスの言葉によって胸のなかに生じたこの奇妙な感覚を払拭しようとしたが、アトラスは首を横に振るばかりだった。

「いや、きみは星のように輝いていた。その顔に浮かぶ決意、その目に宿る熱情。すぐにただの献姫ではないとわかった。きみはすでに王妃の風格を備えていた」

あたしはその言葉のバカバカしさにあきれて、嘆息した。でも、あたしをおだてて、アトラスにどんな得があるというのだろう？　あたしはアトラスにとって、なんの価値もない。エラノール、マリシ、ソラナは脱落したが、アトラスはあたしよりもずっと美しく教養のあるほかの六人の献姫から選べるのだから。

アトラスが身を乗り出した。彼の顔があたしのすぐ目の前にある。あたしはアトラスのにおいを吸いこんだ。思わず深呼吸すると、シナモンとハチミツの香りが肺いっぱいに広がった。アトラスはにやりと笑い、輝くアクアマリンの目にいたずらっぽい表情を浮かべた。アトラスにはあたしの胸の高鳴りが聞こえているかもしれない。こんなに近いと圧倒されてしまう。

「ほかの献姫たちは？」あたしは口ごもりながらたずねた。うっかりすると、アトラスの喉《のど》のラインや、シャツからのぞく鎖骨の美しいカーブに視線が吸い寄せられそうになる。アトラスの腰があたしの腰にさらに強く押しつけられた。マダム・オデルとの屈辱的な会話を思い出すと、アトラスがあたしの寝室でこんなにリラックスしているのはよくない気がした。

「大丈夫だと思う」たがいの唇は今も数センチしか離れておらず、アトラスの明るい目が眠りから覚めた太陽のように輝いている。「きみの体調が回復したら、また夕食をごいっしょしていただけるかな？　こんどこそ邪魔は入らないと約束する」

「ほかの献姫たちともいっしょに過ごしたんでしょう？」あたしはたずねた。なぜアトラスを撥《は》ねつけようとしているかはよくわからないが、アトラスがもたらす感覚にははっきりと気づいていた。ノストラザのエアロや、エアロを知る前にかかわった少年たちには感じたことのないものだ。抑えがたい感情。炎にのみこまれたように激しく苦しい感情。この瞳のなかで命を落としてもいい。アトラスの香りにわれを失ってもいい。筋肉質のたくましいこの腕に身をゆだね、二度と現実に戻らなくてもいい。満ち足りた死を迎え、息絶えてもかまわない。もちろん、笑みを浮かべたまま。

アトラスが柔らかな含み笑いを漏らし、それは天から降ってきたひと握りのきらめきのようにあたしの心をつらぬいた。アトラスの態度は寛大すぎるようだが、心からのやさしさが感じられる。

「心配するな、ロア。わたしは義務として、すべての献姫に当然の配慮をしている。だが、わたしも男だし、王妃を探している身だ。お気に入りたちがいてもいいのだよ」

あたしはつぎつぎに押し寄せる緊張を抑えこもうとした。お気に入りたちですって？　自分もそのグループに含まれることを喜んでいいのだろうか？　それとも、アトラスがお気に入りたちと複数形で言ったことを懸念すべきなのか？　あたしのほかに誰がいるのだろう？

「もし鏡があなたのお気に入りじゃない献姫を選んだら？」あたしはたずねた。この王国の神聖な魔道具《アーティファクト》があたしを王妃に選ぶはずがない。

アトラスは考えこむ表情を浮かべた。

「過去にはそういうこともあった」と、アトラス。「だが、鏡はあらゆる関係者の気持ちを理解し配慮していると、一般に認識されている。理想の王妃の選定を誤ったことはない」

あたしは大きく息を吐き出した。

「そう、よかった」

アトラスはふたたび、くすっと笑い、さらに近づいて大きな身体を乗り出してきた。腰を密着させたまま、たがいの胸が触れそうになっている。あたしは息をのんだ。

アトラスがあたしの髪を一房つまみあげ、やさしく指でねじった。カリアスに来てもらってからまた少し伸びたので、格段に見栄《みば》えがよくなっている。アトラスはそれをあたしの耳にかけ、あたしの頭の横にある枕に片手を押しつけた。

「きみにキスしたくてたまらない、いとしい人」アトラスは情熱的な表情を浮かべて言った。「お許しいただけますか？」

あたしは何も言えず、荒々しい息を漏らし、うなずいた。アトラスは笑みを広げると同時に頭を下げ、羽根でかすかに触れるかのように唇を押し当ててきた。

絹のようになめらかな唇をそっと重ね合い、温かく、やさしいキスが始まった。やがて、アトラスが唇の隙間に舌をすべらせると、あたしはその先を求めて唇を開いた。口のなかで彼を感じたい。アトラスは低いうめき声を上げ、もっと濃厚なキスをした。彼の口づけはスモーキーな風味のある杉や風のような香りがして、魔法にかかった森にたたずむ古木のように神秘的だった。

キスがむさぼるような激しいものになると、部屋の雰囲気が一変した。アトラスは胸が軽く触れ合うほど身を寄せてくると、ベッドの上であたしにおおいかぶさった。わずかな隙間だけが二人をへだてている。なぜこの美しいフェイにキスされているのかとあたしが考える間《ま》もなく、アトラスは身体を重ねる形で接近してきた。のしかかる彼の重みを感じ、あたしはうめいた。

「ロア」息が詰まるほどの強い感情をこめて、アトラスがあたしの名を口にすると、あたしたちは密着したまま身もだえした。両脚のあいだに彼の硬いものの感触がある。あたしは腰を上げ、それにもっと強く押しつけた。アトラスのように現実のものとは思えない男性にこのような反応をもたらせるとは、自分でも意外だった。アトラスは長い年月を生きてきた。人間やフェイの多くの女性とベッドをともにしたことがあるはずだ。あたしは征服された大勢の女性の新たな一人にすぎないのだと、自分に言い聞かせたが、今はそんなことはどうでもよかった。この快感はなにものにも代えがたいのだから。

アトラスが腰をくねらせながら、うめいた。薄いナイトガウンごしにアトラスのすべてを感じることができる。舌で口のなかを情熱的にまさぐられ、自分のものだというように尻をつかまれると、太ももの内側が濡れてきた。アトラスの口があたしの下唇を吸い、そのまま、喉のラインに沿ってゆっくりと這いおりてゆく。アトラスの唇が触れた跡が熱い。まるで炎のブラシで線を描かれたかのようだ。

「アトラス」あたしは彼の輝くような髪のなかに両手をすべりこませ、髪をつかんで引き寄せた。これが何を意味していようと、アトラスが何者であろうと、もっと欲を満たしたい。あたしは暗闇と石壁がもたらす冷たく無慈悲な響きのなかで生きてきた。アトラスは光とぬくもりの権化《ごんげ》だ。冷酷な氷に対抗する激しい炎なのだ。

太陽王。金色に光り輝き、栄光に満ちた存在。彼の頬に触れ、なめらかな肌に指を這わせる。あたしは悪夢から救い出され、黄金の山の頂《いただき》へと導かれた。両手を広げて山頂に立ち、とぎれとぎれに大声で歌っている。自由は目の前だというように。

アトラスが密着しながら動くと、あたしは背中をのけぞらせ、腰を上げた。アトラスの片手が太ももの側面をすべりおりると同時に、ナイトガウンを引きあげる。彼の手のひらが素肌に押し当てられ、その熱い感触があたしの芯まで焼きつくした。指先があたしのあばら骨に沿って軽やかに動きまわり、親指が乳房の下をかすめていった。アトラスの口は探索をつづけ、唇があたしの喉から鎖骨の曲線をなぞるように進んでゆく。あたしはうめき、すべての感覚とすべての瞬間を心ゆくまで味わった。

こんな経験ははじめてだ。アトラスは少年ではなく、成熟した男性だ。彼の触れかたやキスのしかたから、その腕のなかでの一夜がどれほど特別なものになるかがわかる。それはあたし自身を完全に解放し、最良の形で再構築してくれるだろう。

「ロア」アトラスはあたしの名前の抑揚に合わせて声をうわずらせ、懇願するように言った。

「コホン」ドアのほうから礼儀正しい咳払《せきばら》いが聞こえ、あたしたちはぱっと離れた。料理と銀のポットがのったトレイを両手で支えているマグがいた。「お目覚めですか、貴婦人さま？　厨房《ちゅうぼう》から夕食をお持ちしました」

称賛すべきことに、マグは何も見ていないふりをしてくれた。床に目を落としたまま足音を立てずにそっと近づいてくると、太陽王があたしをむさぼるように愛撫しているところなど見なかったかのように、あたしの横にトレイを置いた。アトラスは上体を起こしてベッドの端にすわり、かすかな笑みを浮かべながらあたしの手を握ると、やがて立ちあがり、しわになったシャツの胸もとをなでつけた。アトラスがいたずらっぽく、にやりと笑った瞬間、あたしの頰がかっと熱くなった。

マグはもう少しだけ料理のトレイを見つめてから、顔を上げた。

「陛下」ついにマグはアトラスの存在を無視しきれなくなった。「ご回復中の貴婦人さまの様子を見てくださり、ありがとうございます」

アトラスはいかにも本物の紳士らしく、軽く一礼した。

「当然だ。献姫ひとりひとりの安全を守るのは、わたしの厳粛な責務だ」

マグは舌先まで出かかっている言葉の塊《かたまり》を押しとどめるかのように口を引き結び、うなずいた。

「マグ」アトラスが、すでにナイトガウンを整えてベッドにすわっているあたしを見た。「ロアの気分がよくなったら、夕食に出席してもらいたい。追って様子を知らせてくれるか？」

マグは身を低くし深々とお辞儀した。

「もちろんでございます、陛下。ですが、この件はマダム・オデルの確認をとったほうがいいのではありませんか？　献姫のすべての行動について、まずマダム・オデルの承認を得るようにとの指示を受けておりますので」

アトラスが笑みを消したので、マグは不安げな表情になった。

「いつからマダム・オデルがアフェリオン国王になったのだ？」

マグは足もとに視線を向け、両手を握り合わせながら首を横に振った。

「もちろん、そのようなことはございません、陛下。わたくしはただ思ったことを申しあげ――

――」

「献姫指導官の考えが知りたいときは、必ず意見を求めることにする」アトラスは口をはさみ、マグが言おうとしたことをさえぎった。あたしは眉をひそめ、興味深く二人のやりとりを見守った。

「もちろんでございます、陛下」マグは消え入りそうな小声で言った。

アトラスは笑顔を取り戻し、ふたたびあたしを見た。

「すばらしかったよ。またすぐに会えるのを楽しみにしている、ロア」去りぎわにアトラスはあたしの手を取り、手の甲に口づけすると踵《きびす》を返し、肩ごしにウインクした。

19

「準備はいいか?」ガブリエルがたずねた。金色の鎧《よろい》をまとった堂々たる姿で、濃いブロンドの髪を首の後ろで結んでいる。今朝ガブリエルは、もう休養は充分だろうと言って、あたしをベッドから引きずり出した。いっしょに訓練をするためだ。

第一の試練から約一週間が経過していた。アトラスは毎日、会いに来てくれた。しばらく部屋にとどまることもあれば、数分しかいないこともある。あたしの横にすわり、ノストラザでの生活はどうだったのかといろいろ質問したりして、話しかけてきた。アトラスはアフェリオン王国について語り、あたしはウラノス大陸についてずっと知りたかったことをたずねた。

アトラスは各王国のことを教えてくれた。西に位置するアルヴィオンの国王シアンのこと、東に位置するウッドランズの国王シダーのこと。オーロラ王国がトール王国の〈山の女王〉ブロンテやセレストリア王国の女王ダーシーと同盟を結んでいること。各王国の魔道具《アーティファクト》について知っていることも話してくれた。トール王国の石、セレストリア王国のティアラ、アルヴィオン王国の珊瑚《さんご》、ウッドランズ王国の杖。

乾いた砂に水がしみこむように、あたしはそれらの断片的な知識を吸収した。情報のない暗闇のなかで長い年月を過ごしてきたのだから、無理もない。アトラスは、忘れ去られたハート女王国と失脚した女王の話をしてくれた。そして、失われた魔道具——血のように赤い宝石がはめこまれた王冠のことも。穢《けが》れたハート女王国はウラノス大陸の歴史における汚点だ。

〝女王の身に何があったんですか？〟あたしがたずねると、アトラスは首を横に振り、この世には妖精《フェイ》が使ってはならない魔法もあるのだと言った。女王は権力を追求するあまり、あたしたちが生活している場所や社会のすべてを滅ぼしかけたという。そのあとアトラスはあたしの頬に触れ、もう少し休養するべきだと言った。あれから、いちどもキスをしてくれていない。その事実にあたしはひどく失望していた。誰かあたしより魅力的な献姫を見つけたのかもしれない。

いまガブリエルがあたしの部屋の戸口に立ち、マダム・オデルやほかの献姫《けんき》たちとの昼食会にあたしを案内するために待っている。あたしは一筋だけ飛び出た巻き毛を耳の後ろにはさみこむと同時に、顔をしかめた。体調が完全には回復していないのでガブリエルが手かげんしてくれるのではないかと思っていたら、大間違いだった。今朝はこっぴどくしごかれたため、すでに筋肉痛がじわじわと広がっていて、しばらくおさまりそうにない。

でも、まあ、髪は伸び、いまや肩下まである。マグは機会さえあれば、あたしの髪をあれこれとセットしたがった。あたしは自然なウェーブのほうが好みだが、マグは髪を巻き、つややかな太めのカールをいくつも作った。かなり美しい仕上がりであることは認めざるをえない。

あたしは鏡ごしに、ガブリエルがにやにや笑っていることに気づいた。

「何？」目を細めながら振り返り、ガブリエルと視線を合わせた。

「なんでもない」と、ガブリエル。「少しは肉がついてきてよかった。もう歩く死体のようにも、誰かに肉切り包丁で乱雑に髪を切られたようにも見えない」

あたしはあきれて目をまわした。

「若い女性をおだてるのが本当に上手だね」ふたたび髪を振りたて、鏡を見ながらふんわりセットした。びっくりするほど、なめらかでつやつやしている。「カリアスの力を借りて髪を伸ばしてるんだ」あたしは言った。「もうすぐ腰に届く」鏡をちらっと見てからガブリエルを振り返った。「アトラスは長い髪が好きかな？」

こんどはガブリエルがぐるりと目をまわした。

「まさかアトラスの好みに合わせて変身するつもりじゃないだろうな。おまえらしくないぞ」

「そのつもりはないけど、自分の魅力を最大限に生かしてアピールしたっていいでしょ」

ガブリエルが何も答えないので、あたしは振り向いた。

「何か言えば？」

ガブリエルは謎めいた表情で頭を振った。

「おまえは何者だ、ロア？」

あたしは眉をひそめ、ガブリエルの問いかけるような視線を受け止めた。

「ノストラザの囚人だよ。それくらい知ってるよね。あんたがあたしを救い出してくれたんだから」

「そのとおりだが、それにしても、おまえはいったい何者なんだ？　いまだによくわからないことがある」

あたしはガブリエルと目を合わせないようにしながら鼻で笑い、肩をすくめた。

「それは考えすぎだと思うよ、隊長」

「アトラスはおまえにとても興味を持っている」ガブリエルはあたしの本質を探ろうとするかのように、まだじっと見ている。

あたしは片方の眉を吊りあげた。

「別にいいじゃない。つまり、こう言いたいの？　あたしとは比べものにならないぐらい美しくて、きちんとした教育を受け、教養もある女性がほかに大勢いるのに、アトラスがあたしに興味を持つはずがない……王があたしみたいな囚人なんかに興味を持つわけない、って」

あたしを侮辱したことにガブリエルが罪悪感を覚えているかもしれないと思ったが、それは勘違いだった。

「ああ、そうだよ」ガブリエルはなんの迷いもない表情で答えた。「悪いが、おまえにはこれといった長所があるとは本当に思えない。たしかにきれいだが、ほかの献姫たちと比べると見劣りがする。それに、態度が悪すぎる。アトラスはたいてい、もう少し……控え目な女性が好みだ」

ガブリエルのあまりにも正直な言葉に驚き、あたしは思わず声を上げて笑った。

「あんたって、ほんとに最低だね。自分でもわかってるでしょ？」あたしはそう言いながら、靴を履き、腰に巻いたベルトをきつく締めあげた。

ガブリエルは広い肩をすくめた。

「おれは見たままのことを言っているだけだ」

「そろそろ行こうか？」あたしは最後にもういちど鏡を確認し、頬の傷痕をじっくりと観察してからたずねた。あたしが反対したにもかかわらず、マグはもういちど治療を試みてもらうべきだと主張し、治療師を呼び寄せた。治療師が特別な能力を使って傷痕を治そうとするあいだ、あたしはじっとしていたが、傷痕はその魔法に抵抗し、効果は得られなかった。失敗が明らかになったとき、あたしは笑みを隠しきれず、マグは誰かにペットの子犬を盗まれたかのように肩を落とした。そのとき、二度と傷痕の治療を受けるつもりはないと、あたしはマグにはっきりと告げたのだ。

あたしたちは部屋を出ると、決然とした足取りで宮殿内を進んだ。ダイニングルームに近づくにつれ、今日はマダム・オデルがどんな屈辱を用意しているのかと思うとため息が出た。

いつものように、ダイニングルームに到着したのはあたしが最後だった。あんたのせいだと言わんばかりに、あたしはむっとした表情でガブリエルを見た。ガブリエルはさりげなく肩をすくめただけで、少しも意に介していない。こんなろくでなしの監視官を交代させることはできないのだろうか？

例によって、アプリシアがマダム・オデルの横に陣取り、まるで下僕のようにご機嫌をとっている。ハロは端っこにすわっており、あたしが隣の席にすべりこむと、かすかにほほえんだ。

あたしの向かい側にテスニがすわっていた。濃い褐色の肌が、顔の両側に垂らした銀色のカーテンのような髪をきわだたせている。テスニとは直接話したことがないので、あたしは黙って会釈した。

あたしが着席すると、召使たちが料理の盛られた金色の大皿をつぎつぎに運んできた。今日の料理はすべてが一口サイズだ。小さな丸い揚げパンにクリーム状のスプレッドが塗られ、その上に魚卵であることがわかる小さな黒い粒がたっぷり盛られている。どれもおいしい。ノストラザの食堂に戻ることを考えただけでぞっとする。あの場所で提供されるのは、汗のしみこんだ靴下みたいな味のするものばかりだった。

「あれからマリシに会った？」あたしがたずねると、ハロは陰鬱《いんうつ》な面持《おもも》ちでうなずいた。

「マリシは煉獄《れんごく》に送られたわ」ハロはそう言うと、赤いゼリーとクリームチーズを盛り合わせた小さなクラッカーを口にほうりこんだ。

「どこだって？」あたしはたずねた。そういえば、脱落した献姫は宮廷で名誉ある立場を与えられると、アトラスが言っていた。あたしは小さな丸いトーストを手に取った。サーモンとかいう鮮やかなピンク色の魚の薄切りをくるくる巻いたものがトッピングされ、さらに少量の白いクリームと緑色の小枝がひとつのせてある。あたしはそれを口にほうりこみ、感激のうめき声を上げた。

テーブルの向かい側でテスニが口を手でおおい、くすくす笑った。あたしの視線に気づくと笑うのをやめて姿勢を正し、顔を真っ赤にした。

「大丈夫」あたしは言った。「自分が笑いものにされてることは知ってるから。笑ってもいいよ。意地悪するつもりじゃないならね」

テスニの目に浮かんでいるのが罪悪感なのかどうか確信はないが、テスニがきれいに並んだ白い歯を見せてにっこり笑ったとき、その罪悪感は消え去り、顔つきも晴れやかになった。

「意地悪するつもりは全然ないわ。こうして新しい経験を積んでゆくあなたを見ていると楽しいの。新鮮な目でこのようなもの全部を見ることができるなんて、本当にすばらしいことだと思うわ」テスニはテーブルを指さした。「ときとして、わたしたちは経験を重ねることで感動する心を失いがちだし、恵まれた環境にいるがゆえに日常に潜む美しさに気づかなくなることもあるの。

あなたの存在は、誰もが同じように恵まれているわけではないことをあらためて認識させてくれたわ」

あたしはテスニの言葉に驚いた。こんな見解を聞くことになるとは予想外だった。

「そう」あたしはどう答えればいいのかわからなかった。「たしかにそのとおりだね」テスニはふたたび笑みを浮かべ、料理を一口食べた。

あたしはハロに注意を戻した。ハロがさっき話していたことを思い出したのだ。

「煉獄って何？」

「知らないの？」ハロは眉をひそめた。「選考会が終わるまでのあいだ脱落した献姫たちが置かれる立場を揶揄《やゆ》して、そう呼ぶの」

「で、そのあとはどうなるの？」

「太陽妃が選ばれると、彼女たちは全員が王妃の侍女となり、永遠につかえる運命にあるわ」

「へえ」あたしはなぜハロがけわしい表情を浮かべているのか理解できなかった。「そんなに悪くなさそうだけど」

あたしは自分が選考会で敗れたらどんな運命をたどるのか考えた。あたしにとっての地獄である穴――ホロウへと引き戻され、そこで刑期を終えることになるだろう。それと比べれば、侍女になることが罰だとは思えなかった。

「ええ、そうね。ただ、侍女のほとんどがいずれは自由に結婚して、自分の家庭を持つことができる」と、ハロ。「でも、脱落した献姫にはそんなことは許されない。ひとたび選考会に参加したら、勝敗にかかわらず王の所有物になるからよ。その束縛からのがれるには死ぬしかないわ」

ハロはグラスの底から力を引き出そうとするかのように、時間をかけてワインを一口飲んでから、強い感情を秘めた黒い目であたしを見た。

「もちろん、それぐらい知っているわよね？」

あたしは首を横に振った。

「いや、誰も教えてくれなかったから」

誰も教えてくれなかったのは、それが敗者となった場合のあたしの運命ではないからだ。あたしがふたたび狼の群れのなかにほうりこまれることになる一方で、ほかの献姫たちは贅沢《ぜいたく》な生活を送りつづける。王との永遠の絆《きずな》も一種の牢獄のようなものかもしれないが、あまり同情する気にはなれない。

「聞いたことがあるわ」テスニが言った。テーブルの向こうからあたしたちの会話を盗み聞きしていたのだ。「過去の王たちは欲望のおもむくままに、脱落した献姫たちを利用することができたんですって。王の寝床を温めさせるためにね」

ハロもあたしも顔をしかめたが、テスニは目を輝かせていた。この情報を聞いたあたしたちがショックを受けるのを楽しんでいるだけなのか、それとも、たとえ敗者となっても王と寝られることがうれしいのか、あたしにはわからなかった。未来の王妃がこのようなことを支持するとはとても思えない。

アトラスにどんなキスをされたかを思い出すと、あたしの心は沈んだ。ガブリエルの言うとおりだ。アトラスのように栄光に満ちた美しい男性が、あたしのまわりにいる魅力的なフェイたちを差し置いて、あたしのどこに惹《ひ》かれるというのだろう？　アトラスはほかの献姫たち全員とあんなキスをしたにちがいない。

「王にキスされたことはある？」あたしが身を乗り出し、声を落としてたずねると、テスニは目を見開いた。

「いいえ。あなたはあるの？」テーブルの端にいる数人のフェイがあたしたちの会話を耳にし、好奇心に満ちた目でこちらを見ている。ハロも強い警戒の表情を浮かべて、あたしをじっと見た。

「王は選考会が終わるまで誰ともキスしてはいけないのよ」テスニが非難めいた口調で言った。

「もちろん、されてない」あたしは嘘をついた。「ちょっと気になっただけ」

テスニは見るからにほっとした様子で椅子にもたれかかり、問題が解決したことでほかの献姫も全員がそれぞれの会話を再開した。テーブルを見まわすと、アプリシアに目がとまった。アプリシアは口角をわずかに上げて皮肉っぽい笑みを浮かべ、目の表情の変化によってあたしにメッセージを送ろうとしているようだ。辛辣《しんらつ》で悪意のあるメッセージを。

キスしたことは誰にも内緒だと、アトラスはあたしに言った。ほかの献姫にも同じことを言ったのだろうか？　アプリシアはいつものように、肩にかかる髪を払いのけた。首を痛めなければいいけど。アプリシアはあたしを挑発するために、自分もアトラスとキスしたと言いたいのかもしれない。王国のこのような政治と駆け引きにはあたしはまったくついていけないし、誰を信じていいのかもわからない。

昼食後、めずらしく授業や訓練から離れて午後のひとときを過ごす機会を与えられた。

ハロとあたしは散策がてら宮殿の庭園のほうへ歩いていった。煉獄はその言葉のイメージほど厳しい場所ではないとわかった。というのも、まもなくマリシがあたしたちを見つけたからだ。

王による永遠の束縛が本当に名誉なことなのかよくわからないが、それでも、この脱落した献姫たちが直面するほかの状況に比べればましなのかもしれないと、あたしはまだ思っていた。

「わたしたち、幼なじみなの」ハロが言った。あたしたちは緑の芝生の上で輪になり、くつろいでいた。あたしは両手をおなかの上に置き、顔を空に向けて寝転がり、暖かな太陽の光を浴びている。「家族はわたしたちが選考会に参加することを望んでいたけど、まさか二人とも参加できるとは夢にも思わなかったわ」ハロとマリシは用心深い表情で視線を交わした。その理由はあたしにはわからなかった。

マリシがあたしに向きなおった。

「毎年、夏には家族どうしでいっしょにバカンスを楽しんだわ。長年のあいだにわたしとハロはとても仲よくなっていったの」

そんなふうに育ったら、あたしの人生はどうなっていただろう？　家族との夕食、幼なじみ、広々としたビーチハウスでのんびりと過ごす日々など、さまざまな思い出があったら、どうなっていたのだろう？

「あなたはどうなの？」と、ハロ。「どんな家族？　つまり……アンブラに家族がいるの？」訊いてもいいことなのかどうか確信が持てないかのように、おずおずとした口調だ。あたしのような者に家族がいることが理解できないという考えに、一瞬、怒りがこみあげた。でも、それはハロのせいではないのかもしれない。このフェイたちは明らかに、外の世界の現実を知らずに育ってきた箱入り娘なのだから。

「両親は死んだ。あたしに残されたのは兄と姉だけ」あたしはハロの質問には直接答えないことにした。ハロも悲しげな笑みを浮かべて、あたしを見た。

「お気の毒に」と、マリシ。「とてもつらいでしょう」

あたしはかぶりを振り、肩をすくめた。

「慣れたよ。昔のことだしね」

一瞬、沈黙が流れ、やがてハロが意味深長な視線を向けてきた。

「王にキスされたかどうか、さっきテスニにたずねたのは、なぜ？」

「なんですって？」マリシは興味津々という様子で、氷のように薄青い目を大きく見開いた。

「最終献姫には何か秘密があるんじゃないかと、わたしは思っているの」ハロはにやりと笑い、マリシの肩に自分の肩をぶつけた。

あたしは片肘をついて上体を起こし、草の葉を摘《つ》んで指でねじりながら、二人の視線を避けた。

「理由はないよ」否定はしたものの、それが嘘であることは自分でもわかっていた。

「白状なさい」マリシはあぐらをかいて身を乗り出した。あたしは二人の顔を見あげた。彼女たちの反応を警戒していたのだが、その表情に感じられるのは好奇心だけで、嫉妬や怒りはなかった。「キスされたの？」

あたしは下唇を噛《か》んだ。

「まあ、ちょっとだけ」

マリシもハロもキャーッと声を上げ、手を叩いた。

「どんな感じだった？」と、ハロ。

「それは……」あたしはため息をついた。「太陽に満たされてるみたいな感じだった」

狭い空き地の向こうから鼻で笑うような声が聞こえ、つづいて嘲笑の大合唱が起こった。アプリシア、ヘスペリア、グリアネが生け垣の後ろから現われた。そこで盗み聞きをしていたことは明らかだ。

アプリシアから浴びせられた冷笑に腹が立ち、あたしは背筋を伸ばしてすわりなおした。

「王があなたなんかにキスなさるわけがないでしょう?」アプリシアは両手を腰に当て、軽蔑するように言った。

「嫉妬してんの?」あたしは平静を装いながらたずねた。「王が死んだ魚みたいに魅力のない女にキスしたがるとは思えないものね」ゆっくりと立ちあがり、ロケットを握りしめた。

「ふざけないで」アプリシアは髪を払いのけた。「この嘘つき。みんな知っているわ。王があなたにキスしたとしても、それはただの同情からにちがいない、とね」アプリシアは鼻にしわを寄せた。

「あなたはキスされたの?」ハロが大きな目を見開き、無邪気にたずねた。アプリシアが頬を赤らめるのを見て、あたしはハロにキスしたくなった。

「もちろんよ」と、アプリシア。あたしはヘスペリアとグリアネが視線を交わしたことに気づいた。「それに、王ご自身も〈太陽の鏡〉もあたくしの勝利を望んでいると、なんども言われたわ。もう決まったようなものよね」アプリシアはさりげなく自分の爪を見た。アプリシアの友人たちは今の発言をどう思っているのだろう? アプリシアはあたしを軽視したように、友人たちに対しても軽蔑的な態度しかとっていない。

「じゃあ、王の脇腹にはどんなタトゥーがある?」あたしはとっさに思いついた質問を口にした。

アトラスにタトゥーがあるかどうかは知らないが、あたしがアトラスと親密な関係にあるという印象を与えたかった。

アプリシアは目をしばたたき、一瞬、口をぽかんと開けたが、すぐに眉をひそめ怒りの表情を浮かべた。あたしはあざ笑い、背後に立っているハロとマリシに声をかけた。二人は必死に笑みをこらえている。「ほら、やっぱりね。みっともない」とどめを刺すために、あたしは肩ごしに振り返って言った。「アンブラのネズミに負けるなんて。恥ずかしいったらないよね」

あたしはにやにや笑いながらハロとマリシに顔を向け、大げさに目を見開き、すぐにずらかったほうがいいと合図した。

「このあばずれ！」アプリシアがわめくと、あたしの後頭部に痛みが走った。アプリシアに髪をつかまれ強く引っ張られたので、毛根がはじけ飛んだにちがいない。あたしはアプリシアの腕の下で身をよじって、息を切らしながらその手を振りほどいた。

「このくそ女！」あたしは叫び、アプリシアに体当たりした。その衝撃でアプリシアは後ろによろけ、柔らかい芝生の上に尻もちをついた。

「ロア！　やめて！」ハロが大声を上げた。「助けて！　誰か助けて！」

あたしがアプリシアをにらみつけながら、決然と近づいてゆくと、アプリシアは手足を地面についた状態であとずさった。

「あたくしに触れたら、あたくしの父の怒りを思い知ることになるわよ！　父はとても強い権力者なんだから！」

「あんたの父親が何をするって、アプリシア？　あたしのすべての財産や富を奪う？　食べものもろくにないオンボロ小屋にあたしを住まわせる？　わずかな給料で、割に合わない仕事を一日じゅうさせる？」あたしは歯を剝き出し、もう一歩近づいた。「よく覚えておきな、献姫、あたしには失うものなんか何もないってことを」

あたしは意を決して飛びかかろうとしたが、何かに腰をつかまれて強い力で引き戻され、無理やり移動させられた。身体が地面から離れたとき、誰かの片腕によって持ちあげられていることに気づき、両足をばたばたさせた。

「ロア！」ガブリエルだった。怒っているようだ。「落ち着け！」その厳しい口調にあたしは脱力し、抵抗するのをやめた。ガブリエルはあたしの腰を片腕でしっかりつかんだまま、くるりと向きを変え、お仕置きだと言わんばかりに、布人形のように無抵抗なあたしを脇に抱えて歩きだした。

庭園を横切ったあと、ガブリエルは立ちどまり、あたしを地面に落とした。

「いたっ！」硬い地面に腰をしたたかに打ちつけた瞬間、思わず声が出た。

「いったい、どうした？」ガブリエルが上からあたしをのぞきこんだ。歯を食いしばり、ハリケーンのまっただなかで荒れ狂う大波のように激しい感情を、その青い目に宿している。

「あの女がけしかけてきたんだよ！」あたしは今たどってきたばかりの方向を指さした。

「またその言いわけか。獣《けだもの》みたいに嚙んだり引っかいたりする以外に能がないのか？」

あたしはよろよろと立ちあがった。いまや怒りの矛先《ほこさき》はガブリエルに向けられている。

「そうだよ！　あたしは地獄を生き抜いてきたから、そうするしか能がないんだよ。わかる？　もっといい方法があるって、誰も教えてくれなかった！」

ガブリエルが一歩近づいてきた。あたしは本能的にあとずさりしたくなったが、ガブリエルに威圧されながらもその場に踏みとどまった。

「ああ、かわいそうに、ロア。こんなにしいたげられて。アトラスにとって、よき王妃になれるかもしれない――おれがそう思うたびに、おまえは駄々《だだ》っ子みたいなふるまいをする。おまえにはこのような立場はふさわしくない」

息も絶えだえになるほど胸を締めつけられた。いまの言葉に誇りを傷つけられたあたしは、ガブリエルをにらみつけた。

ガブリエルは鋼《はがね》をも切り裂くような鋭いまなざしで、もういちどあたしを見ると、背を向けて立ち去った。

「このくそったれ！」あたしはガブリエルの背中に向かって叫んだが、完全に無視された。

20

まだ扉が開いていないのに、波が砕け散る大きな音が聞こえ、ガラス製の扉を通して目の前に水平線が広がった。夕暮れどきの沈みはじめた太陽が、オレンジやピンクの水彩画のような色合いで海面を染め、薄れゆく光のなかで、浜辺の砂粒が粉々に砕いたダイヤモンドを敷きつめた絨《じゅう》毯《たん》のようにきらめいている。

あたしは息を整えようとした。この前、海へ連れてこられたときのことを思い出す。あたしたちは釣餌《つりえ》のようにぶらさげられ、命がけで戦った。二度と戻ってこないかわいそうなソラナのことや、海に落ちたときに傷にしみた激痛が頭に浮かぶ。

でも、今夜は試練のためにここへ来たのではない。

約束どおり、アトラスはあたしの回復を待って夕食に招待してくれた。アトラスに会いたくてたまらない。不安や疑念はあるが、それでもアトラスのキスの感触が頭から離れない。アプリシアの言葉を反芻《はんすう》し、アプリシアにもキスをしたというアトラスの行動についてどう感じているのか、自分に問いかけたが、これは競争なのだ。アトラスには相性のいい献姫《けんき》を見きわめる権利があるし、アトラスはあたしに何かを約束したわけではない。

だが、今夜はほかの献姫たちに差をつけるチャンスかもしれない。こういうことは得意だ。望むものを手に入れるために自分の身体をどう使えばいいかはよく知っている。あたしはたしかにこの身体を利用して、王冠よりもはるかに価値のないものを数えきれないほど勝ち取ってきた。しかし今回の状況はまったく異なる。このふたつは比較にならない。アトラスはあたしの胸をときめかせる輝かしい王で、劣等感に満ちた卑劣な看守長とは違う。

扉が開いた瞬間、両方のこぶしを握りしめ、どんなことをしてでも勝とうと決心した。あたしは〈太陽の鏡〉の前に立たなければならない。あたしとウィローとトリスタンが奪われたものを取り戻す唯一のチャンスかもしれないのだから。母と父を取り戻すことはできないが、両親の記憶を称《たた》え、両親が誇りに思えるような行ないをする方法はまだ見つけられるかもしれない。

砂浜を横切る広い遊歩道を歩くと、日光で温まった板の感触が素足に心地よい。マグに着せられたツーピースの水着は柔らかい絹のような生地でできており、脚とおなかと腕がむき出しになっていた。その上に、数百個のビーズで刺繡《ししゅう》した透ける金色のローブをはおっている。そよ風に吹かれてローブが後ろになびき、脚があらわになった。

歩くたびに、足首につけた繊細な金の鎖が小さな風鈴のようにチリンチリンと音を立てた。ほどいて垂らしたままの髪が風になびく。あたしは頭を振り、自由に揺れる髪の感覚を楽しんだ。いまはこの夢のような世界に浸《ひた》り、いつ現実に引き戻されるかわからないことを忘れようとしていた。

ガブリエルはあたしの先に立って遊歩道の全長を大股で進み、端に設置された白いテントへ向かった。庭園でのアプリシアとの一件以来、まだあたしに腹を立てており、短い言葉しかかけてこない。まあいい。あたしもガブリエルにむかついているから。この自己中心的なくず野郎め。

ガブリエルは足を止め、テントの垂れ蓋《ぶた》のひとつを引き寄せると、入れと身ぶりでうながした。遊歩道の幅が徐々に広がり、大きな円形の台へとつながっている。木の板でできたその台は研磨され、さわり心地がベルベットのようになめらかだ。いちばん向こうの端には視界をさえぎるものがなく、美しい水面の景色を見わたせる。

テントの中央に小さなテーブルがあり、金色に輝くテーブルクロスでおおわれ、金色の皿がたくさん置かれていた。きらきらしたゴブレットと銀食器が、乳白色ときらびやかな金色のバラで作られたセンターピースの隣に配置されている。

言葉で表わせないほど美しい装飾がほどこされているなか、テーブルのそばに立っている妖精《フェイ》の男性が目に入った瞬間、本当に息が止まるかと思った。

アトラスは微笑を浮かべ、くつろいだ姿勢で待っていた。明るいアクアマリンの目が満天の星に照らされた潮だまりのように輝いている。あたしは思わず、肩に垂らしたその銅褐色の髪に手を伸ばしそうになった。

アトラスも露出度の高い衣服を身にまとっていた。あたしのものと同様に絹のような素材でできており、下半身だけをおおっている。袖を通さず肩にはおっただけのローブがはだけて、何も身につけていない部分がすべてあらわになっていた。

あたしの視線はアトラスの筋肉質の太もも、引き締まった腰のライン、さらには股間の顕著なふくらみへとゆっくり移っていった。ガブリエルが咳払《せきばら》いし、あたしは飛びあがった。不適切な瞬間を見られていたのだ。

それでも、目を離すことができない。頬が熱くなるのを感じつつ、あたしの視線は鍛えあげられた腕や彫刻のような腹筋をさまよい、体毛の少ないすべすべとした胸を存分に味わった。結局、アトラスの脇腹にタトゥーはなかった。そこには日焼けしてぬくもりを感じさせる肌がキャンバスのように広がり、衝動を抑えきれないあたしの指が触れるのを待っているだけだった。

これまでシャツの隙間から垣間見《かいまみ》ることしかできなかった鎖骨の美しい曲線を目の当《ま》たりにして、あたしは感嘆し、アトラスがごくりと唾を飲んだときの喉仏《のどぼとけ》の動きに目をとめた。やがて、ようやくあたしたちは視線を合わせた。アトラスの目に強い感情が宿り、あたしはローブをゆるめておけばよかったと後悔した。今ゆるめたら、わざとらしすぎるだろうか？

アトラスの顔を何かがよぎった――それはほんの一瞬で消えたが、あたしの心に強い印象を残した。いままで誰もこんなふうにあたしを見たことはなかった。この体験全体がまるでファンタジイのようだ。毎晩、岩のように硬いベッドの上でまるくなり、灰色の薄っぺらなシーツにかろうじて包まれながら、あたしはこれを夢見ていた。

「ロア」アトラスが前へ進み出て、片手を差し出した。「きみが元気になってくれてうれしいよ」アトラスはガブリエルのほうを見ると、顎《あご》をしゃくって合図した。「夕食を運んでくるよう伝えてくれ」

ガブリエルは無言で背を向け、テントを出ていった。ガブリエルが立ち去る前に、あたしは肩ごしに一瞥《いちべつ》し、ガブリエルの目に浮かぶ抜け目のない表情に気づいた。いまだにガブリエルは、なぜアトラスがあたしのことを気にかけるのか疑問視しているし、正直なところ、あたしも同じ気持ちだ。でも、アプリシアの言葉を思い出すと、すでにアプリシアもここに招待されたことがあるのではないかと思いはじめた。あたしはただの献姫の一人であり、その役目はアトラスが能力を最大限に発揮できるよう支えることだ。あたしたち献姫は全員が目的達成のための手段にすぎないが、たとえ利用される立場にあっても、あたしは自分の真の目的を見失ってはならない。

「どうぞ、すわって」アトラスはテーブルのところにある豪華な椅子のひとつを指し示した。ベルベットのような座面が肌に心地よい。「今夜のきみはきれいだね」アトラスは笑みを浮かべ、頭を軽く傾けた。「まあ、いつも美しいけどね、ロア」

その言葉を聞いたあたしは赤面し、首まで真っ赤になった。あたしに関心があるように見える表情は本物だろうか？　それとも、アトラスの演技がうまいだけなのか？　あたしが席につくと、アトラスはまずあたしのグラスに、つづいて自分のグラスにワインを注いだ。テントの垂れ蓋が開き、召使が列をなしてなだれこんでくると、湯気の上がる大皿をテーブルに並べはじめた。

アフェリオン王国で数週間を過ごし、あたしはさまざまな料理を見分けられるようになってきた。大皿に盛られ、エンドウ豆を点々とちりばめたサフランライス。深鍋のなかには、とろみのあるスパイシーなソースがたっぷりとかかったチキン。ローズウォーターで軽くゆでた魚に、ソースをよく吸うふんわりした白パンの山。どれも、いくら食べても飽きることはないだろう。

料理が並べられると、アトラスは片手をひらひらと振り、召使たちに退出を命じた。

「もうさがってよい。あとは自分たちでやる」召使たちがお辞儀して急いで立ち去ると、ふたたびあたしとアトラスは二人きりになった。

「まずはどれを食べてみたい？」アトラスが、豊富な料理を見わたしているあたしにたずねた。

「全部」あたしが興奮した口調で言うと、アトラスはやさしく含み笑いを漏らしながら、あたしの皿に料理をたっぷりと盛りつけた。

「きみの喜びを近くで見られるのはとてもすばらしいことだ」と、アトラス。「ともすれば、これがどんなに特別なことか忘れそうになる」

あたしは口いっぱいにライスをほおばったまま言った。

「こんなものがノストラザと同じ世界に存在してるなんて、信じられません。どうして、これほどの不平等が許されてるんでしょう？　なぜ一部の人々だけが特別な恩恵を受けるんですか？」

アトラスはテーブルに両肘をつき、顔をしかめた。

「ノストラザにいるのは罪人たちだ。人殺しや盗っ人は罰を受けて当然だ」

喉《のど》が締めつけられた。

「ノストラザの人々の大半が生まれながらに何も持ってません」あたしは声に怒りをにじませないように言った。「盗みや殺人を犯すのは、それが生き残るための唯一の方法だからです。本当に何も持ってないんです。それなのに、オーロラ国王をはじめとするウラノス大陸の支配者たちは誰ひとりとして、救いの手を差し伸べようとはしません」

アトラスは考えこむ表情を浮かべ、眉間《みけん》にしわを寄せながら身を寄せてきた。あたしは言いすぎたのだろうか？　越えてはならない一線を越えてしまったのか？　あたしの経験上、王に向かってこんな口のききかたをする者はいないだろう。

「そういう意味では、アンブラに住む人々も同じではありませんか？　あたしがアンブラ出身だと思われてる以上、アンブラの人々もノストラザの囚人とそう変わらないと考えざるをえません」

アトラスの両眉が髪の生えぎわに届きそうなほど吊りあがった。

「きみの身にそんなことがあったのか？　そこまで追い詰められていたのか？」かばってくれるようなやさしいその声に、あたしの高まる怒りが静まった。あたしはかぶりを振り、膝の上に置いた両手を見おろしながら、涙がもたらす心の痛みを振り払おうとした。

「いいえ。なぜ自分がノストラザにいたのか、あたしにもわかりません」それがすべての真実というわけではないが、アトラスの意図がまだよくわからないので、あまり話しすぎないよう、つねに警戒する必要がある。「まだ子どもだったし、それ以前のことはほとんど覚えてないんです」

「子どもを閉じこめるなんて」アトラスは非難をこめた重苦しい口調で言った。

「アンブラには子どもたちも住んでるんですか？」あの暗く陰鬱《いんうつ》なノストラザのイメージが頭から離れず、いまだに恐怖を感じるが、あたしはそのことを考えないようにした。ふたたび直面しなければならなくなるまで、暗闇の存在を忘れたい。

「もちろん、子どもたちもいる」アトラスはそう言ってワインを一口飲んだ。「だが、アンブラは牢獄とは違う。人々は自由にアンブラを離れ、みずからの手でよりよい生活を築くことができる。わたしが人々の生活を制限することはできない」

アトラスがあまりにもはっきりと言いきったので、あたしは思わずひっぱたきそうになったが、ぐっと我慢した。

「壁がなく、看守がいないからといって、牢獄じゃないことにはなりません」あたしは言った。さすがにこれは言いすぎだとわかっていた。あたしはアトラスの怒りを買い、追い出されるだろう。王に対して直接異議をとなえることは禁物だ。

だが、アトラスはあたしが恐れていたような行動はとらなかった。その代わり、口に運びかけていた手を止め、ひと切れのパンを皿に置いた。

「どういう意味だ？」

「つまり、同じ状況だということです。何も持っていなければ、何も築くことはできません。次の食事をどこで手に入れられるかわからず、夜ごとに自分の命を守るための対策を考えなければならない日々を過ごしてると、よりよい生活を築くための時間も体力も意欲も失われてしまいます。生きてゆくだけで精いっぱいなんです」

アトラスはふたたびパンを手に取って口にほうりこみ、ゆっくりと咀嚼《そしゃく》した。

「そんなふうに考えたことはいちどもなかった」少しも意に介していないような口調だ。

「そうでしょうね。あなたはこの黄金の宮殿でなに不自由ない生活を送り、貧しい人々には決して近づこうとしないから」ヘビが威嚇のために舌を突き出すかのように、攻撃的なその言葉がふいに口をついて出た。アトラスが鋭い目であたしのほうをちらっと見ると、こんどばかりは本当に言いすぎたかもしれないと不安になった。

アトラスが手を伸ばし、あたしのローブを押し下げると、ノストラザで焼きつけられた烙印《らくいん》のある肩があらわになった。その黒ずんだ烙印を指先でやさしくなでられるあいだ、あたしは身じろぎひとつしなかった。不服従の罪で罰せられようとしているのだろうか？　だが、アトラスの表情がやわらいだ。

「ありがとう、ロア」アトラスはあたしの手を取った。彼の大きくて温かい手で触れられると、ぞくぞくするような感覚が腕を走った。「きみはりっぱな王妃になるかもしれないとは思っていたが、自分の意見をはっきり言えるきみを指導者として迎えることが、アフェリオン王国の人々にとっていかに幸運であるか、再認識したよ」

「本当に？」

「ああ」アトラスは頭を振った。「きみの言うとおりだ。わたしはアンブラをほとんど訪れたことがない。訪れたとしても、誰とも話をせず、人々の窮状を理解しようともしなかった」

アトラスがこんなことを言うなんて信じられない。

「じゃあ、今後は何か対策を講じるおつもりですか？」

アトラスはあたしの手を握りしめ、それから、乱れた一筋の髪を耳の後ろにかけてくれた。彼はあたしの頬に指先で触れたまま、頬骨に沿って走る傷痕を親指でなぞった。その瞬間、またしても、あたしのうなじがぞくっとした。

「明日の朝一番に相談役を集めて、何ができるか検討しようと思う」アトラスのほほえみは温かく、嘘がない。たとえまだ太陽王でなかったとしても、その魅力によって太陽のように注目され、人々に強い影響を与えるだろう。「本当にありがとう、ロア。深い絆《きずな》で結ばれた伴侶《はんりょ》に対してずっと望んでいたのは、わたしをフェイとして成長させる存在でいてくれることだ」

「ありがとうございます」自分が何か変化をもたらしたことを願いつつ、アトラスの真意はどこにあるのだろうと疑問に思った。少なくともアトラスは、オーロラ国王のように残酷な行為を好むタイプには見えない。ウラノス大陸のすべての支配者が残酷で感情を失っているわけではないとわかって、あたしはほっとした。アトラスに対するあたしの身体的反応は正直だが、アトラスには別の側面がありそうだ。アトラスのことをもっとよく知りたい。アトラスとなら、ともに人生を築けるかもしれない。

その瞬間、王冠を勝ち取るというあたしの決意は、琥珀《こはく》のなかに封じこめられたかのように揺るぎないものとなった。

トリスタンとウィローのためだけではない。あたしからすべてを奪ったオーロラ国王への復讐のためだけでもない。

人生ではじめて、あたしも幸せになっていいと感じたからだ。

21

「泳ぎにいかないか？」二人で料理を堪能《たんのう》しおわると、アトラスがたずねた。あたしは四種類以上のペストリーを平らげたあとだった。ふんわりとしてクリーミーかつ贅沢《ぜいたく》な味わいがあり、あれもこれもと手を出してしまったのだ。あたしは胃を押さえた。普通のターダッキン（七面鳥のなかに鴨とチキンを詰めて焼く料理）とは逆にチキンのなかに七面鳥を詰めこもうとしたかのように、おなかがパンパンで、はちきれそうだ。後悔するかもしれない。

「泳ぐ？」あたしは海をながめ、第一の試練と人魚に似た怪物のことを思い出した。あの怪物どもは全力で襲いかかってきた。あたしを引き裂いて内臓をえぐりだし、夕食にするために。

アトラスはあたしの思考の流れを察したらしく、あたしの両手を取り、あたしを引っ張りあげて立たせた。アトラスの手があたしの尻を探り当て、あたしは彼の膝の上へ導かれた。心臓が早鐘を打っている。

「泳ぐんだよ」アトラスは繰り返し、大きな手のひらをローブから露出したあたしの脚に当てて上へすべらせた。その手は太ももで止まったが、指先はなおも脚の付け根のくぼみをなでている。もう片方の手があたしの背中を這いあがり、うなじを包みこむと、心臓の鼓動が追いつかないほどにあたしの興奮は高まった。「きみをすべての危険から守ると約束する」

あたしはあざ笑うようにフンと鼻を鳴らし、水面を見つめた。夕日に照らされ、宝箱から宝石があふれ出たかのようにきらめいている。あれほど美しいものが危険であるとは思えないが、実際にあの美しい入り江にも危険が潜んでいたのだ。振り返ると、アトラスはあたしをじっと見ていた。そのアクアマリンの目に強い感情がくすぶっている。アトラスがあたしの口もとに目を落とし、ふたたび視線を上げると、あたしは胃を締めつけられる思いがした。

「ほかの献姫《けんき》たちともキスしたんですか？」その質問を口にしたことをすぐに後悔した。あたしには関係のないことだし、本当は質問の答えを聞きたくない。アトラスは考えこむ表情を浮かべ、謎めいた目であたしをまじまじと見た。

「したよ」アトラスはひとことそう言った。複雑な感情がからみあい、胸が痛んだ。もちろん、キスしただろう。ほかの答えを期待するべきではなかった。アプリシアは嘘をついていたわけではないのだ。「きみに対しては正直でありたい、ロア。だが、すべての献姫に平等にチャンスを与えなければならない。男として特定の献姫に魅力を感じるのは当然のことだ」

あたしはアトラスの唇に指を押し当て、言葉をさえぎった。

「大丈夫。わかってます。もちろん、〝事前調査〟は必要ですよね」アトラスは暗い色の眉を吊りあげ、口を開けると、完璧な白い歯であたしの指先を軽く嚙《か》んだ。

あたしは悲鳴を上げて指を引き抜き、もう片方の手でかばうようにして胸に当て、くすくす笑いはじめた。アトラスも目を輝かせ、すばらしく美しい微笑を浮かべながら、声を上げて笑っている。次の瞬間、その表情が熱っぽくなった。アトラスに引き寄せられ、背中に片腕をまわされると、あたしはアトラスの肩に両手を置いた。筋肉の動きや硬さ、ぬくもりが手のひらに直接伝わってくる。

吐息があたしの唇にふわりとかかるほど、アトラスの顔がすぐ近くにある。

「きみとのキスがいちばん好みだと言ったら、信じてくれるか?」アトラスがたずねた。あたしは鼻で笑い、それから下唇を噛んだ。それが本当のことならいいのに。

「いいえ、信じない。きっと、もういちどキスさせるための口説き文句だと思うでしょうね」

アトラスは答えの代わりに笑みを浮かべ、低い含み笑いを漏らした。

「その作戦はうまくいくだろうか?」首をかしげ、暗い色のまつ毛ごしにあたしを見つめている。

「たぶん。結局、キスが上手になるには練習するしかないから。そうでしょ?」

アトラスの笑みが広がった。

「まったくもって、きみの言うとおりだよ、お嬢さん」

アトラスは自分の額《ひたい》をあたしの額に押し当て、ローブのなかにもぐりこませた手を上へすべらせた。結び目がほどかれるとローブが全開になり、水着でおおわれていない部分の肌があらわになった。ハチミツをかけたベリーのように甘い快感が走り、全身がぞくっとした。アトラスの視線が地図をなぞるように、あたしの身体を丁寧に観察している。その手がおなかをなで、あばら骨まで上がってくると、あたしは身震いした。

アトラスと目が合った。その熱いまなざしに、あたしの太ももの筋肉がきゅっと緊張した。アトラスはやさしく、ためらいがちに一瞬だけ唇を重ねると、すぐに大きな手をあたしの後頭部に押し当て、こんどはもっと情熱的に口をふさいできた。口のなかにすばやく舌を入れられ、あたしがうめくと、次に下唇を吸われた。肩からローブを押し下げようとするアトラスを手伝い、あたしはローブを床に脱ぎ捨てた。正確には裸ではないが、二人とも露出度の高い衣服をまとい、肌の大部分を密着させていることが、裸同然の生々しい感覚をもたらした。

低いうなり声とともにアトラスは両手で腰をつかんであたしを持ちあげると、彼の膝をまたいですわる形になるよう導いた。まぎれもなく大きなものが、あたしのうずく中心に押しつけられている。

「ロア」アトラスは唇を合わせたままうめき、さらに濃厚な口づけをした。あたしは両手で彼の肩をなでおろし、太く発達した上腕二頭筋、さらには筋肉質の前腕をなぞっていった。アトラスの両手があたしの全身をなでまわす。太ももからすべるように背中へ移動し、やがておりてくると尻をつかみ、いっそう強くあたしを引き寄せた。

あたしはアトラスの胸に軽く爪を立てながら指をすべらせ、胴体の筋肉の隆起やそのあいだの溝の感触を味わった。次の瞬間、太ももの後ろをつかまれ、身体を持ちあげられたので、彼の腰に両脚を巻きつけた。アトラスはテントの隅に置かれた円形のソファへと運んでくれた。ソファは枕でおおわれており、金色のベルベットの上におろされると、雲の上かと思うほどふんわりと心地よかった。

「やめてほしければ、そう言ってくれ」アトラスはかすれた低い声で言うと、あたしの首の曲線から鎖骨を越えてなぞるようにキスしはじめた。濡れた熱い唇が身体の中心線に沿っておりてきて、へそのあたりで止まり、ふたたび上へ戻っていった。

「やめないで」あたしは息を切らしながら言い、アトラスの髪のなかに両手を差し入れてからませ、その顔を引き寄せた。絶対にやめてほしくない。

セックスしたことはあるが、これまでの経験は急《せ》かされてばかりでプライバシーも守られていなかった。過去の情事はすべて、建物の陰に隠れる牢獄の暗い中庭でこっそりと大急ぎで行なわれた。誰にも見つかりませんようにと祈りながら。乱暴であわただしく、欲望と動物的な本能に満ちた行為。やさしくもなければ、丁寧でもなかった。そのための時間がなかったのだ。誰もあたしにこんなキスをし、こんなふうに触れてはくれなかった。服を脱いで素肌をさらす時間やプライバシーすら与えられなかった。

「本当にいいの？」アトラスは額をあたしの額にくっつけた。あたしたちは脚をからませ合いながら、リラックスした姿勢で並んで横になっていた。「こんなことをしてはいけないのだが……きみのそばにいると自分を抑えられないようだ」

「大丈夫」あたしは言った。アトラスの言葉に胸のなかで強い希望が湧きあがったとき、ふたたび口づけされ、あたしのぴったりしたショートパンツの端から指先がすべりこんできた。

「もっときみがほしい」こんどは人差し指がおなかの敏感な肌に沿ってショートパンツの前端をなぞり、へその下で止まった。目と目が合う。アトラスの視線には強烈な感情が宿り、疑念が影を落としているように見えた。あたしはマダム・オデルの戒《いまし》めを思い出した。たとえ王が自制する必要はないとしても、あたしたち献姫は〝よりよい判断をする〟べきだ。それでも、あたしはアトラスの顔をじっくりと観察した。情熱的な目とふっくらした唇。鍛え抜かれた胸板に引き締まった腹。日差しや喜びを連想させるような幸福に満ちた香り。あたしの肌に触れるアトラスの肌の熱さ。

だから、本当にマダム・オデルなんか、くそくらえだ。

もしかすると、王と関係を深めること自体が間違いなのかもしれない。王はあたしを利用して、ティッシュのように捨てるつもりかもしれない。どうせあたしはアンブラの――場合によってはノストラザの――ドブネズミなのだ。でも、アトラスのやさしさには中毒性がある。アトラスにやさしく触れられると、自分がアトラスにとって世界でたった一人の大切な存在であるように感じられ、自分を守るために身にまとっていた心の盾が徐々に壊されてゆく。これまで誰も、こんな関係が存在することをあたしに教えてはくれなかった。

長いあいだ、あたしを大切に思ってくれたのは、あたしが心から愛してやまない二人の囚人だけだったが、それでもまだ物足りなかった。

アトラスの手があたしの脇腹をすべりあがると同時に、あたしは大きく胸を広げて深呼吸した。

「あたしも、もっとあなたがほしい」あたしはささやき、警戒を解いた。実際に勝つ可能性はどれくらいあるのだろう？　失うものは何もないとアプリシアに言ったとき、その言葉に偽りはなかった。これ以上に状況が悪化することはないのだから。

少なくとも、ノストラザへ送り返されるか、死ぬ前に、この刹那《せつな》の喜びを楽しむことはできる。アトラスがほしい。彼が魅力的だからというだけではなく、自分の意思に基づいた選択だからでもある。エアロの場合もそうだった。エアロの前に関係した男たちの場合も、あたしが自分で選択することを許された数少ない機会のひとつであり、自分で選択したということが重要なのだ。

アトラスは頭を下げ、あたしの唇をふさいだ。甘い衝撃が全身をつらぬく。あたしたちは胸や腹をぶつけ合いながら、ますます激しいキスを交わした。水着の生地が薄いので、素肌を触れ合わせているように感じる。アトラスは両手であたしの肉をこねくりまわし、あたしの片脚を自分の腰に引っかけると、あたしを押し倒し、あたしの頭の両側にたくましい腕を置き、おおいかぶさってきた。

アトラスがもういちど口づけし、あたしの肌を味わいながら、唇を下へとすべらせてゆく。大きな手のひらで乳房を包まれ、アトラスの腰が両脚のあいだに差しこまれた瞬間、あたしは息をのんだ。つづいて、薄い布地ごしに乳首を指で転がされ、思わず背中を弓なりにそらした。

「ロア」アトラスがあたしの肌に唇を押し当てたまま、ささやいた。「とてもきれいだよ」

アトラスは伸縮性のある素材でできたトップスを引きおろし、あたしの胸を露出させると、乳首を口に含み、舌先で先端を刺激した。あたしは両手をアトラスの髪のなかにうずめ、両膝を立て、彼に向かって腰をくねらせた。

アトラスはトップスを引っ張りあげ、ふたたびあたしの胸をおおい隠すと、旅を再開し、おなかやへそにキスをしてから、舌先で螺旋《らせん》を描くようにその下の柔らかく敏感な部分をなぞった。身体の芯がうずき、あたしは小さくうめいた。アトラスが低い含み笑いを漏らすと、温かい息が肌に触れ、快感をもたらした。

「どうしてほしい、ロア?」アトラスがたずねた。煙のようにとらえどころのない神秘的で魅惑的な声だ。その目は強い欲望に満ちていた。

アトラスが床におりて、あたしの両膝を押し開いたとき、あたしはアトラスの美しい顔と形のいい肩をうっとりと見おろした。内ももの敏感な肌に沿ってキスされ、脚ががくがく震えた。

「さあ、言え」アトラスは命令した。「どうしてほしい?」

あたしはこれまで自分の性的欲求を恥ずかしいと思ったことはいちどもなく、ほしいものを主張することにも抵抗はなかった。だが、アトラスの圧倒的な美しさと存在感を前にすると、心が揺れ動いた。アトラスはあたしがいままで知っていた誰よりもすばらしい。すべての妖精《フェイ》がそうなのだろうか？　それともアトラスだけ？　アトラスはふたたび太ももの内側にキスしはじめた。片手であたしの膝の裏を支え、もう一方の手を脚の付け根に近い腰に添え、両脚のあいだの薄くて細い布の端を親指でやさしくなぞっている。

　腰の緊張が解け、ようやく声が出るようになると、あたしはあえぎながら言った。

「さわって。さわってほしい」

　アトラスは目をいたずらっぽく輝かせ、欲望にまみれた獣《けだもの》のような笑みを浮かべた。

「きみは恥ずかしがらないだろうとわかっていたよ」そう言うと、あたしの要求どおりに親指を布地の下にすべりこませ、熱くうずいているあたしの中心部を探し当てた。愛撫されると興奮の波が血管を通じて全身に広がり、あたしは息をのんだ。触れるか触れないかという程度のフェザータッチだ。あたしはもっと強い刺激を求めて、ソファに身体を押しつけたまま身もだえした。しかしアトラスはあたしを組み伏せ、軽い愛撫で限界まで焦《じ》らしつづけた。

　アトラスがうなり声に似た低い声を漏らし、手を引っこめた。あたしは虚《むな》しい気持ちになった。気がつくと、腰をつかまれ、ソファの端まで引きずられていた。アトラスは迷わずあたしのウエストバンドに指をかけ、ショートパンツを脱がすと、脇へ投げ捨てた。アトラスの手があたしの両脚を押し開く。あたしにとっては不慣れな経験だ。自分がどんな姿をしているかと思うと、恥ずかしくて自信を失いそうになる。だが、心のどこかでは、やめてほしくないと願い、あたしを丸呑《まるの》みにしようとしている飢えた金色のトラのようなアトラスのまなざしに酔いしれていた。

アトラスは片眉を上げ、ゆがんだ笑みを浮かべてあたしを見あげた。あのいたずらっぽい輝きを目に宿している。すると、いきなり頭を下げ、あたしのまんなかを舌腹でゆっくりと贅沢になめあげた。あたしはうめいた。もういちどなめられると、一瞬、腰がソファから浮きあがった。濡れた襞《ひだ》のあいだをアトラスの舌が探り、とくに感じやすい部分に押し当てられている。

「ああ、すごくいい」あたしはアトラスの髪に指をうずめ、ささやくように言った。アトラスは舌で心地よい円を描きつづけた。あたしの興奮がしだいに高まってゆく。もっと感じたい。骨の髄まで。あたしはより強い刺激を求めて腰を浮かせ、前へ押し出した。アトラスは満足げな低い声を漏らすと、あたしの要求に応じ、さらに情熱的にこんどは指をすべりこませてきた。あたしはうめき声を上げた。

なおもアトラスはあたしをむさぼりつづけ、指を二本に増やし、指先を曲げて抜き差しを繰り返した。あたしの全身が激しくわなないた。もう爆発寸前だ。頭をのけぞらせ、正気を失ったようにあえいだ。絶頂の最初の予兆を感じたかと思うと、突然、制御不能な感覚に襲われ、なんども絶叫した。解きはなたれた快感が波のようにうねりながら、繰り返し押し寄せてくる。

あたしが脱力し、ようやくひと息つくと、アトラスはいったん離れ、身体を伸ばしておおいかぶさり唇を重ねてきた。アトラスの唇はあたしの滴《したた》りの味がして、妙にエロティックな気がした。「すごくよかったよ」アトラスはあたしのうなじに口づけながら言った。あたしは下を見て、アトラスの男性の部分をうっとりとながめた。水着の布地を突き破りそうなほど大きくなっている。触れたい。アトラスがしてくれたように、あたしも彼を味わいたい。あたしは手を伸ばし、布地ごしにそれをやさしく握ろうとした。彼のものを握り、手を上下させると、アトラスは一瞬、目を閉じ、頭を後ろにそらせた。

だが、アトラスはあたしの手首をそっとつかみ、首を横に振った。

「いや、その必要はない」

「でも、あたしは――」両手で顔を包みこまれ、またしても唇をふさがれた。

「選考会終了後にそのための時間がとれるだろう。今日はきみを味わっただけで満足だ」

あたしは目をしばたたいた。理解できない。あたしが知っている男たちは、あたしを先に満足させることはあったが、そのあとで必ず自分の欲求を満たす行動をとっていたからだ。アトラスは目尻にしわを寄せ、笑みを浮かべた。

「言っただろう？　泳ぎにいこうって」手を伸ばしてショートパンツを拾いあげると、あたしの両足を通し、はかせてくれた。

「さあ」アトラスはローブを脱いで椅子の上にほうり投げ、筋肉が隆起した広い背中をさらけだした。あたしは気遣いを拒絶されたことにとまどい、動けずにいた。アトラスが肩ごしに振り返り、こちらを見た。「大丈夫か、ロア？　問題はなかったか？」

アトラスが心配そうに眉をひそめて近づいてきたので、あたしはかぶりを振った。

「ええ、ううん、つまり、イエスってこと。大丈夫。もちろん、すごくよかった。とても……信じられないくらい」アトラスはにっこり笑い、両手を差し伸べると、あたしを引っ張って立たせ、手の甲にキスをした。

そして、ウインクした。

「水辺まで競走だ」

それだけ言うとあたしの手を放し、テントから飛び出していった。肩ごしに笑顔を見せている。

「ねえ！」あたしは叫んで走りだし、アトラスを追いかけた。

22

あたしとほかの六人の献姫《けんき》たちがそれぞれの監視官と並んで巨大な門をくぐると、競技場はドラムの音、人々の話し声、周囲の雑音で満たされていた。ガブリエルは薄い革の鎧《よろい》をまとい、ブロンドの髪を頭の後ろで束ねて、しっかりした顎《あご》を決然と引き締めている。あたしたちは毒矢が飛んでくる戦場へ向かうように、競技場の中央へと行進した。

空はいつものように真っ青で、土の地面には小石が点々と交じっていた。巨大な競技場を取り囲む形で高い位置に設置されたスタンドには数千人がひしめき、いっせいに声を上げ、それが大きな波を形成している。ガブリエルは以前、試練のひとつは市街地で行なわれると約束していた。今日がその重要な日だ。アフェリオン王国の市民はこの催しを待ちつづけているのだと、聞いたことがある。今この瞬間にも賭けごとが行なわれており、夜遅くまでパーティーがいくつも開かれることになる。今日は祝日で、誰もがいつもの仕事や義務から解放され、休みを与えられていた。

人々が乾杯を交わすなか、ジョッキから勢いよくあふれ出たビールが無造作に顎を伝って流れ落ちてゆく。すでにみな存分に楽しんでいる。あたしたちの一人が今日死ぬかもしれないというのに、歓喜と熱狂に満ちた雰囲気だ。何が起こっても、彼らにとって大きな問題ではないのだろう。競技場中央に鎮座する不気味な機械装置を見たとき、それは確信に変わった。

木製の梁《はり》でできた構造物にナイフや剣が整然と飾りつけられ、さらに、縫い目のある革でおおわれた重たそうな円筒状の袋が、陰鬱《いんうつ》な祝祭の飾りのように何個もぶらさがっていた。その怪物のような装置全体が、深くて暗い穴のようなものの上に吊るされている。

「あれは何？」あたしはガブリエルにたずねた。あたしの目は光に反射して輝く刃物の先端に釘づけになった。邪悪な意図を持って造られた装置であることは間違いない。

「攻撃の試練だ」ガブリエルはけわしい声で言った。

「なんだって？」

ガブリエルは深く息を吐き、あたしを見おろした。

「障害物コースだ。スイッチが入るとあの袋が大きく揺れ、剣が回転しはじめる。通り抜けようとするおまえたちの進行を妨げるように、すべてが設計されている」

「そして、あの穴に落ちるんだね」あたしは黒い深淵を見つめた。不安が胃にのしかかり、足がすくむような感じがした。

「そして、あの穴に落ちる」ガブリエルが繰り返した。

「あの穴に落ちたら二度と戻ってこられないってことだよね？」

ガブリエルは口を開けると、すぐにまた閉じた。獰猛《どうもう》なうなり声が競技場に響きわたったからだ。話し声がぴたりと止《や》んだ。数千人がおそるおそる目を見かわし、暗い穴に視線を向けた。あたしは喉《のど》までこみあげてきた胆汁《たんじゅう》を飲みこみ、ハロと目を合わせ、一瞬、恐怖を共有した。

「あたし、きっと死ぬよ」小声で言った。

「たぶんな」と、ガブリエル。あたしは怒りをこめた目でガブリエルを見た。

「嘘でも、おまえなら大丈夫だとか言えないの？」

ガブリエルがにやりと笑った。また二言以上、口をきいてくれるようにはなったが、あたしのファンクラブに入るほど応援しているわけではないことは明らかだ。

「わかったよ、献姫。もちろん、おまえもおれも知っている。賢いおまえがこんなところで脱落するはずはないとな」あたしは疑うように目を細めた。褒められているのか、けなされているのか、よくわからない。

「このくそ野郎」あたしはそうつぶやくと、障害物コースに視線を戻した。ガブリエルはくくっと笑っている。

「前にもそう言われたたな」

ふたたびおしゃべりが始まっていたが、全体の音量は控えめになっていた。みな、ようやくこのイベントの重大さに気づき、無関心ではいられなくなったかのようだ。角笛《つのぶえ》が吹き鳴らされ、競技場の端の門が開くと同時に、話し声は完全にとだえた。こんどはアトラスが従者をぞろぞろと引き連れて登場し、拍手と歓声を浴びて入ってきた。アトラスは群衆に向かって軽く一礼すると、あの美しい笑みを浮かべながら競技場の反対側にある壇上へと進んでいった。

浜辺での夕食から数日たったが、アトラスに称賛されることがどんなに心地よかったか、いまだに頭から離れない。あたしたちは夕食後の時間を海で過ごし、星が出るまで泳いだ。なんどもキスをしたが、またしてもアトラスはそれ以上の行為を許してはくれなかった。テントのなかでアトラスと別れ、いやみな目であたしを見ながら不快な態度ばかりとるガブリエルに部屋まで送ってもらった。アトラスを目にするのは、あのとき以来だ。

翌朝、アトラスから金色のバラの巨大な花束が届いた。〝すばらしい夜をありがとう。ふたたびきみと過ごす時間が待ちきれない〟という手書きのメモが添えられていた。この行動に、あたしはまるで陽光の玉をのみこんだかのように温かい気持ちになった。これほど重要で権力と美を備えた誰かが、あたしのためにに心を尽くしてくれたことはない。あたしの内面にまで純粋に配慮してくれたように思えた。

従者を連れたアトラスが競技場を進むなか、あたしはアプリシアのほうを見た。アプリシアはいつものように髪を払いのけ、王のためにめかしこんでいる。アトラスが微笑しながらあたしたちを見た。ほかの献姫たちと比べて、アプリシアに視線をとどめた時間がほんの少しだけ長かった。それがどんなにつらくても、アトラスの視線に過剰反応するべきではないと、あたしは自分に言い聞かせた。これは選考会であり、あたしは多くの参加者の一人にすぎない。しかも、もっとも勝つ見こみのない参加者なのだ。

アプリシアが得意げな表情でほかの献姫たちを見た。二人の関係はどうなっているのか？　アトラスはアプリシアの太もものあいだも味見したのだろうか？　アプリシアの接触も拒んだのだろうか？　あたしは頭を振り、集中しようとした。あたしには乗り越えるべき試練があり、今は死なないことが優先事項だ。

ボルティウス師が話しはじめた。大勢の群衆に届くよう彼の声は拡声器によって増幅され、聴衆はひとつひとつの言葉に耳を傾けている。あたしたちは払い落とされないように注意しながら、あの障害物コースを通過しなければならない。競技場の床に着地したら失格だが、朗報もある。

命に別状なく、明日も生きていられるということだ。

とはいえ、あの穴に落ちてしまえば、その下に潜むソグルルの夕食になってしまう。ボルティウス師の言葉を強調するように、怪物がふたたび咆哮《ほうこう》し、競技場全体を揺るがした。

あたしはこれまで数多くの敵と対峙してきたが、このような試練はあたしのあらゆる意志の力を試すものだ。この状況に対しては過去のいかなる経験も役に立たない。手足を震わせながら、あたしは深呼吸し、心臓の鼓動をしずめようとした。

まもなく、六人の献姫とあたしは競技場の向こう端へ案内された。今日は全員が薄い革の鎧と革ズボン、袖なしの短い胴着、ブーツを身につけている。この前のような間違いはもう誰も犯さないだろう。

さらにいくつかアナウンスがあったようだが、目の前の奇妙な機械装置を観察していたので聞こえなかった。木でできた凶暴な巨大グモのようにそびえている。最初の障害物は、一本の梁の上に振り子のように揺れる複数のアームが取り付けられていた。それぞれのアームの先には、革を縫い合わせて作った巨大な雫《しずく》形のクッションがついている。このアームがメトロノームのような一定のリズムで前後に揺れ、あたしたちを払い落とそうとするにちがいない。

アプリシアが列の先頭に移動した。今は長い髪をきつく縛り、高い位置でポニーテールにしている。ちゃんとヘアゴムを持っていたようだ。それでも、アプリシアは肩の上で毛先を払いのけ、あたしに軽蔑的な視線を向けてきた。

あたしたちに与えられているのは一時間だ。時間内に障害物コースをクリアできれば、第三の試練に進めるが、クリアできなければ失格となる。

あたしは肩をまわしながら、自分を奮い立たせ、潜在能力を引き出そうとした。やれる。この栄誉にふさわしい献姫はあたし以外にはいない。

競技開始の合図が鳴ると、アプリシアは迷わず高い台のてっぺんへとすばやくよじ登った。いちどに一人しか進めないから、ほかの献姫を押しのけて前へ出たのだ。しかし、ほかの献姫たちを見て、その失敗から学んだほうがいいと思い、あたしは残ることにした。

アプリシアが片足をもう片方の足の前に出し、幅の狭い梁の端に立った。軽業師のように両腕を左右に広げてバランスをとり、最初の振り子を走り抜けると、いったん足を止め、次のタイミングを待った。アプリシアは同じ方法で次のふたつの振り子も難なくクリアした。最後となる四番目の振り子のところで片足が梁からすべり落ち、アプリシアがよろめくと、競技場全体でハッと息をのむ音がした。だが、よく訓練していることは明らかで、やすやすと体勢を立てなおし、梁の端から向こう側の台へ軽やかに降り立った。

あたしは安堵《あんど》のため息をついた。アプリシアを心配しているわけではなく、実際に障害物を突破できるとわかり、元気づけられたからだ。

次はアプリシアの友人、ヘスペリアだった。ヘスペリアも障害物をクリアし、次の障害物へ進んだ。あたしはテスニとハロが渡りおえるのを見ながら、自分の順番を待った。やがて、あたしの番になった。腰を落とし、梁の端に立って両腕を伸ばすと、最初の振り子を突破したが、足は止めなかった。ほかの献姫たちを観察した結果、正しいリズムさえ見つければ、バランスを崩す恐れのある停止や再開を避けてスムーズに進めるとわかったのだ。リスクはあるが、すでに後れをとっているのでこうするしかない。

次の振り子の動きに合わせてペースを調整しながら進み、二番目と三番目もクリアした。集中できたのはガブリエルとの訓練の賜物《たまもの》なのか、ノストラザでの長年の経験のおかげなのかはわからないが、機械装置のリズムに没頭しているうちに最後までたどりついていた。

台の上に飛び降りると同時に、ほっとして倒れそうになった。手足に力が入らず、冬の庭のしおれた花々のようにだらりとしている。息を切らしながら目を閉じて両手を膝に置き、呼吸を整えようとした。そのとき、鋭い叫び声が空気を切り裂き、振り向くと、グリアネが振り子のひとつにしがみついていた。両腕と両脚で振り子を抱きかかえ、悲鳴を上げている。振り子が揺れてもっとも高い位置に到達するたびに、グリアネの金髪が重さを失ったかのようにふわりと浮かびあがる。

あたしは次の障害物を注意深く見た。回転する一本の円柱から剣やナイフがいくつも突き出ている。アプリシアはすでにクリアしており、いまはヘスペリアが巧みな動きで向こう側へ行こうとしているところだ。あたしもぐずぐずしてはいられない。これは競争だ。ほかの献姫がどうなろうと、あたしに責任はない。それに、グリアネはいやな女だ。

ふたたびグリアネが悲鳴を上げると、下にある穴からソグルルがさらに大きな声で吠えた。ごちそうのにおいを嗅いで興奮したソグルルが、舌なめずりする音が聞こえる気がした。あたしは台に膝をつき、グリアネのほうへ身を乗り出した。

「振り子がいちばん高い位置に来たら、飛び降りて」あたしは叫んだ。振り子から離れれば穴に落ちるしかない。でも、正しいタイミングで離れることができれば、穴を避けて競技場の床に落下できるかもしれない。

あたしはもういちど叫んだ。

「グリアネ、落っこちる前に飛んで！」グリアネはあたしの言葉の意味を理解すると、恐怖に満ちた目であたしを見た。涙がかわいらしい顔を伝って流れ、グリアネが首を横に振った。グリアネの唇が動くのが見えた。〝無理よ〟

「やるしかないよ！　じゃないと、穴に落ちる」あたしは振り子を観察し、その動きを見きわめようとした。「あたしが三つ数えたら、できるだけ遠くに飛び降りて！　わかった？」グリアネは何も言わなかった。革製のクッションにしがみついているが、手の力が弱くなってきている。もう限界だろう。「グリアネ！」そのときグリアネがうなずいた。両目が大きく見開かれ、白い肌は青ざめている。

「いいね。動きに合わせてカウントするよ。いくよ？　一……二……」あたしは振り子が頂点に達するのを待って叫んだ。「三！」

グリアネは勇気を振りしぼると同時に、あたしの指示にしたがって振り子から離れ、身体を空中に投げ出した。グリアネが空に向かって大きく弧を描くと、いっせいに息をのむ声が上がり、曲線的な動きがグリアネを安全な場所へと導くあいだ、時間が止まった気がした。ぎりぎりのところで失敗するかもしれない。あたしはこぶしを握りしめ、グリアネが深い穴を越えることを強く願いながら、グリアネの動きを無意識に全身で真似していた。

グリアネはどさっという音とともに着地し、片足だけが穴の縁《ふち》から落ちそうになっている。着地のさいの痛みで叫び声を上げ、片腕を抱えこんだ。群衆もグリアネに向かって叫んだ。〝立ちあがれ〟〝ソグルルにつかまる前に穴から完全に離れろ〟グリアネは身体を引きずるようにして前へ進み、やがて倒れこんだ。観衆はグリアネを応援し、歓声を上げた。

あたしは胸に手を押し当て、ひと息ついた。だが、動きつづけなければならないため、次の障害物に備えて気を引き締めた。

ひとつの円柱がゆっくりと回転し、円柱から突き出た十数本の長剣もそれぞれ回転している。いまクリアしようとしているのはテスニだ。のけぞったり背中をまるめたりして剣を避けている。どうにか通過したテスニの顔は汗で光っていた。小さな切り傷だらけで、腕や脚から血が少ししたたっている。

あたしが自分の番に備えていると、上から悲鳴が聞こえ、注意を引かれた。

誰かの身体が障害物コースの中央を落下している。アプリシアの仲間の一人、ヘスペリアのようだ。ヘスペリアの真っ赤な髪が警告を発するかのように輝いたかと思うと、身体が別の木製の台に激突し、その衝撃で跳ね返った。空中で腕と脚を激しくばたつかせている。

ヘスペリアは絶叫とともに落下をつづけ、回転しながら深い穴の底へとどんどん落ちていった。

23

競技場が静寂に包まれ、観衆が驚いて見つめるなか、ヘスペリアの最後の悲鳴が反響しながら消えていった。次の瞬間、まぎれもなく骨が砕ける音や肉が叩きつけられる音、歯で引き裂く音があたり一面に響きわたった。あたしは恐怖のあまり動けなかった。時間が止まったような気がして、ヘスペリアの最後の叫び声が耳について離れない。また一人、献姫《けんき》が命を落としたのだ。

あたしは障害物コース全体をすばやく見まわし、上のほうの台にいるハロとテスニを見つけた。三人で目を合わせると同時に、あたしの決意が揺らぎ、何もかもが危機に瀕《ひん》しているという厳しい現実を徐々に理解しはじめた。

アフェリオン王国の退廃的な贅沢《ぜいたく》に囲まれていると、ここにいる目的を忘れがちになる。アトラスとの夕食を思い返してみると、あのときの自分は真の目的や使命をすっかり忘れていた。あたしは理想を夢見ているだけの愚か者だった。自分の意思に反して連れてこられ、望んでもいない選考会に参加して死ぬためにここにいることを忘れてはならない。

鐘が鳴り、いまはヘスペリアの死を悲しんでいる場合ではないことに気づいた。早くも持ち時間の四分の一が経過した。競技のつづきを始めなければならない。

あたしは胸を張り、障害物を回避するための具体的なルートを考えながら、回転する刃をにらみつけた。ノストラザでは、剣を持つ看守相手になんども素手で戦わなくてはならなかった。数年前、あの四人のくそ野郎どもがあたしを取り囲んで挑発し、笑いながら剣を振りまわしたことがある。あいつらの楽しみのために、あたしは飛んだり跳ねたりして剣から身をかわしながら、要求どおりのポーズをとらされた。あのときだって生き延びたのだ。こんども絶対に生き延びてやる。

群衆はすでにふたたび歓声を上げはじめていた。怪物がヘスペリアの身体をむさぼり食うおぞましい音が響きわたるにつれ、歓声は徐々に大きくなっていった。あたしは乾いた嗚咽《おえつ》を漏らして胃のあたりをつかみ、意志の力で吐き気をこらえようとした。

ゼラへの祈りを小声で必死にとなえつつ、こぶしを握りしめて走りだした。〝かがむ〟。〝回転〟。〝ジャンプ〟。〝ふたたび回転〟。〝大きく跳躍〟。〝かがむ〟。それをなんども繰り返し、剣が暗殺者のナイフのように正確な動きで向かってくるたびに、刃のきらめきに意識を集中した。痛み。左の太ももにぼんやりと感じた。歯を食いしばり、痛みを押しのける。集中しろと自分に言い聞かせた。障害物突破まであと少しだ。〝ジャンプ〟。〝横跳び〟。〝かがむ〟。〝回転〟。最後に大きく跳躍しようとしたとき、片足が刃に引っかかり、その向こう側で倒れこみ、うめき声を上げた。

しばらく、日差しで温まった板の上に横たわり、弱々しい息を整えようとすることしかできなかった。やがて炎の鞭《むち》で打たれたかのように、脚に痛みが走った。出血していた。けっこうな量だ。刃がズボンを切り裂き、太ももの肉づきのいい部分に深い傷ができている。

くそっ、くそっ、くそっ。

あたしはぎこちない動きで、短い胴着の下に着ている薄い白シャツの袖を引き裂くと、包帯代わりに脚に巻き、きつく結んだ。長くはもたないだろうが、これで我慢するしかない。

ありがたいことに、最後の跳躍で刃に引っかけた足のほうはなんともないようだ。ブーツの革に切れ目が入っているが、ぎりぎりのところで皮膚には到達していない。それがせめてもの救いだ。

鐘が鳴り、その金属的な高い音色があたしの終了までの時間を楽しげにカウントダウンしている気がした。持ち時間の半分が経過したという合図だ。動きつづけなければならない。

あたしは慎重に立ちあがり、傷ついた脚の具合を確かめた。足を踏み出すと、痛みが太ももまで這いあがり、さらにあばらと肩に広がった。顔をしかめ、唇を引き結んだ。額《ひたい》から汗が噴き出している。上方でほかの献姫たちの姿がアリのように動き、すばやく行きつ戻りつしている。あたしは足を引きずりながら進みつづけ、ゆらゆらと揺れる縄梯子《なわばしご》をのぼり、ヘスペリアの命を奪った狭い梁《はり》と対面した。こんどはゆっくり進むのが賢明な戦略だろう。

片足を注意深く梁の上にのせ、その強度を試すために軽く跳ねてみた。脚に痛みが走ったが、無視した。梁は頑丈で、体重をかけてもたわまなかった。自分の足幅ほどの梁に意識を集中させ、両腕を左右に伸ばしてバランスをとりながら、ゆっくりと前へ進む。あらゆる音、あらゆる雑念を遮断しようとした。

観客はますます酔っぱらって騒ぎはじめた。騒音があたしを取り囲む泡のようにふくらみ、圧迫してくる感じがした。ああ、全員の口をふさぐことができればいいのに。あたしを見あげているアトラスや、ひっぱたいてやりたいほど満足げな笑みを浮かべているガブリエルのことは考えないようにした。

一歩、また一歩と、あたしはすり足で梁の中央をめざした。今週ガブリエルは、あたしに何時間もバランスをとる訓練をさせた。競技の内容を何か知っていたのだろうか？　それとも、これは兵士にとって標準的な訓練なのか？　どちらにしても、あたしはガブリエルに感謝するべきだろう。たとえあいつがこの世で最悪のくそ野郎だとしても。

競技場の床のはるか上で、風があたしのバランスを試すかのように吹き、火照《ほて》った頬を冷やしてくれた。一歩踏み出すたびに脚がずきずきと痛み、革ズボンが血で染まった。

集中しろ、ロア。

さらに数歩進むと、梁の向こう端まで約三分の二の地点に達していた。

「ロア！」誰かがあたしの名前を叫んだので、あたしは目をしばたたき、落ち着けと自分に言い聞かせた。無視しろ。進みつづけろ。「ロア！　助けて！」同じ声がまた叫んだ。ウィローの声にそっくりだ。看守になぐられながらあたしに助けを求めて叫んでいたウィローの記憶がよみがえり、あたしは致命的なミスを犯した。その声の出どころを探そうとしたのだ。あれはウィローではない。もちろんウィローであるはずはないが、それだけで、あたしの集中力はとぎれ、片足がすべった。次に踏み出したもう片方の足もすべらせ、両足を踏みはずしたあたしは股間《こかん》を梁に打ちつけ、衝撃が背骨を駆けあがった。

まるで菌類が拡散するかのように、痛みが胴体全体に及び、さらに両脚にまで広がった瞬間、あたしは苦悶の叫び声を上げた。ややあって、世界が不自然な角度で傾いていることに気づいた。あたしはすべり落ちようとしていた。身体を勢いよく前へ投げ出し、回転しながら梁に両腕をまわしてから、木にぶらさがるナマケモノのように腕と脚で梁にしがみついた。

真下で怪物が凶暴な声で吠え、熱くて生ぐさい息が残忍な欲望に満ちた繭《まゆ》のなかにあたしを包みこんだ。怪物は食欲を刺激され、新たなおやつを期待している。

脚の傷が鼓動を刻むかのようにずきずきする。失血し、手足は脱力して震えている。身体を回転させて梁の上に戻らなければならない。目をぎゅっと閉じ、深くゆっくりと呼吸した。泣き叫んで恐怖の思いを表現したいが、それはあとでもできるだろう。

そうだといいのだが。

震える手足に力をこめ、もっと梁に近づくために身体を持ちあげようとした。腕と脚が抗議の悲鳴を上げている。これをやりとげるには根性しかない。だから、痛みを無視して、とにかくそれを実行した。力を振りしぼり、両腕を使って上半身を梁の側面に向かって持ちあげると、歯を食いしばり、こんどは脚の力を使って身体をひねりながら梁の上に乗ろうとした。傷ついた脚を動かした拍子に一瞬、目の前が暗くなったが、意識を失わないように自分を奮い立たせた。もし気を失ったら、一巻の終わりだ。バイバイ、ロア。

だが、もう充分な体力は残っていない。これが物理的に実行可能かどうかさえ、わからなかった。片脚がすべり、あたしは悲鳴を上げながらすぐに脚をもとの位置に戻すと、渾身《こんしん》の力でもういちど身体を引きあげた。どうしてそんなことができたのかわからないし、誰かにたずねられても、ゼラの神聖な手が伸びてきて背中をやさしく押してくれたのだとしか答えられないだろう。

でも、あたしはふたたび梁の上にいた。ほっとして涙が出そうだった。

体勢を立てなおすと、四肢を広げてカニのように梁にしがみついた。息もできないほど胸が締めつけられ、梁に沿って身体をすべらせると、血まみれの脚がべちゃべちゃと音を立てた。尺取虫《しゃくとりむし》のように、まず上半身を前方に伸ばして固定してから、下半身をその上半身の位置まで引き寄せる。バランスを崩しそうで、立つ勇気はなかった。スタンドから笑い声が上がり、あたしが滑稽《こっけい》に見えていることがわかった。自分がここにいることに怒りを覚えながら、あたしは特定の誰かではなく全員をにらみつけた。

まったく最低な観客だ。こんな屈辱的な目にあうなんて、最悪だ。

ようやく向こう側の台に到達した。痛みで顔をしかめながら、身体を起こして次の障害物に向かった。次の台の表面からまた別の円柱が垂直に伸び、登るときに手をかけるための小さな突起がいくつもついている。

ハロが円柱の根元に立ち、その表面をじっくり観察していた。足を引きずりながら近づいてゆくあたしを見ると、まず片脚に巻いた包帯代わりの血染めの布に目を落とし、次に顔を見あげた。決然と唇を引き結んでいる。あたしよりもダメージが少なそうで、頬や腕にいくつかの切り傷や打撲傷があるだけだ。

「大丈夫？」あたしは脚の痛みに顔をしかめつつ、しゃがれた声でたずねた。

「あなたよりはましだと思うわ」ハロは柔らかい口調で言った。

「どうしてそこで突っ立ってるの？」

ハロが一瞬、ためらいの色を浮かべ、口を開きかけたとき、またしても鐘が鳴った。持ち時間の四分の三が経過したのだ。

「さあ、行こう」あたしは言った。「先に進まないと」

あたしは手の届くもっとも高い位置にある突起をつかみ、身体を引きあげた。一メートルほど登ったところで下を見ると、ハロが警戒する表情であたしを見あげていた。

「ついてくる？」あたしはたずねた。ハロが何を待っているのかわからない。ハロは両手をもみしぼり、何かを捜しているかのように背後を見た。やがてハロがふたたび前を向くと、あたしは眉をひそめた。ハロの目はどこか晴ればれとしていた。ハロは頭を振ると突起をつかみ、円柱の表面を登りはじめた。

「あなたのすぐ後ろにいるから」ハロが言い、あたしはうなずいた。あたしたちは円柱を取り囲むように設置された足がかりにしたがって、登りつづけた。頂上に近づくにつれて、足がかりどうしの間隔が広がり、あたしたちは身体能力の限界を試された。ハロはずっとあたしのすぐそばにいた。仲間がいるのは心強い。この選考会のあいだは四六時中、人々に囲まれていたが、あたしはこれまでの人生で味わったことがないほど孤独を感じていたのだから。

あたしたちは自分の動きに集中していて、ほとんど言葉を交わさなかったが、ハロの静かで揺るぎない存在があたしに安心感をもたらした。頂上に到達すると、ほっとしながら突出した平らな部分をすばやく乗り越えた。くるりと身体の向きを変え台の上で腹ばいになると、ハロが登りきるのを助けようと手を伸ばした。指は皮がむけて赤くなり、手足が震えている。脚からの出血はおさまってきたようだ。少なくとも、今のところは。

「ロア」ハロが下から近づいてきながら小声で言った。その表情は読み取れない。「わたしがこの選考会から離脱できるよう、助けてほしいの」

「なんて？」あたしはたずねた。きっと聞き間違いだ。「どうして？」

ハロは黒い目に涙を浮かべ、頭を振った。

「もうこんなことしたくないの」

「わからないよ」

「いまは説明できない。ロア、足をすべらせたふりをするから、あなたはわたしをつかまえようとして。いい？」ハロはあたしたちの下にある地面を見おろした。

こんなの、どうかしてる。ハロはなんの話をしているの？

だが、あたしが質問をする間《ま》もなく、ハロはその言葉どおりに足をすべらせた。円柱を数センチすべり落ちたところで、下方の足がかりに足を乗せた。考えを変えたのか、あるいは演技をしているだけなのかはわからないが、悲鳴とともにすべり落ちつづけた。あたしは意図的にハロをつかまえようとしたわけではない。ハロが本当に落ちそうになったので、反射的にハロの手首をつかんだのだ。

「ハロ！」あたしは片手でハロを支え、もう一方の手で台を強く握りながら叫んだ。もっと確実にハロを支えるために、ゆっくりと台の端へと進んでゆく。ハロの身体が揺れることによって前へ引き寄せられないよう、台をしっかりとつかんだままだ。

「放して！」ハロがわめいた。「わたしが足をすべらせたというふりをしてちょうだい。床まで飛び降りるから」ここから落ちればハロは脚を折るだろうが、少なくとも死ぬことはない。だが、あたしたちの真下には怪物の黒い穴があり、その穴の向こうまでジャンプするには距離が遠すぎる。走って勢いをつけてから大きく跳躍すれば、穴を避けられるかもしれないが、あたしが手を離したら、ハロはあの穴に落ちてしまうだろう。

「だめ」あたしは歯を食いしばった。二人とも手に汗をかいているせいで、皮膚がすべる。「正気？　床に着地するのは絶対に無理だよ」

「ロア」ハロは嘆願するように言った。「お願い」

あたしはハロの手をしっかり握ると、まっすぐその目を見た。

「いったいどんな意味があって、どうしてここで終わりにしたいのかはわからないけど、こんなことしてはだめ。手を離したら、あんたは死ぬよ。ジャンプしてどうにかなるような距離じゃない。ハロ、お願い。あんたを引きあげるから、協力して」ハロの重みで前に引っ張られている。このままだと、あたしも端から落ちそうだ。地面が回転し、あたしはうめいた。

「ハロ！」

ハロはようやく下を見て、それから周囲を見まわすと、黒い目に不安の色を浮かべた。その瞬間、あたしの言葉を理解したようだ。ハロは、あたしには理解できない不快な運命を受け入れようとしているかのように目を閉じ、無言で円柱の突起に片足をかけて身体を押しあげた。あたしは残されたわずかな力を振りしぼって引っ張り、ハロを台の上へ引きあげた。

あたしたちが呼吸を整えるためにひと休みしたとき、ハロはあたしと目を合わせなかった。ハロの愚かな行動のせいで二人とも死ぬところだったが、あたしはハロを責めたりはしなかった。すでにハロ自身が充分に後悔しているようだから。自分が立ちあがれそうだと感じると、あたしはハロに言った。

「行こう」

もうあまり時間は残っていないはず。それを裏づけるかのように鐘が鳴った。残りはあと数分だ。ありがたいことに、残る障害物はひとつだけだった。滑車を使ってロープをすべりおりるフォックスランだ。長いロープが競技場の床の上部の空間を横切って伸びており、その向こう端にあたしたちを注視しているいくつかの人影が見えた。柱に固定されたロープに複数の滑車が設置され、すべりおりる瞬間を待っている。

あたしはハロの腕をつかみ、ひとつの滑車のほうへ押しやった。

「乗って！」ハロをここに残してゆくわけにはいかない。ふたたび無謀な決断をするかもしれないからだ。またもや鐘が鳴り、残り一分を告げた。「急いで！」あたしはいらいらしながらハロに言った。もうハロの優柔不断には付き合っていられない。ゴール目前だというのにハロのせいで失格になったら、あたしはハロを絶対に許さない。ハロは何を考えていたのだろう？

ハロは不安げにあたしを見ながら、言われたとおりにした。ハロがハンドルをつかむと同時に、あたしはハロを勢いよく押し出した。ロープをすべる滑車の低い音とともに、ハロは台から離れていった。

あたしはすぐに自分の準備をした。ハンドルをつかみ、深呼吸する。腕がとても疲れていたが、最後まで持ちこたえられることを祈った。鐘が鳴った。残り三十秒。滑車を強く引くと勢いをつけて走りながらジャンプし、胸の奥から力強い叫び声を上げ、空中に飛び出した。

両手が脈打つように痛み、木製のハンドルがつるつるすべる。あたしは指が痛くなるほどハンドルを握りしめた。滑車がスピードを上げるにつれて、心臓の鼓動が速くなり、両脚がどうしようもなく激しく揺れた。怖い。あまりの猛スピードに心臓が喉《のど》から飛び出しそうだ。風が口をふさぎ、呼吸が苦しい。

群衆が一体となって、最後の秒読みを始めた。

〝十！　九！　八！〟

あと少し。もう少し。どんどん地面が近づいてくる。

〝七！　六！　五！〟

まにあいそうにない。ゴールラインまで遠すぎる。あたしは目を閉じないようにした。自分の失敗の瞬間をこの目で見て、現実を受け入れたい。

〝四！〟

〝三！〟

〝二！〟

両足がゴールラインの先の地面に激しく打ちつけられ、あたしはつまずきながら進み、両膝をついて顔から地面につっこんだ。その瞬間、群衆の悲鳴があたしの真下の地面を揺らすほど大きく響いた。

〝いーーーーーーーーち！〟

24　ナディール

ナディールは黒いスーツの折り襟《えり》を整えながら、オーロラ城にある自分の専用区画の広い廊下を大股で進んでいた。肩まで伸びた長髪を片手でかきあげ、呼びかけた。

「マエル！」いったい、どこへ行ったんだ？　二十分前に、必要な情報をわたしに伝えることになっていたのに。すでに遅刻だ。父上に大目玉を食らうだろう。黒っぽい制服を着た女の召使が近づいてきた。両腕にタオルの山を抱え、うまくバランスをとって運んでいる。

「隊長を見かけなかったか？」ナディールがうなるような声でたずねると、召使は目を見開いてビクッと震え、タオルで通路の先の小部屋を示した。

「あそこへ入っていかれるのを見ました」召使はお辞儀し、急いでその場を離れた。ナディールは鼻孔をふくらませた。召使が示した部屋に近づくと扉を乱暴に開け、勢いよくなかへ入った。

ほとんど何もない部屋で、使用するのは娯楽のために追加のスペースが必要なときだけだ。城の大部分がそうであるように、ここの床も深紅色《クリムゾン》や鮮緑色《エメラルド》、すみれ色《バイオレット》、青緑色《ターコイズ》、赤紫色《フューシャ》の筋の入った黒い大理石でできている。壁は浮き出し模様のある絹でおおわれているが、奥の壁だけは長い一連の窓があり、夜空に向かって開けはなたれていた。

ナディールは部屋の中央で足を止め、低くうなった。筋骨たくましい大きな身体が、マエルをかった。壁に押しつけている。部屋にナディールが入ってくることなど、二人の頭には一瞬も浮かばなかったにちがいない。ナディールは腕組みすると、わざとらしく咳払《せきばら》いした。

マエルの相手の男はすばやく振り向いて目を見開くと、不器用にズボンをつかみ、さりげなく自分のものを押しこもうとした。しかし、その行動は図書館のなかのマーチングバンドのように目立ってしまった。

「ナディール」マエルがゆっくりと言った。「なぜここへ？」長い上着の裾《すそ》を伸ばし、カールのきつい髪をなでつけた。鳥をしとめて羽根を口いっぱいに含んだネコのように、満足げな笑みを浮かべている。

「二十分前に会うことになっていたはずだぞ」

ナディールが黒い片眉を上げると、マエルは鼻にしわを寄せた。

「ごめん。ここでたまたまエメットに出くわして、時間がたつのをすっかり忘れてしまったんだ」マエルは部屋にいるもう一人の男にねっとりしたウインクをすると、男の尻を叩き、チッチッと舌を鳴らした。「行け、エメット。あとでまた会いにくる」

エメットはマエルには何も言わず、ナディールを見て一礼しただけだった。日に焼けた頬がルビーのように輝いている。

「失礼します、殿下」エメットは低く響く声で言い、決然と部屋を出ていった。

ナディールはエメットが立ち去るのを見てから、友人であるマエルに向きなおった。

「自分の部下とやるのは適切な行為か？」

マエルはにやりと笑い、肩をすくめた。

「適切ではないだろうが、あんなにも力強く、自然な動物的魅力に満ちた相手を前にして、妖精《フェイ》が抵抗できると思うか？」

ナディールはいらだたしげに鼻梁をつまんだ。

「おまえを一週間、ノストラザにほうりこむべきなのかもな」

「そうだな」マエルはナディールが立っている場所へ大股で近づいた。「その前に新しい情報を伝えようか？」

ナディールはため息をつくと、踵《きびす》を返した。

「いっしょに来い。あのバカげたパーティーはもう始まっている」フェイたちは部屋を出ると、ナディールの当初の目的の場所へ向かった。

「アルヴィオン王国やトール王国やウッドランズ王国にいるアミヤのスパイからは、これといった情報はなかった」マエルは声を潜めてあたりを警戒した。

「ほかは？」ナディールが視線を前に向けたままたずねた。

「セレストリア王国からの情報がまだだ。アミヤはあそこに新たな女のスパイを配置したのだが、情報が少しずつしか入ってこない」

「謎めいた若い女に関するそれらしい情報は何もないのか？」

「まったくない」

ナディールは低くうめいた。謎は深まるばかりだ。この数週間のあいだに、さらになんどか父の書斎に行ったが、囚人3452号に関する情報は何も見つからなかった。

「ハート女王国はどうだった？」ナディールは大広間に近づいた。パーティーは最高潮に達しているらしく、にぎやかな音が漏れてくる。

「いつもどおりだ」と、マエル。「変化はない。すべてが死に絶えていて、何もない。思いきって城のなかまで入ったが、相変わらず墓地って感じだ」

マエルが口ごもり、ナディールは敏感に察知した。

「なんだ？　言ってくれ」

「なんでもないとは思うが、これを見つけた」マエルはポケットに手を伸ばすと、一輪の赤いバラの花の部分を取り出した。ズボンのポケットにつっこんであったせいで、花びらに少し傷がついている。ナディールは眉をひそめた。

「これはなんだ？」

「城の前の茂みで育っていた」

「すべてが死に絶えていたんじゃないのか？」と、ナディール。

二人はパーティー会場の入口を過ぎたところで立ちどまった。腕を組んだ一組のカップルが到着し、ナディールとマエルは軽く頭を下げ、部屋に入ってゆくそのカップルと挨拶を交わした。ナディールはマエルを入口から離れた場所へ引っ張っていった。

「これ以外はな」二人は一瞬、その花を見つめた。

「これは何を意味する？」ナディールはたずねた。

「さあな」マエルが視線を上げた。「意味なんてないだろ」

ナディールは顎《あご》をなでながらその花を見た。土を耕すかのように、頭のなかでさまざまな考えを掘り起こしている。

「実はほかにもある」マエルはそう付け加えると言葉を切った。

「ほう？」と、ナディール。「もったいぶらないで、早く話せよ」

マエルが黒い眉根を寄せた。

「最近、おまえのお父上の軍勢がそこの集落を訪れたらしい」

ナディールは眉をひそめた。その没落した女王国の端にある小さな町や村は、ウラノス大陸でもっとも貧しい地区のひとつだ。統治者を失った住民を転居させようとしたが、住民たちは、いつかハート女王国の女王が戻ってきて、かつての栄光を取り戻してくれると信じて動かなかった。まったく狂信的で愚かしい連中だ。悪く言えば危険で常軌を逸している。よく言ったとしても、思いこみが激しい。

「目的は？」

マエルは肩をすくめた。

「どうやら、家を一軒ずつ調べているようだ。報告が本当なら、かなり……徹底的に」

二人のフェイは目を合わせた。

「つまり、王は何かを捜していたってことか」ナディールは思いきって言った。

「あるいは誰かを」

音楽が大きくなり、パーティーの中心から笑い声がどっと起こった。ナディールはまだ具体的な形になっていない考えに浸《ひた》りながら、深く息を吐いた。

「もう行かないと」

マエルがすばやく一礼すると同時に、ナディールはバラをポケットに入れた。

「楽しんでこい」マエルはにやりと笑った。ナディールがこのような場を嫌っていることを知っているのだ。ナディールは軽蔑するように無視した。友人のそばを通り過ぎて部屋に入ると全体を見わたし、大きな円形のテーブルについている父を見つけた。

これが自分の義務であることはわかっているので、ナディールはひと晩じゅうつづくおべっかと雑談に耐える覚悟を決めると、テーブルに近づき、王の隣にすわった。

「ナディール」ナディールの父である王が冷静な口調で呼びかけた。「よく来てくれた。時間が、かかった、な」テーブルには、伴侶《はんりょ》を連れた評議会議員が何人かいた。上品な夜会服に身を包み、首からは宝石をじゃらじゃらとさげている。贅沢《ぜいたく》な生地を使った服は、それぞれが郷里《ホーム》と呼ぶ地区の色に染められていた。

「申しわけありません、父上」ナディールの目の前に、暗赤色のワインのグラスが置かれた。

「いろいろありまして」

王リオンは無言でワインを一口飲んだ。まわりでは会話がつづいており、ナディールは椅子にもたれて部屋を見まわした。招待客たちは、フェイの家族の一員や非常に遠い親戚、別のフェイの貴族だが、オーロラ王国内で要職につく高い階級の人間もちらほらいる。一般的に人間は上級《ハイ》フェイよりも身分が低いが、倫理的に疑問視される行動をとることによって、貴族階級へとのしあがる者も多い。

リオンは、折に触れて王国のもっとも力のある者たちを集め、食事やワインや好物をたっぷり与えるのが、賢明な方法だと考えていた。自分たちはつねに監視されていることを思い知らせるためだ。

父と息子は数分間、無言だったが、やがてリオンがそっとたずねた。

「捜しものは見つかったか？」リオンは目を部屋に向けたまま、グラスに口をつけた。

ナディールは父を見た。

「え？」

「わたしの書斎に」リオンは相変わらずナディールを見ていない。「来ていただろう？　四回、五回か？　何を捜しているのだ？」

「なんの話ですか？」と、ナディール。冷たい指が背筋をおりてゆくような気がした。

「おいおい」リオンがついにナディールを見た。「まさかわたしに気づかれずに書斎を捜索できると思っているわけではなかろう？　もうそのくらいの分別はあってもいいはずだが」

ナディールはごくりと唾を飲み、動揺を抑えようとした。なぜ父の前では自分がまだ小さな少年であるかのように感じるのだろう？　わたしは三百歳のハイ・フェイで、第二次セルセン戦争では最前線で戦ったというのに。

「おまえは嘘をついた」リオンが話をつづけた。

「なんのことですか？」と、ナディール。緊張で皮膚がぴりぴりする。

「囚人３４５２号のことだ。あの女はオジラーに殺されてはいなかった」リオンの目には、何かナディールが理解できない冷たいものが浮かんでいた。「おまえに嘘をつかれると気分が悪い、ナディール」

ナディールは顎をこわばらせた。

「申しわけありません。もう二度としません」ナディールは、いま飲んでいるやたらと高価なワインと同じくらいドライな口調で言った。

リオンの表情がけわしくなった。

「なぜ嘘をついた？　なぜあの囚人のファイルを見つけようとしているのだ？」

ナディールは父をちらりと見た。

「わたしが気づかないとでも思ったのか？　数日前、突如、わたしの新たな看守長が死亡した。発見されたのは、ほかでもない、文書管理室だった。そして、自分の息子がわたしの書斎に繰り返し侵入している。明らかに何かを捜して」

「あの女は何者なんですか？」ナディールはたずねた。

この会話はする価値もないと言いたげに、リオンが肩をまわした。

「おまえに彼女を見つけてもらいたい」リオンは質問には答えなかった。

「すでに捜しています」

「わかっている」と、リオン。「おまえの行動はすべてお見通しだぞ、ナディール。もう学んでもいいはずだ」

ナディールはグラスごしに父をにらみつけた。心の奥に閉じこめていた憎しみがあふれ出てくる。

「何者なんですか？」ナディールはふたたびたずねた。「なぜそれほど重要なのです？」

ナディールはリオンの目に何かの表情が浮かぶのをとらえた。その意味はわからないまま、一瞬で消えた。

「何者でもない。数年前に処理しておくべきだった問題が、まだ解決していないだけだ」リオンは言った。ナディールはカッとして父を絞め殺したくなったが、その衝動を抑えた。彼女が重要ではないというのは嘘だ。間違いない。わたしを混乱させるためにそう言ったのではないか？

「どういう意味でしょうか？」ナディールは内心を隠して声を平静に保ちつつ、その質問の答えに興味がないふりをした。化かし合いのゲームをしているかのようだ。しかし、その女の素性を示す証拠をナディールが必死に捜していることを知っているなら、リオンはナディールの関心の高さにも気づいているはずだ。

「おまえがどれほど強く反発しようと、わたしがまだこの王国を統治しているという意味だ。こんど嘘をついたら、おまえにとって重要な何か、あるいは誰かを取りあげるぞ。このところ、おまえの部下の隊長はとくに目ざわりだ」

リオンの表情はオーロラ王国の吹きさらしの山頂のように冷たく、その顔にはなんの感情も浮かんでいなかった。ナディールも数世紀にわたり、父のように冷静な外見をつくりあげようとしてきたが、内なる情熱や野性的な一面がそれを許さなかった。ナディールは感情過多だった。感情に支配されすぎて、石の要塞のように揺るぎない外見を築くことができなかったのだ。

リオンをひどい父親にした原因はリオン自身の性格や行動にあった。すべての物事や人々に対してこれほど無関心でいるためには、フェイとしての本来の特性を失うレベルの自己陶酔が必要だった。

「その囚人を見つけたら、どうすればいいでしょう？」ナディールは父の脅しを無視するふりをしてたずねたが、内心では、もし父がマエルに危害を加えたら、楽しげに口笛を吹きながら父をばらばらに引き裂いてやろうと考えていた。その結果がどうなろうと、知ったことではない。

「排除しろ」リオンは言った。「以前はあの女に価値を見いだしていたが、もうわたしにも誰にとっても役に立たない」

ナディールは、父が新たな情報を明らかにするかもしれないと期待して待ったが、リオンはそれ以上何も言わなかった。ワインを飲みながら、冷ややかな目で部屋を見わたしている。

「わたしの代わりにアフェリオン王国へ行き、あのバカげた太陽妃選考会の舞踏会に出席してもらう必要がある」リオンが言うと、ナディールは鼻で笑った。

「絶対に無理です」

リオンはゆっくりとナディールのほうへ顔を向け、刺すような冷たい目でナディールをじっと見つめた。

「いまのは質問ではない」

ナディールは自分には選択肢がないことを知り、目をしばたたいた。ほかの王国の統治者たちと交流しながら、何も知らない女性がアトラスとその鏡によって一生アトラスに縛りつけられるという茶番に加担することになる。アフェリオン国王が誰かと絆《きずな》を結ぶには、それが非常に大きな名誉であるかのような錯覚を相手に抱かせるしかない。実に哀れなことだ。

ふたたび父と息子が沈黙におちいるなか、ナディールはどうすれば早くこの部屋を出られるか、あれこれと考えた。

だが、このタイミングでアフェリオン王国に招待されたのは好機である可能性が高い。アミヤがまだ〈太陽の宮殿〉にはスパイを送りこんでいないことを思い出したからだ。できれば捜索したくない場所だが、ほかの王国から何も情報が得られない場合、やむをえずその苦《にが》い薬を飲むことになるだろう。

「わかりました」ナディールはようやく小声で言った。「アミヤを連れてゆきます」

リオンは、凍った湖に亀裂が入る音のように冷たく不気味な笑い声を漏らした。

「ああ、妹を連れてゆけ、ナディール。おまえは妹がいないと何もできないからな。こんど書斎に侵入するときは、妹に助けを求めたらどうだ？　おまえが結界をめちゃくちゃにしたせいで、修復に何週間もかかりそうだ」

たがいの目が合い、こんどはナディールがにやりと笑った。自分のことしか考えていないように見える王にとって、これは唯一の弱点だ。リオンの大切な娘はリオンを拒絶し、忠誠をめぐる家族間の争いにおいてナディールを支持することを選んだのだから。

たいしたことではないかもしれないが、それでもナディールは妹の忠誠心と父親に対するこの利点にすべてをかけて固執していた。リオンの長くみじめな人生で、アミヤに憎まれていることが最大の後悔ではないかと、たびたび考えずにはいられなかった。

25

ロア

口の内側に張りついた土埃《つちぼこり》でむせながら仰向けに転がると、強烈な日差しが目を刺激した。群衆は歓声を上げつづけ、生き残った献姫《けんき》たちを祝福している。誰かの手で触れられ、片脚をそっと引っ張られると、火がついたように手足に痛みが走り、あたしはうめいた。痛み以外に何も感じられず、足がしびれ、息が苦しい。

あたしの上に二人の妖精《フェイ》の治療師が浮かび、太ももの切り傷を治療している。二人は手ぎわよく傷口を洗浄し、包帯を巻いた。アトラスによると、治療師はあたしたちの命を救うことしか許されていないため、止血に注力している。頭がくらくらし、視界がぼやけた。

あたしは治療を受けながら、群衆の祝福の声に耳を傾けた。あたしもあれぐらいの元気を出せるといいのに。

ついさっきの出来事を整理して理解するのに数分かかった。ハロ。ハロは何を考えていたのだろう？　彼女に対する怒りがこみあげ、はらわたが煮えくり返った。ハロはもう少しであたしをあの穴のなかへ道連れにするところだった。たとえ穴を避けて着地できたとしても、なぜ競技を放棄する選択をしたのだろう？　ハロはすべてを投げ出そうとしていた。ハロが選考会から除外された場合、侍女としての楽な終身職を得られるが、ハロに同情する気にはなれなかった。競技場の床に着地したのがあたしだったら、アフェリオン王国にはあたしのための名誉な立場はないとわかっているからだ。

一人の治療師があたしの背中の下に片手を差し入れ、上体を起こすのを手伝ってくれながら、小さな錠剤をふたつ差し出した。あたしはそれを受け取り、水なしで飲みこんだ。薬はすぐに効果を発揮し、脚の焼けるような痛みをやわらげた。あたしはハロ、テスニ、アプリシア、ガブリエル、アトラスを含む何人かに囲まれていた。さらに三人の記録官がいて、必死に何かを書きとめている。

王があたしの前にしゃがみ、大きな手であたしの頬を包みこんだ。

「気分はどうだ？」王はアクアマリンの目に懸念の色を浮かべてたずねた。「すばらしいゴールだった」王がにっこり笑った。あたしは疲れきり、腹を立て、傷ついていたが、王のいかにも誇らしげな笑顔に思わず笑みを返した。

ガブリエルもアトラスの隣にしゃがみ、あきれたように目をぐるりとまわした。

「宮殿に戻ろう」ガブリエルは手を伸ばしてあたしを立たせるために片腕を支え、アトラスがもう片方の腕を支えた。

「陛下」一人の監視官が言った。「わたしがやります」

アトラスは手を振って彼を制した。

「ロア」ハロがあたしたちの前に出た。「わたし……」言葉がとぎれた。王の前で自分の行動を明かしたくないようだ。競技で故意に負けることはアフェリオン王国に対する反逆に等しい行為であり、選考会からの除外ではすまされない重大な結果を招くだろう。だが、あたしはハロをそこまで罰したいとは思っていないので、何も言わず、不満の大きさが伝わるような目でハロをにらみつけた。

「あとで話そう」あたしがはっきり言うと、ハロは唇を引き結び、うなずいた。

アトラスとガブリエルはそれぞれあたしの腕を首にまわすと、あたしをくるりと回転させた。二人とも背が高いので、あたしの腕を首にかけるにはかなり腰を落とさなければならない。アトラスはいらだたしげに息を吐き、あたしを両腕で抱きかかえた。あたしはびっくりして目を見開き、アトラスを見あげた。

アトラスがにっこり笑った。

「やあ」

「どうも」あたしは言った。

「わたしの首に両腕をまわして」アトラスの言葉にあたしはうなずいた。言われたとおりにするとまた目眩《めまい》がして、アトラスの首に額《ひたい》を押しつけ、それがおさまるのを待った。アトラスが歩きはじめると、ゆっくりと目を開け、アトラスの肩ごしにまわりを見た。王の腕に抱かれたあたしをアプリシアが見ている。アプリシアの頰を血が筋状に流れ落ち、その目は短剣のように鋭く、怒りに満ちていた。その瞬間、あたしが幅の狭い平均台を渡っていたときに誰かに名前を呼ばれたことを思い出した。

あれはウィローだとあたしは思いこもうとしていた。ストレスで頭が混乱し、正常な判断ができなかったのだ。突然そのことに気づき、強い怒りをこめた視線をアプリシアに投げかけた。アプリシアのしわざだったのか。彼女のせいで足をすべらせ、もう少しで穴に落ちるところだった。

アプリシアはあたしの視線に反応してにやりと笑い、勝利はもう自分のものだと言わんばかりに目を輝かせている。この女も殺してやりたい。

ガブリエルがアトラスの後ろにぴたりと並び、視界をさえぎったので、あたしは顔をしかめた。それに対してガブリエルは横柄な態度で眉を上げた。

「何人が通過したの？」徐々に落ち着きを取り戻し、あたしはようやくたずねた。あたしが見あげると、アトラスは表情を曇らせた。

「一人が穴に落ちた」アトラスが低い声で言い、あたしは胃を締めつけられる思いがした。赤い髪が輝く光景が目に浮かび、ソグルルが骨を砕き、ヘスペリアの命をむさぼる音を思い出す。

「グリアネとオスタラは失格になった」

あたしは目を閉じた。

「じゃあ、残っているのは四人ね」あたしの声は、まるで感情を削り取られたかのように無機質で平板だった。試練はまだふたつあるのに四人しか残っていない。あたしには冷たかったが、あたしはヘスペリアの死を悼《いた》んだ。自分が目標にさらに近づいたことを考えずにはいられない。生き延びて〈太陽の鏡〉の前に立つことができたら、どうなるだろう？　鏡はあたしにどんな判断をくだすのだろうか？

アトラスのきびきびした足取りのおかげで、早くも宮殿の門に到着した。廊下をつぎつぎと通り抜けるあいだ、何十人もの人々がアトラスの腕からあたしを引き離そうと手を差し伸べたが、アトラスはすべての申し出を断わった。あたしの部屋に着くと、マグはすでに両手を握りしめ、そわそわしながら待っていた。

あたしを見るなり母親のようにやさしい声を出し、あたしのそばを忙しそうに動きまわった。

「あら、ひどい姿ね！」マグは断言した。「バスルームに運んでいただけますか。お風呂を準備しておきましたから。きれいにしてあげないと」マグが心配そうに下唇を嚙《か》むなか、アトラスはあたしをバスルームに運び入れ、マグに言われたとおりに布張りの長椅子にそっとすわらせた。マグはすぐにひざまずき、あたしのブーツの留め金をはずしはじめた。

あたしは壁に寄りかかり、マグに世話をしてもらった。たとえマグが仕事のためにここにいるのだとしても、誰かがあたしの健康や幸せを気にかけてくれるのはいいものだ。マグはブーツを脱がせおわると、胴着の紐《ひも》に手を伸ばしかけて王を見ながら咳払《せきばら》いした。

「陛下、わたしが献姫のお世話をしているあいだは、ここにいらっしゃるのは適切ではないと思います」マグが意味深長な口調で言ったので、あたしは疲れた笑いを鼻から漏らした。アトラスはすでにあたしのことをよく知っているが、あたしが思うに、外面上はたがいに節度ある行動をとっている。アトラスはマグに向かってうなずき、次にあたしにうなずいた。

「もっともだ。あとでまた様子を見にくる」

アトラスは立ち去る前に、腰をかがめてあたしの額にやさしくキスし、深く息を吸った。

「今日のきみはすばらしかった」アトラスに柔らかな口調で言われると、心地よい感覚が身体のなかを流れるように広がってゆき、あたしはアトラスを見あげてほほえんだ。

「ありがとうございます」

アトラスはあたしに軽く一礼するとその場を離れ、厳しい顔をして戸口に立っているガブリエルの肩を叩いた。

マグがガブリエルを手招きした。

「これを脱がすのを手伝って」マグは血に染まったあたしの革ズボンを指し示した。治療師たちが傷口を露出させるために引き裂いたせいで、ほとんど原形をとどめていない。

「ねえ」あたしは言った。「ガブリエルはここにいてもいいの？　こんな男に裸を見られたくないんだけど」

ガブリエルはにやりと笑い、ベルトから短剣を引き抜いた。

「もう見てないところはないから大丈夫だ、献姫」

「そういう問題じゃない」マグが胴着とその下の薄いシャツを脱がせようとした瞬間、痛みが走り、あたしは歯を食いしばった。両腕を交差して胸を隠しながら、ガブリエルをにらみつけた。

ガブリエルは感情を抑えた様子であたしを見つめている。

「いいか？　おれは口やかましい人間の女のデリケートな部分になど興味はない」ガブリエルが短剣を近づけてきたので、あたしは小さく悲鳴を上げて逃げようとしたが、脚がずきっと痛み、うめいた。治療師からもらった錠剤は効いたが、すべての痛みが消えたわけではない。

ガブリエルはあたしの革ズボンのウエストバンドに指を押しこみ、ケガの状態にはおかまいなしにあたしをぐいと引き寄せた。

「じっとしてろ」ガブリエルがうなるように言い、手ぎわよく革ズボンを切り裂きはじめた。

「マグ」あたしは不満げな低い声で言った。「何か身体を隠すものはある？」

「ああ！　もちろんよ」マグがタオルをつかんであたしにかけようとしたとき、ガブリエルは革ズボンの残りをはぎとり、興味はないと主張していたデリケートな部分をちらりと見てしまった。

あたしは赤面し、ガブリエルはにやりと笑った。あたしの動揺を楽しんでいるのは明らかだ。

「浴槽に運ぶのを手伝ってちょうだい」マグが立ちあがりながら言った。あたしの裸がガブリエルの目にさらされているのに、どうしてなんとも思わないのだろう？「治療師の包帯は防水されているから、そのままお湯に入れるわ」

「やめて」ガブリエルがあたしを抱きあげようと手を伸ばしたので、あたしは片手で制した。「自分で歩けるから」

ガブリエルは理解を求めるように両手を上げた。あたしは立つ準備をしたが、脚がこわばり、立ちあがろうとしたとたん、床に倒れそうになった。ガブリエルがあたしを抱き止めた。その大きな手があたしの素肌に触れている。ガブリエルはあたしの肩に片腕をまわし、もう片方の腕をすばやく膝裏にすべりこませるとやれやれというように目をぐるりとまわした。

「変なところをさわるんじゃないよ」あたしがぴしゃりと言うと、ガブリエルは鼻で笑った。バスルームの中央に大きな浴槽があるのは一目瞭然なのに、マグは身ぶりでガブリエルをそこへと呼び寄せつづけている。ガブリエルが三段ある階段のいちばん上までのぼると足を止め、意地悪そうな笑みを浮かべたので、あたしは急に不安になった。

「風呂を楽しんでくれ、献姫」

ガブリエルは手を離し、あたしはいきなりドボンと湯船に落とされ、悲鳴を上げた。尻が硬い大理石に激しくぶつかり、尾骶骨《びていこつ》から背骨へと燃えるような痛みが走った。あたしは湯のなかで手足をばたばた動かした。濡れたタオルが胸とおなかに張りついている。浴槽の縁《ふち》を探し当てると身体を持ちあげ、すわる体勢になった。脚が抗議の叫び声を上げている。

ガブリエルは奥まで歯が全部見えるほど、頭をのけぞらせて大笑いした。その翼も、冗談を理解しているかのように震えている。

「くそ野郎！」あたしは叫んだ。ガブリエルは笑いながら階段をおりた。「大っ嫌い！」あたしは踵《きびす》を返したガブリエルの背中に向かって叫んだが、それより早く、ガブリエルがふざけて、見えない帽子を軽くつまむ身ぶりをした。あいつを殺してやる。

ガブリエルが立ち去ると、マグがあたしの肌をこすり、温かい石鹸《せっけん》水で髪を濡らしはじめた。

「監視官って交代できないの？」あたしはたずねた。「ガブリエルは誰にでもこんなひどいことをするの？」

マグが感情を抑えるように唇を引き結んだ。

「たしかにあなたには強い嫌悪感を持っているみたいね」マグは考えこむ口調で言った。「前回はあんな感じじゃなかったのに」マグはハッとして目を見開き、あわてて横を向いた。

「前回？」と、あたし。「前回ってどういうこと？」

マグはうわの空で片手を振った。

「え？　そんなこと言ってないわよ」

「いや、言ったよ」マグは答えず、あたしの両腕を柔らかいスポンジでなでている。あたしはマグの手首をつかみ、こちらを向かせようと握りしめた。「何を隠してるの？」

マグの顔に不安の色が浮かびはじめた。

「話すことを禁じられているの」マグは小声で言い、盗み聞きを警戒するかのようにバスルームを見まわした。

「答えたほうがいいよ。でないとずっと質問をつづけるから。アトラスに訊いてもいいけど」

マグはあたしに不穏な表情を向けたが、逆にその態度はあたしにとってもっと知りたいと思う動機となった。マグがつづけてこう言ったからだ。

「わたしは何も言わなかったことにして」

「わかった」あたしは応じた。「鳥から聞いたことにする」

マグがにらんだ。

「隊長があなたを毛嫌いする理由がわかるような気がしてきたわ」

「教えて」あたしはその言葉を無視して言った。

マグはスポンジを湯に沈めると、あたしの背中をこすりながら洗った。

「最後の太陽妃選考会は五百年以上前に行なわれたわけじゃないわ」と、マグ。「二年前に行なわれたのよ」

胸が重苦しくなった。

「二年前ってどういう意味？　何があった？」

マグは背中をこするのをやめ、前腕を浴槽の縁に置いてもたれた。

「本当は話してはいけないの」

あたしはうなり声を漏らしそうになった。

「でも、教えてくれるんだよね」

マグはあたしと目を合わせた。

「全員が亡くなったわ」

あたしの胸はさらに重苦しくなった。

「どういうこと？」

マグは頭を振った。

「それは試練のひとつの最中に起こったの」マグはスポンジを浴槽に落とし、紫のシャンプーを手に取るとあたしの後ろに立って髪を洗いはじめた。まるであたしと顔を合わせているのが耐えられないかのようだ。「何が起こったのかは知らないわ——詳細は秘密にされていたから。でも、献姫たちはある場所に入ったきり、誰も出てこなかった。戻ってきたのは、王と監視官たちとマダム・オデルだけ。選考会は中止され、それ以降、話題にのぼることはなかった。数週間前に、ふたたび選考会を開催すると王が発表するまでは」

マグはあたしの頭をごしごし洗っている。緊張しているせいで力が入ってしまうのだろう。あたしは何も言わず、そのまま頭皮が強く押される感触を楽しんだ。あたしたちは無言ですわっていた。聞こえるのは石鹸の泡がはじける音だけだ。

いま聞いたマグの話の細部が、手の届かない場所にあるかゆみのように気になってしかたがない。最後の選考会が二年前だったのなら、オーロラ王国からも一人の献姫が選ばれたはず。ノストラザの牢獄からいなくなった若い女性がいただろうか？　あたしは頭をひねった。誰も思い浮かばない。囚人はほとんどが男だから、あたしと同じ年ごろの女性がいなくなったら気づいたはずだ。オーロラ国王がどこかほかから選んでなければの話だが。それに、いろいろと問題を起こしたあたしをなぜ王が解放したのか、いまだに理解できない。

髪を洗いおえたマグは手持ち式シャワーのスイッチを入れ、湯で髪をすすぎはじめた。あたしは振り向いてマグを見た。

「彼女たちが命を落とした経緯は全然わからないの？」

「噂は聞いたわ。召使たちが話しているのを」

「どんな噂？」

「あんなのは嘘ですよ」マグはあたしとは目を合わせず、手のひらにコンディショナーを絞り出した。

「どんな噂？」あたしは繰り返した。

「王が献姫たちの能力に満足できなくて、選考会を……早期に終わらせたというのよ」

あたしが鋭い視線を向けると、マグの顔色が蒼白になった。

「本当？」あたしは王のことを考えた。王はやさしい。あたしにとてもよくしてくれる。あのフェイがそんなことをするはずがない。いや、本当にそうだろうか？

「いいえ」マグは断言したが、自分自身を納得させようとしているかのようだ。「もちろん、本当のことじゃないわ。人々はいろいろとひどいことを言うものよね？」人々は嘘をつくのが好きだとか、王がそんなことをするはずがないとか、ぺらぺらと話しつづけるうちに、マグの声は感情的になり、うわずりはじめた。

マグが否定すればするほど、あたしは懐疑的になっていった。

それが本当なら、また起こりうるのだろうか？　もう四人しか残っておらず、あとふたつの試練が待っている。あたしたちのうちで、最後までたどりつける者がいるだろうか？　二年前の献姫たちはどうして期待に応えられなかったのか？　あたしが勝つことを期待していると、アトラスはいちどならずほのめかしたが、あたし自身がそう思いたいから、そう聞こえただけかもしれない。

きっとマグは思い違いをしているのだ。こんなものはただの残酷な噂で、退屈したフェイたちが有害で痛みをともなう嘘をでっちあげるために広めたのだろう。

マグはコンディショナーを洗い流し、あたしの頭をタオルで包んで余分な水分を吸収させた。「さあ、いいわ」と、マグ。「ずっとよくなった。歩ける？　隊長を呼んで、浴槽から出るのを手伝ってもらったほうがいいかしら？」マグが部屋を出ようとしたので、あたしは片手を上げて叫んだ。

「やめて。呼ばないで。自分でなんとかするから」こんどはうっかりバルコニーから落とされるかもしれない。マグに両腕を持って支えてもらい、あたしは脚の痛みに縮みあがりつつもゆっくり立ちあがった。尻をついてすわった状態ですべるように少し前へ移動し、身体を引きずって階段をおりると、マグがふわふわのバスローブで包んでくれた。

深呼吸をして、マグの肩に腕をまわし、自分の身体を引きあげるようにして立った。マグはあたしより頭半分ほど背が低いので、ちょうどいい高さだ。マグに松葉杖の代わりになってもらい、脚を引きずりながらやっとのことでベッドまで行った。

「少し休んだほうがいいわ」マグがやさしくささやき、あたしをベッドに横たえてカバーをかけた。急にまぶたが重くなり、あたしは目を開けていられなくなった。柔らかい毛布に包まれて頭を枕につけると、返事をせずにそのまま眠りに落ちた。

どのくらい眠っていたのだろう？　目が覚めると、空は暗くなっていて、部屋の明かりは薄暗かった。脚の鈍い痛みに顔をしかめながら、頭の上で腕を伸ばした。ベッド脇のテーブルの上に、水の入ったグラスと新たな鎮痛剤が二錠置いてある。薬に手を伸ばしたとき、バスルームから怒気を含むささやき声が聞こえた。

扉が少し開いていて、その声がガブリエルと王のものであることがわかった。

「彼女は何者なんです、アトラスさま？　なんのためにここにいるんですか？　あなたがそれほど興味を持っているのは、なぜです？　これには何か裏があるんでしょう？」ガブリエルが怒りを帯びた口調で言った。

アトラスが答えたが、声はくぐもっていてよく聞こえない。目覚めていることを知られたくないので、あたしはじっと動かなかった。ガブリエルが陰であたしのことをどう言っているのか、あたしには聞く権利がある。

「あなたなら、このなかのどの女性でも選べるでしょう。ほかの女性のほうがずっとあなたにふさわしい」と、ガブリエル。「彼女を排除してください」

その言葉に、あたしはぴくりとも動かず横たわったまま目を見開いた。な、な、なんだって？　あたしを排除する？

「バカなことを言うな」アトラスがさっきよりも大きな声で言った。その声にこめられた怒りが、あたしの緊張をやわらげた。「何も心配することはない。わたしを信じろ。彼女で間違いない。わたしは確信している」

「アトラスさま――」ガブリエルは警告する口調で言った。

「わたしは自分の責任を果たしています」ガブリエルが言った。歯ぎしりの音が聞こえてきそうだ。

る。わたしが自分の役目を果たしたことはゼラがご存じだ」

「もう充分だ」と、アトラス。「おまえには彼女の安全を確保し、選考会を通過させる責任があ

いくつかの出来事がつながりはじめ、あたしは顔をしかめた。アトラスが図書室であたしに本を渡し、服装に関するヒントをくれたこと……あたしを襲ってきた人魚がふいに追いかけるのをやめたこと……ガブリエルが平均台であたしを特訓したこと……あたしが障害物コースから落ちそうになったときに救ってくれたと思われる魔法の手のこと……。


「彼女の髪一本でも傷ついたら、責任をとってもらう。わかったか?」アトラスがさらに言った。

長い沈黙があった。二人はにらみ合っているのだろう。ガブリエルのそばにいて、あたしは安全なのだろうか? アトラスが本気で心配しているのなら、ガブリエルは引きつづきあたしの監視官でいるべきだろうか? でも、どうして二人はあたしに手を貸してくれるのか? アトラスの望みは何?


これにあたしを参加させることにしたのはアトラスではない、オーロラ国王だったはず。そうよね? その点が急に重要なことのように思えてきた。あの暴動のこともそうだ。ガブリエルがノストラザからあたしを連れ去ったあの夜、暴動があったはずなのに、ガブリエルはそんなものは起こっていないと言った。あたしがここで聞かされた話はすべて真実なのだろうか?

ようやくガブリエルの返事が聞こえてきた。

「はい、陛下。完全に理解しました」

「よし」アトラスがきっぱりと言った。「それから、二度とわたしの判断に疑問を呈するな。友情の範囲を逸脱するなよ。わたしはまだおまえの王であり、おまえはまだ、わたしのしもべなのだから」

ガブリエルが返事をしたのかうなずいただけだったのかは、わからない。すぐに扉が開いたため、目を閉じて眠っているふりをしたからだ。足音がベッドに近づいてくると、あたしは呼吸を整えて顔の緊張を解こうとした。一瞬後、頬に柔らかい手が触れ、下唇を親指がなぞった。

「あとでまた様子を見にくるよ」アトラスは穏やかな声で言うと背を向け、すばやい足取りで部屋を出ようとした。

「来い」アトラスがどなりつけると、ガブリエルの足音がつづいた。あたしは扉が閉まるのを待って目を開け、上体を起こした。いま耳にした話をどう理解すればいいのだろう?

26

その後数日間、あたしはベッドで身体を休めた。一日に二回、治療師たちが来て包帯を取り換え、一定量の鎮痛剤を定期的に渡してくれた。切り口がきれいだったおかげで順調に回復しているという。ハロがなんどか部屋の前まで来たそうだが、あたしは会うのを断わった。ハロの言い分を聞く気になれなかったからだ。ハロのせいで失格しそうになったことに、まだ腹を立てていた。友人だと思っていたのに。アプリシアならともかく、ハロにあんなことをされるとは思わなかった。

ふと耳にしたアトラスとガブリエルの会話も頭から離れない。ガブリエルはあたしのどこに不満があるのだろう？　ガブリエルの知るかぎり、あたしはノストラザ出身の人間の囚人にすぎず、たとえその気になってもノミ一匹傷つけることすらできない。アトラスがあたしのために不正を行なったことを知ってしまった以上、彼の本当の意図についても考えなければならない。ほかの献姫《けんき》たちにも同じことをしているのだろうか？

前回の太陽妃選考会のことも考えずにはいられなかった。

もっと詳しい情報を得るには、誰にたずねればいい？

あたしがそれを話題にするたびにマグは完全に無視し、話をそらした。ほかにあたしの部屋に来るのはアトラスだけだが、前回の選考会の話は禁じられているとマグから聞いているので、アトラスにたずねるのは適切ではないだろう。ガブリエルもいるが、ガブリエルはあたしを排除すべきやっかい者のように扱う。あんなやつにたずねるわけにはいかない。

そうだ、ほかの献姫たちなら知っているにちがいない。全員が二年前もアフェリオン王国に住み、活動していたのだから。あたしの質問に答えてもらうために、もしかするとハロを捜しにいくことになるかもしれない。少なくともハロはあたしに対して、それぐらいの借りがある。

その思いを胸にあたしは散歩に出かけることにした。元気になってきたし、寝てばかりいることにうんざりしていたところだ。ベッドから抜け出して、着心地のよさそうな服を探し、黄色のチュニックと、とろけるように柔らかいスエードのレギンス、金色の柔らかいサンダルを選んだ。ウィローとトリスタンのことを考えながらロケットペンダントを引っ張り、首にかかっていることを再確認した。二人は今、どうしているだろう？　ノストラザを離れてからもう数週間がたつ。あたしが生きていることを知っているのだろうか？　あたしの身に本当は何が起こったのか、ウィローとトリスタンには伝えられていないはずだ。

カリアスの魔法の薬のおかげで髪は伸びつづけ、いまでは肩のずっと下まで届いている。手櫛《てぐし》で髪をとかして頭を振り、うなじに髪の毛が当たる感触を大いに楽しんだ。

部屋を出ると、足の向くままに廊下を進んでいった。いつものように宮殿は活気に満ちており、パーティーは最高潮に達していた。大勢の妖精《フェイ》や人間たちが、さまざまな程度で服を脱ぎ、飲んだり食べたり騒いだりしている。ほかのすべての宮廷で、このように公然と肉体的快楽にふけることを許容しているのか？　それとも、アフェリオン王国に特有のことなのだろうか？

寝室でのことになると、フェイが一般的に情熱的であることは理解できるが、オーロラ王国でこんなに楽しい思いをしている者がいるとは想像がつかない。オーロラ王国はあまりにも暗く陰《いん》鬱《うつ》だ。オーロラ城はむしろ葬式や死者の蘇生にふさわしい場所に思える。

通りすがりに大勢が楽しんでいるのを見ているうちに、つられて笑顔になっていた。快楽のためだけに存在する人生とはどんなものなのだろう？　アフェリオン王国の王妃になったら、こんな現実が待っているのだろうか？　それであたしは満足できるの？　でも、それはあたしがいままで想像していた王妃の姿ではない。

パーティーは楽しそうで温かい雰囲気に満ちていたが、今日は人が集まる場所を避けたかった。グリアネとアプリシアがシャンパンを飲んでいるのを見かけたときには、とくにそう感じた。どうしてアプリシアはマダム・オデルの果てしないレッスンを受けなくてもいいのだろう？　だが、その理由はすでに察しがついているような気がした。

そばを通ると、二人ともあたしに気づいた。グリアネはもう競争相手ではないので、あたしに向かって小さく笑みを浮かべた。あたしのおかげで障害物コースを生き延びたのだから、あたしに感謝するべきだが、それは期待していない。アプリシアの冷たい視線はいつもと同じだった。アプリシアの侍女の一人になることを考えると、あたしは身震いした。ノストラザに戻るほうが、まだましかもしれない。

気分を台なしにされないようにその場を通り過ぎ、幅の広い両開きのガラス扉を見つけた。あたしはそれを押し開け、ひっそりとした庭に出た。金色のバラがきらきらと咲き乱れる茂みがどこまでもつづいている。一面に咲いたバラの花に太陽の光が反射し、命を吹きこんでいた。うっとりするような光景だ。柔らかい花びらを指でなぞりながら、ゆったりとした足取りで小道を進んでゆく。

バラの花びらはベルベットに包まれた枕のようにとても柔らかかった。しゃがんで鼻を近づけると、豊かで贅沢《ぜいたく》な香りがした。一瞬にしてあたしはノストラザへと連れ戻され、この強烈な芳香をはなつ蕾《つぼみ》と比べるとほのかな香りしかしなかったあの石鹸《せっけん》を思い出した。なんの変哲もない石鹸があたしをホロウへ連れてゆき、この庭へと導き、結果として、先の見えない運命の流れに投げこんだのだ。

誰にも迷惑にならないことを祈りつつ、花をひとつ摘み取り、人差し指と親指で茎をまわしながら持ち歩いた。

遠くで海の音がとどろくなか、庭の奥の低い石壁へと近づいていった。そこから海を見わたすことができた。

「ロア」名前を呼ぶ声がして、あたしの夢想は中断された。ハロがマリシといっしょに立っており、二人とも用心深い表情であたしを見ている。

「どうも」あたしはそっけなく言った。ハロの裏切りによって受けた心の傷はまだ癒えていなかった。

「気分はどう？」ハロがマリシと並んで近づいてきた。

「まあ……元気かな」

「あなたに会いにいったのよ。なんども」

「知ってる」あたしは言った。

「説明したかったの」ハロは両手でスカートを握りしめ、ためらうようにマリシをちらりと見た。マリシは一歩前へ進み出て、ハロの腕に青白い手を置き、うなずいた。

「話してあげて」マリシがささやいた。「ロアには知る権利があるわ」

何がなんだかわからず、あたしは顔をしかめた。秘密だらけのこの場所から、一時的にでも逃げだしたい気分だった。

「マリシとわたしは」ハロはそう言うと、言葉を切った。マリシがふたたびハロの腕を握りしめ、二人がやさしさとありのままの感情に満ちた視線を交わしたので、あたしは小さく息をのんだ。

「あんたたちは恋人どうしなんだね」あたしが言うと、二人の顔に驚きと安堵《あんど》の色が浮かんだ。

「ええ」ハロは言ったが、目を見開き、動揺する表情になった。「でも、誰にも言わないでね」

あたしは両手を上げた。

「大丈夫。何も言わない」

ハロの表情が暗くなった。

「ひとたび選考会に参加したら、王以外の誰かと恋愛関係になるのは反逆行為だから」

いくつかのことが腑に落ち、あたしは片手で顔をなでた。

「だから、わざと試練に失敗しようとしたのか」あたしが言うと、ハロは唇を引き結び、うなずいた。「どうするつもり？　二人で侍女としていっしょに生きてゆく……」その事実がたがいにしっかりと認識されると、あたしは言葉を失い、低い石壁から立ちあがって頭を振った。「このままでは危険だよ。アフェリオン王国で反逆者がどんな罰を受けるのか知らないけど、二人とも投獄されるか、絞首刑にされるかもしれない」

ハロは足もとに目を落とした。

「たしかにそうかもしれない」小声でそう言うと、ふたたび視線を上げてあたしを見た。「でも、わたしたちは長いあいだ、ただの親しい友人だったから……」

「家族は何も知らないの」マリシが付け加えた。「二人のうちのどちらかが王と絆《きずな》を結ぶことを期待されていたから、わたしたちには選考会に参加する以外に選択肢はなかったわ」

「わたしのせいであなたが障害物コースで命を落としそうになったことは、本当に申しわけないと思ってる。あなたが怒るのは当然よ」ハロは言った。

たしかにハロの言うとおりだが、二人が寄り添う姿に表われた悲しみとかすかな希望に気づいたとき、すでに怒りは消えていた。

「このことは誰にも知られてはいけないね」あたしは言った。

「わたしたちはもうそういう意味の所有物ではないと、王が判断しないかぎり……」ハロは頬を赤らめた。「侍女になった献姫は絆で結ばれた伴侶《はんりょ》を持つことはできないの。でも、王から興味を示されなければ王の許可を得て、王以外の誰かと関係を築くこともあるわ」

あたしはそれを聞いて顔をしかめた。アフェリオン王国は女性の扱いにかなり問題があるくせに、あたしを野蛮人よばわりしている。

マリシは、木に庇護を求める小さな花のようにハロに寄りかかっていた。

「もしあなたが勝ち残ったら……」ハロは自分の考えを口にしかけて言葉を切った。

「勝ち残ることはないよ」あたしは言った。アトラスとガブリエルはあんなことを言っていたが、実際にあたしが〈太陽の鏡〉の前に立つ可能性はかぎりなく低い。

「でも、もし勝ったら」マリシが言う。

あたしはマリシをじろりと見た。

「あたしが勝つことはないと思う」あたしは繰り返した。あたしに危害が加えられないようにと、アトラスはガブリエルに命じたかもしれないが、だからといって安全だとはかぎらない。試練のあいだに事故に見せかけることはいくらでもできる。

マリシが伏し目がちにうなずいたので、きつく言いすぎたと罪悪感を覚えたが、マリシには過度の期待を抱かせたくなかったし、自分でも期待したくはない。あたしはため息をつき、顔を片手でなでた。

「もしもあたしが勝ったら、なんとかしてみる。信じて。もしも勝ったら、伴侶があたし以外の誰かをベッドに入れるようなことは許さないから」

二人の女性は元気を取り戻し、笑みを浮かべたが、あたしは虚勢を張って口をすべらせただけで、本当は自信などなかった。もしあたしが勝っても、この王国で実権を握るフェイにかなわないことは明白だ。たとえあたしが望んだとしても、王の行動を阻止できるだろうか？　王が誰かの言いなりになることはあるのか？

「ありがとう、ロア」ハロがあたしの両手を取った。「本当にありがとう」

「感謝しないで」あたしは答えた。「まだ何もしてないんだから」

「そうだったわね」マリシが言った。「それでも、ありがとう」

あたしはふたたび、ため息をついた。世界の重みが石の天井のように両肩にのしかかっている気がした。

トリスタン。ウィロー。ハロ。マリシ。

あたしが太陽妃選考会に勝利することを期待する人々のリストは、どんどん長くなってゆく。

27

アプリシア、テスニ、ハロ、あたしの四人は一列に並び、マダム・オデルと向き合っていた。マダム・オデルは宝石店の鑑定士のようにあたしたちを注意深く観察し、あたしを見ると、傷だらけの宝石を発見したかのように鼻にしわを寄せた。

「おめでとう、あなたたちが最後の四人です」と、マダム・オデル。「何人かは残るべくして残りましたが、どうして残ったのか理解できないかたも一人います」

もし奇跡が起こってあたしがアフェリオン王国の王妃になったら、オーロラ国王とともにマダム・オデルも、罰するべき者たちのリストに加わることになるだろう。

あたしは目をぐるりとまわしたが、舌を突き出したくなる衝動は抑えた。そんなことをするのは子どもじみているし、あたしは……まあ、たしかに貴婦人とは言えないが、これ以上マダム・オデルに見くだされるような態度はとりたくない。あたしは六人の献姫《けんき》が脱落した試練を生き延びて、ここまで来た。たとえ自分の力だけではないとしても。あたしはアプリシアを見た。アトラスがあたしだけに手を貸しているとは思えない。お気に入りたちがいると、アトラスは言っていた。たしかに複数形だった。

いずれにしても、アプリシアがあたしに敬意を示すことは絶対にないだろう。だからといって、あたしよりも彼女のほうがすぐれているわけではない。
あたしを擁護しようとしてハロが口を開きかけたことに気づき、あたしはハロの腕に手を置いて止めた。弁解しても無駄だし、何も変わらない。マダム・オデルは自分の考えを変えないだろう。ハロはあたしに向かってしぶしぶうなずいた。ハロとマリシの秘密を守っているあたしに負い目を感じているようだが、それは無用だ。あたしは絶対に彼女たちを困らせるようなことはしない。

「次の試練は三日後の太陽妃選考会の舞踏会で行なわれます」マダム・オデルが言った。「これは毎回の選考会の伝統であり、アフェリオン王国における最高の行事です。未来の太陽妃の候補をひとめ見るために、各王国の支配者たちが集まります」すでに次の太陽妃は決まっているかのようにマダム・オデルがアプリシアにほほえみかけたので、あたしは鼻で笑ったが、無視された。

とはいえ、マダム・オデルの言葉にあたしは動揺した。すべての支配者たち。

つまり、長い年月をへてふたたびオーロラ国王と顔を合わせるということだ。胃が締めつけられるような思いがした。

自分の人質の様子を確かめにくるのだろうか？　本当はあたしがまだ生存していることを知っているのか、または、それを気にかけているのか？　あたしをここに送った目的は何？　これは何かもっと大きな計画の一部なの？　あいつがあたしを全力で打ちのめそうとしてから何年もたつので、もうあたしのことは忘れていると思っていた。いつか破滅させてやると誓った支配者階《インペリ》級妖精《アル・フェイ》と対面するのは、本当に久しぶりだ。

そのための心の準備ができているかどうか、自信がない。

「舞踏会は仮面をつけて行なわれます」マダム・オデルが話をつづけた。「あなたがたは献姫としてではなく、パーティーの一般参加者として匿名で招待客に加わります。みなさんの任務は交流し、魅力を振りまき、心をつかむことです。何人かの出席者が課題に参加するために選ばれますが、課題が試練の一部であることは、試練が終わるまで本人には知らされません。選ばれた出席者はそれぞれ、指輪やブローチなど、自分にとって大切な思い出の品を身につけています。舞踏会開始から一時間後に、各監視官は回収するべき具体的な品物について知らされます。監視官を捜して、お目当ての装身具を持っているターゲットが誰なのかをつきとめてください。

あなたがたの目標は、持ち主を説得して装身具を渡してもらうことです。自分の素性や舞踏会に参加している目的を明かさないかぎり、どんな手段を使ってもかまいません。装身具を最後に回収した一人が失格となり、脱落します。ほかの三人は第四かつ最後の試練へと進むことができます」

ゆっくりとした足取りで行ったり来たりしていたマダム・オデルが立ちどまり、胃の位置で手を握りしめながら向きなおった。

「わたしの指示は理解できましたか？」

全員がうなずいた。今回の試練はほかの試練よりもやや単純に思えるが、何か裏があるにちがいない。少なくとも今回は命を落とすことはなさそうだが、雑学テストのときも同じように思っていた。

「けっこう」マダム・オデルが言った。「みなさんが機知と策略を駆使するのを楽しみにしています」いつものようにあたしに批判的な目を向けた。機知や策略という特質があたしには欠けている、あるいはまったく生かせそうにないと言いたげな表情だ。たしかにそのとおりかもしれない。あたしは誰かを魅了する方法など知らない。ターゲットが扱いやすい人物であればいいのだが。

「解散」やがてマダム・オデルは言った。「幸運を祈ります、献姫のみなさん」

櫛《くし》や薬品をのせたワゴンを押しながらカリアスが部屋に勢いよく入ってくると、あたしをすばやく見て全体をチェックした。あたしはシャンパンを飲みながら、マグが持ってきてくれた昼食を食べおえるところだった。今日は太陽妃の舞踏会の日で、その準備に数時間はかかりそうだ。

「ああ、よかった！」マグがうれしそうに手を叩いた。「やっと来てくれたのね」

カリアスが皮肉っぽい表情で片眉を上げた。

「うん、まあ、あの傲慢《ごうまん》なアプリシアが召使にぼくをつかまえさせようとしたから、どうにか逃げてきたんだ」カリアスは口をゆがめた。「アプリシアが勝ったら、王にとってもアフェリオン王国全体にとっても不幸なことになる。ぼくは二十分間もあの女にどなられつづけたんだぞ。髪に入れたハイライトの輝きが足りないという理由でね」カリアスはせせら笑いながらワゴンから道具を取り出し、化粧台の上に並べはじめた。「彼女の髪に自然な艶《つや》がないのはぼくのせいじゃないし、ぼくは彼女の専属スタイリストでもないのに。どんな粗悪品のシャンプーやコンディショナーを使ってるのか知らないが、きっと――」

「カリアス」マグが厳しい口調で言った。「お願いだから集中して。時間があまりないんだから」

本当は何時間もあるのにと、あたしは抗議しようとしたが、マグににらまれて口をつぐんだ。

カリアスはいらだたしげにため息をつき、片手を腰に当てた。

「はいはい、わかったよ」あたしをじっくり観察し、考えこむように首をかしげると、にっこり笑った。「ぼくの薬が効いてるようだね」満足そうに肩を小さく前後に揺らし、ふたたび道具を取り出しはじめた。

「そうなの」あたしの髪はもう背中のまんなかまで伸びていた。マグおすすめのシャンプーのおかげで、絹のように柔らかく輝いている。艶はアプリシアのボリュームのある髪にはかなわないが、ここに来たときの不揃《ぞろ》いに切られた髪に比べれば、驚くほど改善されていた。

カリアスは櫛を手に近づいてきて、小さなダイニングテーブルのそばで椅子にすわっているあたしの周囲をまわりはじめた。

「今夜はどんな感じにしようかな？」カリアスは考えこんだ。ひとりごとだと思ったので、あたしはそれには答えず、シャンパンをグラスにもう一杯注いだ。瓶が空《から》になり、マグに向かって瓶を持ちあげて合図した。

「もう一本ちょうだい」

マグはうなずき、あたしの要求に応じるために立ち去った。今夜のことを考えると緊張する。酒の力が必要だ。オーロラ国王と再会するのかと思うと、汚泥のなかから浮かびあがる水浸《みずびた》しの死体のように、長いあいだ押しこめていた記憶がふたたび表面に現われてきた。

まだあたしのそばをまわっていたカリアスが一瞬立ちどまり、こんどは反対方向にまわりはじめた。ときどき〝ううむ〟とか〝ほう〟などと声を漏らすので、あたしはオークションで評価される馬になったような気がした。

「まだ？」あたしはたずねた。「一時間も考えなきゃならないほど手のほどこしようがないってこと？」カリアスは足を止め、ウインクした。あたしが感情を爆発させているのに、まったく動じていない。あたしの手からグラスを取りあげると、抗議するあたしを追い払うように手を振った。

「まあまあ、飲むならこっちで飲めよ」

カリアスはグラスを化粧台の上に置き、あたしにすわるよう指示した。

「わかったよ」あたしはすべるように椅子にすわった。カリアスはさらになんどか角度を変えてあたしをながめてから、ようやく仕事に取りかかり、鏡のなかであたしと目を合わせながら髪をとかしはじめた。

「楽しんでる？」カリアスがさりげなくたずね、あたしは鼻で笑った。

「ケガをしてなんども死にかけることを楽しいと呼ぶなら、楽しんでる」カリアスは笑みを浮かべ、あたしの髪を櫛でとかすと、熱くなった青いカーラーを手に取った。それを少し吹き冷ましてから一房の髪を巻きつけ、頭皮に密着させてそっと手を離した。

「噂によると、王はきみにご執心らしいね」カリアスがいたずらっぽい表情で言った。「きみはここでの生活をおもしろくしてくれそうだと、たしかにぼくは言ったよな？　想像できるか？　最終献姫がお気に入りの一人になるなんて。アンブラの人々は混乱しているそうだ。きみが大きな影響を与えていることは間違いない、ロア」

カリアスがさまざまな大きさのカーラーに髪を巻きつけ、作業をつづけるあいだ、あたしは返事をしなかった。アンブラ。見たこともない場所の〝出身〟だと思われているのは奇妙な感じだ。アンブラの人々は、住民が誰もあたしのことを知らないと気づいているのか？　それとも、出身者の一人を認識できないほど社会的に孤立しているのだろうか？　でも、あたしはアンブラの一員ではないと、自分に言い聞かせた。本当はノストラザ出身で、負けたらそこに戻ることになる。

「やけに静かだな」カリアスは言った。「もう少し飲めよ。元気が出るぞ」マグが持ってきてくれたばかりの瓶から、あたしのグラスにお代わりを注いだ。

あたしはにやりと笑ってグラスを受け取り、いっきに飲み干した。

「王とキスはしたのか？」カリアスがたずねると、いつものようにベッドを整えたり片づけものをしたりしていたマグが、身体をこわばらせた。「口外はしないよ」

あたしは鏡ごしにカリアスと目を合わせた。カリアスの表情には純粋な好奇心があるだけで、批判する意図はなさそうだ。

「うん」あたしは思わず認めてしまった。「した」

カリアスは予想どおりだと言わんばかりに小さくうなった。

「まあ、ぼくは、最終献姫が勝ったら大喜びするね。痩《や》せっぽちでぼさぼさの髪をした哀れなアンブラのネズミを無理やり連れてきて、絹のドレスを着せ、アフェリオン王国全体でもっともすぐれた若い女性たちと競わせようとするなんて、実にけしからん」

あたしが額《ひたい》にしわを寄せると、カリアスは失言に気づき、われに返ったようだ。

「いや、違うんだ、ハニー。きみのことを言ったわけじゃない。きみは努力して結果を出してるじゃないか。誰でも自分の境遇を変えられるという一般的な俗説を証明してるんだよ」カリアスはにっこり笑い、あたしの髪をカーラーで巻きつづけた。

髪全体を巻きおわると、カリアスはふたたびあたしのグラスにもう一杯注ぎ、あたしは緊張で胃が締めつけられるような感覚がやわらぐことを祈りながら、さらに飲みつづけた。これまで怪物や高所、アプリシアの軽蔑的な態度に対処してきたが、オーロラ国王はあたしにとって間違いなく最大の難敵だ。あの男ほどあたしを苦しめた者はほかにいない。

あたしがまたお代わりを注ごうとすると、カリアスがあたしの手首に手を置いた。

「もう少しペースを落としたらどうだ？　その調子で飲みつづけたら、ひと晩もたずに酔いつぶれるぞ」

「大丈夫だよ」あたしはカリアスの手を振り払い、注ぎつづけた。カリアスは肩をすくめ、カーラーをひとつずつはずしはじめた。やがて、美しくカールしたつややかな髪が流れ落ちる滝のように現われた。

「噂によると、王にはほかにもお気に入りがいるんだって？」あたしはたずねた。リラックスした口調を心がけたつもりだが、その努力がうまくいっていないことはわかっていた。カリアスは片眉を上げ、唇を噛《か》んだ。

「黒髪のずる賢い誰かさんといっしょにいるところも目撃されたらしい」

「もしかして、金色のハイライトに輝きが足りないあの女のこと？」あたしは舌の上で泡がはじけるのを感じながら、シャンパンを一口飲んだ。

「うーん」カリアスは曖昧《あいまい》な返事をした。

「大丈夫」あたしは言った。「気にしない。王がほかの献姫たちともいっしょに過ごすのは当然のことだから」

カリアスがピンを使って上半分の髪を頭の後ろでとめるあいだ、あたしは鏡ごしにカリアスのすべての動きを観察した。カリアスはうなずいた。

「気にするわけないよな」

あたしはその見くだしたような口調に目を細め、不快感をあらわにした。

「王は王妃という正式な伴侶《はんりょ》が選ばれても、侍女を寝室に呼んで浮気するタイプのフェイだと思う？」

カリアスはバカにするように大笑いした。

「おいおい、フェイなんてみんな、そんなもんだよ、ハニー。性的な誘惑に対して自制が利かないのさ。明らかにきみはフェイについて理解不足だから、もっとフェイといっしょに過ごしたほうがいい」

「フェイは全員がそうなの？」あたしは顔をしかめた。

「みんなってわけじゃない」カリアスは言った。「誠実なフェイもいる。真の伴侶を見つけた幸せ者とかね」彼はそれを否定するかのように片手を振った。「でも、伝説と言ってもいいほどまれなことだし、とにかくフェイは一般的に移り気な生き物だ」

気にしたくない。王に対する好意は一時的なものにすぎないのだと、自分に言い聞かせた。王は親切で寛大で、ほかの人々とは違う特別な方法であたしの自尊心を高めてくれた。だが、自分の使命を見失ってはならない。ここへ来た本当の目的を。トリスタンとウィロー。太鼓がいっせいに打ち鳴らされたかのように、二人の名前が頭のなかで力強く響いた。勝って、二人を救い出さなければならない。ハロとマリシもあたしを頼りにしている。アトラスが誰と寝ようと、あたしには関係ない。あたしはそのためにここにいるわけではないのだから。

あたしは顎《あご》を上げてシャンパンをごくりと飲みこみ、見せつけるようにグラスを空にした。

「それでいい」カリアスはあたしの肩を軽く叩きながら、なだめるように言った。「酒でうさを晴らせ。そうすれば、何もかもうまくいくよ」

「黙れ」あたしが言うと、カリアスは笑い声を上げた。「うさ晴らしをしてるんじゃない。緊張をやわらげてるだけ」

「まあ、どっちでもいいけど……できたよ」

カリアスは、あたしを暖炉の上に飾る肖像画にふさわしい傑作にしあげてくれた。あたしの髪は、太陽にキスされたかのように輝いていた。柔らかくカールした髪は頭の上でゆるやかにまとめられ、巻き毛が顔を縁取《ふちど》っている。カリアスはかがんで顔を近づけてくると、両手をあたしの肩に置いた。

「どうだ、まるで王妃のようじゃないか？」

あたしはほほえむと同時に小さなげっぷを漏らし、片手で口をおおった。カリアスはあきれたように口をゆがめ、上体を起こした。

「アンブラ出身の女は、アンブラを離れても中身は変わらな……」カリアスはひとりごとをつぶやきながら、道具をしまいはじめた。あたしは口をおおったまま、カリアスの表情を見てくすくす笑った。

カリアスはふいに顔をほころばせ、頭を振った。

「死なないようにしろよ。な？」カリアスはなぜか父親のようにやさしく、あたしの鼻の頭をちょんとつついた。

「次はドレスよ！」マグが告げ、手招きすると、着替え用の衝立《ついたて》の後ろにあたしを押しこんだ。マグはあたしのローブを脱がせ、ドレスを広げて足を入れやすいようにしてくれた。ドレスはもちろん金色で、全体が何千個ものきらきらしたクリスタルで飾られている。身体にフィットした上半身部分はノストラザの烙印《らくいん》が隠れるように片方の肩がおおわれ、もう一方の肩が露出するデザインになっていた。スカートは床まで広がり、雲をまとっているかのように軽くて柔らかい布が繊細に重なり合っている。

マグはあたしをふたたびすわらせ、あたしのまぶたと頬に金色のパウダーを塗りはじめた。次に細い筆と金色の塗料の入った容器を取り出し、露出した片腕全体に、花が連なる長い蔓《つる》模様を描いてゆく。そのきらきらした線が明るい褐色の肌に美しく映えている。

マグが作業を終えると、あたしは鏡に映る自分の姿に息をのんだ。わずか六週間前とは大違いだ。あのときのあたしは擦《す》り切れた灰色のチュニックを着て、土に掘られた穴の底に横たわり、薄くなった皮膚から骨が浮き出て見えるほど痩せ細っていた。

まるで本当に王妃になったみたいだ。たとえ実際にはほど遠いとしても。

目の奥が焼けるように痛み、涙が出そうになった。複雑にからみ合ったどうしようもない感情が原因だが、じっくり対処する余裕はないので、その感情を押しのけた。今は、違う境遇に生まれていたらどんな未来が待っていたかを考えている場合ではない。

装いの仕上げは絹でおおわれた金色の繊細な仮面だ。金色のビーズで縁取られ、片方の端に淡い黄色の羽根が一本ついている。マグはその仮面をあたしの目にかけ、頭の後ろでリボンを結んだ。

「準備はできたか？」ガブリエルが衝立の向こうから声をかけ、あたしはうめき声を上げたくなるのをこらえた。ガブリエルとアトラスの会話を耳にして以来、ガブリエルとの接触を避けようとしてきたが、ガブリエルによる訓練は毎日つづいているため、そう簡単にはいかなかった。ガブリエルのそばにいるときは、とにかく口をきかないことにした。毎日ふらふらになるまでしごかれるので、ガブリエルの侮辱を受ける気分にはなれないからだ。あたしを排除したがっていることは明らかなのに、なぜそれでも世話を焼くのか、わからない。

「できているわよ」マグは歌うような声で言い、衝立の後ろからあたしを引っ張り出した。一瞬、気まずい沈黙が流れ、ガブリエルとあたしは見つめ合った。あたしは覚悟を決めて待った。いつものようにいやみを言われることを。どんなに美しいドレスで飾り立てられても、あたしの本質は変わらないのだと思い知らされる言葉を。

ぴったりした金色の上着をまとったガブリエルはとても輝いて見えた。ちょうど尻が隠れる丈で、広い肩とたくましい腕をきわだたせている。茶色のズボンが筋肉質の太ももにフィットしてその輪郭を強調し、磨きこまれた茶色いロングブーツの折り返し部分と接していた。肩まで届く濃いブロンドの髪は後ろに流してなでつけられ、首にある太陽のタトゥーのあたりでカールしている。いつものように腰に剣を下げてはいるものの、この日のガブリエルの装いには形式ばらない高級感があった。

ガブリエルは、あたしの頭から爪先までじっと見つめ、肩をこわばらせながら雪のように白い翼を広げた。やがて、承認にも聞こえる曖昧《あいまい》なうなり声を漏らした。

「行くぞ」ガブリエルは踵《きびす》を返して扉へ向かい、出口で立ちどまってあたしを待った。あたしが通り過ぎるときに、またしても値踏みするような目を向けた。あたしたちは並んで、めずらしく静かな廊下を進んでいった。今夜は全員が舞踏会に出席しているのだろう。

「仮面はつけないの？」あたしは大股で歩いてゆくガブリエルに追いつこうと、早足になった。

ガブリエルが見くだすような視線を向けてきた。「今夜は仮面舞踏会だよね？」ガブリエルをいらだたせようとして、わざとかんだかい声で言った。ガブリエルは深呼吸して鼻の穴をふくらませ、あたしをにらみつけた。どうやら、あたしのもくろみは成功したようだ。あたしは勝利の笑みを浮かべそうになるのを我慢した。

「ほかの王国の支配者たちが来ている」ガブリエルは低い声で言った。

「うん、マダム・オデルが言ってた……オーロラ国王も来るって」あたしはためらいがちにその言葉を口にした。

「いや、リオンは断わり状を送ってきた。代わりに王子が来ることになっている」

王子が？　王ではなく？　胃を締めつけられるような感覚が少しやわらいだが、それでもまだ複雑な思いが渦巻いている。

「王子はあたしのことを知ってる？」

ガブリエルが横目であたしをちらりと見た。悪意に満ちた目つきだ。

「いや、おまえはアフェリオン王国の一《いち》市民にすぎない。今の立場を保持しろ。わかったか？」

あたしはうなずくと、二人で廊下を曲がった。広い両開きの扉の向こうではすでに舞踏会が盛りあがっており、みなダンスを楽しみ、笑い声を上げている。

「覚悟はいいか、最終献姫？」

あたしはドレスの前をなでつけて胸を張り、運命への階段で新たな試練に立ち向かう覚悟を決めた。

「その呼びかたはやめて」

ガブリエルはもういちどあたしに鋭い視線を向けてから脇へよけ、なかに入るよう身ぶりであたしをうながした。

「一時間後に会おう、ロア。やっかいごとにかかわらないようにしろよ」

28　ナディール

　ナディールはワインを飲みながら大理石の柱に寄りかかり、パーティーを観察した。従者はともなわず、オーロラ王国から空を飛んでここまで来たのだ。できればアフェリオン王国に長居はしたくない。結局、アミヤは同行を拒んだため、ナディールは一人でこの晩を耐え忍ぶことになった。

　ナディールは主賓席をちらりと見た。ウラノス大陸のほかの支配者たちがそこにすわり、憎み合っているのが嘘のように楽しげに会話していた。アトラスはどこだ？　なぜ父はここへ来るだけのことができなかったのか？　ほかの王や女王たちはみな、なんとかして出席したというのに。おそらく彼らには自分の代理をまかせられる後継者がいないのだろう。

　ナディールは退屈しのぎに、招待客に交じっている献姫《けんき》たちを見つけようとした。どうやら、〝この茶番〟が終わるまで彼女たちの正体が明かされることはないらしい。何が起こるのか招待客には告げられず、その若い女性たちが舞踏会終了まで群衆の一部として扱われることだけが伝えられていた。ナディールは頭を振り、グラスからもう一口ワインを飲むと、黒檀《こくたん》のような肌と明るい銀髪を持つ一人の若い女性をこっそり目で追った。女性は両手をもみしぼりながら一人で人ごみのなかを通り抜け、不安げに目をきょろきょろさせている。

ナディールは鼻で笑った。このような哀れな女性たちを見つけるのはとても簡単だ。一人きりで歩きまわっている女性は献姫以外にありえないのだから。ナディールはまた別の女性を見つけた。腰まである黒髪を肩から払いのけている。女性が群衆を見わたし、やがて太陽王の近衛兵の一人と目を合わせると、近衛兵は女性に向かってわずかにうなずいた。彼女の監視官だろう。

まもなくナディールの視線は、部屋に入ってきたもう一人の女性に引き寄せられた。女性のきらびやかな金色のドレスは甘く香り立つ煙のように、ふわりと魅力的に広がっていた。手すりのそばに立ち、関節が白くなるほど強く両手を手すりに押しつけている。

女性の目は金色の仮面でおおわれていたが、ナディールはその目の輝きを見のがさなかった。彼女は、ダンスに興じる人々を興味津々という様子で評価するかのように見つめている。周囲の雰囲気に圧倒されながらも、まったく動じていないように見えた。食いしばった顎《あご》が強い決意をうかがわせる。

ナディールはもう一口ワインを飲もうとしてグラスがほとんど空《から》であることに気づき、いらだたしげに目を細めた。グラスに残っていたわずかなワインを一瞥《いちべつ》してから視線を上げると、さっきまで見ていた女性がウェーブのかかった茶色い髪をした長身の男性と話をしていた。アトラスだ。ナディールは、群衆の一人に見せかけようとするアトラスの涙ぐましい努力にあきれて、ぐるりと目をまわした。本当に気づかれていないと思っているのだろうか？　傲慢《ごうまん》な男だから、自分の正体に気づかないふりをしているみなの反応を楽しんでいるのだろう。

アトラスはその女性とともに階段をおり、ダンスフロアへ導いた。誰にも渡さないと言いたげに、そばに引き寄せている。選考会の結果にかかわらず、すでに自分のものだと考えているようだ。ナディールは口をゆがめた。権力と地位だけが目的でここにいるような者とカップルにさせられるのが、どれほど恥ずかしいことか。わたしが伴侶《はんりょ》と絆《きずな》を結ぶさいには、強い魅力を感じる相手でなければ満足できないだろう。

「なぜこんな人目につかない場所に隠れているのですか、殿下?」隣で声がした。見ると、そこにはガブリエルがいた。背中で手を組み、まっすぐ前を見つめている。

「ここがいちばん落ち着くからだ」ナディールがそう言うと、ガブリエルは皮肉っぽい笑みを浮かべた。

「あなたはいつだってパーティーの主役になってしまいますからね、ナディール」

ナディールはにやりと笑い、群衆に視線を戻した。

「たしかに好意的に受け入れられているようだ」

ガブリエルが小さく含み笑いを漏らしたあと、一瞬、二人の妖精《フェイ》は沈黙した。

「今回、あいつは一人を選ぶと思うか?」ナディールはたずねた。「もう罪のない者を手にかけたりしないだろうな?」

ガブリエルの口もとがこわばった。

「あれは……不快な出来事でした」

「きみは今でもアトラスの忠実な猟犬でいるようだな」

ガブリエルは鋭い目でナディールをちらっと見た。

「そういうわけではありません」

「わたしには関係のないことだ」ナディールは通りかかった召使の男に自分のグラスを渡し、男が片手で支えているトレイから中身の入ったグラスをひとつ取った。

「訊きたいことがある。これは他言無用だ」

「なんですか？」

「アフェリオン王国に現われたよそ者の噂を聞いていないか？」

ガブリエルは片眉を上げた。

「よそ者？　誰かを捜しているんですか？」

「そんなところだ。オーロラ王国から一人の若い女がいなくなった」

ガブリエルがぴたりと動きを止め、室内を注意深く見まわしている。

「いいえ、何も聞いてません」ガブリエルは一瞬の間《ま》のあとで言った。ナディールはガブリエルをじっと見ると、ガブリエルが嘘をついていると確信し、けわしい表情を浮かべた。

「ご自分の存在を積極的にアピールするつもりですか？」ガブリエルは話題を変え、まだ献姫と踊っているアトラスを指し示した。

ナディールは大きくため息をついた。

「しかたがないだろう。フェイの若い女性たちをだまして殺すことを、オーロラ王国が公式に支持しているとは思われたくないからな」

「鏡は――」ガブリエルが話しはじめると同時にナディールがさえぎった。

「鏡など、くそくらえ」

「大きな声を出さないでください」ガブリエルは背筋を伸ばし、歯を食いしばりながら言った。

「うんざりしないのか？」ナディールはほかの支配者たちがいる主賓席を身ぶりで示した。

「これはわたしの義務ですから」ガブリエルは機械的な口調で言った。なんども同じ言葉を繰り返すうちに、最初に口にしたときの情熱や目的が失われたかのようだ。

「なるほど。義務か」ナディールは首をまわした。

「わたしに選択肢がないことはご存じのはずです」ガブリエルが非常に小さい声で言ったので、ナディールは聞こえないふりをし、アトラスに注意を向けた。アトラスは自分の腕のなかにいる献姫にほほえんでいる。太陽王は振り返り、ナディールと視線を交わすと笑みを消した。

ナディールは腹のなかで笑い、自分の存在感を示すことができたと思った。

「わたしはもっとうまく立ちまわるべきなのかな」もういちどガブリエルを横目で見た。「オーロラ王国から来た若い女について、何かわかったら……」

ガブリエルがうなずいた。

「もちろんです」

ナディールはアフェリオン王国の近衛隊隊長の肩を叩くと、黒い上着の裾《すそ》を引っ張り、大股でその場を離れた。

29
ロア

舞踏室に足を踏み入れた瞬間、その荘厳さに圧倒された。非常に広い部屋で、高い天井から吊り下げられた数十個のシャンデリアは、したたり落ちそうなクリスタルと金色の真珠で飾りつけられていた。曲線を描く壁は浮き出し模様のある金色の絹でおおわれており、何百人もの着飾った妖精《フェイ》たちが女神の抱擁を受けるかのようにその壁に囲まれている。

あたしはきらきら光る自分のドレスを最高に贅沢《ぜいたく》なものだと思っていたが、どこを見ても、金や宝石や高価な飾りがちりばめられた服であふれているこの場所では、まったく目立たない。誰もが盛装し、髪をきちんと整えて完璧な化粧をほどこし、目を輝かせている。そのときあたしは気づいた。カリアスがあたしの耳が見えないようなヘアスタイルにしたのは、身分が低い人間であることを隠すためだったのだ。

あたしは部屋をすばやく見まわした。ほかの献姫《けんき》たちはもう来ているだろうか？　うまくバランスがとれず、一歩ずつ慎重に進みながら、部屋の隅にめぐらせてある金色の手すりに近づいていった。やはり、シャンパンのあの最後の一杯は飲むべきではなかったかもしれない。

短くて幅広い階段が、部屋の周囲から中央の少し低い位置にあるダンスフロアに向かって、等間隔かつ放射状に配置されている。フロアの隅には小規模な楽団がすわっており、カップルたちが音楽に合わせて、風に舞う枯れ葉のように軽やかに回転しながらダンスをしていた。活気に満ちた雰囲気がただよい、招待客はみなこぼれんばかりの笑顔を見せている。あたしはこみあげる不安をのみこんだ。どうしてあたしはここにいるの？　どうしてあたしの人生はこんなことになったのだろう？

「踊っていただけませんか？」男性の低い声がして振り返ると、長身のフェイがあたしを見おろしていた。身体にフィットした金色の上着に、花の模様が浮き出し加工されている。あたしと同じように顔は仮面で隠されているが、仮面には羽根や装飾はついていない。炎の筋でハイライトを入れたかのように、赤褐色の髪が明るく輝いている。

「アトラス」あたしは誰かのいたずらではないかと、あたりを見まわした。アトラスが口に指を当て、シーッと言った。

「わたしは仮面舞踏会の匿名の参加者にすぎません、お嬢さん」アトラスは腰をかがめると、口角を上げてわずかに笑みを浮かべた。あたしは思わず噴き出した。たとえ仮面をつけていても、このフェイが誰であるかは間違えようもない。誰もアトラスの魅力を否定できない。行く先々で注目を集め、周囲の人々を虜《とりこ》にして離さないのだから。

アトラスが片手を差し出した。あたしは驚いて眉を上げながらもお辞儀をし、その手に自分の手を重ねた。ガブリエルにはじめて会った数週間前には、こんな礼儀作法も知らず、不安だった。マダム・オデルの講義が少しは役に立ったのかもしれない。

「もちろん。光栄です」

アトラスはにっこり笑い、あたしを連れてダンスフロアへとつづく階段をおりていった。フロアは金色の筋が入った淡い黄色の大理石でおおわれていた。

「練習以外でダンスをするのははじめて」あたしは言った。小声だが、鋭敏なフェイの耳なら聞き取れることはわかっていた。

「心配するな。わたしがリードするから」アトラスがあたしの腰のくびれに手をすべらせ、あたしは引き寄せられ、アトラスの身体にぴったりと押しつけられた。このときのあたしたちのあいだには守るべき通常の距離感はなかった。アトラスはあたしのもう一方の手を取ると、自分の大きな手のひらで握り、あたしをリードしながらダンスを始めた。

「今日のきみはとても魅力的だね」アトラスは身を乗り出し、あたしの耳もとでささやいた。

「パーティーのあとで、わたしのところへ来てくれないか?」

あたしは唇を引き結び、アトラスのアクアマリンの目を見あげた。断わるべきだ。カリアスから聞いたアプリシアの話を思い出した。アトラスはあたしとアプリシアを競わせようとしているの? 〈太陽の鏡〉が最終的な判断をくだす以上、競争する意味があるのだろうか? 鏡はアトラスの好みを考慮すると、アトラス自身が言っていた。忘れてはならない。あたしはこの選考会に勝つためにここにいることを。そして、選考会の結果があたしの運命を大きく左右することを。勝たなければトリスタンとウィローを救い出すことはできないし、王妃としての影響力がなければ、オーロラ国王に復讐することもできない。アプリシアが勝利を求めるのは、この美しいフェイとともに宮殿での生活を楽しみたいからかもしれないが、あたしにとっては命にかかわること、いや、それ以上に重要な意味を持つことなのだ。あたしのほうが崇高な目的を追求していることは疑いようもない。

この十二年間、あたしはこれまで出会ったなかでも最悪の男たちに対して、自分の身体を武器として、あるいは対価を得る手段として利用してきた。これまで以上に大きなリスクがかかっているのに、なぜ今になって行動を改めなければならないのか？　それに、アトラスはあたしに安心感を与え、あたし自身の美しさに気づかせ、大切にされていると実感させてくれただけなのだ。あたしが自分の欲求に抗《あらが》う理由はない。欲求にしたがうことで優位に立てるなら、なおのこと躊躇《ちゅうちょ》する理由はない。

アトラスがあたしに手を貸してくれているかどうかは、もう気にしないことにした。別に〝正々堂々〟と勝つ必要はない。あたしの人生はつねに不公平だったのだから。

アトラスが期待をこめた目であたしを見つめている。自分の誘いにノーと言うのではないかと、本気で思っているかのようだ。やがて、あたしはようやくうなずいた。

「喜んで」

アトラスは輝くばかりの笑顔を見せると、踊りながらあたしを軽快に回転させ、フロアじゅうを移動した。あたしは部屋の向こう端の高座に目をとめた。金色の布でおおわれた長いテーブルと、九脚の壮麗な椅子が並んでいる。その中央にあるのは大きな金色の玉座だ。今あたしがダンスをしているフェイのための席だろう。

その隣に、それより少し小さな黒い玉座があり、背もたれにエメラルドグリーンのベルベットが張られている。さらにその横には全体に蔓《つる》を巻きつけて装飾した木製の椅子が二脚あり、濃いオリーブ色の肌をした二人のフェイがすわっていた。一人は流れるような茶色い長髪の男性で、緑色の上品なチュニックを着ている。横には同じく茶色い長髪を持つ魅力的な女性がいて、灰色がかった黄緑色の複雑なデザインのドレスをまとっていた。二人とも、背中に折りたたんだ革のような質感の茶色い翼を誇示している。

「ウッドランズ王国の王と王妃だよ」アトラスがあたしの視線の先を見て言った。「シダーとエルスワイスだ。シダーとわたしは友人になって数世紀がたつ。シダーは善良なフェイだ。彼のほかの家族とは違う」あたしはアトラスの苦々しい口調を不思議に思いつつ、二人をじっと見つめた。シダーが絆《きずな》を結んだ伴侶《はんりょ》であるエルスワイスに何かをささやくと、エルスワイスは微笑した。シダーを見るエルスワイスの目は、ハート形の虹がかかっているかのように愛情に満ち、輝いていた。あたしは強く心を揺さぶられた。

「あの女性も同じように選ばれたんですか？　試練を通して？」

「まあ、そうだな」あたしを回転させてフロアを移動しながらアトラスが答えた。「どの王国にも、支配者階級妖精《インペリアル・フェイ》が即位するための独自の方法がある」

「それについて教えてもらえますか？」あたしは、ここには自分たちしか存在しないかのように愛し合う二人を振り返りながら、たずねた。

「もちろんだ」アトラスは言った。「アフェリオン王国を支配する立場になったら、その種のことを知る必要があるからな」あたしがアトラスを見あげると、アトラスは笑みを浮かべた。

「ほかのかたたちは、どなたですか？」

ウッドランズ王国の王と王妃の隣に、ガラスのようなものでできている半透明の青い玉座が置かれ、美しい男性がすわってくつろいでいた。ワインを飲みながら、リラックスした姿勢で部屋を見わたしている。青白い肌と美しく調和した藍色の髪は非常に長く、どこまであるのかはテーブルにさえぎられて見えなかった。高い頬骨にしっかりした顎《あご》。紺碧《こんぺき》の目。そのすべてが彼の魅力をいっそう引き立てている。

「アルヴィオン国王だ」アトラスは言った。「代々、海を支配してきた。シアンは傲慢《ごうまん》だが、根はいいやつだ。長いあいだ伴侶を探しているが、まだ見つけられずにいる」

太陽王の玉座をはさんでもう片方の側には石の玉座がふたつあり、また別のフェイが二人すわっている。二人とも、あたしがこれまで見たこともないほどの美女で、オリーブがかった褐色の肌と長い銀髪の持ち主だ。彼女たちにも翼があり、その翼はきらめく灰色の羽根でおおわれていた。

「あの二人はトール王国のブロンテ女王と妃《きさき》のヤエルだ。トール王国はアフェリオン王国の同盟国ではないが、協力関係を結んでいた時期もあった」

ほとんど液体のように見える銀色の物質でできた玉座もあった。雪花石膏《アラバスター》のような白い肌と、一枚の布のように流れ落ちる純白の髪を持つ女性がすわり、黒い目に狡猾そうな好奇心を浮かべて群衆を見わたしている。

「セレストリア王国の女王、ダーシーだ」アトラスの表情が暗くなった。「アフェリオン王国のどの地域にも、あれほど冷酷な魔女はいない」

あたしは、天上界の者たちが部屋の前方でときおり礼儀正しい会話を交わすのを見つめた。大半が退屈そうにしか見えないが、ウッドランズ王国の王と王妃だけはずっと身体を密着させ合っていた。

「あそこで、みなさんをもてなさなくていいんですか?」あたしがたずねると、アトラスはにっこり笑った。

「一曲分ぐらいはわたしが相手をしなくても、自分たちでダンスを楽しむだろう」

新しい曲が始まったが、アトラスはあたしを放そうとはしなかった。あたしは思いきってたずねた。

「オーロラ王国の王子はどこにいるの？」

アトラスが頭を振った。

「遅れているのだろう。オーロラ王国にはよくあることだ。自分の権力のことしか考えていない連中だよ。あの王子は邪悪で残酷だ」

「父親とまったく同じね」あたしは思わず口をすべらせ、小声で言った。

アトラスが肩を落とし、懸念の色を浮かべた。

「そう。父親と同じだ」アトラスは部屋をすばやく見まわした。「運がよければ、来ないかもしれない。オーロラ王国に招待状を送ったのは、たんなる社交辞令だ。できれば、わたしの王国には近づかないでもらいたい」

うまく言葉が出てこず、あたしはうなずいた。さっき飲んだシャンパンのせいで、頭がふらふらする。カリアスの忠告にしたがうべきだったかもしれない。

「端の席には誰がすわるの？」あたしはいちばん端の席を見ながらたずねた。それは小さな黒い玉座で、高い背もたれに赤い宝石がひとつ埋めこまれている。

「ハート女王国の女王に敬意を表して確保されている席だ」

あたしはすばやくアトラスに視線を向けた。

「なんですって？　ハート女王国の最後の女王は、数世紀前に亡くなったんじゃないんですか？」

「しかも、後継者はいない」アトラスは付け加えた。まるで内心ではそのことを信じていないかのように、アトラスの口調には奇妙な響きがあった。「たしかにハート女王国は滅びたが、かつてはウラノス大陸で最強の国だった。だから、その名誉を称《たた》えて席を残しておくべきだと思う。いつか〈ハートの王冠〉が見つかり、新たな女王が即位するかもしれないからな」

アトラスは鋭い目であたしを見つめ、いっそう強く抱き寄せた。

頭がくらくらして、あたしは目を閉じ、首から下げたロケットに手を伸ばしてそれを握りしめた。

アトラスの仮面の穴を通して、アトラスがあたしの口もとに視線を落としたことに気づいた。アトラスは頭を少し下げ、耳にそっとキスした。

「またきみがほしい、ロア。きみのことやあの浜辺での夕食のことが頭から離れない」

あたしの肌に緊張が走り、腹から太もものあいだまでがじわりと熱くなった。

「あたしも同じことを考えていました」あたしは認めた。「しょっちゅう」アトラスが低い含み笑いを漏らした。その笑い声はあたしの骨にまで響くほど強烈で印象的だった。「わたしのために「装身具を早く見つけてほしい」アトラスはあたしの顎の下を軽く叩いた。

あたしはうなずいた。

「もちろんです」アトラスにこんなふうに見つめられたら、いやと言えるはずがない。

曲が終わると、残念ながらアトラスはあたしから離れ、すばやく一礼した。

「ひと晩じゅう、きみと踊っていたいところだが、きみが言うように招待客をもてなさなければならない」アトラスはあたしの手の甲に口づけした。「またあとで」

その言葉とともにアトラスが踵《きびす》を返して立ち去ったあと、あたしは彼が話していた内容について深く考えることにした。もういちど王や女王たちを見わたし、一人ずつ順番に観察していった。オーロラ王国の王子のための空席を見つめながら、王子の顔を見る機会がなかったことを残念に思った。もし王に対して復讐を果たせないなら、王子を代わりにできるかもしれないのに。

天井の高い部屋の奥に吊るされた大時計を確認し、舞踏会が始まってから一時間近く経過していることに気づいた。ガブリエルを見つけなければならない。招待客のあいだを移動するうちにハロを見つけた。ハロは人ごみの向こうからあたしに手を振っていた。偶然、アプリシアも見つけた。髪を払いのけながら、フェイの男性にしなだれかかっている。アトラスはそれをどう思っているのだろう？　すでに気づいているのだろうか？　テスニの姿はどこにもないようだ。テスニが無事だといいのだが。今回の試練はほかのものほど危険ではないようだが、油断大敵だとあたしは心得ている。

ほかの何人かの監視官が、ダンスフロアの端を目的もなくうろうろしていた。全員が金色の服をまとっており、神話に出てくる天使の戦士たちを彷彿《ほうふつ》とさせた。しかし、ガブリエルはいない。もういらいらが募《つの》っていたが、それでもガブリエルを捜しつづけた。ガブリエルはあたしを完全に排除するために、何か妨害を計画しているのか？　あたしがこの試練を乗り越えるための手がかりとともに消えたのだろうか？　舞踏室の壁の一面に、高いアーチ状の出入口が横一列に並んでいる。あたしはそのうちのひとつをくぐり、小部屋が並ぶ長い廊下に入った。

その小部屋も人々でいっぱいで、豪華な長椅子にすわり、酒を飲んだり談笑したりしている。あたしは一人ずつ確認し、ガブリエルの濃いブロンドの髪と雪のように白い翼を見つけようとしつつ、絶えず時計にも目を向けた。制限時間が近づいている。ガブリエルを捜すのに時間がかかれば、ターゲットを説得するための機会がそこなわれ、ほかの献姫たちに先を越されてしまう。そんなことになったら、ガブリエルを殺してやる。

廊下の突き当たりにもうひとつ部屋があり、扉が少し開いていた。扉を開けてなかをのぞくと、照明は灯《とも》っておらず、窓から暗闇を切り裂いて月明かりが差しこんでいるだけだった。低いうめき声がして、あたしは赤面した。どうやら密会の現場に遭遇してしまったようだ。だが、しばらくして目が薄暗がりに慣れると、金色の上着を着た翼のある男性がソファの前にひざまずいているのが見えた。濃いブロンドの髪が垂れさがり、横顔をおおっている。

ガブリエルだ。なんてやつなの。あたしを助けることになっているのに、こんなことを……していているなんて。あたしはその場に立ちつくし、じっと見つめた。ソファに別の男性がすわり、長い脚を伸ばして頭を後ろにそらしている。月光がガブリエルの後頭部だけを照らしているため、ガブリエルの頭が上下に動くあいだ、ほかの部分は暗闇に隠れてよく見えない。ふたたび男性のうめき声がした。誰なのかはわからないが、とても満足しているようだ。

あたしはその声に魅了され、ここから動けそうになかった。あたしがここにいることを知らせないと。そうしないなら、立ち去るべきだ。だが、ガブリエルから手がかりをもらわなければならない。

「何か用か、ロア?」ガブリエルがうんざりしたように言ったので、あたしは驚いて何メートルも跳びあがりそうになった。心臓がどきどきし、胸に手を押し当てた。

「あんたを捜してたんだよ」あたしは息を切らし、うわずった声で言った。なぜ、あたしのほうがばつの悪い思いをしなければならないのか、自分でもよくわからない。

ガブリエルがいらだたしげな目であたしをちらりと見た。ガブリエルの身体と翼に隠れて、相手の男性はほとんど見えない。当の男性が頭を起こしたが、暗闇のなかで目の輝きが見えただけで、顔の特徴はわからなかった。男性はガブリエルが行為を終わらせるのを辛抱強く待つつもりであるかのように、ふたたび頭を後ろに倒した。

「で、おれを見つけたわけか。よくやった」

くそっ。なぜあたしに必要とされているのか、知っているくせに。

「手がかりを教えて。時間がない」

「まだ二分かかる。出ていけ」ガブリエルの笑みが危険な色を帯びた。「すぐにすむ」

あたしはこの状況が信じられず、口を開けたり閉じたりした。

「出、て、い、け」ガブリエルが荒々しく言った。

あたしは心からの屈辱を感じ、同じ言葉を繰り返される前に部屋を出ようとした。何百人もの人々が行き交うパーティーの真っ最中に、男のものをくわえているところをあたしに見つかっても、少しも気にしていないようだ。

「わかったよ」あたしは部屋を出て、勢いよく扉を閉めた。怒ってその場を離れようとしたが、それは無理だと気づいた。あたしにはまだガブリエルが必要だ。

激怒したあたしはガブリエルに自分の存在を知らせようと、大きな音を立てて扉に寄りかかった。怒りに駆られて腕組みし、フェイたちの低俗な欲求やくそ野郎のガブリエルについてぶつぶつ文句を言った。

30

時間は刻一刻と過ぎてゆくのに、ガブリエルはまだ現われない。テスニが自分の監視官と顔を寄せ合って話をしていたが、やがて、離れると、二人とも部屋を見わたし、ターゲットを捜した。ハロとアプリシアもそれぞれの監視官と話し合ってから、人ごみのあいだを移動しはじめた。いらいらして、ため息が出た。あたしは早くも出遅れている。ガブリエルのくそ野郎のせいで。あたしがここでバカみたいにじっと待っているあいだ、あいつはくだらないことに時間をついやしている。扉の向こうから低く響くような笑い声が聞こえ、歯ぎしりするほど腹が立った。

さらに一分が過ぎ、あたしはテスニの動きを注視した。黒いストレートヘアと吊りあがった黒い目が特徴的な美女に近づいてゆくところだ。その女性は襟《えり》に大きな銀のブローチをつけている。別の一角では、アプリシアが、栗色の髪を短く整えた長身の妖精《フェイ》の男性と話をしていた。男性の尖《とが》った耳の片方で、とんでもなく大きなダイヤモンドがきらめいている。

くそっ。装身具を手に入れるのはあたしが最後になりそうだ。

あたしはくるりと向きを変え、扉をドンドン叩いた。扉の向こうで何が行なわれていようと、もうかまうもんか。

「ガブリエル！　このくそ野郎、出てこい！」

扉を叩き、ガブリエルの名を呼びつづけていると、数秒後にようやく扉が勢いよく開き、あたしはつんのめって自分の監視官にぶつかった。ガブリエルはあたしを抱き止めようともせず、汚れた洗濯物の山が崩れるように力なく足もとに倒れこんだあたしを見おろしているだけだ。

「このくそ野郎だと？」ガブリエルは首をかしげ、片方の眉を上げた。「もっとましなことが言えないのか、献姫《けんき》？」

あたしは立ちあがり、スカートをなでつけながら、うなるように言った。

「黙れ」

「今夜はずいぶんとお上品な口をきいてくれるじゃないか」ガブリエルは大きな手であたしの二の腕をつかみ、あたしを部屋から押し出すと、荒々しく扉を閉めた。

「いっしょにいたのは誰？」あたしは詰問した。「あんたの仕事はあたしを手助けすることであって、手当たりしだいにくわえることじゃないよね！　そんなことのために給料をもらってんの？」

ガブリエルはそれには答えず、扉から遠ざけるようにあたしを押しやりつづけ、とうとうあたしたちは舞踏室の反対側に到達した。

「痛いよ」ガブリエルがあまりにも強く締めつけてくるので、腕が折れそうだ。ようやく、あたしたちは足を止めた。ガブリエルがあたしの身体をすばやく回転させ、あたしはガブリエルから顔をそむけた状態になった。

部屋がぐるぐるまわり、音楽が空間を満たしている。そのなかで、日差しを浴びて金色に輝く草原を舞うタンポポの綿毛のように、人々が軽やかに渦を描きながら舞い踊っていた。あたしは額《ひたい》に手を当てた。今になって、シャンパンを二本飲んだことを心から後悔した。ガブリエルが身をかがめ、あたしの耳もとでささやいた。

「おまえのターゲットはあの男だ」

あたしはガブリエルの視線を追って、正面のテーブルに目を向けた。ウラノス大陸の王や女王たちのための席だ。アトラスが、波打つ黒い髪を肩の下まで垂らした男性と向かい合って立っている。そこにいる全員が王や女王というわけではないのかもしれない。

男性の真夜中のように黒いスーツは、金色に光り輝く宮殿のなかで暗いしみのようにきわだって見えた。太陽王アトラスと比べると細身ではあるが、数センチ背が高く、がっしりとして筋肉質だ。体格は戦士そのものであるにもかかわらず、その装いは謎めいたフェイの王子にふさわしくエレガントだった。

「誰？」あたしはたずねた。あたしが最初に思い浮かべた人物ではなさそうだ。

「あの男がつけている指輪を見ろ」あたしは王子のほうを見た。その人差し指で黒い石のついた銀の指輪が輝いている。いや、黒い石ではない。王子がわずかに手を動かしただけで、石の表面をさまざまな色の光の筋が横切るのが見えた。深紅《クリムゾン》色、鮮緑《エメラルド》色、青緑《ティール》色、すみれ《バイオレット》色。星がちりばめられた夜空をいろどりながら、波のようにうねる色とりどりの光。それはあたしがオーロラ王国で過ごした十二年間のなかで、美しいと思えた唯一のものだった。

「オーロラ王国の王子」あたしが小声で言うと、その名前が持つ重要性を表わすかのように周囲の空気が動いた気がした。王自身ではなく、その息子だが、あたしの憎しみの対象に非常に近い存在であることを思うと、過去の不快な感覚がよみがえり、胃を締めつけられた。オーロラ王国が象徴するすべてのものが、あたしの胸のなかで強い怒りとなって凝縮されている。あたしと兄と姉は多くの苦難を経験したが、あたしはその怒りを原動力として、つらい瞬間を乗り越えてきたのだ。

そして、まさに今、オーロラ王国の王子がここにいる。この部屋のなかに立っている。

「あの男の名はナディールだ」ガブリエルが言った。その瞬間、何もかもが一変し、二度ともとに戻らないのではないかという不可解な予感がした。その奇妙な感覚を振り払おうとすると、またも部屋がぐるぐるまわりはじめた。あの二本目のシャンパンを飲むべきではなかったと、本気で思った。

「彼があたしに気づいたらどうするの？」あたしはガブリエルを見あげた。ガブリエルはあたしの背中に身体が触れるほど近くに立っている。

「気づくはずがないだろう？　おまえはただの牢獄のネズミだった。たとえナディールがおまえを見たとしても、今のおまえはおれがあの穴から引っ張り出したときとは別人のようだ」

あたしは深呼吸した。たしかにガブリエルの言うとおりだ。

「でも、なぜあたしの招待客が彼なの？　ほかの献姫たちは普通の招待客を迎えてるのに」部屋を見まわすと、ハロが年配のフェイの横にすわっていた。その女性の銀髪のなかに、きらきら輝くティアラが美しくおさまっている。

ガブリエルは低い含み笑いを漏らした。明らかにどこか不穏な雰囲気がある。不適切な行為をあたしに見とがめられたときよりは、機嫌がよくなっていてもいいはずなのだが。

「ちょっとした挑戦を恐れているのか、最終献姫？」

あたしは顔をしかめてガブリエルを見あげた。だが、ガブリエルは得意げな笑みを浮かべている。あたしがこの試練から手を引くよう挑発しているのだ。ガブリエルはあたしをこの選考会から排除したいようだが、あたしは勝利することを心に決めている。ガブリエルの思うつぼにさせてなるものか。あたしは喉《のど》につかえている不安の塊《かたまり》をのみこみ、ドレスの前面をなでつけた。オーロラ国王と彼が大切にしているすべてのものに怒りを感じるが、それを押し殺し、肩から髪を払いのけると、ためらいがちに一歩踏み出し、自分の監視官をちらりと振り返った。

「どうした？」ガブリエルは首をかしげながらたずねた。

「ほんと、あんたは鼻持ちならないくそ野郎だね」あたしは言った。本当のことだ。しょっぱなから、こいつのせいであたしが出遅れたというのに、こいつは今その状況を明らかに楽しんでいる。あたしは部屋の正面に向きなおり、目をしばたたいた。オーロラ王国の王子はもうそこにはいなかった。

アトラスは自分の玉座にすわり、ウッドランズ国王と話をしていた。二人の怒りに満ちた視線が部屋の片側に向けられている。そこには人ごみを縫うように進む王子の姿があった。部屋を出るつもりだろうか？　くそっ。

考える間《ま》もなく、あたしはスカートの裾《すそ》をつまみあげた。部屋の端へとすばやく向かい、王子を妨害しようとして短い階段を駆けあがる。召使の男がシャンパングラスをいっぱいにのせたトレイを持って通りかかったので、すかさずグラスをひとつつかみ、王子のもとへ一直線に向かった。

王子がパーティー参加者の一団のあいだを通り抜けようとしたとき、あたしは顔をそむけ、見ていないふりをしながら、さりげなく王子の前に立ちふさがった。王子とぶつかり、世界がぐらりと傾いた気がした。その衝撃でグラスが手を離れて宙を舞い、中身がこぼれると同時に、あたしはバランスを崩してつまずき、王子の腕のなかに倒れこんだ。

31　ナディール

ナディールは反射的にその少女に手を伸ばすと、片腕を腰にまわし、もう片方の腕で彼女の腕をつかんだ。シャンパンまみれで、スーツはおそらく台なしだろう。ナディールは喉《のど》の奥で低くうめきながら少女を引っ張り起こした。少女の仮面の穴を通して目が合った。

ナディールは目をしばたたいた。少女の目に怒りと不安の入り混じった奇妙な感情が浮かんでいることに気づいたからだ。だが、すぐに少女は晴れやかな表情になり、叫んだ。

「まあ大変！」少女のすべすべした褐色の頬が赤みを帯びた。「本当にごめんなさい！」少女はあたりを見まわし、通りかかった召使をつかまえると、トレイからすばやくナプキンを手に取り、ナディールの上着の胸もとを拭きはじめた。「シャンパンをかけてしまったわ。ごめんなさいね。もう、あたしったら、なんて不器用なの」

少女は話しつづけた。ナディールには少女が無理をしているように思えた。まるで二流の女優が演じているかのようだ。

ナディールは疑いのまなざしを向けた。

「大丈夫です」つっけんどんな口調で答え、手を振って少女を制した。

「いいえ、大丈夫ではありませんわ」少女は大きな黒い目でナディールを見あげた。どこまでも引きこまれそうな目だ。大地に深く根ざした井戸のように底知れない謎を秘めている。こんな目は見たことがない。ナディールは頭を振り、その不本意な考えを押しのけようとした。そのとき、この少女がさっきアトラスとダンスをしていた献姫《けんき》であることに気づいた。

「お詫びをさせてください」少女はすでにナプキンをどこかに置き、懇願するように言った。「踊っていただけませんか？」

ナディールは躊躇《ちゅうちょ》しつつ、少女を上から下までながめまわした。見たところ、なめらかな褐色の肌を持つ美女だ。頬の中央から仮面で隠れた部分へとつづく傷痕さえなければ。傷痕のある者が妖精《フェイ》の宮廷にいるとは非常にめずらしい。フェイの世界においては、精神的かつ社会的にもっとも強い立場にあるフェイでさえ、虚栄心、悪意に満ちた噂話、批判的な嘲笑によって打ちのめされることがある。だが、彼女は傷痕があることを誇り高く受け入れているようだ。たとえ今は絶望の淵《ふち》に立たされているように見えるとしても。

「いいえ、せっかくですが」ナディールはようやくわれに返って言った。「もうお暇《いとま》するところですので」

少女のそばを通り過ぎようとしたが、腕をつかまれた。

「だめです。お願いだから行かないで」

ナディールは立ちどまり、ゆっくりと振り返った。衣服の上からでもこの少女の力強さを感じるのはなぜだろう？

「お願いです、殿下」少女は最後の二文字の言葉を小声で口にした。王族のフェイの腕をつかんでいることが無礼きわまりない行為だと、たったいま気づいたかのように。少女は両手をおろし、ぎこちなくお辞儀すると、舞踏室の上部にある大きな金時計をすばやく一瞥《いちべつ》した。「一曲だけでいいんです」

ナディールは部屋を見まわし、自問した。もう立ち去るべきだ。いつものようにアトラスと口論になり、その結果、長居しすぎてしまった。そもそも、本当に歓迎されたことなどいちどもなかったが。

少女が近づいてきた。いや、少女ではない。若い女性だ。しかも、とびきり魅力的な。女性はさらに近づいてくると、あの感情のこもった目でナディールを見あげ、彼の胸のまんなかにそっと手を置いた。それは奇妙なほど大胆な行動だったが、ナディールの胸は高鳴った。ナディールは眉をひそめて女性の手をじっと見ると、女性の顔に視線を戻した。なぜ自分がこんな反応をしているのか、理解できない。

「お願い」女性がもういちど言った。こんどばかりは、身体が脳からの命令にそむいたかのように、ナディールは思わずうなずいていた。女性はほっとして肩の緊張を解いたが、まだ無理に笑顔を作っているように見えた。ナディールには彼女の意図が理解できなかった。

女性がダンスフロアへのエスコートを待っていることに気づくと、ナディールは自分自身を叱りつけた。しっかりしろ、ナディール。ナディールが片手を差し出すと、女性は手を重ねてきた。その指を握ったとき、小さいながらも力強さを感じた。触れ合った瞬間、ナディールの全身を衝撃がつらぬいた。女性は動きを止め、不思議そうにナディールを見た。彼女も同じ衝撃を感じたのだろうか？

しばらくのあいだ、二人とも動かなかった。

「行きましょうか？」女性が頭を傾けてダンスフロアのほうを示したので、ナディールはうなずいた。

二人は堂々とした足取りで階段をおり、ダンスフロアで踊っている大勢の参加者の中央に陣取った。女性の腰のくびれにそっと手を置くと、ふたたび、ナディールはあの混乱を招くような感覚にみまわれ、平静を失いそうになった。女性がナディールの肩に手を置き、二人はゆっくりと踊りはじめた。とくに努力しているわけでもないのに、二人のステップはぴたりと一致していた。ナディールは彼女の目から視線をそらすことができなかった。周囲の音や光はすべて意識のなかで薄れ、ぼんやりと背景に溶けこんでいる。女性は握り合った手を見ると、額《ひたい》にしわを寄せた。

「すてきな指輪ですね」そう言って、またもや大時計をちらりと見あげた。

「このあとご予定でもあるのですか？」ナディールがたずねると、女性の頬がピンクに染まった。

「いいえ」女性は引きつった笑い声を上げた。「別に何も」

二人は音楽に合わせて身体を揺らしつづけた。ほかのカップルが何組もすぐそばを通り過ぎていったが、ナディールは目もくれなかった。ナディールの視線は目の前の女性に釘づけになっている。

「家宝ですか？」女性はふたたび身ぶりで指輪を示した。ナディールは顔をしかめた。なぜ彼女が指輪に興味を示すのか腑に落ちない。

「オーロラ王国のすみれ色地区《バイオレット》で買った、ただのアクセサリーです」

女性は美しい顔をゆがめ、困惑の色を浮かべた。

「あなたにとって大切なものではないんですか？　家宝とか」

ナディールは首を横に振った。

「違いますよ。なぜ、そんなにわたしの指輪が気になるのですか？」

女性は動きを止めて両手をおろし、ナディールが病気に感染しているかのようにあとずさりした。やがて、仮面をはぎとり、ナディールをにらみつけた。突き刺すような黒い目に、ナディールは非常に不快な気分になった。まるで底なしの穴に落ちてゆくかのようだ。女性は震えていた。怒りのせいだと、ナディールは気づいた。両手のこぶしを強く握りしめ、歯ぎしりしている。

「わたしが何かしましたか？」ナディールは女性に一歩近づきながらたずねた。彼女にとっての問題を解決したいとは思うが、なぜそう感じるのかを深く考えることは避けた。

「ロア！」誰かが呼ぶ声がすると、女性は顔をそむけた。アトラスが怒りに燃える表情を浮かべ、猛然とこちらに向かってくる。さらに、ガブリエルが突然、人ごみのなかから姿を現わした。アトラスとは反対側から近づいてくると、女性につかみかかろうとしたが、女性はすばやく後ろに飛びのいた。

「だましたね！　この男はあたしのターゲットじゃない！」女性は怒りをこめた小声でガブリエルに言った。ガブリエルは大股で二歩近づくと、女性の肩をつかんだ。「放せ、このくそ野郎！」女性はガブリエルの手を振り払おうとしたが、力ではとうてい王につかえる監視官の一人にかなわなかった。ガブリエルは女性の背中が自分のほうを向くように、女性を回転させた。片腕を腰にまわし、もう片方の手で女性の肩をつかんだままだ。女性はガブリエルからのがれようと、脚をじたばたさせた。

何もかもが一瞬の出来事だった。

ナディールが女性に手を差し伸べようとしたとき、ドレスの肩の部分の布がすべり落ち、なめらかな肌の一部があらわになった。

わずか一秒後に布はずりあがり、ふたたび肌をおおい隠したが、ナディールは見てしまった。

黒い烙印《らくいん》。ひとつの円を背景にして三本の曲線が描かれている。

ノストラザに投獄されたすべての囚人に焼きつけられたものだ。間違いない。

32
ロア

あたしはガブリエルの手を振りほどこうとして力をこめた。

「いったい何やってんだよ？」ガブリエルに向かって叫ぶ。「どうして嘘をついた？」

そのとき、いくつかのことが同時に起こった。アトラスが煮えたぎるような怒りを目に浮かべ、群衆を押し分けて突き進んでくる。あたしは腕をつかまれ、引き寄せられた。

「あの男をここから連れ出せ」アトラスがオーロラ王国の王子を指さすと、数人の近衛兵がやってきた。「いますぐに」

「なぜだ？」王子は問いつめた。

アトラスは冷たい声で言った。

「おまえはアフェリオン王国では歓迎されていないのだ、ナディール。ふたたびわたしの王国に足を踏み入れたら、見つけしだい鉄の矢で心臓を射抜いてやる。わかったか？」

「そんなことできるものか、傲慢《ごうまん》野郎」

「ここはわたしの領地だ。できるに決まっている」

二人の妖精《フェイ》は敵意をみなぎらせ、にらみ合った。どちらが勝つかはわからないが、あたしは二人にはさまれて動けない状態なので、争いごとは起こってほしくない。王子がすばやくあたしを見た。その表情からは何も読み取れない。やがて、王子は一歩下がり、アトラスと争い合うのは時間の無駄だと言わんばかりに、上着の袖をさりげなくなでつけた。

ナディールは自分を取り囲んでいる近衛兵に向かって、低いうなり声を上げた。

「おまえの飼い犬どもを引き離せ、アトラス。見送りは必要ない」

王子はそれだけ言うと、今後をほのめかすような強い視線をあたしに向け、踵《きびす》を返して立ち去った。胸を突き破りそうなほど、あたしの心臓の鼓動が激しくなった。

王子が部屋を出ると同時に、アトラスは手を離し、あたしを自分のほうへ向けた。

「何をした？　なぜあの男と踊っていたのだ？」怒りに身を震わせ、目をぎらぎらさせている。

アトラスはふたたびあたしの両腕をつかんだ。指先が皮膚に食いこむほど強く握りしめている。

「アトラス、痛い」

「なぜあの男と踊っていたのかとたずねているんだ」アトラスにどなりつけられ、あたしは縮みあがった。

「あたしのターゲットだと、ガブリエルに言われたからです」あたしは震える声で言った。部屋じゅうが静まり返り、全員があたしたちをじっと見ている。「あの指輪を手に入れなければならない、と」

アトラスは表情を曇らせ、ようやく手を離すと、ガブリエルに向きなおった。

「なんということをしてくれたのだ？」

ガブリエルは姿勢を正し、剣に手をかけた。

「陛下を守ろうとしたのです。それがわたしの厳粛なつとめですから」

「勝手なことをするな！」太陽王が部屋全体を揺るがすほどの大声でどなると、群衆はいっせいに息をのんだ。アトラスは肩で息をしながら、激しい怒りをこめた目であたしを見た。あたしは思わずあとずさった。背後に集まった全員が同じように後退するのを感じた。

「この試練は終了だ」アトラスが宣言した。「すべての献姫《けんき》が最終決戦で競うことになる」こんどは招待客たちのあいだに動揺が波紋のように広がった。あたしは部屋を見まわした。テスニ、ハロ、アプリシアは結局どうなったのだろう？　ターゲットをたぶらかして装身具を手に入れることができたのだろうか？　もうどうでもいいことだが。

アトラスは近衛兵たちに命じた。

「ナディールが去ったことを確認し、オーロラ王国の者が誰もアフェリオン王国に入れないよう、警備を強化しろ。選考会が終わるまで、全員が警備にあたれ。わかったか？」

ガブリエルはアトラスの命令を実行しようと、一歩踏み出した。

「おまえは必要ない」アトラスはガブリエルに言うと、第一の試練で命を落としたソラナの監視官だった男性を身ぶりで示した。「ライル、おまえはたったいま近衛隊隊長に昇進した。わたしが最終処分を決定するまで、この裏切り者を地下牢にぶちこんでおくよう取り計らえ」

アトラスはガブリエルを指さした。ほかの監視官たちは警戒のまなざしを交わした。ガブリエルに触れることを明らかにためらっている。

「連れてゆけ！」アトラスがどなると、ようやくライルは急いで行動を起こし、もう一人の監視官に合図して呼び寄せた。ガブリエルは両腕をつかまれ、ダンスフロアの端へとおとなしく連れていかれたが、階段をのぼる前に振り返り、アトラスに言った。

「わたしがこのような行動をとったのは陛下のためです。陛下は間違いを犯していらっしゃいます」

「出てゆけ」アトラスがうなるように言うと、ライルともう一人の監視官はガブリエルを部屋から連れ出した。「パーティーは終わりだ！」アトラスは驚いている群衆に向かって叫んだ。しばらくして、またもやアトラスの視線があたしをとらえた。怒りだけではなく、切実で強い欲求に満ちた感情が入り混じっている。

あらゆる状況を考慮しても、そのまなざしは、あたしの肌を突き抜けてたちまち爪先に到達するほどに強烈だった。

アトラスはあたしの手を取った。

「ロア。いっしょに来てくれ」

33

招待客たちが飛びのき、あたしたちのために道を開けるなか、アトラスはあたしを引っ張り、放射状に広がる客の輪のあいだを進んだ。戸口に到達しても足取りをゆるめず、あたしをすぐ横に引き寄せると片腕をあたしの腰にまわした。

延々とつづく廊下をくねくねと進むあいだ、あたしは何も言わず、大股で憤然と歩くアトラスについていこうとした。今夜の出来事をなんども思い返した。王子はあたしのターゲットではなかったにもかかわらず、ガブリエルはあたしを王子のもとへ送りこんだ。なぜ？　王子はあたしが誰なのか知らないし、そのままでいいと、ガブリエルは言ったが、あたしの正体を明かすための方法を模索していたのだろうか？　なんのために？　もしかすると、この状況はあたしの排除を目的としたガブリエルの計画の一部だったのかもしれない。でも、なぜ出身地については沈黙をつらぬけと、あたしに言うのか？

あたしたちの足音が静かな廊下に響きわたるなか、あたしの思考は堂々めぐりした。ついに太陽王の紋章が刻まれた巨大な両開きの扉へ近づいた。二人の近衛兵が扉の外に立っていた。背筋を伸ばし、前方を見すえている。アトラスは扉を勢いよく開け、あたしをなかへ案内した。あたしに対する態度は乱暴ではないが、やさしくもない。

「アトラス、ごめんなさい」あたしは言った。アトラスが誰に怒りを感じているのか、わからない。あたしがオーロラ王国の王子と踊っていたことに激怒したようだが、ガブリエルが嘘をついたのはあたしの落ち度ではない。「知らなかったんです」

アトラスはようやく手を離すと、室内をうろうろと歩きはじめ、足もとを見つめたまま顎《あご》をさすってから髪をかきあげた。

「何を話した？」アトラスは最終的にあたしに向きなおった。「あの男に何を言ったのだ？」

あたしは口を開き、かぶりを振った。

「何も。王子の指輪のことをたずねただけです」

「指輪だと？」

「それを渡してもらうために王子を説得するつもりだったんですけど、王子が言うには、自分で買ったただのアクセサリーで、たいしたものではないと……」アトラスの怒りに燃える青い目で見つめられ、あたしは言葉を切った。

「それだけか？」

あたしは無言でうなずいた。

「王子はほとんど何も言いませんでした。指輪のことをたずねるために、あたしが一方的にダンスに誘っていたようなものです。誓います」あたしは何に誓っているのだろう？　あたしが話した内容についてアトラスがこれほど気にする理由も、わからない。「ノストラザ出身だということは話しませんでした。アフェリオン王国出身のふりをしつづけろと、ガブリエルに言われたから」

アトラスは眉間《みけん》にしわを寄せた。

「ガブリエルが言ったのか？」

「はい」あたしは穏やかな声でささやいた。ようやくアトラスの怒りの表情がやわらぎはじめ、その肩から力が抜けた。

「本当なのか？　きみがどこの出身なのかを王子に明かさなかったというのは」

「もちろんです……でも、これはいったい、どういうことなんですか？」

そのとき、アトラスの態度が変わり、心配が怒りに取って代わった。あまりにも突然の変化に、あたしは目をしばたたき、一歩あとずさった。だが、アトラスは近づいてくると、大きな手であたしの肩を包みこみ、顔をのぞきこんだ。

「きみがあの男と踊っているのを見たとき……本当にすまない……われを失ってしまっただけだ」

アトラスはあたしを引き寄せ、自分の胸に押しつけると両腕で強く抱きしめ、頭のてっぺんに唇を押し当てた。

「きみはわたしのものだ」アトラスがつぶやく。「きみはわたしのものになる。いっしょになれば、わたしたちは無敵だ」アトラスの口調はどこかうわの空だった。まるで繰り返し自分に言い聞かせた物語をそらんじているかのようだ。

あたしは身体を離し、アトラスを見あげた。

「あたしたちが？　どうしてそんなに確信を持って言えるの？」

アトラスは真剣な表情でうなずいた。両手を伸ばしてあたしの顔を包みこみ、親指で頬の傷痕をなぞっている。

「感じるからだよ、ロア。いっしょにいるとき、こうして惹《ひ》かれ合う力をきみも感じているはずだ」

あたしはおもむろにうなずいた。あたしも何かを感じているからだ。同じ部屋にいるといつも、このフェイに強く引きつけられる。アトラスは花で、あたしは蜜を求めるミツバチ。以前から不思議に思っていた。アトラス自身の魅力によるものなのか、それとも支配者階級妖精《インペリアル・フェイ》としての能力によるものなのか？

あたしはオーロラ王国の王子と踊ったときのことを思い出した。目が合った瞬間、何か異なるタイプの絆《きずな》を感じた。アトラスといるときと違って、もっと広く深いレベルで心を動かされた。アトラスの場合はひとつの波に対抗してもがく感じだが、王子の場合はハリケーンに翻弄されるような感じだ。でも、王子に絆を感じるなんて、どうかしている。王子と踊ったのは二分にも満たなかったし、そのほとんどのあいだ、王子はあたしを見つめるだけで、ろくに口もきかなかった。まだインペリアル・フェイではないから、王子の魅力はフェイとしての特性なのかもしれない。しかし、あたしはこの数週間で何十人ものフェイと接してきたが、似たような感覚を経験したことはいちどもなかった。

「感じてます」あたしは言った。それは嘘ではないから。だが、その感覚の本当の意味についての確信があるわけでもない。そのときアトラスが微笑し、あたしが知っているいつものやさしいアトラスに戻った。アトラスは安堵《あんど》のため息をついた。

「怖い思いをさせたのなら謝る。ただ……どうしてもきみを失うわけにはいかない」

アトラスの声は情熱的だった。あたしはアトラスの両手を包みこみ、うなずいた。「最終決戦まであと二週間。その結果は鏡が決めることになります」あたしは言った。この試練に勝たなければならないと、これまで以上に強く確信した。

「そうだな」アトラスは眉をひそめた。「あと二週間」どこか遠くを見ているような目になり、考えこんでいるようだ。

「アトラス？」

「なんでもない。そうだとも。もうすぐ、わたしたち二人のあいだに立ちはだかるものは何もなくなる、ロア。何も」アトラスは自分に言い聞かせるように繰り返すと、あたしを引き寄せ、軽く唇を重ねた。たちまち、アトラスのぬくもりが体内にじんわりと広がり、心地よく溶けてゆく感じがした。どれほど、こんなふうに抱きしめてもらいたかったことか。アトラスのそばにいると宙に浮かんだようになるこの感覚も、ずっと恋しかった。まるで、おとぎ話が現実になった別の人生、別の世界にいるかのようだ。

アトラスはあたしの後頭部をやさしく支えて顔を仰向かせ、うめき声とともにもっと濃厚な口づけをした。舌が口のなかにすべりこんできた瞬間、あたしの全身が震えた。

「きみがほしい」アトラスは言った。「きみを味わい、きみに触れたい」こんどは息ができなくなるほど狂おしく激しいキスをしてきた。あたしの尻を両手で押し包み、自分の腰を強く押しつけてくる。「きみがまともに歩けなくなるまで、めちゃめちゃにしてやりたい」アトラスは喉《のど》の湾曲した部分に唇を押し当てたまま、低い声で荒々しく言い、あたしの肌を甘嚙《あまが》みした。アトラスの硬いものが下腹部に押しつけられると、あたしは言葉にならないあえぎ声を漏らした。

この関係が適切なのかどうかはよくわからないが、アトラスに抱きあげられると、そんなことはどうでもよくなった。アトラスは邪悪な魔女の手からあたしを救ってくれる騎士のようだ。これまで多くの本を読んできたわけではないが、ハンサムなヒーローが登場するハッピーエンドのロマンス小説がいつもお気に入りだった。自分が今、ロマンス小説さながらの世界にいるなんて信じられない。アトラスは額《ひたい》と額を合わせ、あたしの名前をささやいた。

その後、あたしたちはアトラスの豪華な居室のなかを移動しはじめ、広い廊下を通って、突き当たりの両開きの扉へ向かった。アトラスが肩で片方の扉を開け、あたしたちは壮麗な寝室に入った。非常に広く、ノストラザの食堂の二倍以上はある。壁の一面には大きな窓がいくつもあり、月明かりに照らされた海を見わたせる。別の壁ぎわに置かれた見たこともないほど大きなベッドは、金色のシーツと枕でおおわれ、金色と黄色の絹が何層にも重なった天蓋がかけられていた。部屋の奥には大理石の巨大な暖炉があり、薪《まき》の燃え残りがくすぶっている。

あたしが室内の評価を終えたとき、アトラスが扉を勢いよく閉め、あたしを床におろすと、あたしの身体の向きを変え、背中を壁に押しつけた。早くも舌と口であたしをむさぼるように愛撫している。今回はアトラスに触れても拒絶されないだろうとわかっていた。そこで、アトラスの金色の上着のボタンを引きちぎりながら、その機会を楽しむことにした。広々とした金色の肌に触れ、動くたびに美しく隆起する筋肉を感じたい。

アトラスは喉の奥で低くうなりながら、彼の上着を引っ張って脱がせようとするあたしを手伝い、それから自分でシャツを頭の上まで引きあげて脱いだ。目の前でアトラスが裸体をさらしたとき、あたしは思わず大きく息を吸った。身体の輪郭もくぼみも曲線も、目を見張るほどすばらしい。盛りあがった肩から胸や腹の曲線へとあたしが両手をすべらせると、アトラスはうめいた。

アトラスはあたしの両手首をつかみ、唇を重ねた。あたしをふたたび壁に押しつけ、あたしの腰に向かって腰をくねらせてきた。アトラスの手が背中を這いあがり、ドレスの紐《ひも》を引っ張りはじめた。結び目をゆるめてほどき、あたしのボディスを腰まで押し下げる。あたしは一瞬ためらった。このまま先へ進んでもいいのだろうか？　あたしはこうなることを望んでいる。でも、アトラスがいっしょにいたいと言ってくれているにもかかわらず、甘い言葉であたしを懐柔しているだけではないかと、まだ心のどこかで疑っていた。ほかの献姫《けんき》たちにも同じ言葉をささやいているのかもしれないし、あたしを利用しようとしているのかもしれない。だが、きっとそんなことは重要ではないのだろう。結局のところ、あたしもアトラスを利用しているのだから。なんといっても〈太陽の鏡〉の前に立つために。

アトラスの言葉にも、このキスのしかたにも、心からの愛情がこもっている感じがした。あたしは恋をしたことがないから、それがどんなものかはわからない。これが恋だとは思わないが、アトラスに心酔しているし、性的欲求も情熱もある。いまはそれで充分なのかもしれない。

「ロア」アトラスがかすれた声で言った。「やめないでくれ。お願いだ。きみがほしい」あたしはドレスを押し下げられ、下着だけの姿になった。アトラスがあたしの全身にすばやく視線を走らせた。捕食者のようなその目で見つめられると、血がたぎり、太もものあいだが熱くなってきた。

アトラスは目をぎらぎらさせ、さらに息を荒くしながら、もういちどキスしようと身を乗り出した。アトラスの大きな手があたしの脚の裏側をすべりあがり、あたしを持ちあげると同時に、あたしはアトラスの腰に両脚を巻きつけた。アトラスはうめき声とともに、硬くなったものをあたしのうずく中心に強く押しつけてきた。

「アトラス」あたしは言った。言葉を絞り出すのがやっとだ。「もうやめましょう。選考会が終わるまで待つべきだと言ったじゃない」アトラスは唇をあたしの肌に押し当てたまま、すべらせた。喉もとをおりて鎖骨のさらにその下へと。どうしてアトラスを止めようとしているのかと、あたしは心のどこかで思っていた。

アトラスはいらだたしげにため息をつき、あたしに寄りかかるように倒れこんだ。

「きみの言うとおりだ」アトラスはあたしの顔を両手で包んだ。「すまない。どうかしていたよ」

「本当にいいの?」あたしはためらいがちにたずねた。拒絶を受け入れられない男性に対して〝ノー〟と言うことの重大性と、それが招くかもしれない悪い結果をよく理解していたからだ。

「ああ、もちろん大丈夫だ」アトラスのまなざしがやさしくなった。「今夜のことは悪かったと思っている。わたしらしくないふるまいだった。選考会が終わりに近いから、きみを自分のものにしたいのだ。二人の関係をなにものにも邪魔されたくない」

あたしは緊張で止めていた息を吐き出し、アトラスをやさしく抱きしめながら見あげた。

「ありがとう。そして、あたしはあなたのものよ……〈太陽の鏡〉によって選ばれたらの話だけど」

「選ばれるよ」アトラスはあたしを抱きすくめた。そうしないと、あたしが灰になってふわりと消えてしまうかのように。「必ず」

目と目が合った。アトラスの目には青い炎が宿っていた。上気した顔に乱れた髪。これほど美しいアトラスは見たことがない。鏡があたしを選んだら、あたしはウラノス大陸でもっとも幸運な女性になるかもしれない。

「だが、今夜はここにいてくれるか？　添い寝してくれるだけでいい」

あたしは熱っぽくうなずいた。

「喜んで」

アトラスはあたしの手を取ってベッドへと導き、あたしのために掛け布団をめくってくれた。ズボンを脱ぎ捨てて下着姿になり、あたしの横に入ってくると、あたしを抱きしめ、温かい身体を密着させてきた。

アトラスに腰から背中をやさしくなでられると、背筋がぞくぞくした。

「ロア」アトラスがそっと言った。「ロア、きみはとてもすてきだよ」あたしの喉もとに口を寄せる。その唇が肌に吸いつきながら、あたしの唇に近づき、濃厚な口づけをした。アトラスは額を突き合わせて言った。「きみといると、さまざまな感情があふれてくるんだ」

「ああ、アトラス」あたしは恥ずかしさと不安を感じながら答えた。こんなふうに言葉をかけられたことは、いちどもなかったからだ。アトラスに対する特別な感情はあたしを圧倒するほどに大きく、この瞬間が永遠につづくことを、あたしは心から強く欲していた。

今夜、アトラスのおかげで、選考会に勝てると信じることができた。自分は愛される価値があるのかもしれないと思うことができた。太陽妃になって、トリスタンとウィローをノストラザから救い出し、本来なら手に入れられなかったはずのハッピーエンドを迎えられるだろうという気持ちにもなれた。

すべてがほしい。

愛と情熱がほしい。

復讐を果たしたい。

持つことを許されなかった魔法と権力がほしい。

〈太陽の鏡〉と向き合ったときに鏡がどんな判断をくだすか、まだわからないが、その答えを知るために勝たなければならない。

アトラスはまだキスをつづけていた。あたしの肩や頰や鎖骨などあちこちを甘嚙みしながら、片手で脇腹をなであげ、もう一方の手で腰をなでおろしている。

「きみは本当に美しい」アトラスはその言葉を繰り返し、やがて、あたしたちは手足をからませあったまま眠りに落ちた。

34 ナディール

ナディールは自分の書斎の外にあるバルコニーにドスンと降り立ち、発光する翼が体内に引きこまれると同時に姿勢を正した。扉を勢いよく開けて荒々しくなかへ飛びこみ、部屋の奥のドリンクワゴンへと直行した。

デカンタの蓋《ふた》を乱暴に開け、いつもの三倍の量を注いでグラスを手に取り、中身をすべて喉《のど》に流しこむ。空《から》になったグラスを叩きつけると、剃刀《かみそり》のように鋭利な破片が四方八方に飛び散った。

「くそっ」ナディールはうなるように言った。

散らばった破片には目もくれず、別のグラスをつかみ、さらになみなみと酒を注いだ。

氷の猟犬《アイス・ハウンド》たちは寝そべっていた場所からすでに立ちあがっており、主人を見るとふさふさした白い尻尾を振った。二頭は静かに歩み寄り、ナディールの前にすわると、ピンクの舌を垂らした。

「うまくいったようだな」マエルがゆっくりとした口調で言った。ソファにすわり、片方の足首をもう一方の膝にのせている。その隣でアミヤが横ずわりしていた。

「おまえたちには自分の部屋があるだろう?」ナディールはしゃがみこみ、モラナとキオネを少しかまってやりながら、たずねた。「どうして、いつもここにいるんだ?」

マエルは首をかしげ、大げさに傷ついた表情を浮かべてみせた。

「傷つくことを言ってくれるじゃないか、王子さま。おれたちがいなかったら困るくせに」

「彼女があの国にいる」ナディールは立ちあがり、急に振り返った。それを聞いて、マエルとアミヤはすわったまま身じろぎひとつせず、目を見開いた。

「彼女が？　会ったの？」アミヤが背筋を伸ばし、身を乗り出した。ナディールはもう一口ごくりと酒を飲んだ。鼻孔をふくらませ、唇を引き結んでいる。

「会った。ノストラザの烙印《らくいん》も確認した。アトラスが彼女をあのくそったれの選考会に参加させているんだ」

アミヤは目をしばたたいた。

「なんですって？　なぜノストラザの囚人を参加させるの？」

ナディールは怒りをこめた足取りで部屋の中央まで進んだ。抑えきれない興奮が影響して魔法の力が不安定になり、波打ちながらナディールのまわりに虹色のオーラを形成した。ナディールは頭のなかで考えをめぐらせつつ、暗い色の絨毯《じゅうたん》の上を行ったり来たりしはじめた。

ナディールはその若い女性との出会いについて、アミヤとマエルに詳しく話した。女性がどうやってナディールをダンスに誘ったのかということも。いや、彼女の執拗な懇願に、ナディールがついに根負けしただけなのだが。彼女に少しだけ心を揺さぶられたことは胸にしまっておいた。それが何を意味するのか、よくわからないからだ。

「わたしの指輪のことをしきりにたずねていた」

「兄さんの指輪のことを？　どうして？」

「わからない」ナディールはまたしても酒をたっぷりと流しこんだ。ようやく効果が現われて気持ちが落ち着き、頭がすっきりした。

「そのあと、彼女といっしょにいたわたしを見てアトラスが逆上し、彼女を引き離した。わたしはアフェリオン王国から出てゆけと言われ、わたしを含めてオーロラ王国の者全員が二度とアフェリオン王国へ立ち入らないよう命じられた」

マエルがあざ笑った。

「おまえのせいでリオンは太陽王の宮廷への立ち入りを禁止された。そのことをおまえがリオンに話すところを、こっそり聞いていたいものだ。シアンとシダーも、アトラスと同じ対応をするかもな」

ナディールは友人に冷たい視線を向けた。

「実にありがたいお言葉だ、マエル」

マエルは肩をすくめ、頭の後ろで両手を組んだ。

「おれは、たかがパーティーひとつに出席しただけで大陸規模の問題を引き起こしたやつとは違うからな」

ナディールはふたたび、うろうろと歩きはじめた。

「わたしは彼女と踊っていただけだ。それ以上のことは何もない」

「じゃあ、なぜアトラスはそんなに怒ったの？」アミヤがたずねた。

「わからない。だが、明らかに、あいつが彼女をさらったのには理由がある。彼女を支配者階級《インペリアル》・妖精《フェイ》に昇格させ、彼女と絆《きずな》を結びたいと望む理由がある」

ナディールは数週間前に調査に行ったときのことを思い出した。今になって気づいたが、あのとき感じ取ったにおいの少なくとも一部はガブリエルのものだった。なぜすぐに気づかなかったのだろう？　何年も会っていなかったから、ガブリエルの記憶はあまりにも深く埋もれていた。

だが、ナディールは確信していた。ガブリエルはわざとあんなふうに彼女の肩をつかんだのだ。アフェリオン王国にノストラザ出身の若い女がいるという噂は聞いたことがないと、ナディールに話した直後に、彼女のドレスの肩部分の布をすべらせ、烙印が見えるようにしたのだろう。彼女の出自について誰にも話すなと、アトラスから厳しく禁じられていたせいだとしか考えられない。王からの直接の命令にはさからえないほど強い絆に縛られているが、その束縛を回避する抜け道があるようだ。

「ナディール」うろうろと歩きまわるナディールをじっと見つめながら、マエルが立ちあがった。「おまえのお父上は彼女の失踪をそれほど心配している様子ではなかった。なぜ、おまえはそんなに騒いでいるんだ？」

ナディールは顔をしかめた。

「父は彼女のことを知られたくなかったにちがいない。だから、なにごともなかったようにふるまっているのだ。あるいは、彼女は脅威にならないと、たかをくくっているのかもしれない。本当に彼女は無害なのに、アトラスが誤解している可能性もある。それとも、アトラスだけが知っている何かがあるのか」ナディールは炉棚に置かれた一輪の赤いバラに視線を移した。そのバラは時間とともに乾燥し、いまでは黒ずんでいる。

「ナディール」アミヤは警告の口調でナディールの注意を引いた。ナディールが何かに熱中するあまり自分を見失っていることを、気づかせようとしたのだ。

「やめろ」ナディールはくるりとアミヤを振り返った。「おまえの説教は聞きたくない。何かがあったんだ――」ナディールは言葉を切り、アミヤとマエルを見ると、ふたたび室内を歩きまわりはじめ、行ったり来たりを繰り返した。グラスを傾けたが、中身は空《から》だった。ナディールはグラスに向かってうなり声を上げた。腹立ちまぎれにグラスを壁に投げつける前に、マエルがすばやくそれを取りあげた。

「もう一杯持ってきてやるから」マエルは慎重に言葉を選びながら言った。

ナディールは深呼吸し、マエルの言葉を無視してずかずかと暖炉に近づき、炉棚に両手をついた。またしてもバラが気になった。

アミヤが背後から近づいてくるのを感じた。アミヤはナディールの肩にやさしく手を置いた。ナディールはその手を振り払おうとはしなかった。

「何かがあったって、なんのこと、ナディール？　何が起こったの？」

ナディールは振り向いた。その黒い目が紫と深紅の光をはなっている。

「わからない。何かを……感じただけだ」

アミヤは心配そうに眉をひそめながら、ためらいがちに手を伸ばし、ナディールの顔にかかっている一筋の髪を払いのけた。

「何かを……探そうとしているだけじゃないの？」

ナディールは喉の奥で低くうなった。

「自分が感じたことはわかっている」

「何を感じたの？」

それについては話したくなかった。ナディールの本当の目的は、この問題の真相をつきとめることだ。父と、そして、いまやアトラスまでが何を隠しているのか、知りたい。

「なんでもない」ナディールは姿勢を正して振り向き、マエルが差し出したグラスを手に取った。

「それで、どうするつもりだ？」マエルがたずねた。ナディールにやめるよう説得しても無駄だと悟ったのだろう。

「彼女を救い出す」ナディールはグラスに口をつけると同時に、アミヤとマエルが心配そうに顔を見あわせたことに気づいた。

「そのあとはどうする？」と、マエル。

「ここへ連れてきて、彼女の秘密をつきとめる」ナディールは言った。

「何もなかったら？」アミヤはマエルの隣に移動した。

「そのときは、それでいい。彼女を手放して、われわれはいつもの生活に戻る」

「そして、この問題はそこまでにするの？」と、アミヤ。

ナディールはアミヤを見すえた。

「この件はそこまでにする」

アミヤはナディールの反応を待ったが、その顔に現われた表情を見るとうなずいた。

「わかった。じゃあ、手を貸すわ」

アミヤはマエルを見あげ、疑いの色を浮かべているマエルの脇腹を肘で突いた。

「いいわよね？」

マエルは眉を吊りあげ、兄妹を交互に見ながら言った。

「いいよ。もちろんだ」

「アトラスが彼女と絆を結ぶのを阻止しなければならない」ナディールは言った。「最終決戦まであと二週間。そのあいだに彼女を救い出す」

「なぜアトラスが彼女と結びついてはいけないんだ？」と、マエル。

「彼女が選考会で勝たないかぎり、アトラスの計画は失敗に終わる可能性が高いからだ。ほかに彼女を選考会に参加させる理由があるか？」

アミヤは考えこむ表情で唇を引き結んだ。

「ノストラザの囚人がフェイにはない特別なものを持っているとしたら、それは何かしら？」

ナディールは実現不可能と思われる解決策を頭のなかで吟味しながら、妹を見た。

「何かひらめいたのね」アミヤがささやいた瞬間、場の雰囲気が一変した。

「たぶんな」ナディールは暖炉の火を見つめつつ、ふたたびグラスに口をつけた。「わたしの考えが正しければ、これですべてが変わるかもしれない」

35

ロア

とても寒い。あたしは目を閉じていた。一陣の風が服を突き抜け、冷たく肌を刺すと同時に身震いした。うめきながら身体をまるめ、両腕で自分を抱きしめる。地面は硬く、何か鋭いものが片側の腰、腕、肩に突き刺さり、まるで弾丸の雨を浴びているかのようだ。風がうなりを上げ、その氷のように冷たい突風にふたたび身体が震えた。

最後に覚えているのは、アトラスのベッドで彼の温かい身体に包まれて眠りに落ちたことだった。これは悪い夢にちがいない。夢とは思えないほどに、あまりにも現実的だが。またしても極寒の風が襲ってきて、歯がカチカチ鳴った。体勢を変えると、砂利が薄いチュニックやレギンスを突き破り、激痛が走った。明らかに何かおかしい。ゆっくりと目をこじ開けようとした。錨《いかり》で固定されたかのように、まぶたが重い。

目の前に、白と灰色のグラデーションのみでいろどられた未完成のキャンバスのような景色が広がっている。寒さで頬がひりひりする。冷たい風がイラクサのように肌を刺すなか、あたしは身体を動かそうとした。上体を起こすために、横に転がり、勢いをつけて片脚を振りあげる。しっかりした地面につくはずだった脚は空振《からぶ》りした。断崖絶壁から転がり落ちそうになっていることに気づき、あたしは悲鳴を上げながら身体の下にある岩にしがみついた。ふたたび悲鳴を上げつつ、両手を使って慎重にあとずさると、こんどは何か硬くて温かいものにぶつかった。誰かの身体だ。

その身体をよじ登ろうとしたが、地面の傾斜によって不安定になり、崖っぷちまでなんども引き戻されそうになった。恐怖で心臓がぎゅっと締めつけられ、あたしはまたもや悲鳴を上げた。視界が白い靄《もや》のようなものでいっぱいになり、ついに背中が冷たい壁に突き当たった。

ハロ、テスニ、アプリシアが目を覚まし、それぞれがあたしと同じ恐ろしい光景に直面している。あたしたちがいるのは、山腹に掘られたと思われる小さな洞窟のなかだった。奥行きはわずか三メートルほどで、入口の向こうには果てしなく深い空間が広がっている。あたしたちの前には、雪と霜におおわれたありえないほど高い灰色の山々がそびえていた。

ハロが息をのみ、あたしと同じように後退しはじめ、冷たい石の床を這ってくると、あたしの横にすわった。あたしは身体をまるめ、両手を脇の下にはさんで温めていた。ここは凍《い》てつくように寒く、あたしたちは薄手の茶色いチュニックとレギンス、茶色の柔らかいブーツしか身につけていなかった。着心地はいいが、この厳しい寒さを防ぐことはできない。

「ここはどこ？」ハロは歯をカチカチ鳴らしながらたずねた。

あたしは首を横に振った。口もきけないほど凍えていたのだ。テスニが床を這ってきて、あたしをはさんでハロと反対側にすわった。やはり、頭のてっぺんから爪先まで震えている。

「これが次の試練なの？」テスニは両手に息を吹きかけ、こすり合わせながらたずねた。

ハロが首を振ると、黒い巻き毛が揺れた。

「二週間先のはずよ。舞踏会があったのは昨夜《ここ》のこと……よね？」

あたしたちは恐る恐る顔を見あわせた。

「昨夜寝るときもその服装だった？」テスニがあたしたちにたずねた。どこでどんなふうに眠りについたかを思い出すと、あたしの頬が熱くなった。アトラスの情熱的なキスのせいでまだ腫れている唇に触れ、昨夜の出来事が夢ではなかったことを確認した。あれが二週間前のことであるはずがない。あたしは手を伸ばし、肌に触れている冷たい金属製のロケットを見つけると、命綱をつかむかのようにそれを握りしめた。

「いいえ」と、ハロ。「わたしはナイトガウンを着ていたわ」

アプリシアは縮こまって洞窟の側面に寄りかかったまま、いつものように軽蔑のまなざしであたしたちをじっと見ている。

「あんたもこっちへ来たら？」あたしはたずねた。「みんなで温め合おうよ」アプリシアは鼻で笑い、バカみたいに髪を肩から払いのけると、白と灰色で構成された無機質な景色をながめた。それがあたしたちの目に映る唯一の景色だ。「好きにしな」あたしはあきれて目をぐるりとまわした。

「たしかに昨夜、王は第三の試練を途中で終わらせたわよね」ハロは自分に言い聞かせるように言うと、あたしをちらりと見た。「何があったの？　どうして王は、あなたがオーロラ王国の王子と踊ったことにあんなに激怒したの？」

あたしはためらった。どう答えればいいのか、よくわからない。

「さあね」あたしはそれだけ言うと、間髪《かんはつ》をいれずに話しつづけた。舞踏室を出たあとアトラスがあたしをどこへ連れていったのか、たずねられないようにするためだ。「つまり、あたしたちは全員が眠りについて、ここで目覚めたってこと？　違う服を着て？」

「これはきっと第四の試練ね」テスニはそう言うと、両手両膝をついてゆっくりと身体を起こした。小さな洞窟の端に近づき、崖の下をのぞきこもうと腹ばいになった。あたしも自分の目で確かめたいと思い、慎重な動きを心がけながらあとを追った。冷たい空気により洞窟の辺縁部には氷の層が形成され、さらに危険な状態になっている。

あたしは腹ばいで、すべるように少しずつ進んだ。目眩《めまい》を引き起こすほどに床の傾斜が大きく、いらだった悪魔のような力であたしを前へ押し出してゆく。ここで立ちあがることは不可能だ。あたしが合流したとき、テスニはまだ崖下をのぞきこんでいた。岩と雪、そして底の見えない深淵《しんえん》だけが広がっている。あたしたちはもうだめだ。

テスニのほうを見ると、テスニの黒い目は不安でいっぱいだった。

「わたしたち、どうすればいいの？」テスニにたずねられ、あたしは首を左右に振った。ここは洞窟の奥よりも寒いので、少しずつその場を離れ、ハロの隣に戻った。腕と腕をからませて身を寄せ合い、わずかなぬくもりを感じようとした。

「高いところは苦手なのよ」ハロが抑揚のない声で言った。褐色の肌が血の気を失い、灰色に見える。

「端に近づかないようにして」あたしは言った。警告するまでもないが、何か言わずにはいられなかった。テスニはあたしの横に這い戻り、あたしのもう片方の腕に自分の腕をからませていた。

「食べものも水もない」アプリシアがようやく言った。「きっと、あたくしたちはすぐにここを出ることになるのでしょうね」あまりにも自信満々なので、あたしはその言葉を信じてしまいそうになった。

「なんで？　いままで、あたしたちがそんなにしっかり守られてたとでも？」あたしは皮肉をこめて言い返した。どういうわけかアプリシアはかすり傷ひとつせずに、すべての試練を突破してきた。アトラスの関与を疑わずにはいられない。

アプリシアはすでに王妃になったかのように尊大な態度で、黒い眉を吊りあげた。あたしがこんなにも誰かをひっぱたきたいと思ったのは、人生ではじめてだ。あたしはなるべくアプリシアを無視しながら、洞窟の壁を観察しはじめた。岩に何か人工的な形状の変化があり、あたしたちがここにいる目的を示唆しているかもしれない。

「壁を調査しよう。掛け金か何かが隠れているかもしれない」

テスニとハロは疑問の色を浮かべ、あたしの視線の先を追った。

「もちろんよ」テスニはあたしの腕を放して、しゃがみこみ、背後の壁に両手を押し当てた。できるかぎり腕を伸ばし、ゆっくりと壁の上へ上へと手をすべらせていったが、立ちあがらなければ、もっと上には届かない。テスニはためらった。あたしにはテスニの窮状が理解できた。

「待って」あたしはわずかに位置を変え、テスニの脚の後ろ側にすわった。こうすれば、でこぼこした床の上でテスニがバランスを崩しても、すぐに支えることができる。テスニはうなずき、完全に立ちあがると、頭上に手を伸ばした。洞窟の天井はそう高くはなく、テスニはあたしよりも数センチ背が高いので、充分に手が届いた。

三人で洞窟内を進むあいだ、テスニは細い褐色の手であらゆる空間をじっくりと探索し、ハロとあたしはテスニが転ばないように安全を守りつづけた。

「ねえ、手伝えるよね」あたしはアプリシアに言った。アプリシアは反対側の壁にもたれてすわり、おもしろがるようにあたしたちをじっと見ている。アプリシアが肩をすくめただけで何もしないので、テスニとハロもアプリシアをにらみつけた。あたしはいらいらしながら息を吐き、三人で探索をつづけた。テスニが壁を調べるあいだ、あたしも床を調べた。何か見つかることを祈りながら。階段？　ひょっとして落とし戸？　あたしは震えながら岩を叩きつづけた。

洞窟の探索にどれくらい時間がかかったのか、はっきりしないが、終わったころには空が暗くなっていた。ここで一夜を過ごすことになりそうだ。

「身体を寄せ合って暖をとろう」あたしは言った。「入口に面した側で眠るのは交代制にすればいい」

アプリシアが抗議しようと口を開いた瞬間、あたしは彼女をにらみつけた。

「バカなことは言わないでよね」と、あたし。「拒否したら、凍死するよ。心配しないで。協力したらプライドが傷つくと思ってるなら、それは誤解だよ。誰もあんたがすぐれていることを一瞬たりとも忘れないから」

アプリシアは目を細め、不快感をあらわにしたが、しぶしぶ這ってきた。どういうわけか、とがった鼻をつんと上げたままだ。肌は青白く、手は赤く腫れている。アプリシアがあたしとテスニのあいだにすべりこみ、横向きに寝ると、全員ができるだけ身体を密着させた。地面は硬くてごつごつしているし、風が吹きつけるたびに服の上からナイフで突き刺されたように感じるほど寒い。悲惨な状況だ。

熟睡できず、あたしが短時間ずつうとうとしているあいだに、夜がゆっくりと過ぎていった。

最終的にはごく短時間、眠りについたにちがいない。気づいたときには空が明るくなりはじめ、新たな一日の訪れを告げていた。あたしはごくりと唾を飲んだ。喉《のど》が渇き、おなかが鳴ると同時に痛みを覚えた。空腹は以前のあたしにとって呼吸と同じくらい自然な感覚だったが、こってりした贅沢《ぜいたく》な食事を数週間楽しんだ結果、切実な空腹感の記憶が薄れ、苦痛はやわらいでいた。しかし今、あの感覚が叫び声を上げるかのようにきわめて鮮明にあたしの意識に戻ってきて、またしても手に入れたすべてのものを失う可能性を思い知らされた。

「おなかがすいたわ」アプリシアが泣きごとを言った。「何か食べるものをくれてもいいのに」

あたしは目をしばたたきながら上体を起こし、洞窟の入口から外をのぞいた。ありがたいことに空気が少し暖かく感じられ、小雨が降っていることに気づいた。あたしは四つん這いでじりじりと進むと手を伸ばし、手のひらの小さなくぼみに雨水がたまるのを待った。その手を顔に近づけて手のひらをなめ、甘くて新鮮な水を味わった。ホロウで過ごしたあの数日間の夜のように。雨がふたたび疑わしい救世主となったのだ。今回は、喉の渇きによる苦しみと溺《おぼ》れる危険性のどちらを選ぶべきなのか、わからない。

ほかの三人の妖精《フェイ》はあたしの動きを真似して、できるだけ多くの水分を吸収しようとした。三人が水を飲んでいる一方で、あたしは荒涼とした空間を見わたし、これから四人でどうしようかと考えた。脱出のための重要な手がかりが何かあるはずだ。

視界の隅に何かが映った。見落としてしまいそうなほど小さく、かすかな光だが、目を凝らせば凝らすほど、一面の雪や岩との対比が明確になってゆく。その光がチカチカとまたたいた。星がメッセージを送っているかのように、明滅を繰り返している。

「あれが見える？」あたしは遠くを指さした。

「何？」テスニが目を細めながら、たずねた。

あたしはもういちどその場所を注意深く見て光を探したが、すでに消えていた。さらに数秒待ったあと、首を横に振った。

「気にしないで。何か見えたと思っただけだから」

あたしたちは雨の雫《しずく》をすすりつづけた。やがて、雨は止《や》み、当面のあいだ、あたしたちを見捨てる形になった。風がふたたび強まり、あたしたちは浅い洞窟の奥に戻って身を寄せ合った。アプリシアもその輪に加わった。霜で毛先が白くなっている。

「どうしよう？」ハロがたずねた。目を閉じ、頬を涙で濡らしている。ハロの吐く息が白い霧のようにふわりと空中を舞った。「わたしたちは何を望まれているの？」

あたしたちがまだ気づいていない策略や謎があるにちがいない。ただ死ぬためにここに置き去りにされたわけではないだろう……だが、胃袋が足もとにドサッと落ちたような衝撃が走り、かじかんだ爪先まで伝わった。前回の太陽妃選考会がどのように中止されたかについて、マグがうっかり口をすべらせたことを思い出したのだ。当時、何が起こったのか、きちんとした答えは得られなかった。でも、今はその問題を持ち出すタイミングではないと、あたしは判断した。

アトラスがまた同じことをしたのだろうか？　あたしたちを死なせるためにここに放置したの？　だが、アトラスはあたしが選考会で勝利し、王妃になることを確信しているようだった。その言葉を信じていいのか、まだよくわからないが。

さらに一日、昼夜を問わず、あたしたちは崖の上で震えつづけ、なんども洞窟を探索した。何か役に立つものが現われることを祈りながら。しかし、そこにあるのは、固く口を閉ざした無機質な岩だけだった。

ふたたび日がのぼったが、空気は詰めものの中綿のように、手でつかめそうなほど濃密な灰色の靄に包まれていた。あたしは景色が変わることを願いつつ、前方をじっと見つめた。もう二度と白と灰色の世界を見なくてすむのなら、少しでも早くそうなってほしい。

あたしの神経は凍りついたようにもろくなっていた。これ以上のストレスがかかると、折れてしまいそうだ。泣いてはいけないと、自分に言い聞かせた。ひとたび涙が流れだしたら、止まらなくなるかもしれない。勝利まであと一歩だったのに。ついに望んでいたすべてを手に入れられそうだったのに。それがいまや、凍った湖面に渦巻き模様を描く霜が消えてゆくように、指のあいだからすべり落ちてゆく。

ハロは身体をまるめて床にじっと横たわっていた。唇だけを動かし、小声で祈りの言葉をとなえている。あたしは元気づけようと手を伸ばし、ハロの背中をさすったが、反応はなかった。テスニとアプリシアも元気がない。二人ともほとんど口をきかず、目を開けているのがやっとだった。

アフェリオン王国に来てからはじめて彼女たちを哀れに思った。このかわいそうなフェイたちはこんな苦しみを経験したことがない。それに耐えうるだけの精神的、肉体的強さを持ち合わせていないのだ。あたしを釘のように打たれ強くしてくれたノストラザに感謝すべきなのかもしれないが、それはあたしが最後の生き残りとなり、たった一人で苦しむことを意味する。

視界の隅に何かをとらえた。昨日、目にとまったのと同じ閃光が見える。今回はもっと明るくきらきらと輝き、はっきり見えた。

そのとき、はじめて夕食をともにしたさいにアトラスが見せてくれた魔法を思い出した。アトラスがつくりだした偽の海にも、これと同じような光の粒がちりばめられていた。まばたきした瞬間、すべてが腑に落ちた。

「これは幻だよ」あたしが言うと、アプリシアとテスニは疲れきった顔を上げ、困惑の表情であたしを見た。「現実じゃない。アトラスが魔法でつくりだしたものだよ」

あたしはどうにか立ちあがり、洞窟の端へと慎重に歩を進めた。風にあおられ、今にもバランスを崩しそうだ。下を見ると、目がくらむほどの急な崖が広がっていた。頭がくらくらして、あたしはすぐにあとずさった。

自分の考えが正しいことは確信しているが、それでも、目の前の光景がとてもリアルに感じられた。

「幻ですって?」アプリシアが鼻で笑った。あたしに反論することで元気を取り戻したようだ。

「そんなはずないわ」

「見える?」あたしは輝きを指さし、さっきより光の粒がたくさん見えることに気づいた。アトラスの魔法によってつくりだされた偽の風景が、今日はいっそう輝きをきわだたせている。あたしたちが自力では見抜けなかったから、アトラスはわざとそうしたのかもしれない。「あそこ。見て。これは現実じゃない」

「どうして、そんなことがわかるの?」アプリシアが腕組みしてたずねた。あたしはアトラスが何を見せてくれたかを説明した。最初は三人とも明らかにあたしの話を信じていなかった。それに、アプリシアがアトラスから同じ魔法を見せられたことに触れないのを、あたしは見のがさなかった。しだいに絶望的な気持ちになってきたが、まだ選考会はつづいており、あたしたちにとっての希望の光が見えてきたばかりだ。

「じゃあ、どうするの?」テスニが両膝を抱えながらたずねた。あたしはテスニのほうを見て唇を引き結んだ。誰もあたしの提案に賛成してくれないことはわかっていた。

「飛び降りよう」

「なんですって?」アプリシアが驚いて叫んだ。確実に本来の彼女らしさを取り戻しつつある。

「バカなことを言わないで。死んじゃうわよ」

「死なない。これは試練だよ。これがあたしたちのとるべき行動なんだよ」自分でも確信はなかったが、あたしは自信をこめた口調で言った。

「あなたの考えが間違ってたら?」

あたしは肩をすくめてアプリシアに言った。

「そのときは死ぬだろうね。どっちみち、ここにいたら、そう長くは生き延びられない」

その言葉に同意するように、風が激しく吹き、あたしはまるで胸の中央に手を叩きつけられたかのように強い力で後ろに押し戻された。まるまって床に横たわっていたハロが起きあがり、警戒する表情であたしを見つめている。あたしはハロに手を差し出した。

「いっしょに来て」

「ロア」ハロはささやいた。「できないわ」

「あたしを信じて」

ハロと目が合った。ハロはここにいることを望んでいなかった。ハロがこの選考会から離脱したがっていたにもかかわらず、あたしは理由を理解しようともせずにハロを引き止めたのだ。あのままハロを落下させていたら、ハロはいまごろマリシとともに幸せで安心できる状態でいられただろう。そこがハロの望んだ場所なのだから。

いや、そんなことはない。ハロはあのジャンプを成功させられなかったはず。穴のなかの怪物の餌食《えじき》となり、骨と引き裂かれた肉片しか残らなかっただろう。ハロはここで窮地におちいっている。ハロ自身は勝利を望んでいないが、あたしはハロに生き延びてほしい。

「あたしたちに失うものなんてある？」あたしはたずね、こんどは全員に訴えかけた。

ふたたび風のうなりがあざ笑うような旋律を奏《かな》で、この場にとどまれるものならとどまってみろというように吹きつけてきたが、ハロは依然として躊躇《ちゅうちょ》していた。

「ほら」あたしはもういちど言ってハロの手を取り、ハロを引っ張って立ちあがらせた。「これ以上ここにいたら、間違いなく死ぬよ」全員の不安げな顔を見まわした。

「あんたも来る？」あたしはアプリシアにたずねた。

アプリシアは髪を振り払った。あたしは、近づいていってその髪で彼女を吊るしあげたいと思ったが、その強い衝動をなんとか抑えた。「冗談じゃない。あの崖から飛び降りるつもりなんかないわ」テスニはどうしようという表情で、あたしとアプリシアを交互に見ている。どちらの意見に賛成するか迷っていることは明らかだ。

「わかった。あたしが先に行く」

ハロはあたしがつかんでいる手を振りほどき、胸にかき抱いた。恐怖のあまり、目に激しい動揺の色を浮かべている。

「わたしはいやよ」

「わかった。あたしが先に飛び降りる。見てて、幻を通り抜けるから。安全だとわかったら、あとにつづけばいい」

ハロはうなずいたが、まだあたしの言うことを完全に信じているわけではないようだ。

くそっ、あたしの判断が正しいといいのだが。

でも、この場所にはほかに何もなく、これが唯一の選択肢なのだ。あたしたちが見殺しにされようとしているなら、さっさと終わらせたほうがいい。少なくとも、結局はそのほうが苦痛は少ないだろう。

その最後の考えは自分の胸にしまっておいた。

あたしは絶対に正しいはずだ。もし間違っていたら……まあ、正しいことを祈るしかない。

落ち着こうとして深呼吸したが、まったく効果はなかった。あたしは洞窟の奥で、背中を壁に押しつけて立っていた。ロケットを握りしめながら勇気を奮い起こし、ゼラの女神に祈りを捧げた。生まれてはじめて、彼女の耳に届くことを本気で願った。

あたしはこれまでずっと無謀すぎたのかもしれない。もっとよく考えるべきなのだろう。そうしないと、あたしの軽はずみな行動がいわゆるとどめを刺す可能性がある。だが、今のあたしたちにほかの選択肢はない。

「だめもとで、やってみよう」あたしは言った。三人は希望と恐怖が入り混じった目であたしを見つめている。

もはや慎重に検討している場合ではない。やがて、あたしは崖っぷちまで疾走し、何もない空間へ飛びこんだ。

36

落ちてゆく。胃が喉《のど》まで上がってくる感じがした。落下のスピードが速すぎて、通り過ぎる岩や雪、白と灰色の風景がぼんやりとしか見えない。急降下をつづけるあいだ、髪が目や口や耳にまといついた。

あたしの判断は間違っていた。

幻を通り抜けるはずだったのに、この落下はまさに現実だ。あたしは自分の死を決定づけただけだった。喉から絞り出されるように叫び声が漏れた。ますます速く落ちつづけるなかで、風が衣服を引き裂き、目からあふれた涙が頬を流れ落ちた。たとえるなら、今のあたしは湖底に沈んでゆく石。羽を切り取られた鳥。天から追放された堕天使。

だが、そのとき空気の流れが変わり、急に湧きあがってきた温かさに包まれた。やがて、硬いが柔軟性のある表面に衝突し、なんども転がって止まった。

仰向けに横たわったまま、青く澄んだ空を見あげてまばたきし、世界が回転を止めるのを待った。緊張によって胸が震えるほど呼吸が速く、極度の恐怖が原因でいまなお大量のアドレナリンが血管を駆けめぐっている。

じっと動かず、自分を取り巻く環境の新しい音や感覚を意識に浸透させた。暖かく湿気がある。

鳥のさえずりと、葉を通り抜けるサラサラというまぎれもない風の音が聞こえる。左右に腕を伸ばすと、柔らかい草が手のひらをくすぐった。そして太陽、ああ、すばらしい太陽があたしを歓迎するかのように、暖かく心地よい光をはなっている。冷たくかじかんでいた手足の指がぬくもるにつれ、ぴりぴりした痛みと喜びを同時に味わった。数日ぶりに厳しい寒さから解放され、関節を自由に動かすことができた。

もうだめだ。二度とこの場所から離れたくないし、動きたくない。あたしはとうとう死んでしまったのだろうか？　ガブリエルにホロウから連れ出されたあとに、〈太陽の宮殿〉で目覚めた日と同じような気分だ。

よじれるような痛みとともに、おなかが鳴り、自分がまだ生きていることと、試練の次の段階に進んだことを示唆した。

しぶしぶ、どうにか身体を起こし、周囲を見わたした。そこは草深い空《あ》き地で、きれいに整えられた高い生け垣で囲まれていた。生け垣のどこを見ても、エメラルドグリーンの葉が生い茂り、小さな黄色い花でおおわれている。空き地に点在する大木はリンゴの花を豊かに咲かせ、幅の広い幹と太い根が年月を感じさせた。あたしは強烈な日差しになおも目をしばたたきながら、アトラスによってつくられた新たな偽の風景であることを示すきらめきを探した。

だが、そよ風に乗ってスイカズラの香りがただよってきて、あたしの注意を引いた。その心安らぐ甘い香りは、埋もれていた遠い記憶を呼び覚ました。森のなかにある小さな家の暖かく居心地のいいキッチンで、踏み台に立って菓子パンの生地をこねるのを手伝い、オーブンに入れる準備をしていたときのことだ。

あたしはくるりと振り返り、目の前の理解しがたい光景に見入った。

三方を高い生け垣で囲まれた場所に長くて巨大なテーブルが置かれ、料理で埋めつくされている。何段にも積み重ねられたデザートタワーは、宝石のようにきらきらした色とりどりのお菓子でいっぱいだ。いくつかある深鍋には、クリーミーなソースをかけたチキンが入っていた。クリスタルのピッチャーに入った鮮やかなピンクのジュースや、金色の皿に盛られたみずみずしいフルーツの厚切りもある。

あたしは立ちあがってすぐに、ごちそうめがけて走りだした。数日間、困難な状況で得た雨水しか口にしていなかったので、胃が痛みをともなう抗議の声を上げている。

あたしはごちそうの前で急停止した。どこから手をつければいいのかわからない。見た目は完璧だ。これを疑うべきだということはわかっている。選考会の真っ最中だから試されているにちがいないが、あたしはとてもおなかがすいていた。それに、まさか毒は入っていないだろう。

相変わらず認識の甘い自分をあざ笑った。毒が入っているのは当然ではないか。

次の瞬間、叫び声がして振り向くと、アプリシアが尻に火がついたかのように大あわてでテーブルに飛びつこうとしていた。そのすぐ後ろで、テスニとハロが信じられないという表情で目を見開いている。アプリシアはあたしのそばを猛スピードで通り過ぎ、脂《あぶら》と肉汁がしたたる大きな七面鳥のもも肉に近づいた。彼女がそれを手に取り、歯を剝き出したとき、あたしは叫んだ。

「待って！　安全かどうかわからないよ」

しかし予想どおり、アプリシアはあたしの言葉を無視し、すでに二口目を嚙《か》み切っていた。もう一方の手を、高く積みあげられたチョコレートケーキの中心につっこんでいる。アプリシアはケーキの塊《かたまり》をひとつ、すくい取り、荒々しく口に押しこんだ。

何か悪い兆候《ちょうこう》がないか警戒しながら、あたしは虫眼鏡で標本を見るようにアプリシアを観察した。毒はどれくらいで効きはじめるのだろう？　すぐに口から泡を吹くのか？　それとも、縄で吊るされたときのようにゆっくりと死に至るのだろうか？

いまやテスニもテーブルにつき、白いチーズの大きな塊をつぎつぎに口に入れ、バターのしたたるロブスターの身をむさぼり食っている。ハロとあたしは顔を見あわせ、大丈夫そうだと判断し、二人でごちそうに近づいた。

警戒心を捨てて、ふわふわのパンにかぶりつくと、崩れたパンの皮があたしの汚れたチュニックの胸もと全体にこぼれ落ちた。つづいて、巨大なグラスを手に取り、氷がぶつかり合ってカチカチと音を立てるなか、レモネードをいっきに飲み干した。渇ききっていた喉がたちまちうるおったことに安堵《あんど》し、二杯目に手を伸ばした。ローストビーフをひときれ口に押しこむと、考えこみながらじっくり咀嚼《そしゃく》し、周囲の音に耳を傾けた。これは幻を解いたご褒美なのかもしれない。それでも、こんなに簡単にご褒美がもらえるとは思えなかった。

さらにいくつかの料理を試してみた。ピーナッツバターケーキ。バニラケーキ。ポーチドチキン。そして、水。飲めるかぎりの水を飲んだ。あまりのおいしさに恍惚《こうこつ》として、うめき声を上げた。食べることに夢中で、自分が感じている暖かさに心から感謝する時間さえなかった。空気は非常にじめじめしており、チュニックが身体にまといつき、髪が額《ひたい》に張りついている。

サクサクのペストリーを口に押しこむと、ラズベリーのフィリングが舌の上ではじけた。そのとき、腹ぺこのクジラの上に取り残されたかのように地鳴りがした。案の定、うまい話には裏があったというわけだ。あたしは生け垣にできた隙間に気づいた。あたしたちが立っている場所からどこかへつづくトンネルを形成している。あたしは食べるのをやめ、揺れの原因と発生源の方向を見きわめようとした。

ほかの三人も気づいていた。空き地の片隅から別の隅へすばやく視線を向けているが、何も現われない。

「あれは何？」ハロが震える声でたずねた。何か恐ろしいものがあたしたちに迫っている。あたしは骨の髄までそれを感じた。

視界の隅で動きをとらえ、勢いよく振り返ると、生け垣のあいだをすばやく移動する誰かの後ろ姿が目に入った。調べずにはいられなくなったあたしは迷路の入口へ向かい、立ちどまって、葉が茂る暗い通路をのぞきこんだ。その人影はもう見えず、目の前には人けのない空間が広がっている。振り返ると、ほかの献姫《けんき》たちはみな用心深い表情であたしを見つめていた。

「そこに入っちゃだめよ」ハロが小声で言った。

あたしは首を横に振った。ほかに選択肢がないことは理解していた。

「行くしかない。これは試練なんだから」あたしは一歩踏み出した。高い生け垣の影がおおいかぶさってきて、空気が冷たくなった。ふたたび何かの動きがあたしの注意を引いた。こんどはトンネルの突き当たりに誰かが立っているが、遠すぎて特徴はよく見えない。あたしがさらに奥へ進むと、ハロの動揺した叫び声が追いかけてきた。戻ってきてと懇願している。

でも、引き返すわけにはいかない。

これは最後の試練であり、あと少しであたしの望むものをすべて手に入れられるのだ。こんなにも長い年月をかけて、ようやく王冠と魔法があたしのものになる。トリスタンとウィローを取り戻すこともできるし、もうすぐオーロラ国王への復讐も果たせる。

あたしはペースを上げ、小走りになった。すでに額に汗がにじんでいる。乾いた冷たい風はうんざりするほどの熱気に変わり、上顎《うわあご》にまといつく。呼吸するたびに、空気を通さないはずの煉《れん》瓦《が》の壁から空気を吸おうとするかのように息が苦しい。それでも、前進しつづけた。この綱渡りのように困難な道を進むことが、自分を未来へ導いてくれるとわかっていたから。

走っても走っても、葉でおおわれた通路は果てしなくつづいているように思われたが、突き当たりで待っている人物には着実に近づきつつあった。この距離から判断するかぎり、男性のように見えた。背が高く痩《や》せ型で、ふさふさした黒髪が特徴的だ。何色かわからないチュニックを着ている。灰色かもしれないし、茶色かもしれない。あたしは目を細めた。これは目の錯覚だろうか？　こんなこと、ありえない。きっと、あたしの心が生み出した幻覚なのだ。

その人影が急に角を曲がり、葉のあいだに姿を消した。見失いたくないので、あたしは速度を上げ、男性が消えたと思われる場所へ全力疾走した。もういちど一瞬だけ後ろ姿が見えると、あたしはふたたび走りだした。

男性を追って角を曲がり、狭い通路を進むうちに、なんども角を曲がったせいで完全に方向感覚を失ってしまった。見えるものは、一面の緑の壁と頭上の青空の一部だけだ。少し休んで息を整え、耳を澄ませた。ほかの献姫たちはどこへ行ったのだろう？　だが、引き返そうとしたところで、彼女たちのもとへ戻る道を見つけられそうにない。

葉のこすれ合う音に気づき、あたしはまた走りだした。角を曲がると、中央に石の噴水がある中庭に出た。噴水の向こう側に、あたしが追ってきた男性が立っていた。

あたしは心臓が止まるほど驚き、息ができなくなった。膝から崩れ落ちそうだ。

トリスタンだ。

「トリスタン？」あたしはわずかな希望を声ににじませながら、ささやいた。目と目が合い、世界が一変した。トリスタンはここで何をしてるの？　目に涙が浮かんだ。こんなにも誰かを、あるいは何かを目にすることがうれしいなんて、人生ではじめてだ。でも、なぜトリスタンはそこに突っ立ったままあたしを見つめているのだろう？　何か変だ。トリスタンの目は普通ではない。どこかうわの空で、あたしがまったく見えていないようだ。「トリスタン？」あたしは一歩近づき、トリスタンに手を伸ばした。「大丈夫？」

トリスタンはそれには答えず、踵《きびす》を返して中庭を飛び出し、ふたたび迷路の闇に姿を消した。

「トリスタン！」あたしはトリスタンが消えたばかりの場所に駆け寄ったが、トリスタンの痕跡を見つけることはできなかった。「戻ってきて、トリスタン！」声が嗄《か》れるほど大声で叫んだ。絶望があたしの心をじわじわとむしばんでゆく。「お願い！　戻ってきてよ！」

あたしは走った。トリスタンがどの方向へ行ったのかわからないが、それでも走った。トリスタンの名を繰り返し叫び、痕跡が見つかることを祈りつつ、すべての開口部や小道をのぞきこんだ。汗が背中やこめかみを流れ落ち、じめじめとした粘り気のある空気があたしを押し包んでいる。袖で額を拭《ぬぐ》ったが、無駄だった。感情の高ぶりがもたらす体温の上昇を抑えることはできない。なおも兄を捜しながら、もういちどひとめ見たいという一心で、やみくもに先を急いだ。

次の瞬間、あたしはつまずいて空中にほうりだされ、柔らかい草の上に着地した。両膝と両手をついたけれど、ざらざらした地面の上をすべってゆく。息が切れて動けなくなり、なんどか深呼吸してからうめき声とともに転がって、上体を起こした。膝と手が緑色に染まっている。そのとき、自分がつまずいたものに気づいた。

剣だ。

銀色に輝く剣が小道に落ちていた。デザインはシンプルだが洗練されており、柄《つか》は金色で、刃の接合部分に近い位置に透明な宝石がひとつついている。誰がここに置いたのだろう？　あたりを見まわしたが、あたし一人しかいないようだ。聞こえるのは、そよ風が葉のあいだを通り抜けるサラサラというやさしい音だけ。あたしは剣を拾いあげて手に取り、ずっしりとした重みを確かめた。新たな防御手段を手に入れたことはうれしいが、心のどこかで、なぜ迷路が自分にこれを与えたのかと疑っている。いずれ、この剣が必要になるとしか思えない。

悲鳴が聞こえ、あたしはふたたび駆けだし、声の出どころをつきとめようとした。だが、トリスタンの声ではない。もっとかんだかい声だった。一瞬、希望が湧いてきて胸が躍《おど》った。もしかするとウィローだろうか？　でも、悲鳴を上げているのは危険な状況にあるということだ。もういちど声を聞きたいと望むべきではないのかもしれない。汗で濡れた顔を手で拭いながら、その矛盾した考えに頭が割れそうなほど困惑した。

「ウィロー？」あたしは叫んだ。「あなたなの？」悲鳴が苦しげなうめき声に変わった。生け垣のすぐ向こうから聞こえてくるようだ。「ウィロー」彼女が現われることを強く願いつつ、なんども大声で呼んだ。

だが、向こう側にいたのはウィローではなく、ハロだった。ハロは地面にひざまずき、誰かの遺体の胸に顔をうずめていた。ハロの苦悶のすすり泣きがあたり一面に響きわたると同時に、ハロがしがみついている遺体がマリシだとわかった。淡い黄色のドレスの前面が血で染まり、肌は幽霊のように真っ白だ。

あたしは剣を落として両膝をつき、ハロを抱きしめた。

「マリシは死んだ」ハロは深い悲しみを帯びた低い声でうめき、両手でおなかを抱えこんだ。

「マリシは何をされたの？」あたしがその答えを知っているかのようにハロはこちらを見たが、あたしは首を横に振った。

「わからない。ごめんよ、ハロ」マリシの輝きを失った青い目が空を見つめている。あたしはマリシのまぶたをそっと閉じてやった。マリシの肌は冷たく湿っていた。

「もうこんなこと、つづけたくない」ハロは言った。「わたしはこうなることなんか望んでなかった。離脱したい」

ハロは頭を上げ、叫んだ。

「ねえ、聞こえてるの？　わたしは王妃になんかなりたくない！　最初から望んではいなかった！　この選考会は残酷だわ！　あなたたちはみんな獣《けだもの》よ！」ハロは立ちあがり、身体の脇で両手を握りしめた。チュニックと頰に血の筋が付着している。ハロは決然と空に向かって顎を上げ、大声で言った。「わたしをここから出して！」

「ハロ！」あたしは急いで立ちあがり、ハロを抱きしめた。「落ち着いて」

ハロはあたしの腕からのがれようともがき、涙を流しながら、あたしの胸をこぶしで叩いた。

「いや！　もう耐えられない！　わたしを殺して！　どこかに閉じこめて！　かまわないから！

これ以上、太陽王につかえたくない！　あいつは怪物よ！」

　ハロは両手で自分の頭をはさみ、悲鳴を上げると、やがて突然、黙りこんだ。肩を激しく上下させ、不規則な呼吸を繰り返している。ふたたび、あたしはハロを抱きしめ、精神的に支えようとした。ハロがあたしの首に顔をうずめると、温かい涙があたしの喉を流れ落ちる汗と混じり合った。

「なぜ、わたしはここを離れさせてはもらえないの？」ハロは溺《おぼ》れる者が何かにすがろうとするかのように、あたしのチュニックを握りしめた。まさに今、そういう気持ちなのだろう。

「わからない」あたしはハロの髪をなでながら、ささやいた。「本当にわからないんだよ」

　あたしはここに連れてこられた。輝きと金色の光に満ちたこの場所で、名誉をかけて競い合うために。ノストラザとは別世界のように見えたが、あたしにしがみついているハロと、足もとに横たわるマリシの無残な遺体を目の当《ま》たりにし、この場所もすべてが幻想だったことに気づいた。あたしはアフェリオン王国の貧民街出身だということにされ、信念を持って充分に努力すれば偉大なことをなしとげられる例として利用されたのだ。だが、数日前の晩にあたしが黄金のベッドで眠っていたときに、なぜ同じ王国内にアンブラが存在するという不平等が許されていたのだろう？　アフェリオン王国はノストラザと何も変わらない。そこらじゅうがあふれんばかりの黄金で飾り立てられているが、ノストラザと同じ牢獄だ。

　でも、あたしはあきらめるわけにはいかない。そんな余裕はないし、困難な状況にもかかわらず勝つ必要がある。あたしが求めているような自由を手に入れるチャンスはもう目の前だ。王妃になれば、すべてが変わるだろう。

ハロがあたしにもたれて静かにすすり泣いていると、葉のこすれる音がした。トリスタンなの？　血が凍る思いがして、心臓が止まりそうになった。トリスタンがマリシと同じ目にあったら、どうしよう？　あたしたちは皆殺しにされるのだろうか？

トリスタンを見つけなければならない。どうして、あたしから逃げたのか？　だが、あたしは躊躇《ちゅうちょ》した。ハロのことも、ほうってはおけないからだ。

またしても中庭の向こう側で葉がカサッと音を立て、人影が現われた。

衝撃的な光景を目にして、胸がずしりと重くなった。

ウィローだ。

37

ウィローは茶色い目を不安げに大きく見開いていた。その目の奥に恐怖が映し出されている。あたしは、つねに感じている自分の心臓の鼓動と同じくらい、その表情をよく知っていた。アフエリオン王国で眠れぬ夜を過ごしながら思い描きつづけてきた、あの美しい顔。あたしは怖くて、その場に凍りついたように動けなくなった。ウィローも逃げてしまいそうな気がして、心配だった。

「ウィロー」そっとささやくと、その名が降伏の象徴である白旗のように空気中をただよい、あたしは覚悟を決めることができた。ハロがあたしの肩からゆっくりと顔を離した。強い視線を交わした瞬間、二人ともようやく理解した。あたしたちの人生でいちばん大切な人々が集められ、意図的に危険にさらされようとしているのだ。マリシはすでに試練に敗れた。テスニとアプリシアは迷路のなかで何に直面しているのだろう？

ウィローはまるであたしがここにいないかのように、あたしの向こうを見ている。そういえば、トリスタンの目にもこれと同じ奇妙な表情が浮かんでいた。これは全部、幻なのか？　幻がウィローの特徴をあれほど正確に再現できるのだろうか？　だが、アトラスが本気で彼らに危害を加えるつもりなら、これを幻とみなすのは危険だ。

「ウィロー」あたしはもっと大きな声で呼んだが、ウィローはそれには反応せず、さらに大きく目を見開き、あたりを見まわした。と思うと突然、空《あ》き地を一目散に駆け抜け、ふたたび生け垣のなかへ飛びこんだ。「ウィロー！」

ウィローを追わなければならない。守る必要がある。ずっとそれがあたしの役目だった。あたしは地面に置いた剣に目をとめた。

「行って」ハロが言う。「彼女を追いかけて」

「あんたを置いていけない」

ハロはひざまずき、自分の身体でマリシをおおい隠した。

「わたしはここで終わりよ。誰かが捜しにくるまで動くつもりはないわ」ハロは顔を上げた。「あなたの愛する人たちを救って、この試練に打ち勝ってちょうだい。アプリシアがアフェリオン王国の王妃になることを阻止するために。あなたが行動を起こさなければならないのよ、ロア。最終献姫《けんき》だということは知ってるけど、ここまで勝ち進んできたんですもの。今こそ歴史を変え、この王国そのものを変えるべきよ」

「本気で言ってるの？」あたしの目はウィローが逃げた場所を探した。この瞬間にもウィローがどんどん遠ざかってゆくのを感じる。ハロはマリシの上に身を乗り出し、剣の柄《つか》をつかんであたしに差し出した。

「行って。いますぐ。お願い。マリシの死を無駄にしないで」

あたしはうなずき、ウィローのあとを追って駆けだした。もちろん、すでに見失っていたので、とにかく走りつづけた。手足が震え、吐き気をもよおすほどの目眩《めまい》を感じたが、そんなことにはかまっていられない。ここ数日ろくに食べていないし、迷路の入口で食事をつめこんだのが何時間も前のことのようだ。こうして立っていられるのはひとえに、この数週間ガブリエルにしごかれたおかげだと確信している。なぜガブリエルがわざわざそんなことをしたのか、いまだにわからないが。

「トリスタン！」トリスタンが現われることを祈りつつ、あたしは呼んだ。「ウィロー！」期待した結果は得られていないが、それでもあきらめずに呼びつづけた。かすかな物音や手がかりになりそうな足音の反響を追いながら、迷路の奥深くへと引きこまれ、時間の感覚を失っていった。それと同時に、この試練のルールを解き明かそうとした。愛する人たちを救う？　なぜ今回あたしたちは何をするべきか教えてもらえなかったのだろう？　それに、なぜ日程が前倒しされたのか？

走りつづけるうち、うめき声につづいて、うなり声がはっきり聞こえ、あたしは速度をゆるめた。また新たな苦難に直面することを覚悟して進路を変更し、音が聞こえたほうへと向かう。やがて、行きどまりとおぼしき場所の入口にたどりついた。四方を緑で囲まれ、鬱蒼《うっそう》と茂った蔓《つる》と葉が天蓋のように頭上をおおっている。

テスニが若い女性の身体をおおい隠して守っている。肌が浅黒く、長い銀髪を三つ編みにした少女だ。ヒステリックに泣き叫ぶ少女のふっくらした頬を伝って、大粒の涙が流れ落ちた。ひとめ見ただけで、テスニの妹、あるいは少なくとも大切な人であるとわかった。

テスニたちは、ふさふさした暗色の毛でおおわれた怪物と対峙していた。身長が彼女たちの二倍以上もあり、見あげるほど大きい。狼と熊をかけあわせたような姿で、背中にこぶがあり、突き出た口には針のように鋭い歯が並んでいる。後ろ脚で立ちあがると、木の幹のように太い腕があらわになり、低いうなり声が足もとの地面を揺るがした。

「あっちへ行け！」あたしは叫び、震える腕で剣をかまえた。柄を握る手が汗ばんでいるので、すべりやすい。いまや衣服が身体に張りつき、ますます動きにくくなっていた。一歩踏み出すごとに、セメントで押しかためられたかのように重みがのしかかる。

「ロア、だめよ！」テスニは獣《けだもの》から目を離さずに言った。そのとき、怪物が巨大な頭をあたしのほうへ向けた。底なしの井戸のように暗い目があたしを見すえた。その自信たっぷりなぎらぎらしたまなざしは、無力な獲物をねらう捕食者そのものだ。ただの凶暴な獣ではない。その表情は知性と狡猾さをうかがわせる。あたしが近づいてゆくと、ソースを添えた厚切りのローストビーフを差し出されたかのように、怪物は喜びに目を輝かせた。

「逃げて！」あたしはテスニとその妹に向かって叫んだ。「ここから出て！」

だが、あたしの命令は無意味だった。あたしたちは袋小路に追い詰められ、テスニと妹に逃げ場はないのだから。彼女たちにとっての頼みの綱は、あたしがこの怪物を引き離すことだけだ。

「さあ、来い！」あたしは爪先立ちでぴょんぴょん跳ねながら叫んだ。「でかくて醜い怪物め。ただの毛むくじゃらの筋肉の塊《かたまり》じゃないか。誰がおまえを檻《おり》から出したの？　おまえなんか、犬みたいにおとなしく服従していればいいんだよ」

怪物は侮辱されただけなのかどうかを判断するかのように、目を細めた。

「かかってこい」あたしは低くうなり、くるりと背を向けて反対方向へ走りだした。全速力で走って生け垣を突き破り、肩ごしにちらりと振り返った。怪物はまんまと挑発に乗り、巨体に似つかわしくないスピードで迫ってきた。恐怖であたしの足取りが乱れ、足首と膝がこわばった。怪物から逃げきるまで持ちこたえられるといいのだが。テスニたちがこのチャンスを利用して、できるだけ遠くへ逃げてくれますように。

腕と脚を激しく動かしながら、怪物がまだ追ってきているか確認しようと振り返った。驚いたことに怪物は突然、方向を変え、別の小道を進みはじめた。くそっ。あたしは急停止した。何が怪物の注意を引いたのだろう？　ウィロー、それともトリスタン？　その考えがあたしを駆り立てる一方で、何を見つけることになるかと思うと恐ろしくもあった。

怪物を追って角をいくつも曲がった。だが、怪物のほうが速いうえに、どんどん胸が苦しくなり、両足首に鉄床《かなとこ》をくくりつけられたかのように脚が重くなってゆくなか、徐々に距離が開きはじめた。ついに怪物を見失ったが、あの巨体が狭いトンネルを容易に通り抜けられるはずがない。そこで、葉のこすれる音を頼りに迷路を進み、追跡を試みた。

そのとき、新たな悲鳴が聞こえた。

涙をこらえた目がひりひりし、締めつけられるような額《ひたい》の圧迫感が増してゆく。これはいままでもっとも過酷な試練だ。あたしたちにどうしろと言うのだろう？

あたしはさらに角をふたつ曲がり、よろよろとまた別の中庭に入った。低い石塀で囲まれたその場所には低いプランターがところ狭しと並び、色とりどりの花が咲き乱れていた。またしてもテスニと妹がいる。あたしのいらだちが岩のように硬い塊となり、胃のなかで重く沈みこんでゆく。怪物が二人の妖精《フェイ》を追い詰めて舌なめずりすると、あたしの喉《のど》からすすり泣きが漏れた。テスニたちは震えながら抱き合っている。

「手を出すな！」あたしはもういちど怪物の注意を引こうとした。「来い、この育ちすぎの駄犬。骨をやるから来いよ」怪物が巨大な肩ごしにじっと見た。こんどは間違いなく、あざ笑っている。あたしの計略には二度と乗らないと言うように。もっと簡単に手に入る獲物がいるから、ここを動こうとしないのだ。

あたしが反応する間《ま》もなく、怪物は巨大な腕をすばやく伸ばしてテスニの妹の腰をつかみ、大きな鉤爪《かぎづめ》で捕らえて動けないようにした。

「キリ！」テスニは叫び声とともに妹の腕をつかみ、引き戻そうとした。しかしテスニの何百倍もの力を持つ怪物はいとも簡単にキリをテスニの手から引き離し、バラの花びらをつまむかのようにあっさり奪い返した。キリはあたしの耳がずきずきするほど大きな悲鳴を上げている。怪物がキリを肩にかついで後退しはじめると、キリは短い両脚をばたつかせて抵抗した。

「やめろ！」あたしは叫びながら怪物に突進し、剣を振りおろして怪物の脚の裏側に深い切り傷をつけた。血が真っ赤な花を咲かせ、怪物の毛を濡らした。怪物は咆哮《ほうこう》し、牙からよだれを垂らしてあたしに向きなおり、空いているほうの手をすばやく伸ばしてきた。あたしは腹をつかまれ、中庭の向こうへほうり投げられた。

石塀の一部にぶつかった瞬間、片腕と頭に痛みが走り、どさりと地面に倒れこんだ。血が視界を染め、あたしはうめき声を上げて転がった。深紅のカーテンごしに、なおも妹に手を伸ばそうとしているテスニの姿が見えた。怪物はすばやく動きまわりつつキリをもてあそび、鼻づらからとどろくような忍び笑いを漏らしている。

ゆっくりと上体を起こすと、強打した肩が抗議の悲鳴を上げた。両手両膝をついて立ちあがると同時に、刺すような痛みが身体の中心を突き抜けた。あまりの激痛に吐き気をもよおし、胆汁《たんじゅう》が喉まで上がってきた。下を見ると、チュニックは血まみれで、布に四本の切れ目が入り、その下の皮膚に同じ数の裂傷があった。血が真っ赤な靄《もや》のようにドクドクと噴き出し、あたしはしゃがんだ状態でふらつきながら気をたしかに持とうとした。

怪物のうなり声が聞こえ、あたしの注意がテスニに引き戻された。テスニは依然として怪物の手から妹を救おうとしている。

「その子をおろせ」あたしは力なく叫んだが、無駄だった。怪物は首をかしげ、最後に鋭い目であたしを一瞥《いちべつ》した。やがて、背を向けると、テスニが声のかぎりに悲鳴を上げるなか、飛び跳ねるように遠ざかり、生け垣のなかに消えた。テスニは、地面にうずくまるあたしを残し、怪物を追いかけていった。あたしは息を切らしつつも、力を振りしぼろうとした。ここで終わるわけにはいかない。ウィローとトリスタンを見つけ出す必要がある。二人がまだ生きていればの話だが。

意識をはっきり保とうとしていると、またたく間《ま》に時間が過ぎ去った。そのとき、誰かの手がやさしくあたしに触れ、布を引き裂く音がした。テスニが自分のチュニックの一部をあたしの腹部に巻いている。その顔は鼻水と涙でぐしょぐしょだった。

「妹さんは？」あたしは小声で言った。

「行ってしまったわ」テスニは感情のこもらない声で答え、残っているほうの袖で鼻を拭《ぬぐ》った。

「怪物の足が速すぎた。妹はもういない。わたしは妹を失ったの」テスニが最後の二言を震える声でとぎれとぎれに口にしたとき、テスニの胸が張り裂ける音が本当に聞こえた気がした。テスニはあたしの片方の袖を引き裂き、即席の包帯を巻きつづけてくれた。

「傷はそう深くないみたいね」と、テスニ。「でも、頭を打ったかもしれないわ」テスニにそっとこめかみをさわられ、あたしは顔をしかめた。考えがまとまらないのは、そのせいだろうか？

「ロア！」遠くで誰かの叫び声がして、あたしはわれに返った。「ロア！」

「ウィロー？」ゆっくりと上体を起こすと、世界が傾き、痛みが音を立てて胴体を走った。

「ロア！」ふたたび声が叫んだ。こんどこそ間違いない。

あたしはテスニの腕をつかんだ。

「ウィローを見つけなきゃ」

テスニはうなずき、あたしに手を貸して立ちあがらせてくれた。

「まだまにあうかもしれないわ」

テスニが剣を差し出した。あたしが怪物にほうり投げられたときに飛んでいったあの剣だ。テスニはあたしの片手を握りしめた。

「あなたの大切な人たちを見つけて、ロア。そして、守ってあげて。きっとそれが競技の一環なんだと思うわ」

「ロア！」

あたしは頭を振り、強い決意が全身にみなぎるのを感じた。重要なのはこれだけだ。選考会のことは忘れろ。復讐のことも。いい、これまで本当に大切だったのはトリスタンとウィローだけだ。二人に何かあったら、すべてが無駄だったことになる。

一歩踏み出すと、激痛が腹部をつらぬいたが、生来の根性を頼りに深呼吸して痛みをやわらげた。これぐらいはなんともない。人生の半分を極度の苦痛のなかで生きてきたのだから。深く根差した苦悩にとらわれ、その重さに押しつぶされそうだった。長年にわたり、人生のあらゆる側面が痛みによって決定づけられてきた。なんど拭い去ろうとしても、その種の記憶が完全に消えることはないだろう。

痛みはあたしにとってなじみ深い言語のようなものだった。数限りなく経験してきたから、自分で書いた脚本のように予測可能だ。

なんとしてもトリスタンとウィローを見つけなければならないという一心で、歩きつづけ、あたしの名を呼ぶウィローの声がふたたび聞こえると、足取りを速めた。

「いま行く!」あたしは叫んだ。「すぐに行くから!」ウィローの身に何かあってはいけない。傷の痛みに配慮しながらできるだけ早足で角を曲がり、ウィローの声がするほうへ進んだ。周囲の緑がぼんやりと視界をよぎってゆく。

緑豊かなトンネルがどこまでもつづくなか、姉を見失いませんようにとゼラに祈りつつ、いくつもの角を曲がり、姉に追いつこうとした。角を曲がって新たな長い通路に入ると、その先には暗闇が広がっていた。遠くで人影が動いている。

黒髪に華奢《きゃしゃ》な身体つき。もとの色が思い出せないほど着古した灰色のチュニック。あたしはますます速く走った。脇腹の切り傷がうずき、包帯が赤く染まってゆく。彼女は何かに追われているかのように急いで走っている。あたしは走りながらも周囲を警戒しつづけた。いつ襲われるかわからないからだ。何ひとつ信じられない。

「ウィロー!」あたしは叫んだが、呼びかけに応じてもらえないことはわかっていた。

しかしウィローは速度を落とし、声の方向を確認するかのように肩ごしに振り返った。「ウィロー！」あたしは爆弾の破壊力に匹敵するほどの大声で叫んだ。そうすることで、二人をへだてている見えない障壁が破られ、ウィローに声が届くかもしれない。

だがウィローは立ちどまらず、前を向いてふたたび速度を上げた。

「ウィロー」その瞬間、ついに心が折れた。魂がまっぷたつに裂けたかのように耐えがたい苦痛があたしを襲った。長いあいだ無意識に抑えていた涙が、ウィローを必死に追いかけるあたしの頬を濡らした。ウィローが死んだら、なんの意味もない。ウィローを救えなければ、これまでのすべてが水の泡だ。あたしもウィローも走りつづけているが、距離は一向に縮まらない。どうしてウィローは止まらないのだろう？

「ウィロー！　お願いだから待って」あたしの体力は徐々に尽きていった。包帯から血がにじみ出し、こめかみがずきずきするし、喉は渇き、胃が痙攣《けいれん》している。「ウィロー。戻ってきて」

走りつづけるうちに、ウィローに少しずつ追いつきはじめた。たがいの距離が縮まると、あたしはウィローの名を叫んだが、それでもウィローは振り向かなかった。ウィローの前方にアーチ形の木製の扉が現われた。何もない場所にぽつんと立っている。壁も建物もなく、さらに多くの緑の生け垣が迷路のようにつづいているだけだ。

ウィローは冥界《めいかい》の王に追われているかのように走りつづけた。あたしはつまずきながらも遅れまいとした。やがて、ウィローはその謎めいた扉にたどりつき、勢いよく扉を開けてなかに消え、バタンと閉めた。

「ウィロー！」彼女を見失ってしまった。あたしは勢いを利用して頑丈な扉に体当たりし、肩を扉にぶつけながら取っ手をまわそうとした。鍵がかかっている。扉を叩き、開けてと叫んだり、なんども剣で木製の扉に切りつけ、打ち破ろうとしたりした。「なかへ入れて！　ウィロー！　入れてよ！」

あたしはとめどなく流れるしょっぱい涙を味わいながら、扉のまわりを一周した。どの方向から見ても同じだった――どこにもつながっていないただの扉だ。

全身を使って扉にぶち当たると、痛みが肩と腹を突き抜け、吐き気がした。繰り返し扉に体当たりしたので、意識が朦朧《もうろう》としてきた。

突然、あたしの重みに耐えかねた扉が勢いよく開いた。あたしはそのまま前につっこみ、つんのめって顔から地面に落下し、なめらかな地面を横すべりしながら、身体がずたずたに引き裂かれるような苦痛を感じた。

目をぎゅっと閉じて息を切らし、意識を失わないよう自分に言い聞かせつつ、痛みが引くのを待った。いきなり割れんばかりの拍手が起こると同時に、何百人もの歓声が上がった。大勢の叫び声が空中に高く舞いあがり、雹《ひょう》のようにあたしに向かって降りそそいできた。

まったく状況を理解できず、反射的に目を開けようとした。だが、血と汗と涙でまぶたがくっつき、なかなか開かない。ぼんやりとした視界の向こうに、金色の大理石と、澄みきった青空を見わたせるガラス張りの高い天井が見えた。頭を上げると、あたしは玉座の間《ま》に横たわっていた。美しい顔に輝くような笑みを浮かべたアトラスが、あたしを見おろして立っている。

38

アトラスはしゃがみこんで、あたしの頭にやさしく手を置き、すっかり乱れた髪を一束なでつけた。

「よくやった」アトラスは笑みを浮かべたまま言った。「きみを心から誇りに思うよ」

「ウィローはどこ?」あたしはたずねた。喉《のど》が渇いて不快感がある。「トリスタンは? 二人はどこにいる? 無事なの?」

誰かの手があたしをそっと仰向けにしてくれると同時に、アトラスの表情が心配そうなしかめっつらに変わった。治療師たちがあたしに群がり、痛みをやわらげるように頭や腹部にやさしく触れた。突然、視界に明るい光が現われ、傷口がふさがるのを感じてあたしは息をのんだ。

「なんであたしを治療してるの?」

拍手の音はしだいに小さくなり、いまや群衆は低い声でささやき合い、様子を見守っている。

「アトラス? いったいどういうこと?」アトラスの笑顔は慈悲深いが、違和感があった。まるで絵具の乾いていない状態で誰かにさわられてにじんだ絵画のように、どこか曖昧《あいまい》だ。

「きみは最後の試練を乗り越えたのだ」アトラスはあたしの頰にそっと触れ、あたしの上体を起こしてくれた。その指先があたしの顎《あご》の下で止まり、あたしの顔を自分のほうへ向けた。「これから〈太陽の鏡〉の前に立つことになる」

「なんだって？」あたしは何も理解できないほどに混乱していた。「トリスタンとウィローはどこにいるの？」

アトラスは唇を引き結んだ。

「悪いが、ロア、彼らはここにはいない」

「えっ？　だって、たしかにこの目で見たよ！　どこにいるの？　もしあんたが二人に危害を加えたら——」

アトラスはあたしの肩に重々しく手を置いた。

「二人とも幻だった。本当はここにはいなかったんだよ」衝撃の真実を知ったとたん、腐敗したものがあたしの胃のなかで渦巻いた気がした。「きみの試練は、愛する者たちが扉を通り抜けるまで守ることだった。成功した献姫《けんき》はほかに一人だけだ」アトラスは部屋の向こう側にいるアプリシアを指し示した。アプリシアはあたしが感じているのと同じように、疲れきり、血まみれだった。いつもの得意げな笑顔はなく、台座の階段にすわり、頭を抱えている。

「じゃあ、テスニの妹とマリシは？」あたしはたずねた。

「元気そのものだ」アトラスはそのひとことですべての問題が解決するかのように、やさしい声で言った。

「でも、ハロとテスニは？　二人ともおびえてた」あたしの胸のなかで怒りがふつふつと沸きあがった。邪悪な魔女が火にかけた大釜のように煮えたぎっている。「あたしだってトリスタンとウィローが死んじゃうんじゃないかと、怖かったよ！」

「すまない、ロア。だが、それが最後の試練だったんだ」

あたしはアトラスの手を振り払い、少し離れた。すでに傷口は治療師たちによってふさがれ、鈍い痛みだけが残っていた。

「ハロもテスニも自分の愛する人が死んだと思ってたんだよ！」あたしは声を荒らげた。「どうしてそんなことするの？　あたしはウィローが危険にさらされてると思ったのに！」

「ロア」アトラスはしゃがんだ姿勢から立ちあがり、手を差し伸べながら近づいてきた。「落ち着け」

「落ち着けるもんか！　この怪物！　テスニとハロはどこ？　どこだよ！」

アトラスはなだめるように両方の手のひらを上に向けた。

「二人とも無事だ。ロア、敗北したほかの献姫たちといっしょにいる」

「あんたが殺さなかった献姫たちだけだろ！」

あたしは感情を抑えきれなくなっていた。身体が震えている。幾重《いくえ》にも折り重なった強い怒りのせいで、あたし自身が内側から崩壊し、紙のようにもろくなりつつある。

ようやく、ふらつく脚で立ちあがり、玉座の間《ま》にいる全員の顔をじっくりと観察した。着飾った大勢の妖精《フェイ》たちはみな、口を開けてぽかんとしている。

「あんたたちもみんな怪物だよ！」あたしが叫ぶと、まるで平手打ちされたかのように、フェイたちはいっせいに身をすくめた。できるものなら、本当にひっぱたいてやりたい。怒りが募《つの》るにつれて息苦しくなり、あたしは大きく胸をふくらませて充分な空気を取りこもうとした。身体の傷は癒えたが、あの崖の上で閉じこめられた数日間と迷路を駆け抜けた数時間によって引き起こされた緊張が、重くのしかかり、思わず身体をくの字に曲げた。あたしは胸を押さえ、治癒したばかりの腹部の傷が引きつれるほど激しく咳《せ》きこんだ。

「ロア」アトラスはやさしく言うと、あたしの背中に手を置き、背骨に沿って上下にすべらせた。「不快だったことはわかるが、それが選考会のルールなのだ」

あたしは前かがみのまま、ブーツに落ちる涙をじっと見た。涙はブーツに付着した埃《ほこり》の上にはっきりとした跡を残しながら、爪先から転がり落ちた。涙が止まらないが、本当は、ついに精神的に崩壊したこのような瞬間を大勢の人々に見られたくはなかった。

「トリスタンとウィローがここにいるんだと思った」あたしはすすり泣いた。「二人の身が危ないと思ったのに」

アトラスが近づいてきて、かがみこみ、あたしの耳もとに口を寄せた。

「二人は今もノストラザにいる」アトラスはあたしにしか聞こえないほどの低い声でささやいた。「もうすぐ、きみは二人を連れ出すことができる。〈太陽の鏡〉がきみを待っている」

あたしは目を閉じ、歯を食いしばりながら大きく息を吸った。

「こんなことがあっても、あたしがまだあんたと絆《きずな》を結びたがってると思う？　勘違いもはなはだしいね」

「ロア」アトラスは言った。緊張のせいで目のまわりにしわを寄せている。

「アプリシアと絆を結んで。彼女のほうがずっとふさわしいよ。あたしを帰らせて、アトラス。この王国の一部ではいたくない。帰りたいんだよ」

「何を言っているのだ？　わたしと絆を結ぶよりも、あの最悪な場所に戻るほうがましだというのか？」

　あたしは全員に自分の声が届くよう、背筋を伸ばして立ち、疲れきった心の奥から引き出した精いっぱいの敵意をこめてアトラスをにらみつけた。

「そうだよ」

　アトラスの表情が一変した。仮面がひび割れ、光でおおい隠されていた闇のかけらが現われたのだ。寛大な忍耐強さが消えた目のなかで、いまや青い炎が冷たく燃えさかっている。ああ、やっぱりそうなのか。いままでずっと彼の言葉や愛情にどこか違和感を覚えていた。本当の意味でなじむことはできなかった。アトラスの美しさに目を奪われ、また、ノストラザの生活とはあまりにも違うこの環境全体に魅了され、重要なものが何も見えていなかった。

　アトラスはあたしを利用しようとしたわけではなく、あたし自身を必要としているのだと信じたかった。でも、最初からわかりきっていたはず。それに気づかないあたしがバカだったのだ。

「そうか、とても残念だよ、ロア」アトラスはぞっとするような悪意を秘めた声でささやいた。

「わたしはオーロラ国王からきみを奪った。だから、きみはわたしのものだ」

　あたしがその言葉の意味を理解する間《ま》もなく、アトラスは決然と胸を張り、金色の上着の裾《すそ》を引っ張って整えた。

「鏡に選択をゆだねるときが来た」アトラスは部屋全体に向かって宣言した。

「断わる」あたしはすっくと立ちあがった。立っているのがやっとなほど疲労困憊《こんぱい》しているが、足を踏ん張り、アトラスを見あげた。アトラスはまばゆい閃光とともに今にも崩壊しそうな金色の星のように、圧倒的かつ危険な存在感をあたしに見せつけている。

「きみに選択の余地はない」

あたしは返事の代わりに唾を吐いた。完璧な美しさを持つ高い頬骨に唾がかかった瞬間、アトラスは目をしばたたき、部屋じゅうが息をのんだ。

「絶対にいやだ」あたしは怒りをこめた低い声で言った。

「陛下」近衛兵があたしをにらみつけながら言った。「この女を地下牢へ連れてゆきます」二人の近衛兵があたしの両脇に現われた。

「いや」アトラスはあたしを見すえたまま、片手を上げて制した。「鏡の前に立たせる。ガブリエル、ロアを連れてゆけ」

ガブリエルがあたしの前に姿を現わし、いつものように非難めいた強い視線を向けてきたので、あたしはうなり声を漏らした。アトラスがガブリエルを地下牢から出したのだろう。

「言われたとおりにすればいいんだ、ロア」

「あんたには関係ない」あたしはわめいた。「あたしが死ねばいいと思ってたくせに！」

ガブリエルはまじろいだ――それが驚きを示す唯一の兆候《ちょうこう》だった。

「ガブリエル！」アトラスが言った。「いますぐロアを連れてゆけ」

ガブリエルが手を伸ばしてくると、あたしは叫び声を上げ、脚をばたつかせはじめた。

「いやよ！　ほっといて！　あたしは自由になりたいんだよ！」

ガブリエルとほかの数人の近衛兵があたしを取り囲み、手足をつかんだ。ガブリエルは背後にまわり、あたしの両腕を後ろで押さえつけ、手首をしっかりと握りしめている。あたしが両手を振りほどこうとすると、肩がきしむほど強く両腕を引っ張られた。

「動くな」ガブリエルは怒気を含んだ声で言った。

「いやだ！」あたしは叫んだ。

「本当にこれでいいのですか、陛下？」ガブリエルがアトラスにたずねた。「ロアの要求に応じるという選択肢もございますが」

「絶対にだめだ」アトラスは答えた。「鏡の前に立たせる」

「でも、なぜ？ ロアがあなたに何を提供できるというのですか、アトラスさま？」いつも冷静なはずのガブリエルが、追いつめられたような声で言った。

アトラスがあたしたちの目の前に立ち、ガブリエルと視線を交わした。あたしはアトラスを蹴ろうとしたが、ガブリエルがうなり声を上げながらあたしを引き戻した。

「おまえの王であるわたしが、ロアを鏡の前へ連れてゆくよう命じているのだ。おまえを地下牢から出したことを後悔させないでくれ、ガブリエル――まだおまえを完全に許したわけではない」

一瞬の間《ま》があり、ピンが落ちる音さえも聞こえそうなほど群衆は静まり返った。あたしはガブリエルがうなずくのを感じた。

「はい、陛下」ガブリエルは冷静な口調で言うと、近衛兵たちに取り囲まれているあたしを後ろから押した。あたしが全力で抵抗し、脚をばたばたさせても、あたしの手首を握りしめたままだ。あたしは引きずられ、アプリシアの隣に立たされた。アプリシアは警戒する表情であたしをちらりと見た。アプリシアの額《ひたい》には血がにじみ、いつも完璧に整えられている髪は乱れていた。

アプリシアと目が合った。今日はどちらも勝者になれないことは明らかだった。アプリシアが絆を結びたがっているにもかかわらず、アトラスはあたしがここにいるべきだという意思を明示していた。彼はアプリシアを王妃として望んでいない。この部屋にいる者たちのなかで、その本当の理由を知っているのはあたしだけだ。

理解できないのは、アトラスがどうやってこの秘密を知りえたのかということだ。

ガブリエルがあたしの両手首をつかんだまま、うめき声を上げてあたしを前へ押し出した。

鏡は巨大で、あたしの身長の三倍もの高さがあった。分厚い枠は金でできており、花や螺旋《らせん》を模した装飾がほどこされていた。金色の絹でおおわれた壁に接する形で置かれ、その表面は静かな湖のようになめらかで、光を反射して輝いている。

あたしは鏡のなかの自分の姿と向き合った。顔に付着した血。荒々しい本能を宿した目。

「手を離すぞ」ガブリエルがあたしの耳もとでささやいた。「ここに立ち、言われたとおりにしろ。少しでも指示にそむいたら、アトラスがなんと言おうと、おれの身に何があろうと、おれは迷わずおまえを殺す。わかったか？」あたしはゆっくりと肩ごしに振り返り、ガブリエルを見あげた。ガブリエルの目は真剣そのものだ。あたしはうなずいた。

「ありがとう」あたしは言った。

ガブリエルは眉をひそめた。

「おれはたったいま、おまえを殺すと脅したんだぞ。おまえは本当に変なやつだな」

「あんたがあたしをここに立たせたくなかったことはわかってるけど、それでも、あたしを助け、強くしてくれた。あんたの助けがなければ、ここまで来られなかったと思う。間違いなく途中で死んでた」

「おれは自分の仕事をしていただけだ」ガブリエルは冷たい声で答えた。

「それでも、よくやってくれた」

「おまえが勝てば、おれの評判も上がると言っただろ?」一瞬ガブリエルの目がやさしくきらめいた気がしたが、あたしがそれを確かめる間《ま》もなくガブリエルは言葉をつづけた。「それに、おれがいようといまいと、おまえはここにたどりついていただろう、ロア」

あたしはその言葉に驚き、顔をしかめてガブリエルを見あげた。またしても涙がこぼれてきた。抑えていた涙をひとたび流したら、もう止めることはできないようだ。

「時間だ」アトラスが口をはさんだ。腕組みし、いつものように美しいが、その輝きは以前よりもくすんでいた。

ガブリエルがようやくあたしの手首を放した。あたしはアトラスに目を向けたまま、リラックスしようと腕を軽く振った。つづいて、ゆっくりと足もとに視線を移し、想像もしていなかった旅路の次の段階に向けて心の準備をした。この数週間、思い描きつづけてきた。ここに立ったらどうなるのだろう? 鏡は何を映し出すのだろう?

人生でもっとも重要な瞬間を前にして自分を落ち着かせようと深呼吸し、一歩また一歩と前へ進むと、柔らかな足音が室内に響きわたった。あたしは顔を上げ、鏡のなかをのぞきこんだ。

39

光り輝くなめらかな鏡の表面が、小石を投げこんだ池のように波打ち、やがて溶けて、別の場所と別の時代を映し出した。

頭の奥にしまいこんでいたが決して忘れられない記憶。

森のなかの小さな家と、遠くから響いてくる馬の蹄《ひづめ》の音。顔に小麦粉の筋をつけ、調理台でパン生地をこねている母。

父が剣を手に部屋へ入ってきた。二人は恐怖に満ちた視線を交わすと、先に立ち、あたしと姉を家の裏から連れ出そうとした。

隠し扉と、先端に赤い宝石がついたネックレス。母の涙と、避けられない運命を悟った父の表情。暗闇のなかであたしはウィローと身を寄せ合い、あたしたちを守るために死んでゆく両親の悲痛な叫び声を聞いていた。だが、それで終わりではなかった。光がまたたき、邪悪な笑みを浮かべた男の顔が見えると、こんどはあたしが悲鳴を上げた。

豚のように縄でぐるぐる巻きにされて、兄、姉とともに荷馬車の後部に乗せられ、何日も、何週間も旅をした。トリスタンはオーロラ国王の兵士三人を殺して森に隠れているところを見つかり、取り押さえられたのだ。あたしたちは身体を寄せ合い、嘆いた。母と父を失ったことを。慣

れ親しんだすべてのものを失ったことを。家族にまつわるものが本当にもう何も残っていないことを。

あたしたちが立っている中庭を見おろすようにノストラザの黒っぽい石壁がそびえ立ち、雪がふわりと舞い落ちている。

あたしの前にオーロラ国王が立っていた。背中で両手を組み、あたしたちをじっと見ている。身長はあたしの約二倍。父も小柄ではなかったが、この支配者階級妖精《インペリアル・フェイ》ほど大きな男ははじめて見た。シャープな輪郭を特徴とする顔は非の打ちどころがないが、残酷さと悪意を秘めており、その底なしの黒い目のなかで色とりどりの光がリボンのように渦巻いていた。

王の言葉があたしの耳のなかで反響した。一生忘れられそうにない言葉だ。

あたしはあの壁の向こうに置かれ、自分が何者なのか、自分にどんな未来があったかを忘れることになる。自分の過去を誰にも話してはならない。王があたしたち――あたしと、この世であたしに残された唯一の人たちである兄と姉――を殺さないことにしたのは、あたしたちがまだ子どもで、王にとって無害とみなされたからだと、理解しなければならない。そして、いつかあたしを利用できるという、かすかな可能性が残っているからでもあるのだ、と。どちらにせよ、あたしがノストラザの厳しい現実に屈しても、王は気にもとめないだろう。

子どもであるかどうかにかかわらず、あの日、あたしたちは無邪気さを永遠に奪われた。

あれから十二年の歳月が流れた。

あのような出来事がフラッシュバックするたびに胸が締めつけられる。なんども繰り返し頭に浮かぶので、苦痛と喪失の経験が消えることのない影響を及ぼし、崩壊寸前の精神と同じくらい、あたしの一部となっている。

そのとき、軽やかでリズミカルなワルツのような声が頭のなかで聞こえた。調和のとれた音符の形で紡《つむ》ぎ出されている。鏡だ。鏡があたしに語りかけているのだ。

ああ、ここにいたのか。

では、噂は本当だったのだな。

われわれはとてもとても長いあいだ、待っておったよ、女王陛下。

わたしの前で何をしているのだ？

どうやって故郷から遠路はるばるここにたどりついた？

そなた自身も知らないのかもしれぬ。

そなたが何者なのか？　そなたがいったい誰なのか？

あまりにも長い時間が経過したため、過去は記憶から消えてしまったのかもしれぬな。

しかし、まだ覚えている者たちもいる。

彼はそなたの力を利用するために、そなたを必要としたのだろうか？

ここにいるフェイたちは非常に愚かだ。

あやまちから学ぶということをしない。

残念ながら、陛下、ここはそなたのいるべき場所ではない。

これは禁じられている。

このようなことは二度と起こってはならぬ。

ウラノス大陸もそなたも生き延びることはできないだろう。
彼女が世界を崩壊させようとしたあと、
王冠がどこへ行きついたのか、わたしにはわからぬ。
それもまた、時間の経過とともに失われてしまった。
おそらく破壊されたのだろう。
まだ存在しているかどうかも、さだかではない。
わたしの力では王冠についての詳細を知ることはできぬが、
それがそなたにとって唯一の選択肢であることは知っている。
もし王冠を見つけたら、戻ってきて、ふたたびわたしにひれ伏すがよい。
その日が来たら、そなたに贈り物を与えよう、陛下。
王冠を捜し出し、もういちどわたしを見つけよ。

鏡が黒くなり、やがて、純白の光を発して輝きはじめると、あたしはまるで水中から上がってきたばかりのようにあえぎながら、よろよろとあとずさった。部屋は静まり返っていたが、しばらくすると、ゆっくりとした足音が聞こえてきた。

アトラスが近づいてきて、あたしの全身をながめまわしている。

「何があった？」

あたしは首を左右に振り、いかにも憔悴《しょうすい》しているような声で言った。

「鏡に拒絶された」

「なんだと？」アトラスはさらに近づき、あたしのチュニックの胸もとをつかんで引き寄せた。「鏡はなんと言ったのだ？」

「何も。ただ、アフェリオン王国の真の王妃はあたしではないと言っただけ。それは彼女だと」あたしは震える指をアプリシアに向けた。口をついて出た嘘が場の雰囲気を一変させた。アトラスはうなり声を上げ、あたしのチュニックをさらに強くつかんだ。

「そんなはずがない」アトラスは顔をあたしに近づけた。「本当にそうなのか？」

「も、もちろん」あたしは口ごもりながら言った。

アトラスはあたしをにらみつけると手を離し、あたしを押しのけた。

「あたくしは鏡の前に立つ準備ができております、陛下」アプリシアがそう言って、肩から髪を払いのけた。以前ほど傲慢《ごうまん》な印象ではないが、それでも、その精神的強さは称賛せざるをえない。

「いや」アトラスは言いはなった。「この選考会は終了だ」

アトラスはくるりと背を向け、全員をにらみつけた。肩に力を入れ、両脇でこぶしを握りしめている。

長いローブを着たフェイが前へ進み出た。

「陛下、選考会を最後まで行なうべきです。今回は第四の試練が完了しましたので、勝ち進んだ献姫《けんき》はいずれも鏡の前に立たなければなりません。さもなければ、悲惨な結果が待っているでしょう」

アトラスが歯を食いしばると、別のフェイが進み出た。

「彼の言うとおりです、陛下。いま、この選考会を完了させなければ、陛下の王冠と魔法のすべてを失う危険性があります。ルールはご存じですよね」

アトラスの顎《あご》の筋肉がぴくりと動いた。その目が燃えるように輝いている。この部屋にいる全員に危害を加えたいと思っているかのようだ。

「わかった」アトラスはアプリシアに向かってうなるように言った。「やってみろ」

アプリシアはアトラスの命令にすばやくしたがい、アトラスが強い怒りに燃える目で見守るなか、鏡の前へ進み出た。ふたたびガブリエルがあたしの横にいるが、あたしを押さえつけようとはしなかった。

アプリシアは肩を張って意欲を見せ、鏡の前へ進んだ。アプリシアが鏡と向き合った瞬間、部屋は静寂に包まれた。鏡はアプリシアにも何か語りかけているのだろうか？　アプリシアもまた、自身のもっともつらい記憶に直面させられているのだろうか？

静寂が何時間もつづいているように感じられた。張り詰めた空気は非常に重苦しく、実体を持つ物質のように、ハサミで切って窓にかけられそうなほど濃密だった。アトラスは顎に片手を当て、アプリシアの背後を行ったり来たりしながら、ときおりアプリシアをじっと見つめては、あたしに視線を向けた。その目で見られると、恐怖で膝が震えた。アトラスはあたしに対して、どんな意図を持っていたのか？　これから、どうするつもりだろう？

突然、鏡が金色のまばゆい光をはなち、部屋が輝きで満たされた。アプリシアも光を発しはじめ、胸のなかに太陽を閉じこめているかのように肌が光り輝き、水中をただよう漆黒《しっこく》のリボンのように黒髪が放射状に広がっている。

アプリシアはますます輝きを増し、あたしたちは腕や手で顔をおおい、目を守らざるをえなくなった。部屋全体に振動とブーンという低い音が響きわたり、あたしの歯の裏まで強烈に伝わってきた。

数秒後、光はしだいに弱まり、アプリシアの肌にかすかな金色の輝きを残すのみとなった。ゆっくりとアプリシアがあたしたちに向きなおった。もはや別人であることは明らかだった。依然として美しいが、いまやアトラスと同様、この世のものではない神秘的な特性を備えている。アプリシアは満面の笑みを浮かべていた。ひとつ息をしただけで千のろうそくを灯《とも》せそうなほど、明るい笑顔だ。

そのとき、部屋にいる全員がひざまずき、頭《こうべ》を垂れた。

「太陽妃」ささやき声が群衆のあいだを波紋のように広がってゆく。

ガブリエルとアトラスとあたしは立ったまま、敬意を表して頭を垂れた人々でいっぱいの部屋を見わたした。アプリシアは微笑を浮かべ、両手を握り合わせながら王を見ている。あたしはその敬愛に満ちたまなざしを少し哀れに思った。一方のアトラスは激しい怒りをあらわにしていた。空を引き裂いてボールのようにまるめ、それを天に向かってほうり投げかねない。

あたしは我慢できずに、思わず口走った。

「もう帰っていい？」こんな場所からはできるだけ遠くへ離れたい。あたしはガブリエルを見た。「あたしが負けたら送り返してくれるって、言ったよね？　もとの場所に戻りたいんだよ」

「ならぬ」アトラスのどなり声に、部屋にいる全員がいっせいに縮みあがった。「まだ終わっていない！　どこへも行かせない」

アトラスはガブリエルに命じた。

「この女を閉じこめろ」

「なんだって！　そんなの許されない！　あたしは何も悪いことしてないのに」

アトラスは怒ったように近づいてくると、恐ろしいほど声を潜めてささやいた。

「きみはここを離れることはできない、ロア。きみはわたしのものだと言っただろう？　あれは本気だった」

「どうして？　あたしに何を求めてるの？」

アトラスはあたしを品定めするように、目を細めた。ようやく、本当のあたしをはじめて見たのかもしれない。

「自覚はあるのか、ロア？　いままでずっと、いかにも純真そうに愛らしい目をしていたが、実は嘘をついていたのか？」

「なんのことだかわからない」あたしがそう言うと、アトラスの怒りがみなぎる波となってあふれだし、その圧力であたしの皮膚が剝《は》がれそうな気がした。

「彼女を連れてゆけ」アトラスは怒りをこめた低い声で言った。「地下牢に閉じこめ、二十四時間体制で監視しろ」

こうして、あたしは強引に連れ去られ、宮殿のなかを奥へ奥へと引きずられていった。やがて、金色の壁や光り輝く床が消え、さむざむとした石造りの場所が現われた。人けがなく、洞窟のように音が空虚に響く。

独房に押しこまれたあと、背後で扉がガチャンと音を立てて閉まった。その響きは耳に新しくもあり、どこかなつかしくもあった。あたしはすばやく振り向き、鉄格子をつかんで揺さぶった。

ガブリエルが鉄格子の向こうに立ち、首をかしげて興味深げにあたしを観察している。

「アトラスは何を隠しているんだ？　さっき何を言おうとした？　おまえはいったい何者だ、ロア？」数週間前にも同じ質問をされたが、あのとき、あたしは嘘をついた。これからも嘘をつきつづけるつもりだ。

「何者でもないよ！　ただのノストラザの囚人！　何も持ってない身分の低い人間だよ！　ノストラザに帰して！」

ガブリエルは首を横に振った。ガブリエルの後悔の念があたしたちのあいだの微妙な空気に影を落とした。

「おれにはできない、ロア」

「あ、あんたこそ何者だよ、ガブリエル？」あたしは叫んだ。「あたしを殺そうとしたかと思えば、次の瞬間には気遣うような態度をとる」

ガブリエルは独房に近づき、息がかかるほど顔を寄せてきた。

「おれは王に忠実なしもべだ、ロア。心配だったんだ。王が何か無謀なことをなさっているのではないか、おまえが王にとって危険な存在なのではないか、と」ガブリエルは足を止め、鼻孔をふくらませた。「だが、おれの一部——ほんの一部——はおまえに少しだけ好意を持ち、おまえの勇気を高く評価していたのかもしれない。とはいえ、そんなことはどうでもいい。アトラスに対する忠誠を守ることが、今も、そしてこれからも、おれにとっての義務なのだから。お、おまえはもう邪魔者でしかない」

「アトラスはくそ野郎だよ」あたしが言いはなつと、ガブリエルの表情が曇った。「あんたは、あいつにはもったいない」

ガブリエルが肩を落としたのを見て、あたしは後悔した。自分のひとことがガブリエルにこれほど強いショックを与えるとは思っていなかったのだ。

「たしかにそうかもしれないが、おれに選択の余地はない。これがおれの避けられない運命なんだ」

ガブリエルが背を向けて去ろうとしたが、あたしは大声で呼んだ。

「待って！」ガブリエルは立ちどまり、肩ごしに振り返った。「あんたにノストラザから連れ出されたあの夜、あたしは暴動の音を耳にした。あたしの思い違いだとあんたは言ったけど、あれは嘘だったの？」

ガブリエルは首を左右に振った。

「おまえを連れ出すために混乱を起こす必要があった。何カ月も前から内部に協力者を配置していた」

「死者が出たかどうか確認した？」

ガブリエルの表情がやわらいだ。

「おまえの友人がどうなったかはわからない。すまない」

「わかった」あたしは小声で答えた。ガブリエルが何か知っている可能性は低いとわかってはいたが、それでも希望は捨てていなかった。ウィローとトリスタンは生きているにちがいない。二人が死んだら、あたしはそれを感じ取っていたはずだ。

ガブリエルはたがいの関係に影響を与える不吉な言葉を残し、ためらいつつも前を向くと、あたしを監視するよう二人の看守に命じ、姿を消した。ガブリエルの足音が遠ざかり、やがて聞こえなくなるまで、あたしは耳を傾けつづけた。

ガブリエルが去ったあと、二人の看守を見た。二人ともあたしの存在を無視して、まっすぐ前だけを見つめている。あたしは暗い独房の奥へと歩を進め、陰に身を隠した。壁に寄りかかりながら、すべり落ちるように床にへたりこみ、首にかけたペンダントを取り出してロケットをパチンと開けた。

宝石を引っ張り出して手のひらにのせると、一滴の血のように生命の脈動を感じた。オーロラ国王の軍勢があたしの家族をつかまえにきた日、母は宝石をあたしの手に置き、絶対に守るようにと言った。そして、その意味を完全には理解できないまま、あたしはオーロラ国王によって母を奪われてから毎日、これを守りつづけてきた。

片側は、刃物あるいは誤って発動された魔法の一撃によってスパッと切られたような断面をしている。もう一方の側はかすかな光をとらえて反射するよう多面的なカットがほどこされ、この小さな石のかけらに宿る多くの歴史や運命がその輝きをいっそうきわだたせている。

鏡の言葉が繰り返し頭に浮かんだ。

陛下……ここはそなたのいるべき場所ではない。

王冠が……時間の経過とともに失われてしまった……それがそなたにとって唯一の選択肢であることは……そなたに贈り物を与えよう……陛下……陛下……

アトラスにとってはすべてが誤算だった。

アトラスはあたしが鏡によって選ばれ、王妃として絆《きずな》を結ぶことになると思いこんでいたが、いまや、あたしは自分の意思で別の道を進もうとしている。それは断じてアトラスがたどるべきではない道だ。

もし鏡が違う選択をしていたら、どうなっていただろう？　これは禁じられていると鏡が言ったとき、それは何を意味していたのか？　何が禁じられていたのか？　ウラノス大陸は何を生き延びることができないのだろう？

それにもかかわらず、鏡は太陽王の計画からあたしを救ってくれた。今のところは。

そして、トリスタンやウィローと約束したように、また、過去十二年間そうしてきたように、あたしは自分の秘密を守りつづけるつもりだ。トリスタンとウィローのおかげで、過去の記憶を可能なかぎり保持し、両親が語りえなかった家族についての話を知ることができたのだから。

オーロラ国王があたしたちを見つけたとき、トリスタンは十七歳で、もう大人と言っていい年齢だった。家族の過去に関する重要な記憶をずっと守り、あたしが理解できる年齢になるのを待ってそれを共有してくれた。

どんなに脅しても、アトラスはあたしの口から秘密を聞き出せないだろう。あたしは両親が命がけで守った家族の宝にふさわしい人物になるまで、死んでも秘密を明かすつもりはない。

心の準備ができるまで。自分が何をするべきか理解できるまで。

深紅の宝石を手のひらに握りしめたまま、独房の隅にすわって顔を上げると、ぼんやりと曇っていた未来への道筋をもはや明確に見通すことができた。

ふたたび囚人として独房に閉じこめられたが、もう心は自由だ。

あたしは独房の暗がりを見つめながら口角をわずかに上げ、にやりと笑った。

終章

　くぐもった衝撃音とうめき声が聞こえ、目が覚めた。身体が倒れる音。誰かが独房の鉄格子に体当たりし、つづいて、床に崩れ落ちたとしか思えない音がした。あたしは起きあがり、クモの巣のように視界をおおう暗闇ごしに状況を見きわめようとした。数日前にアトラスの命令でここにほうりこまれて以来、アトラスもガブリエルも姿を見せていない。

　だが今、鉄格子の向こうに大きな人影が現われ、その男性がここに招かれたわけではないことをあたしは直感した。

　長身でがっしりした体格の妖精《フェイ》の男性が、腰に手を当てて立っている。鎧《よろい》を着ているようだが、はっきりとはわからない。彼は独房の外にあるたった一本の松明《たいまつ》の光のなかへ移動すると、いたずらっぽく目を輝かせて笑みを浮かべた。

「このところ、きみはおれの頭を悩ませてばかりいる。わかってるよな？」

　あたしは目をぱちくりさせた。

「あたしが？」

　男性が誰かに合図すると、その人物もあたしの視界に入ってきた。両手で独房の鉄格子を軽く握っている。別のフェイだ。スリムで小柄な女性で、ふんわりとボリュームのある黒い膝丈のスカートと黒い革のコルセットを身につけていた。指なし手袋をはめ、後光のような色とりどりのオーラに包まれて輝いている。女性が片方の手首をすばやく振ると、カチッと鍵が開く音がした。

「おれたちといっしょに来るんだ、お嬢ちゃん」男性が言った。あたしを〈太陽の宮殿〉から連れ去ろうとしていることが明らかになりつつあるにもかかわらず、リラックスした態度だ。

「あんたたち誰?」あたしは立ちあがり、壁に身を寄せた。

「興味津々の傍観者ってとこかな」男性は答えた。

女性があきれたようにぐるりと目をまわし、男性の太い上腕二頭筋を手の甲で叩いた。

「怖がらせるようなことを言わないで」女性はそう言って、あたしにやさしい笑顔を向けた。

「危害を加えるつもりはないわ。あなたをアフェリオン王国から連れ出すために来たのよ」

あたしは顔をしかめた。

「そんなこと信じられるわけがない。危害を加えるつもりはないなんて、常套句《じょうとうく》だろ」

女性はため息をつき、男性と同じように腰に手を当てた。

「まあ、たしかにそうね」

「きみが自発的に来てくれてもいいし、それが無理なら、きみを連れ去るしかない」男性は笑みを浮かべたまま、広い胸の前で腕組みをした。その言葉に悪意はないが、事実上の脅しだということはわかった。女性がまたしてもため息をつき、男性をにらみつけた。

「ねえ、ここでの生活はうまくいってないみたいね。アトラスも……満足してないって聞いてるし」女性は独房の壁を指し示した。「だから、失うものは何もないでしょ?」

彼女の言うことはもっともだ。女性が動いたとき、あたしはその黒い目のなかの閃光をとらえた。色とりどりのリボンのように輝いている。鮮緑色《エメラルド》、深紅色《クリムゾン》、すみれ色《バイオレット》。長いあいだ嫌悪の対象だったが記憶にある唯一の故郷である場所に対して、突然、非常に深い奇妙な郷愁がこみあげてきた。トリスタンとウィローがとても恋しい。あたしたちの生活は羨望に値するものではなかったが、少なくともたがいの存在は心の支えとなっていた。たとえ幻にすぎなかったとしても、迷路で二人の姿を見たことにより、二人に対する特別な感情をしまってある胸の奥深くが刺激されたことはたしかだ。

実際には選択肢などないことを理解し、あたしはためらいがちに一歩踏み出した。アトラスが喜んであたしを手放すはずがないことは、すでにわかっていた。アトラスは今この瞬間にも、アプリシアの太陽妃としての権利を無効にする方法を画策しているかもしれない。どうにかして、自分のほしいものを手に入れるだろう。玉座の間《ま》での脅しかたからすると、あたしはこれから先、安心してここで過ごせる状況には戻れそうにない。

「わかった」あたしは光のなかへ出た。

女性がわずかにうなずいた。

「賢明な選択ね」

抵抗する間《ま》もなく、あたしは男性の力強い腕で持ちあげられて肩にかつがれた。わざわざ抗議したり、男性を振り払ったりはしなかった。こうなることに同意したし、あたしの選択肢は現時点でかなり制限されているのだから。

暗い廊下を進みながら、あたしは男性のリズミカルな歩調を感じていた。最終的に外へ出ると、遠くで波が砕ける音がした。あたしはふかふかしたベルベットの座席がある馬車の後部に乗せられた。男性があたしの両手首をつかみ、太い革紐で縛ろうとした。

「ちょっと！」あたしは抗議したが、男性は無視して、迅速かつ効率的に手首を縛りあげた。

あたしは頭に袋をかぶせられ、くぐもった抗議の声も聞き入れられなかった。次に両足首を縛られ、結局、危険をおかしてもアトラスの提案にしたがうべきだったのではないかと思いはじめた。

馬車が少し沈むのを感じた。新たに誰かが乗りこんできたのだ。

「本当にそんなことをする必要があるの？」フェイの女性がたずねた。

「ああ」男性が答えた。「こんなことをしてすまない、お嬢ちゃん」

側頭部に鋭い痛みが走り、そのあと意識を失った。


意識が戻ったとき、またどこかへ運ばれる途中だった。周囲は暗く静かだ。地面におろされると、心臓の鼓動が激しくなり、自分がとんでもない間違いを犯したことに気づいた。

ようやく袋がはずされ、あたしは頭を振った。ゆっくりと目が暗闇に慣れてきた。そこは石造りの部屋だった。小さな窓から差しこむ月明かりだけが部屋を照らしている。

誰かがあたしのそばに立っていた。くつろいだ姿勢で両手をポケットにつっこんでいる。長い黒髪と黒い目を持つフェイの男性が光のなかに足を踏み入れた瞬間、あたしは息が止まりそうになった。

オーロラ王国の王子は、品のある表情の細部に狡猾《こうかつ》さをのぞかせながら、首をかしげ、あたしの頭から爪先までをながめまわした。その黒い目が色彩豊かな宝石のように輝き、あたしが失った多くのものを思い出させた。

だが、その瞬間、運命、幸運、そして明らかな可能性という概念が糸のように部屋を螺旋《らせん》状に舞い、壊れてもなお忘れられない家族の宝の残骸に新たな物語が縫いこまれる感じがした。

あたしは囚人だが、もう心は自由だ。

「やあ、囚人3452号」王子がにやりと笑って言った。「ようこそオーロラ王国へ戻ってきた」

謝辞

物語を書く、その行為全体はまさに冒険であり、そのような経験ができる幸運をどう表現すればいいのか、まるでわかりません。

わたしの執筆パートナーであるメリッサ、あなたの熱意とユーモア、野性的で愛らしい精神がなければ、わたしはとほうに暮れてしまうでしょう。

ブリア、あなたはわたしが完成させた新作を手わたす最初の人たちの一人となってくれました。シェイリン、わたしはあなたのなかに物書きのソウルメイトを見たような気がします。あなたは才能にあふれたすばらしい人です。この本をはじめとするすべての作品は、あなたから多大な影響を受けており、感謝してもしきれません。

アシャイル、あなたの見識と知恵に感謝します——あなたはさまざまなものに対し、鋭い観察眼をお持ちです。

プリシラとエレイナへ——この本の最終チェックをしてくれ、この旅に付き合ってくれたことに感謝しています。将来、あなたがたのそばで何冊もの本を出せたらと、わくわくしています。

出版前に原稿を読んで感想を言ってくださった読者のみなさんにも感謝します。この物語が持つ可能性をすべて引き出す手助けをしていただきました。ライダー、エリッサ、ネファー、スージー、アシュレー、アレクシス、カティナ、エマ、レイチェル、チェルシー、ステーシー、ホーリー、エレイン、レベッカ、そしてケルシー。みなさん、ありがとう。

ブックトックおよびブックスタグラムの読書サークルのみなさんは、まだなんの実績もない新人に対し、とても熱心で協力的でした。こうして本が出せたのはみなさんのおかげです。感謝します。

お母さんへ。あなたはいつも本を読んでいて、わたしを見ると「あなたなら書けるんじゃない？」と言ってくれましたね。ええ、ついにやりましたよ。

子どもたち――アリスとニッキーへ。二人はわたしの人生において――わたしをいらいらさせるときでさえ――涸《か》れない喜びの源泉です。あなたたちがかわいくてよかったわ。あなたたちに話しかけられているのに、頭のなかで物語を練っていて、うわの空だったときもありました。我慢してくれて本当にありがとう。

それから、もちろん、夫のマシューにも感謝しています。何年も前に出会って以来、一日たりともわたしへの支援と信頼が揺らいだことはありません。執筆を行なう場所と自由を与えてくれ、わたしが大げさな表現をするのを許してくれました。理解あるパートナーがいなかったらこんなふうに本を書くことなどできない、そう言っても過言ではありません。

著者について

ニーシャの頭のなかは、つねに目に見えない世界でいっぱいです。フローリン王国（ウィリアム・ゴールドマンの『プリンセス・ブライド』に出てくる王女が住む王国）からプリシアン国（サラ・J・マースの*A Court of Thorns and Roses* シリーズに出てくる妖精の国）まで、あらゆる物語の舞台から、快活で勇敢なヒロインや強風にさらされた城、本当の恋人のキスを受け取りながら、いつまでも物語のなかをさまよいつづけています。イカした衣装でドラゴンをやっつける主人公になって、ボーナスポイントをもらっているかもしれません。

ニーシャは物語を書いていないときはだいたい、二人いる子どもたちのどちらかの用事をしています（当然ながらニーシャは二人を愛していますから）。二人がようやくベッドに入ったあとは、たいていは電子書籍を読んだり、セーターやマフラーを編んだりと、カナダの冬を乗りきるのにぴったりのことをしています。

さらに情報がほしいときは以下のサイトへ（英語のみ）。
ウェブサイトおよびニュースレター　https://nishajtuli.com
ティックトック　https://www.tiktok.com/@nishajtwrites
インスタグラム　https://www.instagram.com/nishajtwrites

エックス（旧ツイッター）　https://x.com/NishaJT
ピンタレスト　https://www.pinterest.ca/nishajtwrites

訳者あとがき

本作『太陽妃と四つの試練』は〈ウラノスの魔道具〉シリーズ四部作の第一巻であり、全世界で注目を集めている〝ロマンタジー〟小説のひとつです。ロマンタジーとはロマンスとファンタジーを組み合わせた造語で、壮大な世界観と濃密な人間ドラマ、そして心を揺さぶる感情が織りなすジャンルであり、いまや世界じゅうの読者を魅了しています。日本でも二〇二四年、ブームの火付け役となった『フォース・ウィング―第四騎竜団の戦姫―』（レベッカ・ヤロス、原島文世訳、早川書房刊）が刊行され、ＳＮＳでは「おもしろすぎる！」「続篇が待ちきれない！」との投稿が相次いでいます。

本作のヒロイン、ロアは幼いころから牢獄に閉じこめられ、暴力と空腹に絶えずさらされるつらい人生を送ってきました。そのせいで警戒心が非常に強く、粗野な面もあります。ロアにとって自由や愛といったものは遠い存在であり、日々を耐えることがすべてでした。ところがある日突如として誘拐され、妖精《フェイ》たちが支配する王国の宮殿へと連れてこられます。じめじめした暗い牢獄とは対照的な、光に満ちあふれた金色の世界。そこで待ち受けていたのは、〝次の王妃を選ぶための試練〟という熾烈《しれつ》な競争。ロアを含む十人の献姫《けんき》が文字どおり命がけで挑むその試練は、華やかな宮廷の外観とは裏腹に残酷きわまりないものでした。

ここまでの設定から、「ヒロインが困難を乗り越え、最後には幸せをつかむ物語」を想像するかたは少なくないでしょう。しかし、本作はありきたりなシンデレラ・ストーリーではありません。フェイたちの冷酷さや性に対する奔放さ、彼らと人間とのあいだに存在する圧倒的な身分差、試練の裏に隠された王国の秘密など、つぎつぎと明らかになる真実がロアに降りかかります。ロアが味わう屈辱や苦悩は想像を絶しています。それでもなおロアを突き動かしているのは、復讐という強い意志です。みずからを牢獄に閉じこめた者への憎しみ――それがロアの心を支え、行動の原動力となっているのです。

物語に色を添える、いずれ劣らぬ美男たちの存在も忘れてはなりません。ロアの兄トリスタンは自信たっぷりな熱血漢で、妹を思うゆえに暴走しがちです。太陽妃選考会の舞台となるアフェリオン王国の王アトラスは、〝太陽王〟の名にふさわしい輝くばかりの美貌とオーラによりロアを惹きつけます。アトラスづきの近衛隊隊長であり、ロアの監視官でもあるガブリエルは、雪のように白い翼を持ち、辛辣な言葉でロアをこきおろしたかと思えば、やさしい気遣いを見せることもある皮肉屋です。さらには、夜空を美しくいろどるオーロラの名を冠した国の王子でありながら、どこか影を秘めたナディール。それぞれがいまわしい過去や葛藤を抱え、その背景がストーリー展開に奥行きと緊張感を与えています。

ロマンタジーの魅力は〝ロマンスとファンタジーの化学反応〟にあります。本作では、登場人物たちの複雑な感情や関係性を通じて、官能的な場面が描かれる一方で、人間よりもはるかに長寿で魔法をあやつるフェイたちが富をほしいままにし、すべてを支配する厳しい現実が描かれます。わたしたちが暮らす社会の不条理を彷彿《ほうふつ》とさせ、たんなる空想の産物とはとても思えません。だからこそ、ロアの苦しみや迷いには生々しいリアリティが感じられるのです。意味のない描写はひとつもありません。「濡れ場はちょっと苦手」というかたも、登場人物の心情や背景を考えながらお読みになってみてください。きっと新しい発見があるはずです。

あの女があたしの石鹸《せっけん》を盗んだ――一見些細なその出来事がロアの運命を狂わせたのか？　それとも、必然だったのか？　そして、繰り返し口にされる〝ゼラの女神〟とはいったい何者なのか？　彼女の存在が王国やフェイたちにどのような影響を与えているのか？　消えたハート女王国とは？　本作は壮大な叙事詩の序章にすぎません。次巻では、新たなキャラクターや魔法の力が登場し、スケールアップしたドラマが展開します。ウラノス大陸全土を巻きこむ戦乱や陰謀がロアたちの運命を激しく翻弄し、巻を追うごとに、読者のみなさまをさらなる興奮の渦へと引きこむことでしょう。もはや〝スペクタクル・ロマンタジー〟と言ってもいい今後の進展に、どうぞご期待ください。

二〇二五年一月

訳者略歴　英米文学翻訳家　訳書『彷徨《さまよ》える艦隊』ジャック・キャンベル，『巡航船〈ヴェネチアの剣〉奪還！』スザンヌ・パーマー，『ギデオン―第九王家の騎士―』タムシン・ミュア，『ビンティ―調和師の旅立ち―』ンネディ・オコラフォー，『孤児たちの軍隊』ロバート・ブートナー（以上早川書房刊）他多数

太陽妃《たいようひ》と四《よっ》つの試練《しれん》

2025年2月20日　初版印刷
2025年2月25日　初版発行

著　者　ニーシャ・J・トゥーリ
訳　者　月岡《つきおか》 小穂《さほ》
発行者　早　川　　浩

発行所　株式会社　早川書房
東京都千代田区神田多町2－2
電話　03 - 3252 - 3111
振替　00160-3-47799
https://www.hayakawa-online.co.jp

印刷所　株式会社亨有堂印刷所
製本所　大口製本印刷株式会社

定価はカバーに表示してあります
ISBN978-4-15-210406-9 C0097
Printed and bound in Japan
乱丁・落丁本は小社制作部宛お送り下さい。
送料小社負担にてお取りかえいたします。

早川書房の単行本

血の魔術書と姉妹たち

Ink Blood Sister Scribe

エマ・トルジュ

田辺千幸訳

46判並製

血で綴られた古代の魔術書を守護してきた家に生まれた異母姉妹のエスターとジョアンナ。離ればなれになっていた姉妹は魔術書を狙う者の魔の手が迫ったことをきっかけに再会し、想像を遙かに超える危険な魔法の世界に足を踏み入れることになる。〈ニューヨーク・タイムズ〉紙が選ぶ「2023年ベストSF&ファンタジー」の一冊に選ばれたミステリアス・ファンタジー

涙を呑む鳥1
ナガの心臓（上・下）

눈물을 마시는 새 1: 심장을 적출하는 나가

イ・ヨンド
小西直子訳
46判並製

人間、レコン、トッケビの三種族が北部に暮らし、南部に三種族と敵対する鱗をもつナガが暮らす大陸。ナガの少年リュンは、死の際の友に託された使命を果たすため、北へ旅に出ることに。北部と南部を隔てる限界線近くの砂漠の端に、三種族から一名ずつ、リュンを守る三人の仲間が集まった――〈ドラゴンラージャ〉著者による韓国発本格ファンタジイ、シリーズ開幕